ATAQUE DE PÁNICO

Jason Starr

Ataque de pánico

Traducción de Martín Rodríguez-Courel Ginzo

Umbriel Editores

Argentina • Chile • Colombia • España
Estados Unidos • México • Perú • Uruguay • Venezuela

Título original: *Panic Attack*
Editor original: Minotaur Books, New York
Traducción: Martín Rodríguez-Courel Ginzo

1.ª edición Marzo 2013

Copyright © 2009 by Jason Starr
  All Rights Reserved
© de la traducción 2013 *by* Martín Rodríguez-Courel Ginzo
© 2013 *by* Ediciones Urano, S.A.
  Aribau, 142, pral. – 08036 Barcelona
  www.umbrieleditores.com

ISBN: 978-84-92915-25-5
E-ISBN: 978-84-9944-509-0
Depósito legal: B-1666-2013

Fotocomposición: Montserrat Gómez Lao
Impreso por Romanyà-Valls, S.A. – Verdaguer, 1 – 08786 Capellades (Barcelona)

Impreso en España – *Printed in Spain*

Para Chynna y Sandy

«El ego no es el amo en su propia casa.»

SIGMUND FREUD

1

Adam Bloom estaba sumido en una pesadilla. Ya la había tenido con anterioridad, y en ella se encontraba en su consulta del centro de Manhattan tratando a una paciente, puede que a Kathy Stappini o a Jodi Roht —las cuales, curiosamente, sufrían de agorafobia—, cuando de repente su despacho se convertía en una habitación cuadrada y blanca, del tamaño de la celda de una cárcel, y Katy o Jodi se transformaba en una gran rata negra. La rata tenía unos dientes largos y no paraba de perseguirle por todas partes, saltando hacia él, emitiendo un fuerte sonido sibilante. Entonces las paredes empezaban a acercarse, acorralándolo. Intentaba gritar, pero no era capaz de articular ningún sonido, y de pronto aparecía una escalera larga y estrecha. Trataba de subir corriendo por ella, pero sin lograr llegar a ninguna parte, como si estuviera intentando subir por una escalera mecánica que bajara. Entonces miraba por encima del hombro, y la rata era ya enorme, del tamaño de un rottweiler, y le estaba dando alcance, los largos colmillos al aire, a punto de arrancarle la cabeza de un mordisco.

Sintió que le tiraban del brazo. Asustado, intentó darse la vuelta del otro lado, y entonces oyó: «Mamá, papá, despertaos, despertaos».

Abrió los ojos, momentáneamente desorientado, aterrorizado por la rata gigante, y entonces cayó en la cuenta de que estaba en su cama de su casa de Forest Hills Gardens, con su esposa, Dana, acostada a su lado. Tuvo la reconfortante y calmante sensación que seguía siempre a una pesadilla, un desbordante sentimiento de tranquilidad de que todo iba a ir bien, de que, después de todo, el mundo, gracias a Dios, no era un lugar tan terrible.

Pero entonces oyó susurrar a su hija:

—Hay alguien abajo.

Marissa había terminado la carrera de Historia del Arte en Vassar el año anterior —una elección que no había entusiasmado precisamente a sus padres— y estaba viviendo de nuevo en casa, en la habitación en la que había crecido. Últimamente su comportamiento dejaba que desear, emperrada en llamar la atención a todas horas. Tenía varios tatuajes —incluido el de un ángel en la zona lumbar que le gustaba mostrar llevando camisetas que dejaban la espalda al aire y vaqueros de tiro bajo— y recientemente se había hecho unas mechas rosas en su pelo trigueño y corto. Se pasaba los días escuchando una música espantosa, enviando correos electrónicos, *blogueando*, mandando mensajes de texto, viendo la televisión y yéndose de juerga con sus amigas. A menudo no llegaba a casa hasta las tres o las cuatro de la madrugada, y algunas noches ni siquiera volvía, «olvidándose» de llamar. Era una buena chica, pero Adam y Dana llevaban tiempo tratando de animarla a poner en orden su vida.

—¿Qué pasa? —preguntó Adam. Estaba medio dormido todavía, un poco atontado, aún a vueltas con el sueño. ¿Qué significaba la rata negra? ¿Por qué era negra? ¿Por qué siempre empezaba siendo una paciente, una mujer?

—He oído un ruido —le explicó Marissa—. Tenemos un intruso.

Adam parpadeó con fuerza un par de veces para despertarse del todo, y dijo:

—Puede que sólo haya sido un ruido provocado por el asentamiento de la casa, o el viento…

—No, te lo aseguro. Hay alguien abajo. He oído pasos y cosas moverse.

Dana también se había despertado, y preguntó:

—¿Qué está pasando?

Dana tenía cuarenta y siete años, igual que Adam, aunque estaba envejeciendo mejor que él. A él le estaban saliendo canas, se estaba quedando calvo y tenía algunos michelines, sobre todo en el estómago, pero ella llevaba mucho tiempo yendo al gimnasio, en particular durante el último año más o menos, y tenía un cuerpo fantástico del que podía presumir. Habían tenido algunos problemas conyugales —habían estado a punto de iniciar un proceso de separación cuando Marissa estaba en el instituto—, pero las cosas habían mejorado en los últimos tiempos.

—He oído a alguien abajo, mamá.

Adam estaba agotado y lo único que quería era volver a dormir.

—No ha sido nada —insistió.

—Te aseguro que lo he oído.

—Tal vez deberías ir a comprobar —sugirió Dana, preocupada.

—Papaíto, tengo mucho miedo.

Lo de papaíto le llegó al alma. No recordaba cuándo le había llamado así por última vez, y se daba cuenta de que estaba realmente asustada. De todas formas, estaba despierto y tenía que ir a aliviar la vejiga, así que de paso bien podía echar un vistazo.

Respiró hondo y dijo:

—Muy bien, de acuerdo —y se incorporó.

Cuando se levantó de la cama, hizo una mueca de dolor. Llevaba unos años con un dolor y una rigidez lumbares intermitentes, una lesión por sobrecarga de tanto correr y jugar al golf. Su fisioterapeuta le había mandado una lista de ejercicios para que hiciera en casa, pero de un tiempo a esa parte había estado muy ocupado con las enrevesadas crisis de un par de pacientes, y no los había estado haciendo. También se suponía que tenía que aplicarse hielo en la espalda antes de irse a dormir y después de correr o hacer ejercicio, y eso tampoco lo había estado haciendo.

Masajeándose la región lumbar con una mano para tratar de relajar la tirantez, cruzó la habitación, abrió la puerta y escuchó. Un silencio absoluto sólo roto por el leve sonido del viento procedente del exterior.

—No oigo nada —dijo.

—Oí pisadas —insistió Marissa en un susurro audible—. Sigue escuchando.

Dana se había levantado de la cama y estaba en camisón junto a su hija.

Adam volvió a prestar atención durante unos segundos.

—Ahí abajo no hay nadie. Anda, vuelve a la cama e intenta...

Y entonces lo oyó. La casa era grande —tres plantas, cinco dormitorios, tres baños y un servicio—, pero incluso desde donde se encontraba, al final del pasillo del segundo piso, el repiqueteo de una fuente metálica o de un jarrón al ser movido fue muy nítido. Parecía como si el intruso estuviera en la cocina o en el comedor.

Dana y Marissa también lo habían oído.

Su hija comentó:

—¿Lo ves?, te lo dije.

—Ay, Dios mío, Adam, ¿qué debemos hacer? —preguntó Dana.

Parecían aterrorizadas.

Adam intentaba pensar con claridad, aunque le resultaba difícil, porque de pronto él mismo se sintió invadido por la preocupación y el nerviosismo. Además, siempre había tenido problemas para pensar recién levantado y nunca conseguía funcionar bien hasta después de tomarse su tercer café.

—Voy a llamar a la policía —propuso Dana.

—Espera —dijo él.

—¿Por qué? —le preguntó su esposa, con el teléfono en la mano.

A Adam no se le ocurrió una buena respuesta. Había alguien abajo; había oído el ruido con claridad, y era indudable de qué se trataba. Pero una parte de él se negaba a creerlo. Deseaba creer que estaba a salvo, protegido.

—No lo sé —respondió, tratando de mantener la calma y la lógica—. Caray, esto es imposible. Tenemos un sistema de alarma.

—Vamos, papá, sé que lo has oído —terció Marissa.

—Puede que se haya caído algo —replicó.

—No se ha caído nada —insistió su hija—. He oído pasos, y tienes que llamar a la policía.

De abajo llegó entonces el nítido ruido de una tos, o de un hombre que carraspeaba. Pareció provenir de un lugar más próximo que el otro ruido. Adam lo había oído. Parecía como si el sujeto estuviera en el salón.

—De acuerdo, llama a la policía —le dijo en un susurro a Dana.

Mientras ella hacía la llamada, Adam se dirigió al vestidor, encendió la luz, extendió la mano hacia el estante superior y cogió su Glock del calibre 45. Luego se agachó, apartó algunas cosas y abrió la caja de zapatos donde guardaba las balas.

—¿Qué estás haciendo? —preguntó Marissa.

Adam seguía agachado, metiendo las balas en el cargador, y no respondió. Había comprado la pistola hacía cuatro años, después de que un par de casas del barrio hubieran sufrido sendos robos. Hacía prácticas de tiro de vez en cuando en la ciudad, en un campo de tiro, el West Side Pistol Range. Le gustaba disparar, y era una manera fantástica de aliviar la tensión y de liberar la rabia de forma segura.

Salió del vestidor con el arma en la mano.

—Joder, ¿estás majara o qué? —le soltó su hija.

Dana seguía al teléfono, terminando de hablar con la operadora del número de la policía en susurros.

—Sí, creemos que está en la casa en este momento… No lo sé… Por favor, dense prisa… Sí… Por favor, corran. —Al terminar la llamada, dijo—: Ya vienen. —Rodeó a Marissa con un brazo, y entonces vio el arma en la mano de Adam—. ¿Qué puñetas haces con eso? —dijo.

Detestaba la idea de tener armas en la casa, y más de una vez le había pedido a Adam que se deshiciera de aquélla.

—Nada —respondió él.

—Entonces, ¿por qué la tienes en la mano?

Adam no respondió.

—Guárdala, la policía llegará de un momento a otro.

—No levante la voz.

—Adam, la policía está de camino. No hay motivo para tener…

Se interrumpió al oír otro ruido. En esta ocasión no hubo ninguna duda: eran pisadas; el tipo estaba subiendo las escaleras.

—¡Ay, Dios mío! —exclamó Marissa, cubriéndose la boca y empezando a llorar.

Una vez más, Adam estaba tratando de pensar, de concentrarse, pero el estrés le ofuscaba el cerebro.

—Escondeos en el armario empotrado —ordenó.

—¿Qué vas a…? —empezó a replicar Dana.

—Nada. Meteos y punto, joder.

—Ven con nosotras.

—Escondeos de una vez… ya.

Dana pareció titubear. El llanto de Marissa era cada vez más fuerte.

—La va a oír —susurró Adam en tono apremiante.

Dana y Marissa entraron en el armario y se escondieron. Él fue hasta la puerta, sujetando la pistola junto a la oreja, apuntando al techo. Prestó atención durante varios segundos, pero no oyó nada. Se hizo la ilusión de que el sujeto había decidido volver a bajar las escaleras; quizás hubiera oído el llanto de Marissa y se marcharía de la casa sin más.

Pero entonces se oyó el crujido de otra pisada en la escalera; el hijo de puta estaba subiendo. Y aquello le afectó como si cayera en la cuenta de ello por primera vez: ¡alguien estaba dentro de su casa!

Se había criado en esa misma casa, y luego, cuando se fueron a vivir a Florida, sus padres se la habían dado siendo Marissa un bebé. Había disfrutado de hacerse mayor en Forest Hills Gardens, tan cerca de todos sus amigos, con aquellas casas y sus grandes patios traseros, aunque el barrio era más seguro en este momento de lo que lo había sido en tiempos. Como cuando tenía diez años y un chico mayor le robó su bicicleta; una tarde se le había acercado sin más con un cuchillo: «Dámela», le había dicho. Siendo adolescente, le habían atracado dos veces en Queens Boulevard, y a los veintitantos —cuando vivía en Manhattan y estaba haciendo el doctorado en la New

School— en una ocasión le habían robado a punta de pistola en el portal del edificio de viviendas de un amigo, en el Village.

Allí parado, con el arma desenfundada, escuchando a que el intruso subiera otro escalón, recordó el espanto y la impotencia que había sentido como víctima; y no quería volver a ser una víctima. Sus pensamientos eran desesperados, aunque trataba de pensar con lógica. *¿Y si el tipo tiene un arma?*, se dijo. *¿Y si está loco de atar? ¿Y si de un momento a otro se precipita escaleras arriba y empieza a disparar? ¿Y si me alcanza?*

Imaginó que era alcanzado por una bala y que se caía sin vida en el pasillo, y que luego aquel tipo encontraba a Dana y a Marissa en el dormitorio. El sujeto podría ser un violador furioso. En las noticias siempre había historias de allanamientos, de hombres que entraban a la fuerza en las casas y violaban a las mujeres, aunque él jamás había pensado que tal cosa pudiera ocurrirle realmente a él, en su propia casa.

Pero ahora podía estar sucediendo.

El tipo estaba en la escalera y se acercaba. En unos segundos podría estar en el descansillo, y para entonces sería demasiado tarde.

Todo esto se le estaba pasando a la vez por la cabeza, y no tenía tiempo para reflexionar con claridad. Si hubiera tenido más tiempo, si hubiera podido estar más tranquilo y menos disperso, podría haberse dado cuenta de que la policía iba a llegar de un momento a otro. Había una empresa de seguridad privada en Forest Hills Gardens, y se suponía que el tiempo de respuesta tenía que ser inferior a cinco minutos. Si se encerrara con llave en el dormitorio y se escondiera con Dana y Marissa, probablemente el sujeto no podría hacerles nada. Tal vez probaría a abrir la puerta cerrada del dormitorio, aunque luego se daría por vencido, y la policía llegaría.

Pero en ese momento Adam no estaba pensando en nada de eso. En lo único que pensaba era en lo mucho que quería proteger a su familia, en que no estaba dispuesto a ser una víctima de nuevo y en que algún hijo de puta había entrado a la fuerza en su casa, la casa en la que se había criado, la casa que su padre había comprado en 1956.

Oyó que el individuo subía otro escalón de la escalera, y luego otro. ¿Se lo estaba imaginando o el tipo se estaba acercando más deprisa? En el pasillo sólo había una luz de noche, una pequeña lámpara con forma de vela conectada a un enchufe a la altura del tobillo. Los ojos de Adam se habían acostumbrado, pero seguía siendo difícil ver con mucha claridad. El tipo aparecería en cualquier momento. En cuanto subiera uno o dos escalones más, Adam le vería la cabeza, o a lo mejor ese desgraciado subía corriendo y le atacaba.

Adam estaba de pie junto a la puerta de su dormitorio, y al instante siguiente se encontró en el pasillo, corriendo pistola en ristre mientras gritaba:

—¡Fuera de aquí, cabrón!

Estaba más oscuro cerca de la escalera que junto a la puerta del dormitorio. Adam vio entonces que el intruso no estaba tan arriba de la escalera como había supuesto. Quizás estuviera a la mitad, y pudo distinguir que era un tipo grande, pero eso fue todo.

Entonces vio que alargaba la mano para coger algo. Fue un movimiento repentino, y Adam supo que tenía que tratarse de un arma de fuego. Incluso creyó ver el destello de algo brillante cerca de la mano del desconocido. Si esperaba más tiempo, aquel sujeto le dispararía primero. Luego entraría en el dormitorio como una bala, encontraría a Dana y Marissa y las mataría también.

El individuo empezó a decir algo. Más tarde Adam pensaría en este momento y recordaría que el tipo había dicho: «Por favor, no...», pero ahora todo estaba ocurriendo tan deprisa que ni siquiera fue consciente de que el hombre hubiera hablado. De lo único que tenía conciencia cuando empezó a disparar era del peligro en el que se encontraban él y su familia. No estuvo seguro de si su primer disparo dio en el blanco, aunque el segundo sí, en el cuello o en la cabeza. El tipo estaba cayendo hacia atrás, empezando a desplomarse, y Adam recordó a su instructor de tiro diciendo: «Dispara al pecho, no a la cabeza», así que vació el resto del cargador, y los balazos impactaron en el pecho o en el estómago del sujeto. Éste se desplomó entonces y desapareció en la oscuridad, pero Adam oyó aterrizar su cuerpo con un golpazo a los pies de la escalera.

Se hizo un largo silencio, tras el cual se oyó un ruido abajo, pero éste no tuvo nada que ver con el tipo al que Adam había disparado.

Había alguien más en la casa.

Se oyeron unas pisadas, y luego una respiración sonora. Adam no tenía más balas. Si el otro tipo subía las escaleras o empezaba a disparar, estaba jodido.

—¡Largo de aquí o disparo! —aulló.

Fue algo inteligente, puede incluso que brillante. Hacer que el intruso creyera que aún le quedaban balas en el cargador. ¿Por qué no habría de creérselo? Adam había disparado tan deprisa que casi seguro que el individuo no podría haber contado los disparos. Y aunque los hubiera contado y supiera que había hecho diez disparos, ¿cómo sabría que no tenía más munición?

La estrategia dio resultado, o acaso el tipo estaba aterrorizado. Lo oyó salir corriendo y golpearse con algo —¿la consola?—, y a continuación oyó abrir y cerrar la puerta de la calle; el hombre se había largado.

—Adam.

Se volvió de golpe, sintiendo una punzante sacudida en el pecho. Entonces cayó en la cuenta de que Dana y Marissa estaban allí.

—¿Te encuentras bien? —preguntó su mujer.

—¡Volved al dormitorio! —les gritó.

—¿Te encuentras bien? —repitió Dana.

—¡Haced lo que os digo!

Las dos entraron en el dormitorio, y Dana cerró la puerta. A Adam le preocupaba el tipo de las escaleras. ¿Y si seguía vivo?

Extendió la mano hacia la pared del otro extremo del descansillo y puso el pulgar sobre el interruptor de la luz. Titubeó, no estando seguro de que aquélla fuera una gran idea. Podría ser que el tipo tuviera el arma apuntada hacia lo alto de las escaleras, y estuviera esperando a que Adam fuera un blanco seguro.

Encendió la luz y se tranquilizó al ver que el intruso, que llevaba un pasamontañas negro, estaba hecho un guiñapo al pie de la escalera completamente inmóvil. Empezó a bajar, poco a poco, sin apartar los ojos del cuerpo.

A medida que se fue acercando, vio que el sujeto era de piel oscura, con pinta de latino, quizá puertorriqueño. Tenía la cara y el pecho perdidos de sangre, y donde había estado el ojo izquierdo había un enorme agujero por el que rezumaban la sangre y una sustancia gris; también le faltaba un buen pedazo de la mandíbula.

Se quedó mirando fijamente el cadáver un rato, tratando de asimilar lo que había hecho.

Había disparado a un hombre. Había disparado y matado a un hombre.

Luego miró hacia la mano derecha del muerto. Dos escalones por encima de la cabeza había una linterna, pero no vio ningún arma por ninguna parte. Tal vez estuviera debajo del cuerpo.

Como en un trance, siguió mirando de hito en hito al hombre que había matado, hasta que la policía empezó a aporrear la puerta de la calle.

2

Eran casi las cuatro de la madrugada, como unas dos horas después del tiroteo, y la casa de los Bloom seguía llena de policías. Dana y Marissa estaban en el estudio de la planta baja con las amigas de la primera, Sharon y Jennifer, que habían acudido al oír los disparos. Adam estaba sentado a la mesa del comedor, enfrente del detective Clements, un tipo canoso y avejentado que apestaba a tabaco.

—Así que vio a Sánchez en el hueco de la escalera —dijo Clements.

La policía había encontrado un carné de conducir del estado de Nueva York y otra documentación en la cartera del muerto, y habían averiguado que la víctima era Carlos Sánchez, de treinta y seis años y residente en Bayside, Queens. Ya habían hecho sus averiguaciones sobre el sujeto, y descubierto que era un delincuente profesional con un amplio historial delictivo; había salido de la penitenciaría de Frishkill hacía seis meses, donde había estado cumpliendo numerosas condenas por tráfico de drogas. Adam ya había detallado todo lo que había ocurrido antes del tiroteo al menos una vez, pero Clements seguía hurgando en busca de detalles.

—Bueno, verle no le vi —respondió Adam—. Vi una figura. Ya sabe, una sombra.

Estaba agotado, de ahí que le resultara difícil concentrarse. La noche entera se le antojaba surrealista: la pesadilla con la rata negra gigante, su despertar, el tiroteo, y ahora estar sentado allí con aquel detective. Sabía que tardaría algún tiempo en poder asimilar y aceptar lo que había hecho. Mientras, le iba a explotar la cabeza de tanto que le dolía, y tres analgésicos no habían hecho el menor efecto.

—Sin embargo, se dio cuenta de que se trataba de un hombre
—prosiguió Clements.

—Sí —replicó—. Bueno, oí el ruido procedente de abajo, que
tosía o carraspeaba o lo que fuera. No había duda de que era un tío.
Mi esposa y mi hija también lo oyeron.

—Y entonces le disparó.

—No, no ocurrió tan deprisa. Quiero decir… —Tuvo que pensar; durante un momento no fue capaz realmente de recordar lo que
había ocurrido, el orden exacto de los acontecimientos. Todo estaba
borroso, fuera de su sitio. Entonces dijo con firmeza—: No le disparé sin más. Primero vi que hacía un movimiento, como si fuera a sacar un arma.

—¿Vio el arma?

—Creí verla, sí. —Se sentía incómodo, como si Clements estuviera tratando de pillarle en una mentira—. Bueno, pude verle el brazo.
Él estaba subiendo por la escalera y tuve miedo de que de un momento a otro se pusiera a disparar. Mire, ¿qué se suponía que tenía que
hacer? Ese sujeto estaba en mi casa, subiendo por las escaleras, y mi
esposa y mi hija estaban en el dormitorio. No tuve alternativa.

—¿Le hizo alguna advertencia?

—¿A qué se refiere?

Había oído la pregunta; sólo quería estar seguro de la forma de
responder. Y también estaba empezando a molestarle la conversación en general.

—¿Le advirtió que tenía un arma y le pidió que arrojara la suya?
—le aclaró Clements.

—No, pero le dije que se largara de mi casa, o algo parecido.

—¿Y qué respondió?

Adam se acordó de que el individuo en cuestión había dicho
algo, empezado a hablar, que había dicho algo como: «Por favor,
no». No se lo había mencionado a Clements porque no le pareció
necesario. De todas maneras, ¿en qué cambiaría las cosas?

—No creo que dijera nada —dijo—, pero, mire, esa parte ocurrió demasiado deprisa. Pensé que estaba a punto de ponerse a dis-

parar, que él estaba en mi casa. ¿Por qué? Tenía derecho a defender-me, ¿no es así?

—Sí, lo tenía —admitió Clements.

—Entonces, ¿por qué tengo la sensación de que me está interro-gando?

—No le estoy interrogando, le estoy preguntando.

—¿Y cuál es la diferencia?

Clements casi sonrió antes de decir:

—Mire, no creo que tenga que preocuparse legalmente de nada, ¿de acuerdo, doctor Bloom? Se encontraba en una situación difícil e hizo lo que tenía que hacer. Fue víctima de un allanamiento y, sí, eso le da el derecho a protegerse. Mientras tenga la licencia de armas al día, no creo que vaya a tener ningún problema. Tan sólo tengo que decir que es una suerte que no sea un poli. —Volvió una hoja en su libreta, y preguntó—: ¿Y qué hay del otro intruso?

—¿Qué pasa con él?

—Con él. También dijo eso antes. ¿Cómo sabe que era un hom-bre?

Adam pensó en ello durante un instante —seguía teniendo difi-cultades para pensar con claridad—, y dijo:

—Supongo que no lo sé. Me imaginé que tenían que ser dos tíos.

—Pero cuando disparó el arma no sabía que había un segundo intruso.

—Así es.

—Así que supongo que ésa es la razón de que vaciara un carga-dor entero, ¿eh? No creyó que tuviera que ahorrar balas para nadie más, ¿verdad?

Clements ya había sacado el tema de por qué Adam había hecho diez disparos, y le había explicado que lo había hecho porque no estaba seguro de si había alcanzando al tipo, que sólo había tratado de defenderse. Pero no le gustó la manera en que el detective lo es-taba planteando de nuevo, como si estuviera intentando llegar al fondo de algo.

—Sólo quise asegurarme de que lo… —Estuvo a punto de decir «mataba», pero dulcificó la expresión a tiempo— alcanzaba antes de que me alcanzara a mí.

Clements, sacudiendo la cabeza mientras examinaba la libreta, dijo:

—Por suerte no es policía, doctor. Menos mal que no es un policía.

Adam se había hartado.

—¿Hay algún problema si reanudamos la conversación más tarde o por la mañana? Estoy agotado, la cabeza me está matando y esta noche lo he pasado realmente mal, como es evidente.

—Lo entiendo, pero todavía quedan algunas cosas que tengo que aclarar, ¿vale?

Adam respiró hondo.

—¿Por ejemplo?

—Por ejemplo —dijo Clements—, el tema de cómo exactamente entraron los intrusos en la casa.

Ya habían repasado eso también, al menos un par de veces. La policía no había encontrado señales visibles de forzamiento, aunque tanto la puerta trasera de la cocina como la puerta principal habían sido abiertas con llave, y el sistema de alarma desactivado. Le había contado al detective que estaba seguro de haber puesto la alarma antes de irse a la cama, igual que hacía cada noche.

—¿No hemos tratado todo esto ya? —preguntó Adam.

Comportándose como si no lo hubiera oído, Clements preguntó:

—¿Está seguro de que cerró con llave y puso la cadena de la puerta delantera antes de irse a dormir?

—Sí.

—¿Es posible que saliera, o lo hicieran su esposa o su hija, a lo mejor al sacar la basura o algo parecido, y se olvidara…?

—No, anoche fui el último en acostarme, y eché la cadena a la puerta. Siempre cierro con llave y pongo la cadena si soy el último en irme a dormir, es parte de mi rutina nocturna. Me aseguro de que el gas está cerrado en la cocina, cierro con llave todas las puertas, pongo la alarma y me voy a la cama.

—Así que dando por supuesto que todo eso sea correcto, el otro intruso debió de quitar la cadena de la puerta delantera al salir de la casa.

—Eso tuvo que ser lo que ocurrió —admitió Adam—. Oí cerrarse la puerta delantera de un portazo.

—Por consiguiente, eso significa que los intrusos probablemente entraron en la casa por la puerta trasera.

—Sí —dijo Adam, frotándose la nuca para intentar aliviar parte de la tensión.

—¿Y está seguro de que puso la alarma y de que nadie más la desactivó después de que la conectara?

—Estoy seguro.

—Pero la alarma no estaba conectada cuando llegamos, ¿es eso correcto?

—Si la alarma hubiera estado conectada, el tipo… —Adam se contuvo—, el otro intruso la habría activado al salir.

—Eso parece lo más lógico —corroboró Clements—. Entonces ¿quién…?

—No tengo ni idea —le interrumpió.

El detective le fulminó con la mirada, aparentemente irritado por haberle cortado, y entonces continuó en voz un poco más alta.

—Entonces ¿quién, aparte de usted y su familia, conoce el código de la alarma?

—Nadie más lo conoce.

—¿Alguna vez le ha dado a alguien el código por cualquier motivo?

—No.

—¿Le ha preguntado a su esposa o a su hija…?

—Se lo preguntó usted directamente, y le dijeron que no, ¿no es así?

—Ahora se lo estoy preguntando a usted.

—¿Qué es lo que me está preguntando? ¿Si mi esposa y mi hija le mintieron?

—O si no estaban siendo completamente sinceras.

—¿Y cuál es la diferencia?

Clements mostró una sonrisa sarcástica, como si estuviera disfrutando del intercambio de palabras, pero Adam siguió serio como un muerto.

—Ellas no le han dado el código a nadie —dijo—. Nadie le ha dado el código a nadie.

—Lamento hacer de abogado del diablo, doctor Bloom, pero a menos que Houdini haya entrado a robar en su casa, alguien se hizo con ese código

—Tal vez lo robaran —objetó Adam— en la empresa de seguridad. Puede que les piratearan el sistema informático o lo que sea.

—Investigaremos esa posibilidad —admitió Clements—, pero nadie roba un juego de llaves de una empresa de seguridad. ¿Usted o alguien de su familia le prestó un juego de llaves a alguien?

—Ya le dije que sólo tenemos tres juegos de llaves de la casa y uno más de repuesto, y el de repuesto sigue estando donde estaba.

—Puede que alguien haya tenido acceso a las llaves. ¿Alguien que trabaje en la casa?

Adam lo consideró un instante antes de hablar.

—Tuvimos unos pintores en casa hace unas semanas, pero esos tipos no han tenido nada que ver con esto.

—Su esposa me ha facilitado los nombres de los pintores, el electricista, su asistenta y su jardinero. ¿Se le ocurre alguien a quien deberíamos investigar?

—No —respondió Adam.

—Me he fijado en que las llaves de la puerta trasera no son difíciles de duplicar —puntualizó Clements—. Me refiero a que parecen unas llaves normales.

—¿Ah, sí? —respondió Adam?—. ¿Y qué? —Los párpados le pesaban, y tuvo la sensación de que podía perder el conocimiento en cualquier momento.

—Bueno, es posible que alguien pudiera haber hecho copia de las llaves en algún momento —dijo Clements.

—Es posible —admitió—, pero nadie sabe dónde guardamos las llaves de repuesto.

Clements pasó una hoja y dijo:

—Su esposa me dijo que habían previsto marcharse a Florida varios días, ¿cierto?

—Así es —replicó Adam—, para visitar a mi madre.

—¿Y cancelaron el viaje por culpa de una tormenta?

—Exacto. Oímos que había una tormenta tropical a poca distancia de la costa. Dijeron que podía convertirse en huracán y alcanzar a Florida, así que pensamos que podríamos ir en otra ocasión.

—¿Cuándo decidieron no ir?

Adam pensó en ello un momento, frotándose la nuca una vez más.

—Hace dos días.

—¿Quién sabía que cambiaron de planes?

—Nadie —respondió Adam—. Bueno, tuve que notificárselo a algunos pacientes para cambiar la hora de las citas, y supongo que Dana y Marissa se lo dirían a algunas personas, pero no pusimos ningún anuncio en el periódico.

El detective, a quien no le hizo gracia la respuesta, preguntó:

—¿Alguna vez ha tenido algún paciente con tendencia a la violencia?

Adam pensó inmediatamente en Vincent, un paciente al que llevaba viendo desde hacía más o menos un mes y que le había contado la paliza que, semanas atrás, le había propinado a un sujeto durante una pelea de borrachos. También estaba Delano, un cuarentón que había apuñalado a su hermano —no mortalmente— cuando era niño.

—Sí —reconoció—. Tengo algunos.

—¿Alguien que le haya amenazado últimamente?

—No —dijo Adam—. En realidad, rara vez he tenido que enfrentarme a una situación así, si es que alguna vez lo he hecho. Soy psicólogo, no psiquiatra. Si tengo un paciente que muestra signos de esa clase de inestabilidad, lo derivo a otra parte.

—Así que supongo que se le da bastante bien lo de saber si alguien es inestable o no, ¿eh? —sugirió el policía.

A Adam no le quedó muy claro la razón por la que Clements le estuviera preguntando eso, no sabía si tenía algún propósito concreto o sólo trataba de hacerse el listillo.

—Creo que se me da bastante bien, sí.

—Entonces puede que se haya equivocado de profesión —comentó Clements—, tal vez debería estar haciendo mi trabajo. —Sonrió con suficiencia, y preguntó—: ¿Su hija trae amigos a casa?

—Por supuesto —respondió Adam—. Vive aquí.

—¿Se consume alcohol o drogas en la casa?

—¿Cómo dice?

A Adam no le gustaron los derroteros que tomaba aquello.

—Sánchez tenía múltiples antecedentes por tráfico de drogas. Puede que su hija lo conociera o fuera cliente suya.

—Es imposible que ella lo conociera, ¿vale?

—A lo mejor tiene un amigo, o un amigo de un amigo, o alguien a quien haya podido invitar a entrar en la casa, alguien que conociera el lugar, que podría haber…

—Mi hija no tiene nada que ver con esto.

—Doctor Bloom, sólo estoy…

—Y no tiene ningún amigo que hurte llaves o robe casas. Sus amigos son todos gente normal y encantadora, igual que ella.

—Me he fijado en la pipa de agua que hay en su habitación, doctor Bloom.

Una vez más, aquello le pareció algo más que «unas preguntas rutinarias».

—¿Adónde quiere llegar? —preguntó Adam.

—Estoy tratando de descifrar cómo esos intrusos entraron en su casa.

—Sí, tiene gracia, porque parece como si estuviera tratando de decir otra cosa. Mi hija no ha tenido nada que ver con esto, ¿de acuerdo?, así que dejémosla fuera.

El detective no pareció convencido, aunque preguntó:

—¿Qué hay de sus parientes?

—¿Qué pasa con ellos?

—¿Alguna enemistad en la familia? ¿Alguien con motivos para sentir rencor?

Pensó en Dana y su hermano, Mark, el maníaco depresivo. No se llevaban bien y hacía años que no se hablaban, pero Mark vivía en Milwaukee y era evidente que no tenía nada que ver con todo aquello, así que no le vio ningún sentido mencionarlo siquiera.

—No —respondió—. No hay nada parecido. Esto no tiene nada que ver con mi familia. Ni hablar. Seguro.

El detective cerró su libreta —por fin— y dijo:

—Por el momento es suficiente. Pero quiero que piense en quién podría haberse hecho con las llaves y el código de la alarma. Ahora mismo esto parece tener todos los ingredientes de que se trate de algún tipo de trabajo desde dentro. La persona o «personas» que han entrado en su casa no sólo han podido hacerlo sin problemas, sino que parecían conocerla muy bien. Vaya, que sabían que no tenía cadena en la puerta trasera y que podían entrar por allí, así que parece como si al menos uno de los autores hubiera estado en la casa con anterioridad. Puede que fuera un técnico o un fontanero, un transportista, que trajera una alfombra o lo que fuera. Así que si se le ocurre alguna ocasión en la que alguien pudiera haber tenido acceso a la llave y al código de la alarma, ¿le importaría comunicármelo lo antes posible?

—Se lo haré saber de inmediato —dijo Adam, levantándose.

—Ahora voy a tener que hablar de nuevo con su esposa y su hija —informó el policía.

—¿Me toma el pelo?

—No nos llevará mucho tiempo, pero tengo que hablar con ellas.

—¿Por qué no se puede dejar hasta…?

—Porque no se puede, ¿de acuerdo? —Su tono no dejó lugar a la discusión.

Adam y el detective salieron para dirigirse al salón, donde Dana y Marissa estaban sentadas en el sofá, enfrente de Sharon y Jennifer. Por decirlo de una manera suave, estar cerca de Sharon siempre era violento para Adam, sobre todo cuando Dana estaba en la misma habitación.

Unos cinco años atrás, cuando Adam y Dana estaban pasando por graves dificultades en su matrimonio, Sharon y su marido, Mike, también estaban teniendo problemas en el suyo. Sharon le llamó un día al trabajo y le preguntó si podía pasarse por su consulta para que le diera algunos consejos. Adam le dijo que por él no habría problema, así que quedaron en que la vería a las siete de la tarde, su última cita del día, cuando los demás psicoterapeutas ya no estuvieran en la consulta. Adam le dio algunos consejos matrimoniales de manera informal, y luego insinuó que las cosas no iban tan bien en su propio matrimonio. Había sabido muy bien lo que estaba haciendo —sacando a la luz su vulnerabilidad para hacer saber a Sharon que estaba interesado en ella—, sabedor ya de que ella se sentía atraída por él, puesto que llevaba años insinuándosele. Se compadecieron mutuamente sobre sus matrimonios durante un rato, y entonces ella le confesó que tenía frecuentes fantasías sobre que «ocurriera algo» entre ellos. Adam, que aconsejaba prácticamente a diario a gente que tenía alguna aventura, sabía que enrollarse con Sharon sería un tremendo error que podría originar una brecha en su matrimonio imposible de arreglar. Pero saber lo que hay que hacer y hacerlo realmente son dos cosas muy diferentes. Era tan humano como cualquier otro y, al sentirse adulado por el interés de otra mujer, simplemente no fue capaz de resistirse a ella.

Sólo tuvieron relaciones sexuales esa única vez, en el diván de la consulta. No había ningún problema ético, puesto que en realidad no estaba tratando a Sharon, pero no quería emprender una aventura en toda regla con ella ni enfrentarse al dolor y al drama que inevitablemente se derivarían de aquello, así que optó por la prudencia y le dijo —y ella aceptó— que tenían que considerar aquello como flor de un día y seguir adelante con sus respectivas vidas. Sharon acabó resolviendo las cosas con su marido, y Dana y Adam iniciaron una terapia de pareja y lograron mejorar su relación conyugal; bueno, en su mayor parte. Él seguía teniendo la sensación de que había graves problemas subyacentes en su relación, en especial la falta de cercanía, y pensó en confesar su aventura con Sharon. Por lo general, aconsejaba a sus pacientes que confesaran las infidelidades, porque creía que era realmente la única manera de hacer cicatrizar las heridas y restablecer el acercamiento y la confianza en el matrimonio. Pero en su caso, y dado que no se sentía implicado afectivamente con Sharon, decidió que confesar la aventura sólo serviría para herir a Dana, y que haría más daño que otra cosa. Por consiguiente, en su lugar siguió esforzándose en analizar los motivos que le habían llevado a tener la aventura y en organizar estrategias que le convirtieran en un marido mejor. Aunque se arrepentía de lo que había hecho, se negó a culpar a Dana o a sí mismo. Los matrimonios tenían altibajos, y su pequeño desliz apenas podía ser considerado atípico. Dadas las circunstancias, había hecho todo lo que había podido, y si en el futuro volvía a encontrarse en una situación similar, trataría de tomar una decisión mejor.

Habría preferido cortar por completo la relación con Sharon, pero, por supuesto, tal cosa era imposible. Se veían a menudo por el barrio o en fiestas, y ella y Dana eran buenas amigas, de la misma manera que Marissa lo era de la hija de Sharon, Hillary. Él y Mike jugaban de vez en cuando al golf en el club de campo de Adam y se llevaban bien. Sharon y él siguieron mostrando su mutua simpatía, pero, aunque evitaban hablar de la aventura, entre ambos había una ardiente atracción que probablemente seguiría allí durante el resto de sus vidas.

El detective Clements le preguntó a Marissa si le importaba acompañarle al comedor.

La chica parecía agotada.

—¿Otra vez? —preguntó.

—No pasa nada —terció Adam, fulminando al policía con la mirada—. No os llevará mucho tiempo.

Cuando su hija y Clements se marcharon, Dana les dijo a Sharon y a Jennifer:

—Deberíais iros a casa ya, es tarde.

—¿Estás segura? —preguntó Sharon—. Porque si quieres que nos quedemos...

—No, va todo bien, de verdad. Hablaré con vosotras mañana.

—Ya sé —dijo Jennifer—, traeremos bollos y café por la mañana.

—No es necesario que lo hagáis —insistió Dana.

—No, queremos hacerlo —terció Sharon.

Sharon y Jennifer la abrazaron por turnos y luego se acercaron y abrazaron a Adam. Procurando hacer caso omiso del muy familiar olor del perfume de Sharon y de que éste le estaba empezando a provocar una erección, Adam dijo:

—Muchas gracias por venir.

Lo dijo en serio, de todo corazón. Era todo un detalle por parte de Sharon pasar a verlos en plena noche para apoyarlos. No tenía ninguna obligación de hacerlo.

—Cómo no iba a venir —replicó ella—. ¿Por qué no habría de hacerlo?

Cuando Sharon y Jennifer se hubieron ido y Dana y Adam se quedaron solos en el salón, ella preguntó:

—¿Por qué quiere volver a hablar con Marissa?

No quiso contarle que Clements había hecho mención de la pipa de agua que había en la habitación de Marissa, sabiendo que eso sólo serviría para inquietarla. Decidió que le hablaría de ello por la mañana.

—Creo que sólo quiere hacerle algunas preguntas rutinarias más —la tranquilizó—. Sabe lo cansados que estamos, así que creo que sólo estarán unos minutos.

Se dio cuenta de que Dana sabía que le estaba ocultando algo

—una mujer siempre sabe; a decir verdad, casi siempre—, pero ella lo dejó correr.

—Bueno, ¿cómo lo llevas? —preguntó Dana.

—Bien, dadas las circunstancias.

—Tal vez deberías hablar con alguien.

Antes, el detective Clements le había preguntado si quería hablar con un psicólogo, lo que a Adam se le antojó una pregunta un tanto rara para hacérsela a un psicólogo.

—Haré una sesión con Carol —comentó.

Carol Levinson era una de las psicoterapeutas con quien Adam compartía consulta. No estaba en tratamiento formal con ella, pero hablaban cuando lo necesitaba.

—No te preocupes por mí, estaré bien —continuó—. ¿Cómo estás tú?

—Estoy bien —contestó ella—. Supongo.

Había cierta frialdad en el tono empleado por Dana, un trasfondo de hostilidad, y Adam sabía que tenía que ver con el arma. Su esposa se había opuesto a tenerla en casa, y le había pedido varias veces que se deshiciera de ella. Él le había explicado que le parecía que era necesaria, y también que se sentía demasiado vulnerable y desprotegido sin la pistola, y al final Dana había decidido que, siempre que la mantuviera oculta, por ella no había problema. Pero ahora sabía que estaba resentida y que le culpaba en secreto por el tiroteo. Por supuesto, no diría nada al respecto; al menos no en ese momento. No, ése no era su estilo. En situaciones así, siempre evitaba el enfrentamiento y con frecuencia se mostraba silenciosamente agresiva. Primero lo dejaría hervir a fuego lento durante algún tiempo para aumentar el dramatismo, y luego, puede que al cabo de un par de días, lo sacaría a colación.

—Te diría que te fueras a dormir ya —dijo Adam—, pero creo que Clements también va a querer a hablar contigo otra vez.

—Lo único que quiero es a todos esos policías fuera de casa.

—Yo también. Pero ya no pueden demorarse mucho más.

—¿Sigue el cadáver ahí?

—No lo sé, no lo he comprobado.

—¿Siguen fuera los periodistas?

—Probablemente.

—No quiero salir en los periódicos —manifestó Dana—. No quiero que mi nombre ni tu nombre, ni por supuesto el nombre de Marissa, aparezcan en las noticias.

—No creo que haya manera de evitarlo.

—Dios mío, ¿crees que será noticia de primera plana?

Adam creía que el asunto podía ocupar la primera plana de todos los principales periódicos —un tiroteo en un barrio acomodado de Nueva York tenía que ser una noticia importante—, pero quiso apaciguarla y dijo:

—Lo dudo.

—Sin duda saldrá en los noticieros de la televisión —vaticinó Dana, que no parecía apaciguada en lo más mínimo—. Vi todas las cámaras ahí fuera. En el de New York One seguro, y probablemente en todos los informativos locales.

—Nunca se sabe —dijo Adam—. Mañana habrá probablemente otras grandes noticias, y ésta acabará enterrada.

Vio que Dana seguía sin creerse ni una palabra. Bueno, al menos él lo había intentado.

—¿Y qué hay del otro sujeto? —preguntó Dana—. ¿Te ha dicho algo el detective de que cree que vayan a encontrarlo?

—Estoy seguro de que darán con él pronto, puede que antes de mañana —dijo Adam. Se daba cuenta de lo alterada que estaba, así que la besó y la abrazó con fuerza—. Siento muchísimo todo esto. De verdad. —Mantuvo el abrazo un rato más, y supo que Dana estaba considerando volver a decir algo acerca del arma, y que estaba necesitando echar mano de todo el dominio sobre sí misma para no arremeter contra él por el tema.

Así que se soltaron.

—Sólo quiero que todo esto desaparezca. Quiero irme a dormir y despertarme y descubrir que nada de esto ha ocurrido jamás —dijo Dana.

Varios minutos más tarde, Marissa regresó de hablar con el detective, y entonces Dana entró en el salón para responder a algunas preguntas más. La chica parecía afligida, lo que hizo que Adam se sintiera fatal. Antes le había llamado papaíto, y se dio cuenta de que a pesar de todo su mal comportamiento reciente, seguía siendo su niña pequeña. Le dio un fuerte abrazo y la besó en la coronilla.

—No te preocupes, chiquilla. Las cosas volverán pronto a la normalidad, ya lo verás.

Seguía habiendo policías y demás personal policial en la cocina, en el salón y sobre todo cerca de la escalera, que espolvoreaban en busca de huellas y, según parecía, de otras pruebas forenses. Adam miró por la ventana y vio que las furgonetas de los medios de comunicación seguían allí, y que los periodistas merodeaban por el césped; y también había algunos vecinos. Sabía que probablemente los periodistas estaban esperando para hablar con alguien de la familia, confiando en obtener alguna buena y jugosa declaración, así que decidió que debería quitárselos de encima.

Salió de la casa y aquello le resultó muy surrealista: de pie delante de su casa a las cuatro de la mañana, con todas las luces en la cara y los periodistas haciéndole preguntas a gritos. Reconoció a un par de ellos: a «No sé qué Olsen», de Fox News, y al joven negro del Canal 11. Alguien sujetaba una pértiga con un micrófono en el extremo sobre su cabeza, y algunos periodistas le estaban metiendo los micrófonos de la ABC, WINS, NY1 y otras emisoras en la cara. No estaba acostumbrado a esa clase de protagonismo; por lo general trataba de evitar ser el centro de atención. Llevaba años padeciendo glosofobia, una especie de terror a hablar en público, y normalmente procuraba quedarse en segundo plano y ser un mero observador. En los congresos de psicología jamás hacía una presentación a menos que fuera absolutamente inevitable, y entonces se veía obligado a recurrir a diversas estrategias cognitivo-conductuales para sobreponerse a su angustia.

—¿Por qué le disparó? —preguntó el tipo del Canal 11.

—No tuve elección —respondió, sudando ya—. Estaba subiendo las escaleras en plena noche, y cuando le grité que se largara, no lo hizo. Creo que cualquiera en mi situación habría hecho lo mismo que yo.

—¿Sabía que no iba armado? —preguntó «No sé qué Olsen».

—No, no lo sabía.

—¿Lo volvería a hacer? —preguntó a gritos un tipo del fondo.

—Sí —respondió Adam—. Si me encontrara en la misma situación, si alguien allanara mi casa y yo pensara que mi familia corría peligro, creo que lo haría de nuevo. Sin duda.

Hubo muchas más preguntas, y todas tenían el mismo tono ligeramente acusador. Adam estaba sorprendido, porque había pensando que sería tratado con más comprensión por la prensa. Por el contrario, se sintió como cuando Clements le había estado preguntando, como si los periodistas estuvieran tratando de ponerle en un brete, como si intentaran sacarle alguna verdad oculta que no existía.

Pero permaneció allí fuera durante media hora o más, capeando todas las preguntas que le hacían los periodistas con calma y educación. Utilizó las técnicas que a veces sugería a sus pacientes —concentrarse en la respiración, hablar desde el pecho más que desde la garganta— y poco a poco se fue sintiendo más relajado, casi normal. Cuando los periodistas acabaron de preguntar, les dio las gracias por su tiempo y volvió a entrar en la casa.

3

Cuando Marissa oyó los disparos, estaba convencida de que su padre estaba muerto. Dios, menuda estupidez salir allí con la pistola y empezar a disparar, ¿en qué estaría pensando? Pero así era su padre: cuando tomaba la decisión de hacer algo, se volvía absolutamente irracional.

Escondida en el armario empotrado con su madre, había empezado a gritar, pero ésta le había puesto una mano en la boca, silenciándola.

—Chist.

También se dio cuenta de lo furiosa que estaba su madre por lo del arma. Todo había ocurrido tan deprisa que ninguna de las dos había podido hacer algo para detenerlo.

El tiroteo acabó enseguida —no pareció durar más que unos segundos— y la casa se quedó en silencio.

—Espera aquí —le dijo su madre, que salió a ver qué estaba sucediendo. Marissa, temiendo que fueran a dispararle también a ella, intentó detenerla, pero entonces vieron a su padre en el descansillo, con el arma en la mano. Parecía tan aterrorizado y consternado; y entonces se puso como loco y les gritó a ambas que volvieran a meterse en la habitación.

Al cabo de unos minutos se reunió con ellas.

—¿Lo has matado? —preguntó su madre.

—Sí.

—¿Está muerto?

Su padre tragó saliva y carraspeó antes de contestar.

—Sí, está muerto.

Cuando llegó la policía, su padre bajó para hablar con ellos y explicarles lo que había ocurrido. Entonces oyeron más sirenas, y llegaron más policías. Marissa y su madre permanecieron arriba un rato más, hablando con cierto policía que a ella le dio asco por la manera de sonreírle y de mirarle las tetas; luego bajaron por la escalera trasera. Al pasar junto a la escalera principal, Marissa echó un vistazo por encima del hombro, mirando hacia el pie de la escalera, y vio la sangre y las piernas del fiambre, los vaqueros que llevaba y una zapatilla de deporte negra hasta el tobillo. Dios, qué desastre.

Una vez abajo, un poli se llevó a Marissa y a su madre al salón, donde empezó a hacerles peguntas. Su madre estaba mucho más centrada que ella, o al menos dio esa impresión. Fue capaz de describir todo lo que había sucedido, pero cuando le tocó el turno a Marissa, le costó mantener la coherencia de sus ideas, y pensó que parecía dispersa.

Después de lo que se le antojó una eternidad, su padre entró en el salón.

—¿Cómo os va, chicas? ¿Estáis bien?

Marissa se percató de que intentaba aparentar entereza. Estaba tratando de tomar las riendas, de ser el señor Fuerte, el señor Estoy al Mando, pero su padre nunca había sabido manejar sus emociones tanto como pretendía. El hecho de que fuera un loquero no significaba que no estuviera tan jodido como el resto del mundo. Marissa se daba cuenta de que por dentro estaba aterrorizado, hecho una verdadera mierda. Le dio lástima, aunque también tenía muy claro que había sido él el que se había metido en aquella situación. Nadie le había mandado que comprara aquella arma. Nadie le había mandado apretar el gatillo.

—Acaba de llegar un detective —dijo su padre—. Va a querer hacernos algunas preguntas. —Parecía ausente, inexpresivo.

—¿Te encuentras bien? —le preguntó su madre. Era evidente que estaba furiosa, aunque trataba de contenerse.

—Me recuperaré, no te preocupes por mí —replicó él. Entonces, sin ninguna emoción, añadió—: Bueno, no han encontrado ningún arma.

En ese momento Dana montó en cólera, y estaba que echaba humo por las orejas. Pero Adam pareció no darse cuenta. ¿Cómo era posible? Era tan evidente.

—¿Están seguros? —preguntó Dana.

—Sí —respondió Adam—, pero no es culpa mía. Le vi tratar de coger algo. ¿Qué se suponía que tenía que hacer?

Marissa comprendió que buscaba consuelo, pero era imposible que lo fuera a obtener de su madre.

—Tengo que sentarme —dijo Dana.

Minutos después, cuando su padre salió del cuarto de estar para ir a hablar con el detective que acababa de llegar, su madre le dijo:

—¿En qué coño estaba pensando?

No era propio de ella decir palabrotas. La verdad es que daba un poco de miedo.

—No lo sé. No tengo ni idea —dijo Marissa—. Cuando cogió el arma, no me lo podía creer. «¿Qué se cree que está haciendo?», me dije.

—En este momento estoy tan furiosa que sólo deseo... sólo deseo estrangularlo.

Su madre tenía la cara roja. Marissa no recordaba la última vez que la había visto tan furiosa. Quizá nunca.

Aunque ella misma estaba bastante cabreada con su padre, tuvo la impresión de que tenía que tranquilizarla, así que dijo:

—Supongo que hizo lo que pensó que tenía que hacer.

—¿Pensó que tenía que disparar a alguien? —le retrucó su madre—. Vamos, no me agobies, ¿de acuerdo? Yo estaba pidiendo ayuda por teléfono, ¿cuánto tardó la policía en llegar?, ¿cinco minutos? Podríamos habernos encerrado con llave en el dormitorio, y escondido en el armario empotrado. No tenía por qué sacar el arma, y por supuesto que no tenía que disparar a nadie.

—Quizá fue como dijo, que pensaba que se estaba defendiendo.

—Me trae sin cuidado lo que pensara —replicó su madre—. ¿Cuántas veces le dije que se deshiciera de esa estúpida pistola? No hace ni unas semanas que le dije que no me sentía cómoda con un arma en casa, y me salió con su habitual —intentó imitar a su marido poniendo la voz más grave—: «Es sólo por protección. De hecho, no la utilizaré jamás». —Luego, con su voz normal, añadió—: Sabía que iba a ocurrir algo así, era sólo cuestión de tiempo.

El detective Clements entró en el salón para hablar con Marissa y Dana. Le dijeron prácticamente lo mismo que al primer poli. Dana llevó la voz cantante. Entonces Clements y el padre de Marissa volvieron al comedor para otra serie de preguntas. Sharon Wasserman y Jennifer se habían pasado a verlos. Marissa era íntima amiga de la hija de Sharon, Hillary, que había acabado la carrera en Northwestern el año anterior y ahora estaba viviendo en la ciudad. El hijo de Jennifer, Josh, que estaba estudiando derecho en la George Washington, había sido el primer novio de Marissa cuando estaba en primaria.

Después de lo que pareció al menos una hora, Clements y su padre regresaron, y el detective dijo que quería hablar con ella, esta vez a solas. Marissa estaba agotada y sólo quería meterse en la cama y quedarse frita, y no entendía por qué tenía que responder a las mismas preguntas una y otra vez.

Volvió a entrar en el comedor con Clements y se sentó enfrente de él a la mesa.

—Sé que es tarde —empezó el policía—, pero hay algunas cosas más que tengo que aclarar con tu ayuda.

—De acuerdo —dijo Marissa, cruzando los brazos por delante del pecho enérgicamente.

—Tus amigos —dijo el policía—, ¿hay alguno que tenga antecedentes penales?

—No.

—No hablo necesariamente de cumplir condena. Me refiero a cualquiera que pueda haber robado algo en el pasado, o comentado que quisiera robar algo, o…

—Si piensa que uno de mis amigos entró a robar en nuestra casa con ese tipo, es que está loco.

—¿Qué me dices del consumo de drogas? ¿Alguno de tus amigos está enganchado a las drogas?

Por supuesto que sus amigos consumían drogas. Bueno, algunos. Tenía veintidós años, por Dios... Pero ¿qué se suponía que tenía que hacer?, ¿delatar a sus amigos a un policía?

—No —respondió.

El detective no pareció tragárselo.

—Perdona —dijo—, pero vas a tener que contestar estas preguntas con sinceridad.

Marissa pensó: *Sí, claro, no estoy bajo juramento*, y preguntó:

—¿Qué tienen que ver mis amigos con que hayan entrado a robar en nuestra casa?

—¿A quién le compras la hierba que fumas, Marissa?

Bueno, ahora no sólo estaba angustiaba, sino que empezaba a asustarse de verdad. Tenía una pipa de agua en su habitación y unos diez dólares en hachís en una bolsa que guardaba en la parte posterior del cajón de la ropa interior. No sabía si Clements había subido ya a su habitación, aunque probablemente sí. Sin embargo, no era tan tonta como para admitir consumir drogas delante de un policía.

—¿De qué me está hablando? —preguntó.

—He estado en tu habitación.

A Marissa le latía el corazón tan deprisa y con tanta fuerza que la pareció que estaba haciendo que se balanceara adelante y atrás.

—Mire, se lo digo en serio, ninguno de mis amigos tiene nada que ver con esto, es una locura.

—Te lo preguntaré por última vez. ¿De dónde sacas las drogas?

Quería llorar, pero no se lo iba a permitir.

—No consumo drogas.

—Vi la pipa de agua en tu...

—Se la dejó una amiga, ¿vale? Sólo se la estoy guardando.

—Guardando, ¿eh? —El policía sonrió con suficiencia.

Marissa era una mentirosa de mierda y sabía que lo que decía no era creíble.

—Es mía, ¿vale? ¿Qué es lo que va a hacer?, ¿detenerme por tener una pipa de agua?

—La posesión de marihuana es un delito.

—La hierba no es mía —replicó desesperadamente.

—Esta es la última vez que te lo voy a preguntar —insistió Clements—. ¿Quién te consigue la hierba?

—Mi amigo Darren.

—¿Cómo te pones en contacto con él?

Menudo mamón que era aquel tipo.

—¿Por qué tiene que…?

—¿Cuál es su número de teléfono?

Darren era un tío con el que había ido a Vassar —un ligue intermitente— y que ahora estaba viviendo de nuevo con sus padres en el Upper West Side. Si lo trincaban, la iba a matar, joder.

Le dio el número de Darren.

—Pero, por favor, no le llame. Se lo digo en serio, no tiene nada que ver con esto.

El detective la ignoró.

—¿Algún amigo tuyo ha cometido algún delito o hablado de su intención de hacerlo o cumplido condena por un delito?

Marissa pensó inmediatamente en Darren, que en una ocasión había pasado una noche en una celda de Poughkeepsie, después de que la policía hubiera parado su coche y le hubieran encontrado un canuto en el interior. Pero ¿en cuántos problemas iba a meter al pobre muchacho?

—No —respondió—. Ninguno.

—Sé que ya hemos repasado esto, pero ¿habías visto alguna vez a Carlos Sánchez?

—Jamás.

—¿Cómo lo sabes?

—Porque lo sé, por eso.

El detective colocó una pequeña bolsa de plástico encima de la mesa con un carné de conducir dentro.

—¿Te resulta familiar?

Marissa le echó un vistazo a la foto: un tipo zarrapastroso, bastante feo, con unos ojos fríos y separados. No le había visto en su vida.

—No, no lo había visto nunca —dijo.

Clements no pareció satisfecho.

—¿En alguna ocasión le has dejado prestada a alguien la llave de la casa o...?

—No, nunca le he dejado ninguna llave a nadie, en la vida.

—¿Me estás diciendo la verdad?

—¿Piensa que le di una llave a alguien y le dije que viniera a robar a mi casa?

—¿Es eso lo que ocurrió?

—No, claro que no.

Marissa no se lo podía creer.

Clements se levantó.

—Muy bien, ahora vas a tener que acompañarme.

—¿Acompañarlo adónde?

—Un momento a la escalera. Quiero que le eches un vistazo a Sánchez.

Marissa sintió náuseas de pronto.

—¿Se refiere a mirar ese cadáver?

—La foto del carné de conducir es de hace varios años —le explicó Clements—, y el tipo ha engordado mucho. Quiero que veas si lo reconoces.

—¿Tengo que hacerlo?

—Sí, tienes que hacerlo.

Aunque jamás había visto un cadáver con anterioridad —bueno, excepto en unos cuantos funerales a los que había asistido—, sólo quería irse a dormir y realmente todo lo demás le traía sin cuidado. Acompañó a Clements al vestíbulo. El cuerpo seguía al pie de la escalera, despatarrado igual que antes, salvo que en ese momento Marissa pudo verlo entero. Unos técnicos forenses estaban trabajando cerca del cuerpo, puede que recogiendo restos de ADN o buscando huellas dactilares o lo que fuera, y había sangre

—parecía morada— en el peldaño inferior y en el suelo delante de la escalera. Había mucha más sangre de la que Marissa había esperado ver, lo cual le revolvió bastante las tripas, pero entonces, cuando se acercó, miró al tipo muerto a la cara. Tenía los ojos a medio abrir, y un hilillo de sangre le manaba de la nariz. Había algo extraño en su boca, y entonces se percató de que le faltaba la mayor parte de la mandíbula.

—¡Ay, Dios mío! —exclamó.

Malinterpretando sus palabras, Clements le preguntó:

—¿Le reconoces?

Marissa empezó a alejarse.

—No, no tengo ni idea de quién es. ¿Me puedo ir ya? ¿Puedo irme?

Cuando regresó al salón, Clements quiso hablar con su madre, así que ella y su padre se quedaron solos.

Él la abrazó y le aseguró que las cosas no tardarían en volver a la normalidad —*Sí, claro*—, y luego le preguntó:

—Bueno, ¿cómo te ha ido?

No le respondió de inmediato.

—Me obligó a ver el cuerpo.

—¿Qué? —Marissa vio que su padre se alteraba en serio—. ¿Por qué ha hecho eso?

A ella no le apetecía hablar del asunto. Las cosas llevaban siendo tensas y difíciles entre ellos desde…, bueno, desde hacía años, pero desde que había terminado la universidad, la relación entre ambos se había vuelto aún más tirante debido a que su padre no paraba de darle la paliza para que consiguiera un trabajo y se fuera a vivir por su cuenta. El plan de Marissa había sido vivir en casa una temporada, hasta que pudiera mantenerse por sí misma, así que había conseguido un trabajo a tiempo parcial en el Museo Metropolitano de Arte por medio de un profesor de historia. Pero no le caía bien su jefe y el trabajo no había tenido prácticamente nada que ver con el arte —su principal cometido había consistido en ocuparse del alquiler de auriculares para las visitas guiadas—, así que al cabo de un mes más o menos no pudo soportarlo más y lo dejó. Había estado enviando currículos y acudiendo a entrevistas, pero su padre no aflojaba en su empeño de recordarle la «gran oportunidad» que había desperdiciado. A veces hasta se le hacía difícil estar en la misma habitación con él.

—Quería que viera si lo reconocía —le explicó—. Qué más da.

Estaba agotada y la verdad es que no le apetecía nada seguir hablando.

Pero su padre no lo iba a dejar así como así.

—Esto ya está adquiriendo unos tintes ridículos. Bajo ningún concepto debería haberte obligado a ver el cadáver. Pues sí que estamos buenos, ¿qué sentido tiene eso? —Sacudió la cabeza, rumiando—. ¿También te preguntó por tu pipa de agua?

Dios santo, Marissa no quería tener esa conversación ahora, no en plena noche y estando tan agotada.

—Sí —contestó—, pero no tuvo ninguna importancia.

—¿Cuántas veces te he dicho que te deshicieras de ella?

—Nunca me has dicho que me deshiciera de ella.

—Te dije que no quería que fumaras en casa.

—Creo que he fumado en casa dos veces desde que terminé la carrera, pero si tanto te molesta, dejaré de hacerlo.

—Y tampoco quiero que vuelvas a beber en casa.

—¿Cuándo he bebido en casa?

—La otra noche…, cuando te vinieron a ver Hillary y aquel individuo.

—Aquel «individuo» era Jared, el amigo de Hillary, que está haciendo medicina, y bebimos vino. Me parece que bebimos una copa cada uno.

—Bien, no quiero más bebidas en casa nunca más. ¿Queda entendido?

—Esto es ridículo —replicó Marissa—. No he hecho nada malo. Sólo la estás pagando conmigo.

—¿Qué has dicho? —preguntó su padre, levantando ligeramente la voz.

—Me parece que esto no tiene nada que ver con mi pipa de agua ni con beber vino. Tiene que ver contigo y tu pistola.

Su padre la miró como la miraba tan a menudo en los últimos tiempos, como si la odiara.

—Vete a la cama —le ordenó.

—¿Lo ves? —dijo Marissa—. No he hecho nada malo, y me tratas como si tuviera diez años.

—Mientras te comportes como si tuvieras diez años, te trataré como si tuvieras diez años. Ahora vete a la cama.

Cuando se ponía así, no tenía sentido discutir con su padre, así que salió de la habitación. Seguía habiendo un montón de policías delante de la casa, aunque parecía que por fin se habían llevado el cuerpo. Para evitar todo aquel tumulto y, lo que era peor, otro enfrentamiento con aquel mamón de Clements, utilizó la escalera trasera para subir a su dormitorio.

Tumbada en la cama, tratando de quedarse dormida, de pronto recordó que le había dado al detective Clements el número de Darren. Lo llamó y le dejó un mensaje desesperado, contándole que la policía había encontrado marihuana en la habitación y que él tenía que sacar todas las drogas de su piso lo antes posible.

De nuevo en la cama, se puso los auriculares de su iPod y escuchó los temas de Tone Def, aquel nuevo grupo de música alternativa, punk y *postgrunge* a la que estaba enganchada. Seguía furiosa con su padre por arremeter contra ella, y rezó para que de una u otra manera aquello se olvidara pronto. La vida en casa ya había sido bastante difícil últimamente; si las cosas empeoraban, no podría soportarlo.

4

Cuando se despertó, Adam se sentía mucho mejor. Había conseguido dormir profundamente varias horas, y hacía un día soleado y lumi-
noso; unas franjas de sol se colaban entre las lamas de las persianas, ex-
tendiéndose por la habitación. Echó un vistazo al reloj: las 9.27. Había
decidido cancelar las citas con los pacientes ese día, pero se sintió lo bastante bien para trabajar y decidió hacer algunas sesiones por teléfono.

No pensó en absoluto en el tiroteo hasta que bajó y pasó junto al
lugar de la escalera donde el cuerpo había caído. No miró con mucha atención, pero le pareció como si los técnicos de la policía o los
empleados de la ambulancia o quienquiera que fuese hubiera hecho
un trabajo excelente limpiando toda la sangre e incluso reparando
algunos de los daños de la pared. Era casi como si aquello no hubiera ocurrido nunca.

Dana no estaba en la cocina, pero había indicios de que había
estado allí: una jarra de café en el fregadero; algunas migas —probablemente de un bollo— en la encimera; el *Times*, abierto y plegado
por la página del crucigrama, encima de la mesa de la cocina. No
había señal de que Marissa hubiera bajado todavía, ni él esperaba
que la hubiera. La mayoría de los días su hija dormía hasta por lo
menos las once, y a veces hasta pasado el mediodía. Ese día probablemente dormiría hasta la una o las dos.

Se sirvió una taza de café y abrió el periódico. Aunque había
hablado con un periodista del *Times* en algún momento de la noche
anterior, además de con los reporteros del *News* y el *Post*, sabía que
la noticia sobre el robo y el tiroteo no podría llegar a tiempo para los
periódicos de ese día. Pero con toda seguridad aparecería en todos
los principales periódicos del día siguiente.

Echó una ojeada a la primera plana, donde leyó la noticia sobre los últimos atentados terroristas en Israel e Irak y pasó directamente a la sección de deportes. Los Jets jugaban contra los Patriots el domingo y leyó la crónica sobre el partido. Después de terminar el café y leer por encima un artículo sobre una nueva y prometedora medicina contra la esquizofrenia, se conectó a la Red con su BlackBerry y envió un correo electrónico a una paciente, Jane Heller, preguntándole si quería hacer una sesión telefónica esa tarde a las cuatro. También envió un correo electrónico a Carol, su colega, para ver si tenía tiempo para una sesión en algún momento de esa semana.

Como afuera parecía reinar la paz, se preguntó si habría todavía algún vecino delante de la casa. Fue al salón y apartó las persianas. Una furgoneta de la Fox News estaba aparcada al otro lado de la calle, pero eso era todo.

Cuando se dirigía arriba para ducharse y vestirse, tuvo que pasar una vez más junto al sitio donde había estado tirado el cadáver. ¿Cómo había dicho Clements que se llamaba?, ¿Sánchez? Sí, Sánchez, Carlos Sánchez. Miró fijamente el lugar durante un rato lleno de remordimientos, hasta que se recordó que había sido Sánchez el que tomó la decisión que le había conducido a la muerte, no él. Si hubiera matado a alguien sin ningún motivo, si hubiera asesinado a alguien, o incluso si hubiera matado a alguien por accidente, por un error que hubiera cometido, tendría algo por lo que sentirse culpable. Por ejemplo, si hubiera matado a alguien en un accidente de tráfico, habría tenido que asumir la responsabilidad. Pero aquella situación había sido algo totalmente distinto. Eso no había sido un accidente; eso había sido un caso de legítima defensa.

Se metió en la ducha, y bajo el chorro de agua caliente consiguió relajarse. Recordó el sueño que había tenido, el de la rata negra. Le intrigaba la razón de que el sueño hubiera empezado en su consulta. ¿Estaba realmente relacionado con el trabajo o su consulta simbolizaba un lugar familiar donde se encontraba cómodo? ¿Y qué significaba que la rata negra empezara siendo Jodi Roth o Kathy Stappini? La rata era amenazante, pero Jodi y Kathy apenas podían ser consideradas tal cosa. Pensó que podría tener que ver con la relación psicoterapeuta-paciente en general. Como psicoterapeuta estaba en una posición de dominio, pero entonces la perdía cuando era atacado por la rata. Así que tal vez el sueño tuviera que ver con la pérdida de la autoridad o, más concretamente, con la de ser atacado. ¿Cuándo se había sentido atacado? Pensó en su dominante madre, en su padre distante, en los matones que lo habían atormentado durante toda la enseñanza elemental y el instituto, y en que a veces en su matrimonio se había sentido atacado por Dana. Tal vez la rata fuera realmente Dana, que lo atacaba simbólicamente, que lo asfixiaba.

Tomó nota mental para sacar todo esto en su sesión con Carol.

Cuando salió de la ducha, envuelto en una toalla, su mujer estaba en el dormitorio completamente vestida con vaqueros y una escotada camiseta de cuello redondo y manga larga de color negro. Estaba buscando algo en el cajón superior del tocador.

—Buenos días —la saludó Adam.

Ella esperó un par de segundos antes de responder.

—Buenos días.

Comprendió que seguía enfadada por lo del arma. Siempre sabía cuándo estaba enfadada y qué era exactamente lo que la enfadaba, aunque ella rara vez expresaba su enfado de una manera adecuada y productiva.

Pero él no estaba de humor para enzarzarse en una discusión con ella sobre su enfado, así que dijo:

—Parece que los periodistas se han ido, ¿eh?

—Hablé con un par de periodistas esta mañana —dijo Dana. Empleó un tono monocorde; era evidente que estaba conteniendo su ira.

—¿Ah, sí? —preguntó Adam—. ¿De qué medios?

—No lo sé. —Seguía buscando en el cajón—. De la televisión, de la prensa, qué importa.

Adam arrojó la toalla en la cesta y se quedó desnudo. Alcanzó a verse en el espejo y, como era habitual, metió un poco la tripa. No estaba en tan mala forma para su edad —solo unos cinco o siete kilos de más—, aunque le avergonzaban los michelines de la barriga. En realidad tenía que empezar a correr de nuevo, y a jugar al tenis de manera regular en el club de campo. Jugaba al golf con frecuencia, pero circular por ahí en un carrito del golf no servía de gran cosa para su cintura. Tenía que hacer más abdominales, tomárselo en serio. Le faltaban tres años para cumplir los cincuenta, y quería ser un cincuentón delgado.

—Bueno, parece que el asunto se olvidará —comentó distraídamente.

Dana cerró el cajón y se volvió hacia él, todavía evitando mirarle a los ojos, y dijo:

—No está aquí.

Adam ya no se estaba mirando al espejo, aunque seguía distraído.

—¿Qué es lo que no está?

—El papel en el que escribí el código para conectar la alarma.

Ahora sí que tenía toda la atención de Adam, que se la quedó mirando.

—¿De qué estás hablando?

—Esta mañana, cuando me desperté, me acordé de que tenía el número, el código, lo que sea, escrito en un pequeño pedazo de papel. ¿No te acuerdas?, lo escribí cuando compramos la alarma porque tú tenías el código en aquella tarjeta que te dieron, pero yo no lo tenía.

—Muy bien —dijo Adam. En realidad no recordaba nada de aquello; sólo la estaba animando.

—El caso es que pensé que lo había metido en el cajón del escritorio del gabinete, ya sabes, donde guardamos las facturas viejas, pero esta mañana lo comprobé, y no estaba allí. Y lo he buscado ya por todas partes y no lo encuentro en ningún sitio.

—Puede que lo tirases.

—Tal vez, pero estaba convencida de que estaba en el cajón de abajo.

Dana, al contrario que Adam, era una persona muy ordenada, y generalmente no extraviaba las cosas.

—¿Lo has buscado a conciencia?

—Por supuesto que lo he buscado a conciencia, pero no estaba allí.

—Vale, tranquilízate.

—Estoy tranquila —retrucó ella, aunque era evidente que no lo estaba. Le estaba mirando a los ojos por primera vez esa mañana, fulminándolo con la mirada de una manera muy fría y distante.

—Bueno, ¿y en qué otro sitio podría estar? —preguntó él.

—Bien, como es evidente, pensé que estaría en el cajón de aquí arriba.

—¿Has comprobado en la cocina?

—Seguro que no lo guardé en la cocina.

—¿Y debajo del cajón del escritorio? A veces los papeles se desparraman por el borde y se caen...

—Ya lo he comprobado y no estaba allí. ¿Debería llamar al detective Clements para decírselo?

—Eso me parece un poco ridículo.

—¿Por qué? Él piensa que alguien tenía el código de la alarma, y un papel con el código ha desaparecido.

—Vale, muy bien —admitió Adam—. Si quieres llamarle, llámale. La verdad es que da lo mismo una cosa que otra, pero yo buscaría por ahí una vez más antes de hacerle perder el tiempo, eso es todo.

Se estaba poniendo los vaqueros; la condenada espalda le estaba molestando de nuevo. No estaba mirando a Dana, aunque sabía que seguía en la habitación. Probablemente le estuviera mirando furiosa, con las manos cruzadas delante del pecho. Se giró un momento para ver si estaba en lo cierto. Sí, lo estaba.

—Bueno, ¿has hablado ya con Marissa hoy? —le preguntó Dana.

—No creo que se haya levantado todavía. Supongo que no tendría ninguna entrevista de trabajo esta mañana —dijo Adam con una sonrisa de suficiencia.

—¿Crees que alguno de sus amigos podría estar involucrado?

—Eso es descabellado —replicó Adam.

—A mí también me lo parece —convino Dana—, pero el detective no paró de preguntarlo. No creo que lo hubiera preguntado si no creyera que había alguna posibilidad de que...

—Vamos —le interrumpió Adam—, ese hombre se llamaba Carlos Sánchez. Nunca le he oído hablar de ningún Carlos Sánchez, ¿y tú? Además, era un tipo mayor. No, seguro que no tiene nada que ver con ella.

—Podría ser su camello —insistió ella.

—Oh, venga ya, lo dudo de veras.

—¿Por qué? Ha estado fumando maría en su habitación, y la hierba tiene que haber salido de alguna parte.

Adam pensó en eso mientras abría el cajón de su cómoda y rebuscaba entre el montón de camisas plegadas. No era absolutamente imposible que el allanamiento estuviera relacionado de alguna manera con Marissa. Desde que había terminado la carrera, amigos de su hija habían estado entrando y saliendo de la casa, y de vez en cuando Adam la había visto con gente que no conocía de nada. Una semana antes un tipo le había parecido bastante sospechoso: pelo largo y los brazos llenos de tatuajes. Aunque aquello no hubiera tenido nada que ver con las drogas, podría estar relacionado con algún chico con el que Marissa estuviera saliendo.

—Anoche le dije que no quería más alcohol ni porros en casa —dijo Adam—. Tenga o no esto que ver con ella, creo que hemos de dejarle claro que si aparece alguna droga en esta casa, tendrá que irse. Así es, sin concesiones ni negociaciones.

—¿Y no te parece que eso es un poquitín hipócrita?

Ya habían tenido esa discusión con anterioridad, así que Adam supo exactamente lo que estaba insinuando: ¿Cómo podía decirle a su hija de veintidós años que no fumara hierba en casa ni subiera tíos a su habitación, si durante la adolescencia él se había drogado y había follado con todos sus ligues en esa misma casa desde que tenía dieciséis años?

—Aquello fue en los años setenta —replicó—. Era una época diferente.

Iba a añadir: «Ahora somos gente experimentada», pero le pareció que estaba agotando todos los lugares comunes.

—Si tu hija fuera un chico, no creo que tuvieras problemas con que hiciera esas cosas.

—Eso no es cierto —se defendió Adam. Se puso una camisa azul marino de manga larga con un logotipo del Club de Campo de Fresh Meadow, lo que le recordó que tenía hora el domingo a las 7.24 en el *tee* de salida con su amigo Jeff—. No querría que mi hijo cometiera los mismos errores que yo.

—Bueno, sigo pensando que utilizas una doble vara de medir en esto —sentenció Dana.

Adam reconoció de nuevo aquel tono en la voz de su esposa. Sabía que no estaba alterada por lo que aparentaba estar alterada; sólo estaba buscando la oportunidad favorable, pues se moría de ganas de culparle por el tiroteo.

—¿No querías llamar a Clements? —dijo, no mandándola exactamente a paseo, aunque la insinuación estaba allí. Ya completamente vestido, salvo por los zapatos y los calcetines, cogió su BlackBerry y comprobó sus correos electrónicos. Había recibido dos nuevos correos, uno de Carol, sugiriendo el viernes a las cuatro para una sesión, y otro de su secretaria, Lauren, diciéndole que Jane Heller podía hacer la sesión telefónica ese día a las tres, no a las cuatro.

Dana seguía allí cruzada de brazos.

—¿No estás preocupado? —preguntó.

—¿Preocupado por qué? —respondió Adam. ¡Maldición! Lauren también le decía que no se podía cambiar la hora de su sesión con Dave Kellerman. Dave era un paciente bastante nuevo que estaba empezando a hacer avances sustanciales, y Adam detestaba que transcurrieran dos semanas entre sesión y sesión.

—Por el otro tipo que entró en casa —precisó Dana—. El que huyó.

—¿Por qué tendría que estar preocupado por él?

Empezó a teclear un mensaje: «Hola, Lauren, por favor, dile a

Kellerman que le llamaré personalmente para intentar concer…», y entonces se detuvo dándole un golpe al teclado cuando oyó a Dana decir:

—¿Puedes atenderme a mí un segundo en lugar de a esa estúpida máquina?

—Esto es importante.

—¿Y lo que ocurrió anoche no?

Adam puso los ojos en blanco.

—¿Qué sucede?

—Disparaste a alguien, y su cómplice, socio o como quieras llamarlo, es evidente que sabe dónde vivimos —dijo Dana—. Y eso me resulta bastante alarmante.

Adam se la quedó mirando fijamente un instante. No es que le estuviera culpando del tiroteo todavía, aunque estaba, bueno, tan cerca…

—No te preocupes por eso —manifestó.

—¿Cómo puedes decir eso? ¿Cómo te…?

—Porque la policía sabe el nombre del muerto. Esos delincuentes siempre son reincidentes. Lo más seguro es que estén siendo buscados por otros robos en el barrio. Probablemente confeccionen una lista de como se diga…, de compinches conocidos. No tienen más que repasar la lista y detener al tipo. Si no lo han detenido ya, es sólo cuestión de tiempo el que lo hagan.

—No oí a Clements comentar nada sobre cómplices conocidos —arguyó Dana—. Más bien dio la sensación de que no tenían ningún sospechoso en absoluto.

—Así son los polis —dijo Adam medio distraído mientras tecleaba: «…tar hora. Trataré de hablar con él más tarde, a ver si puedo pillarlo en el trabajo».

—Espero que tengas razón, pero no me dio esa sensación. Creo que si hubiera tenido algún sospechoso habría… ¿Puedes hacer el favor de prestarme atención, por amor de Dios?

—Lo siento —se disculpó Adam, todavía sin apartar la vista de su teléfono—. Tengo que ocuparme de un asunto importante.

—De verdad que no lo entiendo —dijo ella—. ¿Por qué te tienes que ocupar del trabajo en este momento?

—¿Qué se supone que he de hacer? ¿No seguir con mi vida?

—Te comportas como... no sé... como si te trajera sin cuidado. Bueno, te lo digo en serio, estoy preocupada. Tengo miedo de que ese tipo vaya a volver esta noche y...

—No va a volver.

—¿Cómo lo sabes?

—Porque ¿por qué habría de hacerlo? Ésa sería una forma casi segura de acabar detenido, robar en el lugar en el que ya has robado.

—Sí, claro, ¿y qué te hace pensar que ese hombre es un profesor de la Universidad de Oxford? Estamos hablando de un delincuente, por amor de Dios. No tiene que pensar necesariamente con lógica.

Adam se lo pensó antes de contestar.

—Aunque vuelva, no va a entrar. Vamos a cambiar las cerraduras dentro de una hora, y el tipo de la alarma vendrá más tarde a cambiar el código. Es imposible que alguien vuelva a entrar en esta casa.

—Eso no lo... ¿Y puedes dejar de mirar esa cosa fijamente? —dijo casi gritando—. Es una grosería por tu parte.

Ahora sí que miró a su mujer.

—¿Qué? ¿Qué quieres que haga?

—Estoy asustada —dijo Dana—. No creo que eso sea suficiente.

—Es el último grito en sistemas de alarma.

—Eso no nos sirvió de mucho anoche.

—Vale, tengo una idea, consigamos un perro guardián.

Lo dijo de broma, claro. Dana era alérgica a los perros, y Adam sabía que ella no tenía ninguna intención de pasarse el resto de su vida tomando antihistamínicos.

—Tal vez deberíamos mudarnos —sugirió ella.

—¿Qué dices? —No se podía creer que se lo sugiriera siquiera. Dana sabía lo mucho que quería esa casa, lo mucho que significaba para él.

—Esta casa vale mucho ahora —prosiguió Dana—. Marissa ha terminado la universidad, al final se irá a vivir por su cuenta, y de todas formas llevo tiempo queriendo mudarme. Podríamos irnos a cualquier sitio pequeño, tal vez a un piso en la ciudad o…

—Has perdido el juicio —le espetó Adam.

—¿Por qué querer mudarme de piso significa que he perdido el juicio?

—Porque el que nuestra casa haya sido objeto de un robo —dijo Adam— no es como si hubiera sido contaminada con residuos nucleares. ¿Cuántas otras casas del barrio han sufrido robos en los dos últimos años? ¿Y por eso todos los demás han hecho las maletas y se han largado?

—Los demás no mataron a uno de los ladrones.

Adam la miró con dureza.

—De acuerdo, por fin salió a relucir, sabía que llegaría el momento. Te agradecería que dejaras a un lado la astucia y toda esa agresividad soterrada. Si tienes algo que decir, por favor, sácalo y dilo.

—Sabes muy bien lo que quiero decir.

—Entonces, ¿a qué estás esperando? Vamos, adelante, quiero oírlo.

Los labios de Dana se movieron y su boca empezó a abrirse unas cuantas veces, como si estuviera a punto de hablar, pero siguió conteniéndose. Al final soltó un profundo suspiró y dijo:

—Esto es ridículo —y, adoptando un aire trágico, se marchó resueltamente de la habitación.

—Genial —dijo Adam, que cogió un cojín del sofá y lo arrojó por la habitación. Entonces el timbre de la BlackBerry empezó a sonar y vio «LAUREN» en el identificador de llamadas. Adoptando de golpe su optimista personaje profesional, contestó al teléfono—. Hola, Lauren, qué casualidad, estaba a punto de enviarte un correo electrónico.

5

Desde el principio los Bloom se habían portado muy bien con Gabriela. Doce años atrás, cuando había llegado a Nueva York desde Ecuador, sólo tenía diecinueve, era muy tímida, apenas sabía unas pocas palabras de inglés y creía que jamás encontraría un buen trabajo en Estados Unidos. Pero los Bloom la contrataron porque la hermana de Gabriela, Beatrice, que trabajaba para otra familia de Forest Hills Gardens, les dijo que la muchacha sería una buena asistenta y les pidió por favor que le dieran una oportunidad. Gabriela estaba muy agradecida a los Bloom por haberle dado un buen trabajo cuando nadie más lo hubiera hecho, y siempre les decía lo mucho que deseaba poder corresponderles algún día.

Aunque Gabriela había trabajado como sirvienta durante dos años en una casa de Quito, jamás había tenido que limpiar una casa del tamaño de la de los Bloom. El primer día se sintió como una verdadera idiota; ni siquiera sabía cómo encender la aspiradora. Algunas familias habrían perdido la paciencia y la habrían despedido inmediatamente, pero los Bloom fueron muy amables y comprensivos. Los primeros días, la señora Bloom limpió toda la casa con ella, explicándole cómo se hacía todo y dónde iba cada cosa, y en ningún momento perdió la paciencia, aunque Gabriela no era capaz de comprender la mayor parte de lo que le decía.

Cuando empezó a trabajar para los Bloom, Marissa tenía diez años y estaba en cuarto grado. Tenía una niñera que la seguía cuidando a tiempo parcial, aunque a veces, cuando ésta se ponía enferma, la señora Bloom le pedía a Gabriela que recogiera a Marissa del colegio o la llevara a jugar con sus amigas. Ella apreciaba a Marissa, que era un niñita de lo más dulce, y también a la señora Bloom, que a veces se sentaba con ella en la cocina y le ayudaba a mejorar su inglés, enseñándole nuevas palabras. El señor era un hombre muy bueno que trabajaba mucho y quería muchísimo a su familia. Gabriela esperaba encontrar algún día a un hombre para ella que se pareciera al señor Bloom y tener una familia tan maravillosa como la suya.

Durante los primeros meses en Nueva York, vivió con Beatrice y su familia en Jackson Heights, en Queens, compartiendo una habitación con su sobrina. Pero una noche, en una fiesta, conoció a un mexicano llamado Ángel. Era muy guapo y muy trabajador. Era camarero en un restaurante de Manhattan, pero tenía grandes sueños: algún día quería abrir su propio restaurante. La llevó a bailar al Village algunas veces, y sabía bailar el mambo. Pronto empezaron a hacerlo todo juntos —a salir a todas horas, a ir a Jones Beach o a quedarse sencillamente en el piso de Ángel—, y aquel verano Gabriela se quedó embarazada. Él no quería casarse, lo que a ella no le importó. Ángel era joven, sólo tenía veinte años, y ella sabía lo mucho que se asustan los chicos jóvenes. Pensó que tendría el bebé y luego, en un par de años, se casarían.

Pero cuando estaba a punto de tener a su hijo, Ángel desapareció. Al principio Gabriela creyó que le había pasado algo malo; quizás estuviera herido o lo que fuera. Los del restaurante le dijeron que no sabían dónde estaba, que había dejado de ir a trabajar sin más explicaciones. Luego le pidió al marido de Beatrice, Manny, que lo buscara, pero su cuñado no fue capaz de encontrarlo por ninguna parte, así que Gabriela acabó llamando a la policía. Le dijeron que lo más probable es que simplemente se hubiera largado. Gabriela no se podía creer que Ángel le hiciera algo así, pero más tarde, unos días antes de que tuviera que ir al hospital, Manny se enteró por un amigo de Ángel de que éste estaba viviendo en el Bronx con una nueva novia.

Gabriela tuvo a su bebé, una niña preciosa, Manuela, a la que llamó así en honor a su abuela. Le preocupaba la dificultad de simultanear el trabajo y el cuidado de su hija, pero los Bloom fueron muy amables, y dejaban que tuviera a Manuela con ella en la casa todo el día. Los Bloom le consiguieron más trabajo con otras familias del barrio, y al cabo de poco tiempo estaba trabajando cinco días a la semana y ganando el dinero suficiente para mudarse a su propio piso en Jackson Heights. Durante los años siguientes, trabajó de lo lindo y consiguió ganarse la vida, pero era duro no tener a un hombre en su vida y un padre para Manuela.

Cuando la pequeña estaba a punto de cumplir cinco años, Gabriela conoció a Juan. Éste tenía cuarenta y dos años, su esposa había muerto de cáncer y tenía dos hijos. No era un hombre muy guapo —era gordo y tenía una gran narizota torcida—, pero era muy bueno y la quería, y siempre le llevaba flores y le decía lo hermosa que era. Cuando le pidió que se casará con él, ella aceptó.

La felicidad parecía completa; por fin tenía un buen hombre que cuidara de ella y de su hija. Entonces, una mañana, mientras estaba trabajando en casa de los Bloom, recibió una llamada telefónica de su hermana. Beatrice gritaba como una histérica: «¡Dios mío, Dios mío, Dios mío!», y entonces le contó que un taxi había atropellado a Juan cuando cruzaba una calle en Manhattan. La señora Bloom llevó a Gabriela al hospital, pero cuando llegaron Juan ya había muerto.

Gabriela sabía que Juan había sido su verdadero amor y que jamás encontraría a un hombre igual de bueno. La tristeza la embargó durante mucho tiempo, y aunque los médicos le dieron una medicina para que levantara el ánimo, le siguió costando levantarse de la cama. Siempre había sido una mujer alegre y risueña a la que la gente le decía lo divertida que era, pero después de lo que le había ocurrido a Juan, le pareció que ya no había nada por lo que volver a reír. Algunos días no tenía ganas de ir a trabajar, así que no iba, y muchas familias terminaron despidiéndola. Pero los Bloom fueron muy considerados. Le enviaban flores, la llamaban todos los días para ver cómo estaba y procuraban llevarla a los médicos y que se tomara su medicina.

Aproximadamente un mes después de que Juan muriera, Gabriela pudo al fin levantarse de la cama e ir a trabajar cada día, pero su ánimo ya no era el mismo, y ya no se cuidaba como antes. Le traía sin cuidado la forma de vestirse o el aspecto que tuviera su pelo, dejó de maquillarse y engordó mucho. Si no se hubiera sentido tan triste y tan sola y tan a disgusto consigo misma a todas horas, probablemente jamás habría querido estar con un hombre como Carlos.

Le había conocido en el metro. Carlos estaba sentado a su lado y le preguntó si quería un chicle. Ella lo rechazó educadamente, y él le dijo:

—Entonces, ¿qué te parece si vamos a comer?

A Gabriela no le pareció muy guapo, pero al menos le había hecho sonreír, así que le dio su número de teléfono.

A la noche siguiente la llevó a un restaurante chino muy elegante, y durante la velada le cogió de la mano y le dijo lo bonita y atractiva que le parecía. Después de salir unas cuantas veces más, una noche lo acompañó a su piso. Cuando estaban en la cama, Carlos le ofreció consumir un poco de coca con él. Gabriela jamás había consumido drogas antes, pero estaba un poco achispada y decidió probarla. La coca la hizo sentir bien y —durante un ratito al menos— como si no tuviera ningún problema.

Empezaron a salir varias noches por semana. Carlos no tenía trabajo, y ella sabía que probablemente era algo parecido a un delincuente, pero no le quiso preguntar de dónde sacaba todo aquel dinero. Le alegraba que su soledad se hubiera acabado, le encantaba que Carlos no parara de hacerle regalos —joyas, ropa— y le gustaba tener a un hombre en su vida de nuevo. Consumían coca de vez en cuando, y entonces una noche él le preguntó si quería probar la heroína. Gabriela había visto las marcas que tenía en los brazos y las piernas, así que sabía que a Carlos le gustaba chutarse, pero a ella le daban miedo las agujas. Él, no obstante, siguió insistiendo.

—No tienes ni idea de lo bien que te hace sentir esta mierda, te va a hacer volar —le dijo.

Así que la probó una vez, sólo para ver qué se sentía, y al cabo de un par de semanas estaba enganchada.

Todo fue bien durante algún tiempo. Lo veía a todas horas, se colocaba un montón y olvidaba toda la tragedia de su vida. Pero entonces empezó a ver el lado malo de Carlos. Fue como si hubiera estado durmiendo desde que lo conociera y de pronto se despertara y viera quién era realmente. Todo empezó aquella noche en que estaban discutiendo por algo cuando estaban colgados y sin previo aviso él le golpeó en la cara con fuerza. Ningún hombre la había golpeado antes, y le pareció increíble que aquello le estuviera ocurriendo a ella. No se lo pudo contar a nadie, siendo tanta la vergüenza que sentía, y temiendo también que eso sólo provocara que Carlos le pegara aún con más fuerza la próxima vez. Así que se inventó el cuento chino de que Manuela le había dado con la puerta del baño en la cara. Y es que no podía dejar a Carlos aunque quisiera, porque necesitaba la droga desesperadamente. Él empezó a gritarle y a golpearla, y una noche le rompió un brazo. Tuvo que inventarse otra historia para contarle a los Bloom y a las demás personas para las que trabajaba, en esta ocasión que se había caído en la calle, pero sabía que no podría seguir inventando mentiras indefinidamente. También era consciente de que tenía que alejarse de Carlos, pero era incapaz de dejarlo por más empeño que ponía en ello.

Entonces se puso enferma, con una fiebre muy alta y una terrible erupción por todo el pecho y la espalda. Supo lo que pasaba, pero no quiso creerlo. Fue a la iglesia y le pidió a Dios que no dejara que aquello le sucediera a ella. «¡No me merezco esto, Dios mío! ¡No me lo merezco!», le dijo a gritos. Luego acudió a una clínica, donde le dijeron que había contraído el sida. Se pasó varios días llorando, incapaz de levantarse de la cama. Tenía miedo de ponerse enferma y morir, pero también estaba furiosa consigo misma por ser tan idiota, por creer que Carlos era una persona sana. Cuando le dijo que estaba enferma, él siguió sin decirle la verdad, como era de esperar, ¿no?, e insistió en que no estaba enfermo y en que debía de haber contraído el sida con algún otro hombre. Entonces le pegó de nuevo, y ella le dijo a gritos que se alejara y saliera de su vida para siempre.

Gabriela sabía que le había hecho una cosa tremenda a su hija, y también que había destrozado su vida, y sintió deseos de suicidarse. Una noche estuvo a punto de hacerlo. Tenía un frasco de pastillas, y escribió una carta diciéndole a Manuela lo apenada que estaba y pidiéndole a Beatrice y a Manny que por favor cuidaran bien a su hija. Se metió las pastillas en la boca, y ya estaba a punto de tragárselas, cuando decidió que no podía hacerle aquello a su hija, que suicidarse ahora sería aún peor. Todavía era joven y saludable, y quizá, si se tomaba sus medicinas, podría vivir durante mucho tiempo.

Al día siguiente acudió a la policía y denunció a Carlos por golpearla, y el juez dictó una orden de alejamiento a su favor para que Carlos no pudiera acercarse a ella ni a su hija nunca más. Luego envió a Manuela a casa de Beatrice para que se quedara con ella y se fue a un centro de Long Island para desintoxicarse. Al principio fue muy difícil, pero hizo caso de todo lo que le decían y se desenganchó de las drogas para siempre. Volvió a su vida de trabajar mucho a diario y de ayudar a Manuela con sus deberes, y decidió que iba a ser así como viviría el resto de su vida: siendo la mejor madre que pudiera.

Mantuvo en secreto lo de que estaba enferma de sida, ni siquiera se lo dijo a su hija. No quería que pensara que su madre no era fuerte, que algún día no estaría allí para ayudarla y le preocupaba que la gente para la que trabajaba averiguara que estaba enferma, se asustara y quisiera despedirla. Se dio buena maña en ocultárselo a los demás, incluida su propia familia, pero a veces se hacía difícil, como cuando Beatrice le decía: «¿Qué te pasa, Gabriela? ¿Por qué te quedas sola en casa todas las noches? ¿Es que no quieres encontrar a un hombre?» Ella respondía que en ese momento no quería a ningún hombre en su vida, que sólo deseaba estar a solas con su hija y ser feliz.

Pero a veces se le hacía muy cuesta arriba la soledad, y entonces llamaba a Carlos y le decía que se pasara a visitarla. Ambos estaban enfermos, y aunque le odiaba por haberla contagiado y habérselo ocultado con tanta insistencia, le parecía que era el único hombre con el que podría volver a estar en su vida. Pero entonces empezaba a amenazarla gravemente y a golpearla de nuevo, llegando incluso a pegar a Manuela en varias ocasiones, y Gabriela le decía que saliera de su vida para siempre o que llamaría a la policía. Luego se mantenía alejada de él durante uno o dos años, hasta que empezaba a sentirse sola otra vez y a tener miedo, y se olvidaba de lo mal que la había hecho sentir Carlos y del daño que le había hecho, y lo llamaba, y todo empezaba de nuevo.

Gabriela tenía ya treinta y un años. Sabía que su vida no cambiaría jamás, que la felicidad jamás sería permanente, pero los médicos le dijeron que el sida evolucionaba bien y que viviría durante muchos, muchos años. Manuela tenía once años, estaba en sexto grado y se estaba convirtiendo en una jovencita preciosa. Gabriela le enseñó a mantenerse alejada de las drogas y de los jóvenes sin escrúpulos, y a esperar a conocer algún día a quien la tratara bien, como se merecía. Gabriela sólo quería que su hija tuviera una vida buena y feliz; eso era lo único que le importaba.

Entonces, un día en que volvía a casa del trabajo en autobús, Beatrice la llamó gritando y llorando. Aquello le hizo recordar aquel terrible día en que había muerto Juan, y temió que le hubiera ocurrido algo malo a Manuela.

—¡Mi hija no! —gritó Gabriela—. ¡Mi hija no! ¡Mi hija no! —Tanto gritó que todos la miraron y el conductor incluso detuvo el autobús.

Gracias a Dios, Beatrice no la llamaba por Manuela, aunque la cosa seguía siendo grave. Se trataba de su padre, que vivía en Quito. Estaba muy enfermo y necesitaba un riñón nuevo, de lo contrario moriría, aunque los médicos decían que estaba demasiado enfermo para conseguir un riñón nuevo del hospital, así que la única manera sería que compraran uno en el mercado negro.

—¿Cuánto necesitan? —preguntó Gabriela, llorando.

—Doce mil dólares —le respondió su hermana—. Es un disparate de dinero. ¿Qué vamos a hacer?

Gabriela no tenía dinero para enviarles. El dinero que ganaba limpiando casas le llegaba justo para pagar el alquiler, las facturas y la comida; a veces ni siquiera tenía dinero para comprarle ropa nueva a Manuela.

—¿Cuánto dinero tienes? —le preguntó a su hermana.

—Sólo tenemos dos mil dólares en el banco —dijo Beatrice—, y lo necesitamos para pagar el alquiler y las facturas.

Gabriela no tenía ni idea de qué hacer. Doce mil dólares era más dinero que el que había visto en su vida.

Cuando regresó a su piso, llamó a casa de sus padres y le entristeció oír a su madre llorar y a su padre tan triste, y se sintió fatal, sabiendo que no había nadie que pudiera hacer algo para ayudarlo. No podían hacer otra cosa que dejarlo morir.

—¿Cuánto tiempo le queda a *papi**? —preguntó a su madre.

—Si los médicos no hacen nada, puede que un mes o dos —le respondió—. No lo saben.

Gabriela pasó llorando la mayor parte de los siguientes días. Con Beatrice empezaron a planear viajar a Ecuador para estar con su padre por última vez. Querían ir con todos sus familiares, pero no tenían dinero para los billetes de avión.

Todo parecía demasiado adverso, y ella no sabía qué hacer. Entonces, una mañana que estaba limpiando en casa de los Bloom, vio un trozo pequeño de papel en un cajón del comedor. El papel tenía escrito unos números, y encima vio las palabras: CÓDIGO DE LA NUEVA ALARMA.

La señora Bloom estaba en casa, en el piso de arriba, y Gabriela oyó pasos en el pasillo. Sin pensar siquiera en lo que hacía, se metió el papel en el bolsillo del delantal.

Más tarde, ya en casa, se sintió fatal. Ni siquiera sabía por qué había cogido el papel, porque habiendo sido los Bloom tan buenos con ella era imposible que pudiera robarles alguna vez.

Luego, en plena noche, se despertó y pensó: *¿Y si le doy el código a Carlos?* Ella no le preguntaba de dónde sacaba el dinero, pero sa-

---

* En español, en el original. En lo sucesivo, en los casos similares evitaremos la nota. *(N. del T.)*

bía que probablemente supiera robar en las casas. Y si él les robaba, no sería lo mismo que si les robaba ella. No quería hacerles nada malo a los Bloom, pero tampoco quería que su *papi* muriera, y no sabía qué otra cosa hacer.

Llamó a Carlos y le dijo que se pasara a verla.

Después de contarle lo del código, él le preguntó:

—¿Tienes llave de la casa?

Gabriela ni siquiera había pensado en ello. Estaba tan preocupada por su *papi* y por conseguir dinero que no había pensado en nada más.

—No, pero la puedo conseguir —respondió.

Al día siguiente, en casa de los Bloom, cogió las llaves del cajón de la cocina cuando salió a comer, y fue a un cerrajero. Se enteró entonces de que no podía copiar las llaves de la puerta principal, porque eran de una cerradura especial que no podían duplicarse sin presentar una especie de tarjeta.

Pensó que ahí se acababa todo, que su *papi* moriría, pero entonces el cerrajero le dijo que podía hacer una copia de las llaves de la puerta posterior. Aquello estaba bien, incluso quizá mejor, porque estaba más oscuro en la parte trasera y no habría nadie mirando.

Todo parecía estar saliendo bien, aunque no por mucho tiempo. Cuando regresó a casa de los Bloom recordó que Carlos seguía teniendo el papel con el código. Había estado tan enfrascada en la conversación con él, y luego pensando en las llaves, que se había olvidado de pedirle que le devolviera el papel.

Cuando la señora Bloom salió a hacer algo, llamó a Carlos y le pidió que después le llevara el papel a su piso.

—Demasiado tarde —dijo él—. Lo tiré a la basura.

—¿Por qué hiciste eso? Tenía que volver a dejarlo en el cajón.

Una vez más Gabriela tuvo el pálpito de que el plan no funcionaría. No podrían robar la casa, y su *papi* moriría.

—Creí que el papel era tuyo —se justificó Carlos—. Pensé que habías anotado el número. Y que por eso me lo dabas.

Gabriela empezó a llorar.

—¿Por qué tuviste que tirarlo, Carlos? ¿Por qué tuviste que hacerlo?

—No quería andar por ahí con el código de la alarma de la casa que voy a robar en el bolsillo. Así que me lo aprendí de memoria, y ahora lo tengo todo en la cabeza.

—¿Dónde lo tiraste? —le preguntó Gabriela—. Tal vez siga allí.

—No me acuerdo —respondió él—, cerca del metro o vete tú a saber dónde. Probablemente ya lo haya recogido el barrendero.

—Se acabó —dijo Gabriela, llorando—. Nos vamos a tener que olvidar de todo el asunto ya.

Carlos se echó a reír.

—Caray, tienes que dejar de preocuparte por todo, joder. Deja que sea yo quien me preocupe, ¿de acuerdo, nena?

—Pero si descubren que el papel ha desaparecido, sabrán que lo cogí yo.

—¿Por qué van a saberlo? Utiliza la cabeza, nena. ¿Sabes la cantidad de gente que probablemente entre en su casa? En una gran casa como esa casi seguro que tienen gente entrando y saliendo todo el día.

Eso era cierto, pensó Gabriela. Unos hombres estaban pintando el baño de abajo y estaban en la casa todo el día, y a veces el fontanero y el electricista también aparecían por allí, ¿y qué decir de todos los amigos de Marissa? ¿Por qué habrían de pensar los Bloom que cogería ella el código, después de los años que llevaba trabajando allí y de la confianza que tenían en ella? Incluso pensó que no devolver el papel quizás estuviera bien, porque así casi seguro que pensarían que debía de haberlo cogido algún extraño.

No sabía si esto tenía realmente lógica o sólo quería que la tuviera, pero de todas formas la hizo sentir mejor.

Aquella noche ella y Carlos hablaron del resto del plan. Los Bloom se iban a marchar a Florida el martes siguiente, los tres, así que ese sería un buen momento para robar en la casa. Gabriela sabía donde guardaban todas sus cosas de valor, los anillos y las joyas. Después de que Carlos lo robara todo, lo iría a vender a un perista.

—¿Y el perista es de confianza? —preguntó ella.

—Carajo, sí —replicó Carlos—. Mi colega Freddy es formidable, lo conozco de toda la vida, y también nos hará un buen precio. Un tercio de lo que valga el botín.

—Y entonces me darás la mitad del dinero, ¿vale?

—Ni hablar, lo vamos a dividir en tres partes.

—¿Tres? —Gabriela no sabía de qué le estaba hablando—. ¿Cómo que tres? Yo y tú somos dos, no tres.

—¿Me tomas por loco? —le retrucó Carlos—. No voy a ir a robar la casa solo. Así es como te trincan y acabas de nuevo en la cárcel, joder. No voy a entrar allí sin apoyo.

A Gabriela no le gustó cómo sonaba aquello. Ya se estaba sintiendo fatal por robar a los Bloom, que habían sido tan buenos con ella. Pero aquello había parecido mejor cuando sólo eran ella y Carlos, porque a él lo conocía, y aunque le hubiera contagiado, le parecía que podía confiar en él. Pero no le gustaba confiar en otro hombre al que ni siquiera conocía.

—¿Quién es? —preguntó.

—No tienes que conocerle —le respondió él—. Si aparece la policía, mejor que sea así. Uno no puede hablar de lo que no sabe.

A Gabriela siguió sin gustarle el plan, pero sabía que nada de lo que dijera iba a hacerle cambiar de idea.

—Me da igual lo que hagas —acabó diciendo—, mientras consigas el dinero para mi *papi*.

El día del robo, Gabriela tenía que ir a trabajar a casa de los Seidler, otra familia de Forest Hills. Carlos no quería que lo llamara en todo el día y ni siquiera después.

—No hagas ninguna estupidez, sólo siéntate junto al teléfono y espera a que te llame. La pasma rastrea las llamadas, joder. No queremos que vean que hemos estado hablando el día en que la casa ha sido robada. *¿Comprendes?* —Le había dicho.

No hablar parecía lo correcto, aunque se le hizo duro estar trabajando todo el día sin dejar de darle vueltas en la cabeza a un montón de preguntas y preocupaciones.

Después, llegó a casa, cenó con Manuela y llamó a sus padres al hospital de Ecuador. Su madre le dijo que *papi* no se encontraba muy bien, y luego la puso al teléfono con él. Gabriela comprendió por su voz lo enfermo que estaba. No se parecía al *papi* que ella conocía. No paró de decirle que resistiera, que iba a conseguirle el dinero muy pronto. Su padre le dijo que no se preocupara, que se iba a poner muy bien, pero ella percibió la mentira en su voz. Así era su *papi*, siempre queriendo mostrarse fuerte.

Manuela también habló con su abuelo, y después, llorando, le dijo a Gabriela:

—¿Por qué le has dicho que ibas a conseguir el dinero enseguida? ¿De dónde lo vas a sacar?

Gabriela abrazó a su hija.

—Dios va a hacer que lo consigamos. Ya verás.

A eso de las once Manuela dormía y Gabriela estaba sola, esperando a que Carlos la llamara, aunque se suponía que no tenían que robar la casa hasta pasada la medianoche, como a las dos de la madrugada. No sabía cuánto iban a tardar en hacer el robo, pero le parecía que no debía de llevarles demasiado tiempo. Puede que para las tres ya hubieran acabado, pero luego ¿cuánto tiempo pasaría antes de que Carlos la llamara? Conociéndolo, querría colocarse después de dar el golpe. Gabriela lamentó no tener algo de heroína en ese momento; en otro tiempo aquella cosa la tranquilizaba.

Intentó ver la televisión, pero estaba demasiado nerviosa, así que se pasó toda la noche dando vueltas de aquí para allá por el salón. Jamás había visto a un reloj moverse con tanta lentitud. Pareció pasar una eternidad hasta que llegó la medianoche, y luego la una, y las dos llegaron aún con más lentitud. Pero por fin llegó la hora; la casa estaba siendo robada, y pronto, con un poco de suerte al día siguiente, tendría el dinero, su *papi* sería operado y todo saldría bien.

El único problema era que tenía una terrible sensación de vacío en el estómago, como si algo no fuera a salir bien. No paraba de decirse: *No pienses en eso. Es una estupidez. Nada va a salir mal. Cogerán el anillo y el collar y todas las joyas y las venderán, y pronto tendrás el dinero para* papi. Se decía esto una y otra vez, pero no acababa de creérselo. La sensación desagradable seguía allí; y no iba a desaparecer, claro.

A las tres y media, sabía que todo debería haber acabado ya. Que debían de estar fuera de la casa, de vuelta en la de Carlos o donde fuera. Entonces, ¿cómo es que no la llamaba? Le había dicho que iría a una cabina telefónica después de robar la casa y que la llamaría con una tarjeta de prepago para que la policía no pudiera relacionarlos por la llamada. Tal vez no hubiera tenido oportunidad de telefonearla todavía; quizá sólo se estuviera asegurando de que estaban a salvo y todo iba bien; y luego la llamaría.

Pero cuando dieron las cuatro, Gabriela no se creyó que Carlos se hubiera olvidado de telefonear. Él y su amigo la estaban timando. No iban a dividir el dinero en tres partes. No había sido más que otra de las engañifas de Carlos. Iban a hacer dos partes, y una de ellas no iba a ser la suya. No sabía cómo había sido tan idiota de confiar en un hombre que ya le había mentido tanto, que le había contagiado una enfermedad tan grave y destrozado la vida.

Estuvo varias veces en un tris de llamarle al móvil, pero en cada ocasión se contuvo en el último segundo. Sabía que si Carlos iba a robarle su parte no contestaría al teléfono cuando llamara, y por otro lado seguía teniendo esperanzas de estar equivocada, de que hubiera ocurrido algo, como que él no hubiera tenido oportunidad de llegar todavía a un teléfono para llamarla, y de que todo acabara bien.

Más tarde, a las cinco de la mañana, seguía en el salón esperando a que sonara el teléfono, cuando apareció Manuela.

—Mami, ¿pasa algo?

—Sólo que estaba preocupada por tu abuelo.

—Creía que dijiste que Dios iba a salvarlo.

—Ya no lo sé, cariño —dijo Gabriela—. Puede que Dios esté hoy muy ocupado.

Le dio un beso y se puso a prepararle el desayuno y la comida, para que se la llevara luego al colegio. Estaba muy agradecida por tener una hija tan hermosa, y sabía que si no fuera por su Manuela probablemente se habría suicidado hacía mucho tiempo.

Su hija volvió a la cama, y ella encendió el televisor sólo para tener la mente ocupada. Vio un rato *Cada día* en Telemundo y luego cambió a una emisora de noticias en inglés, confiando en averiguar algo sobre el robo. Lo cierto es que no pensaba que fuera a haber nada al respecto en la televisión, sólo que se estaba volviendo loca, así que no se lo podía creer cuando vio a la periodista delante de la casa de los Bloom.

Le costó comprender qué estaba sucediendo. No porque su inglés no fuera lo bastante bueno —no lo hablaba con fluidez, pero por lo general comprendía la mayor parte de las noticias que daban en la televisión—, sino porque no creía que un robo en una casa fuera una noticia tan importante para salir en los informativos de la televisión; carecía de lógica, sencillamente. Pero entonces oyó lo que estaba diciendo la mujer acerca de que uno de los hombres que había entrado en la casa había resultado muerto por los disparos efectuados por Adam Bloom. El mismo señor Bloom apareció en la televisión, explicando los motivos que le habían llevado a utilizar su arma. Gabriela seguía sin poder creérselo; pensó que debía de estar dormida y que tenía una pesadilla. Entonces oyó lo que decía la periodista.

—La policía ha identificado al muerto como Carlos Sánchez, de treinta y seis años y residente en Queens.

Permaneció sentada en el sofá mucho tiempo mirando de hito en hito el televisor; no sabía si durante segundos, minutos u horas. Por fin pudo pensar. No se explicaba cómo podía haber ocurrido. Se suponía que los Bloom estaban de viaje; se suponía que la casa tenía que estar vacía. ¿Y por qué el señor Bloom había disparado a Carlos? Gabriela sabía que tenía una pistola —la había visto en el armario empotrado del dormitorio mientras limpiaba, e incluso a veces el señor Bloom la había dejado fuera, sobre la mesita que había junto a la cama—, pero no era capaz de imaginarse a aquella clase de hombre matando a alguien, por más que su casa estuviera siendo robada. Simplemente no tenía lógica.

Entonces cayó en la cuenta del verdadero significado de aquello, y empezó a llorar como si estuviera en un funeral, pero no estaba llorando por Carlos. Últimamente no iba demasiado a la iglesia, aunque seguía creyendo en Jesucristo y en que incluso las malas personas como Carlos tenían algo bueno en alguna parte de su interior. Pero seguía sin poder lamentar que estuviera muerto, lo que era comprensible con todas las cosas malas que le había hecho. Por lo que estaba llorando era por su *papi*. Carlos no era el único hombre al que el señor Bloom había matado con su arma, porque ahora su *papi* también iba a morir.

Seguía sentada en el sofá, llorando, cuando llamó Beatrice.

—¿Te has enterado de lo que ha ocurrido en casa de los Bloom esta noche? —Beatrice le dijo que estaba en Forest Hills, trabajando en otra casa, y que todos hablaban del asunto.

—Sí, lo he visto en las noticias.

—Dicen que el tipo que mataron se llama Carlos, Carlos Sánchez. No es tu antiguo novio, ¿verdad?

—No le digas a nadie que lo sabes —le rogó Gabriela—. Por favor.

—¿Por qué? —preguntó su hermana—. ¿Qué sucede?

—Nada —respondió Gabriela—. Es que no quiero que aparezca la policía haciéndome preguntas, cuando estoy tan preocupada por *papi*.

—¿Te encuentras bien? —insistió—. No se te oye bien. Me estás preocupando.

—Estoy bien —contestó Gabriela, llorando—. Pero por favor, por favor te lo pido, no le digas nada a la policía. Te lo suplico.

Estaba asustada, aún más que cuando se enteró de que tenía el sida. Al menos para la enfermedad podía tomar medicinas, pero no se le ocurría nada para arreglar aquello. Había mucha gente que sabía que Carlos era su ex novio. Los Bloom y las demás personas para las que trabajaba no lo sabían porque no había querido que se enterasen de lo de las drogas y el sida, pero Beatrice y toda su familia lo sabían, y Manuela lo sabía, y los vecinos de su casa lo sabían. ¿Y qué pasaba con todas las veces que había hablado con Carlos por el móvil en las dos últimas semanas? Era imposible que la policía no lo averiguara.

Estaba pensando de nuevo en suicidarse; podía saltar desde un puente o ingerir pastillas. Lo de las pastillas sería muy fácil. Tenía un frasco entero de somníferos, y se las podía tomar todas de golpe y morir rápidamente. Probablemente también sería mejor para Manuela que estuviera muerta; no le iba a reportar ningún beneficio tener a una madre en la cárcel. Beatrice la criaría bien y le daría una vida feliz.

A las siete y media, después de que Manuela se marchó al colegio, Gabriela sacó los somníferos del botiquín. Tenía pensado enviar un mensaje de texto a su hermana, para decirle lo que iba a hacer y que fuera ella la que descubriera su cuerpo y no Manuela. Lo único que esperaba era morir antes de que Beatrice llegara a su piso. Lo peor sería despertarse viva en la cama de algún hospital.

Se disponía ya a escribir el mensaje de texto cuando sonó el timbre. Miró por la mirilla y vio a un hombre de pelo oscuro.

—¿Quién es? —preguntó.

—Policía —contestó el hombre.

Se quedó sorprendida. Sabía que aparecerían, pero nunca pensó que lo hicieran con tanta rapidez. Iba a cerrar con llave la puerta y tomarse las pastillas, pero tuvo miedo de que el policía echara la puerta abajo, llamara a una ambulancia y la salvara.

Abrió la puerta, esperando poder convencerlo para que se fuera y que pudiera tener la oportunidad de suicidarse.

—¿Sí?

—¿Es usted Gabriela?

El hombre llevaba una cazadora de piel y unas gafas de sol oscuras. No parecía un policía.

—Sí —respondió. No recordaba haber estado nunca tan asustada.

El tipo se llevó la mano al bolsillo interior de la cazadora para buscar algo. Gabriela pensó que vería una placa, pero fue una pistola. Miró por el negro agujero del arma y vio la cara de su pobre *papi*.

6

Marissa se levantó de la cama alrededor del mediodía y se dirigió a la escalera principal. Estaba más o menos a la mitad cuando se paró de repente y se sintió sin ánimo para seguir bajando. Aunque parecía que la sangre había desaparecido, recordó el aspecto de aquel tipo, de aquel enorme trozo de mandíbula que le faltaba y de toda la sangre, y le dio tal asco que le pareció que iba a vomitar allí mismo. Prefirió bajar por las escaleras traseras y entró directamente en la cocina. Tenía previsto ignorar a su padre y aplicarle el tratamiento de silencio después de la discusión que habían tenido la noche anterior. No le vio en la planta baja, y su madre tampoco andaba por allí.

—¡Mamá! —gritó.

No hubo respuesta. Por lo general, le encantaba tener la casa para ella sola, pero después de lo de la noche pasada, la idea de estar sola le ponía los pelos de punta.

—¡Mamá! ¡Papá!

Su padre salió del gabinete, terminando de hablar por la Black-Berry.

—De acuerdo, Lauren, lo comprobaré contigo más tarde. Hasta luego, entonces.

Al principio Marissa se sorprendió un tanto de que su padre se comportara con tanta naturalidad, que pudiera volver al trabajo con tanta rapidez después de haber pasado por semejante trauma, pero entonces decidió que era absolutamente lógico. Después de todo, no era precisamente un dechado de emotividad. Recordó que no había derramado ni una lágrima en el funeral de su padre —incluso en el cementerio, mientras lo metían en la fosa, había permanecido impertérrito—, y luego, al cabo de unos meses, había acabado hecho una mierda, y se había pasado los días y las horas refunfuñándole a todos sin parar y bebiendo demasiado. Probablemente tardaría algunas semanas en darse cuenta de sus sentimientos respecto al tiroteo, y mientras, descargaría su angustia sobre ella y su madre.

Cuando entró en la cocina Marissa estaba en la encimera, sirviéndose una taza de café templado.

—Hola, buenos días —le dijo su padre con un optimismo fuera de lugar—. ¿Qué tal dormiste?

Ella esperó unos segundos antes de mascullar su respuesta.

—De mierda.

—Uy, eso apesta —comentó él—. Tal vez deberías echarte una siesta más tarde. Ah, y a propósito, siento mucho lo de anoche. Estaba sencillamente agotado y nervioso y no debería haberlo pagado contigo.

—No importa —dijo Marissa, nada dispuesta a perdonarle todavía.

—No, nada de «no importa» —replicó él, imitándola—. Me equivoqué y lo siento. ¿Amigos?

Extendió los brazos, invitándola a darle un abrazo.

—Amigos —repuso ella a regañadientes.

Se abrazaron sin entusiasmo; luego Marissa le dio un sorbo al café. Le supo a barro ácido.

—Oye, estaba pensando —prosiguió su padre— que a lo mejor, en lugar de ir a Florida, hago que venga la abuela en avión.

—¿Y puede viajar? —preguntó Marissa.

—Me dijo que últimamente se sentía mucho mejor y que soportaría el vuelo. Podría dormir abajo, en el sofá cama, y utilizar el baño de aquí para que no tengamos que preocuparnos de que suba y baje las escaleras.

—A mí me parece bien.

Siempre estaba dispuesta a ahorrarse un viaje a Florida. De niña le gustaba ir allí, sobre todo porque a la vuelta ella y sus padres siempre se paraban en Disney World, pero desde hacía diez años o así ir al piso de abuela en North Miami había sido una tortura. Siempre era agradable ver a la abuela, pero en su piso Marissa era básicamente una prisionera donde tenía que permanecer encerrada todo el día, o bien jugando al Rummy Q, o bien viendo concursos en la televisión, mientras llegaba la hora del pasatiempo principal: la madrugadora cena a las cuatro de la tarde.

—Sí, creo que voy a llamarla y sugerírselo —continuó su padre—. Puede que la semana que viene, o la otra.

—Bueno —dijo Marissa—, ¿hay alguna noticia?

—¿Alguna noticia sobre qué?

¿Estaba hablando en serio el tío?

—Sobre el tiroteo.

—Ah, no —respondió su padre—. Esto, no sé qué noticias podría haber desde anoche. En fin, se llevaron el cadáver nada más irte a la cama, y yo me quedé levantado como una hora más. He recibido montones de llamadas y correos electrónicos, por supuesto. Es asombroso cómo corren las noticias. ¿Te acuerdas de mi amigo Stevie Lerner? ¿Un tío grande, con el pelo negro y rizado? Bueno, le conociste cuando tenías unos ocho años, creo, y la última vez que le vi fue en una boda, puede que hace unos diez años. Bueno, pues me llamó para ver si todo iba bien.

—¿Han averiguado ya cómo entraron los ladrones? —preguntó Marissa.

—No, creo que no —contestó su padre, como si realmente le trajera sin cuidado que hubiera sido de una manera u otra—. Pero el cerrajero ya vino, tenemos cerraduras nuevas en la puerta trasera, Medecos. Hay llaves nuevas. El técnico de la alarma debería estar aquí a eso… —Miró la hora en su móvil—. La verdad es que tendría que haber llegado hace media hora.

Marissa le dio otro sorbo al asqueroso café.

—Hablaré contigo después —y empezó a marcharse de la cocina.

—Estaba pensando —dijo él— que quizá podríamos ir todos a cenar fuera esta noche. Ya sabes, como una familia.

—Había quedado con algunas amigas.

Eso no era cierto en manera alguna. No tenía ningún plan con sus amigas; simplemente no le apetecía pasar toda la noche con sus padres.

—Ah, entonces tal vez deberíamos hacer algo el fin de semana, los tres solos. Podríamos ir a la ciudad a ver una película o un espectáculo. ¿Cuándo fue la última vez que fuimos a ver un espectáculo de Broadway? Hace siglos.

—¿Estás seguro de que te encuentras bien, papá?

—Muy bien —replicó él con una sonrisa insólitamente amplia—. ¿A qué te refieres?

—A la forma en que te estás comportando. No es... no sé... no es normal.

—¿Qué quieres decir? —preguntó su padre—. He tenido una sesión telefónica con un paciente. Me estoy ocupando de las cosas de la casa. Creo que me estoy comportando con absoluta normalidad.

—Sí, pero es que no es normal que te comportes con normalidad. En fin, que deberías estar alterado.

—¿Alterado por qué?

—Disparaste a una persona. Si me hubiera ocurrido a mí, bueno, si hubiera sido yo la que le hubiera disparado, ahora mismo estaría hecha una mierda. Vaya, que ni siquiera podrías hablar conmigo.

—Cada uno se enfrenta a las cosas de manera diferente.

—Cualquiera estaría afectado —insistió Marissa.

—Mira, al principio estaba afectado, ¿vale? Bueno, tú me viste anoche, ¿no es así? Entonces expresé mi ira, pero ahora lo llevo bien, realmente bien. En fin, que no me voy a flagelar por ello. Fue una situación difícil, e hice todo lo que pude dadas las circunstancias. Ojalá no hubiera sucedido, pero sucedió, y le podría haber ocurrido a cualquiera..., y eso es lo que importa. ¿Sabes cuántas personas tienen armas en este barrio? Los Zimmerman, los Stenato, los Silverman, los Cole, todos tienen un arma. Estoy seguro de que hay un arma en cada una de las otras casas de esta manzana, cuando no en todas las casas, y creo que cualquier otro padre habría hecho lo mismo que yo. Protegí a mi familia, eso es todo. No es algo por lo que haya que sentirse mal, es algo por lo que sentirse bien.

Por Dios, era tan profunda su resistencia a aceptar la realidad que no había nada que hacer.

—Mira, papá, yo en tu lugar hablaría con alguien. Con tu psicoterapeuta, con algún otro terapeuta, con quien fuera. La verdad es que creo que en este momento sigues conmocionado, pero que no te das cuenta.

—¿Conmocionado? —preguntó él, como si nunca hubiera oído semejante palabra—. ¿Por qué di…?

—¿Hola? —gritó Dana. Parecía que estuviera en el vestíbulo, cerca de la puerta de la calle. Parecía completamente aterrorizada, como si hubiera ocurrido algo terrible—. ¿Quién está en casa?

Marissa y su padre se miraron con un expresión de preocupación, salieron juntos de la cocina y encontraron a su madre en el salón. Parecía presa del pánico y, acercándose directamente a Marissa, la rodeó con los brazos y no la soltó.

—¿Qué pasa, mamá? ¿Qué sucede?

Ahora su madre estaba llorando, pero su forma de hacerlo era peor que la noche anterior. La noche anterior sólo estaba alterada; en ese momento parecía desolada.

—Sí, ¿qué sucede? —preguntó su padre, preocupado aunque tranquilo.

Su madre la soltó. Las lágrimas le corrían por las mejillas, dejándole manchones de rímel, y los labios le temblaban.

—A-acabo de hablar co-co-con el de-de-detective… Cle-cle-clements. —Tuvo que tomar aire—. Le llamé por lo del papel… Me devolvió la llamada y… y… ha muerto.

Marissa se había perdido.

—¿Quién ha muerto?

—Ga-gabriela —dijo—. Alguien le disparó. Está muerta.

Marissa estaba confundida. La única Gabriela que conocía era la asistenta, pero eso era imposible. Debía de haber entendido mal. Su madre debía de haber querido referirse a otra Gabriela, puede que a alguien del barrio o a una amiga de una amiga.

—¿Gabriela? —preguntó Marissa—. ¿Qué Gabriela?

Su madre no fue capaz de hablar durante varios segundos, y entonces soltó:

—Nuestra Gabriela.

Le pareció como si la habitación estuviera girando, y luego ya no estuvo segura de en dónde estaba. Su padre tuvo que agarrarla para evitar que se cayera. Sin saber cómo, acabaron en el sofá del salón, ella sentada entre su madre y su padre.

Su madre le estaba preguntando si se encontraba bien; Marissa, llorando, comentó:

—No es verdad. Por favor, dime que no es verdad.

—Es verdad —le dijo su madre entre sollozos—. Es verdad, es verdad, es verdad.

—¿Cómo sabes que es verdad? —preguntó su padre—. Puede que sea un error.

Él no estaba llorando, y ni siquiera parecía muy disgustado. Parecía extrañamente tranquilo y seguro de sí mismo.

—Me lo dijo él —aclaró su madre—. El detective. Dijo que le habían disparado esta mañana... en su piso.

—Puede que sea una confusión —insistió Adam—. Tal vez se trate de otra Gabriela.

—No, se lo pregunté —dijo Dana tajantemente—. Me dijo que se trataba de Gabriela Moreno, y me dio su dirección en Jackson Heights. No es un error. Está muerta. Alguien le disparó.

Marissa seguía llorando. La noche anterior había sido uno de los momentos más terroríficos de su vida, pero aquello era como una completa pesadilla. Gabriela era tan joven, tan feliz, tan saludable. ¿Cómo podía estar muerta? Era imposible.

Entonces se le ocurrió.

—Ay, Dios mío. No creerás que esto tiene alguna relación con lo de anoche, ¿verdad?

—No tiene ninguna relación con lo anoche —terció rápidamente su padre—. Vale, vamos, no nos pongamos histéricos antes de conocer todos los hechos. Quiero hablar con Clements y averiguar exactamente lo que está pasando aquí.

Se estaba esforzando tanto en aparentar que mantenía la calma. La gente estaba muriendo a diestro y siniestro, pero él se podía encargar del asunto, faltaría más, no era más que una minucia.

—Me dijo que se pasaría —les informó Dana— más tarde.

—Bien —dijo su padre—. Estoy seguro de que ahora hay muchas cosas que ignoramos.

—¿No dijo Clements que iba a ir a hablar con Gabriela? —preguntó Marissa—. ¿No fue eso lo que dijo anoche?

—No tuvo ocasión de hablar con ella —le aclaró su madre—. Dijo que tenía previsto hablar con ella hoy, cuando...

—Entonces tiene que tener alguna relación con lo de anoche —insistió Marissa—. Es demasiada casualidad.

Su padre se levantó y empezó a hacer una llamada con su Black-Berry.

—Comprobemos una cosa, ¿de acuerdo? —dijo.

—¿Qué estás haciendo? —le preguntó su mujer.

—Veamos si coge el teléfono.

—Pero ¿qué te pasa? —le espetó Dana—. Te lo digo en serio, está muerta.

Él la ignoró, ya con el teléfono en la oreja. Varios segundos después colgó.

—Sale el buzón de voz.

—Pues claro que sale su buzón de voz —gritó Dana—. ¿Qué coño te pasa?

—¿Os importa hacer el favor de dejar de discutir? —suplicó Marissa.

—¿Cuál es su móvil? —preguntó su padre, y su madre se inclinó sobre su regazo, se agarró mechones de pelo como si tratara de arrancárselo todo de pura frustración, y a continuación emitió un furioso y áspero sonido gutural.

—¿Qué dijiste antes acerca de un papel? —preguntó Marissa.

Sin levantar todavía la mirada y mesándose aún el cabello, su madre dijo:

—Tenía el código de la alarma escrito en un trozo de papel. Me di cuenta de que había desaparecido esta mañana, por eso llamé a Clements.

—Vale, piensa en lo que estás diciendo —dijo su padre. Se había levantado del sofá—. Piensa en ello un segundo sin ponerte histérica. Conoces a Gabriela, ¿verdad? Sabes lo estupenda que es, lo leal que es, lo digna de confianza que es. ¿Cuántas veces ha estado sola en esta casa? ¿Cuántas veces nos hizo de canguro o recogió del colegio a Marissa? Lleva trabajando para nosotros … ¿cuántos años?, ¿doce?, ¿trece? Y durante todo ese tiempo jamás nos ha robado nada. Hablo de que nunca jamás cogió un billete de dólar de encima de mi escritorio. En fin, es probable que hayan sido centenares las ocasiones en que ha tenido acceso a mi cartera, a tu bolso, a tus joyas, y jamás nos ha robado un centavo. Pero ahora estás segura, no albergas la menor duda de que ha conspirado con ese delincuente, el tal Sánchez, para robar en nuestra casa. ¿Por qué? ¿Porque los dos son hispanos? Pues bueno, sólo considera lo absurdo que es semejante cosa antes de empezar a gritarme como una loca, ¿de acuerdo?

Acabó el discursito con aire de sentirse orgulloso de sí mismo, como si acabara de pronunciar un monólogo shakesperiano o algo parecido. Pero —Marissa tenía que admitirlo— la idea de que Gabriela formara parte del robo sonaba de lo más disparatado. No se le ocurría ninguna situación en la que Gabriela hiciera algo que perjudicara a su familia.

—Papá tiene razón, la idea parece bastante descabellada —dijo. Y luego, dirigiéndose a él—: ¿Así que piensas que todo ha sido una tremenda coincidencia? ¿Crees que es una coincidencia que a ella le disparen a la mañana siguiente de que nos roben en casa y justo antes de que el detective tenga ocasión de hablar con ella?

—Mira, en este momento ignoramos muchas cosas —le respondió—. A lo mejor tiene que ver con su hija, con algún tipo con el que estuviera saliendo.

—Manuela tiene once años —comentó Marissa.

—Lo que intento decir —prosiguió él— es que confirmemos que realmente está muerta.

—¡Ya está confirmado! —gritó de repente su madre. Tenía el rostro congestionado y los ojos desorbitados—. ¿Cuántas veces te lo tengo que decir para que se te meta en tu dura mollera? ¡Está muerta! ¡Joder, está muerta!

Su padre sacudió la cabeza con frustración y se fue a la cocina.

—Eres tan puñeteramente insoportable —prosiguió su madre, que se marchó a la sala de la casa.

—Mamá —gritó Marissa, y echó a andar tras ella.

Vio que su madre se dirigía hacia la escalera principal, dudaba un instante, como si de pronto recordase lo que había ocurrido allí, y luego echaba a correr escaleras arriba.

Marissa no se podía creer cómo se había ido al traste todo de repente. Gabriela había sido siempre sumamente cariñosa y simpática y sin duda una de las personas más amables que hubiera conocido en su vida. Se acordó de las veces que había jugado con ella, y a la de sitios que la había llevado cuando era pequeña. Ya en el instituto, cuando había tenido problemas con los chicos, nunca se había sentido cómoda contándoselo a sus padres, y siempre había podido contar con Gabriela para que la aconsejara. Marissa le había ayudado a aprender inglés, y Gabriela le había ayudado con su español. Había sido una mezcla de hermana mayor y amiga íntima, y ahora era incapaz de aceptar la idea de que se hubiera ido, de que estuviera tan muerta como el tipo de la escalera de la noche anterior, de que jamás volvería a ver su cara ni a oír su voz.

Parada en el vestíbulo, empezó a llorar de nuevo. Entonces llegó su padre, la rodeó con un brazo y, con aquella voz de falsa tranquilidad, le dijo:

—Todo va a ir bien, cariño. Te lo prometo.

Marissa no pudo aguantarlo más. Si antes estaba en plan de aquí no pasa nada, ahora era ya un caso sin remedio. Se apartó de él.

—Por favor, papá, déjalo ya —y se fue arriba, sin darse cuenta siquiera de que había pasado junto al lugar donde había estado tirado el cadáver hasta que estuvo en su habitación.

Consultó su móvil y vio que había recibido un puñado de correos electrónicos y mensajes de texto de sus amigos conforme la noticia del robo empezara a circular. Le entraron verdaderas ganas de descargar su rabia, de dejarla salir, así que en lugar de contestar individualmente, se conectó a Internet y escribió una extensa entrada en su *blog* «La chica artista», que la mayoría de sus amigos —al menos los más íntimos— leían a diario. Describió el robo con el mayor dramatismo que pudo, centrándose en lo aterrorizada que se había sentido cuando se despertó y oyó a los intrusos en la casa, todo lo que había ocurrido con el tiroteo y en el interrogatorio al que la policía les había sometido a ella y a su familia durante la mayor parte de la noche. Omitió que Clements le había preguntado si consumía drogas en casa, un tanto paranoica de que hacerlo pudiera incriminarla de alguna manera. Aunque no hizo ninguna alusión concreta a Gabriela, algo dio a entender al terminar con: «Ahora parece que las cosas se han jodido aún más. Éste es el día más delirante de mi vida».

Después de fijar la entrada, buscó en Google News «Gabriela Moreno» con la esperanza de no encontrar nada, pero había dos reportajes sobre el asesinato. Los leyó con un sentimiento de desolación y parálisis. Los artículos daban en buena medida la misma escasa información que su madre ya les había notificado: Gabriela había sido asesinada a tiros esa mañana en su piso de Jackson Heights por un agresor desconocido. La causa del asesinato también se ignoraba.

—¡Maldita sea! —exclamó y, levantándolo en el aire, estampó el teclado contra la mesa. Algo pareció romperse, pero le trajo sin cuidado.

Esperaba que quienquiera que la hubiera asesinado se pudriera en el infierno por ello, aunque seguía sin poder creerse que realmente Gabriela hubiera estado involucrada en el robo. Tal vez su padre tuviera razón acerca de que se trataba de una mera coincidencia.

Quizá le dispararon por algún motivo absurdo y aleatorio. Parecía cogido por los pelos, aunque no más cogido por los pelos que el que Gabriela hubiera tenido alguna relación con el sujeto muerto, el tal Sánchez.

—Marissa —Su padre llamó a la puerta—. Marissa, ¿puedes bajar un segundo, por favor? El detective Clements está aquí.

Fantástico, justo lo que necesitaba.

—Ya voy —respondió, casi en un bisbiseo.

—¿Qué?

—¡He dicho que voy ahora mismo! —gritó.

Se tomó su tiempo, que invirtió en contestar algunos correos más, y luego bajó. Su madre, con la cara todavía sucia de rímel, estaba sentada a la mesa del comedor con Clements. Su padre parecía más serio que antes.

—¿Qué sucede? —preguntó Marissa.

—Por favor…, siéntate con nosotros —dijo Clements.

Marissa se sentó en la silla vacía y se percató de que su madre y su padre evitaban mirarse a los ojos.

—Supongo que te has enterado de la noticia —prosiguió el policía.

—Lo de Gabriela, sí —contestó Marissa—. ¿Por qué? ¿No habrá muerto nadie más? —Lo dijo medio en broma.

—No, no ha muerto nadie más —comentó su padre con voz monótona.

—Acabo de informar a tus padres de algunos de los últimos acontecimientos.

—Ay, no, ¿qué pasa ahora?

—Estaba involucrada en el robo —terció su madre.

—¿Están seguros de eso? —preguntó Marissa.

—Es muy probable que estuviera involucrada —precisó Clements—. Hemos establecido una conexión, una conexión muy evidente, entre ella y Carlos Sánchez.

—¿Qué clase de conexión? —preguntó.

—Tuvieron una relación —respondió Clements—. Salieron

juntos durante varios años y hubo una historia de violencia doméstica. Ella incluso había conseguido una orden de alejamiento contra él.

Marissa miró a madre y luego a su padre con incredulidad.

—¿Sabíais esto?

Su madre negó con la cabeza; su padre no reaccionó de ninguna manera.

—Habló con él en numerosas ocasiones por el móvil en los días previos al robo —siguió Clements—. Un vecino también cree haberle visto un día en el edificio de Gabriela la semana pasada, pero tal extremo no ha sido confirmado todavía.

—Espere, todo esto no tiene ninguna lógica —dijo Marissa—. Si tenía una orden de alejamiento contra él, ¿por qué habría ido él al domicilio de ella?

—No estamos seguros —respondió el policía—. Su hermana dice que el padre de ambas, que vive en Ecuador, está enfermo y necesita dinero para una intervención quirúrgica, así que eso puede haber sido el motivo.

—Cuéntele lo del sida —intervino su madre.

—¿Su padre tiene sida? —preguntó Marissa.

—Su padre no..., Sánchez —aclaró Clements—. No lo había desarrollado. Era seropositivo.

—No veo qué relación tiene que ese hombre tuviera el sida con todo esto —dijo el padre de Marissa.

—Ahora nos tendremos que hacer las pruebas todos —declaró su madre.

—Eso es ridículo —le amonestó su marido.

—Su sangre estaba por toda la escalera —replicó ella, de pronto con pinta y voz de loca—. Podría haberte salpicado.

—Oh, para ya —soltó él, sacudiendo desdeñosamente una mano hacia su mujer.

A Marissa le parecía increíble que sus padres estuvieran discutiendo sobre la transmisión del sida. Oficialmente acababan de alcanzar un nuevo mínimo en su bajeza.

—El riesgo de transmisión del sida en esta clase de situaciones es mínimo, cuando no inexistente —aclaró Clements—. El virus muere prácticamente en el acto cuando entra en contacto con el aire.

—¿Lo ves? —le espetó su padre a su madre, como si se sintiera orgulloso de sí mismo.

—Me trae sin cuidado —replicó ella—. Había sangre por todas partes. Quiero hacerme las pruebas.

—Pues si quieres hacerte las pruebas, háztelas —refunfuñó el padre de Marissa—. Yo no te lo puedo impedir.

—Muy bien, a ver si lo he entendido bien —dijo Marissa, dirigiéndose a Clements—. ¿Ustedes creen que Gabriela cogió el código de la alarma para que ella y su ex novio pudieran robar en nuestra casa?

—Parece lógico —admitió el detective—. Su madre afirma que cree que Gabriela tenía acceso al código.

—¿Y qué hay de las llaves? —preguntó Marissa.

—Podría haber hecho unos duplicados en cualquier momento —explicó el detective—. Estamos hablando con los cerrajeros de la zona, y supongo que acabaremos por descubrir que hizo copias de las llaves de la puerta trasera.

—No me lo creo —intervino la madre de Marissa—. Si Gabriela robó la casa, entonces ¿quién la asesinó? Explíqueme eso.

—Es demasiado pronto para especular —contestó Clements.

Cuando la madre de Marissa puso los ojos en blanco, la chica le dijo a su padre:

—Pensaba que estabas seguro de que la otra persona que entró en casa era un hombre.

—No estoy seguro de eso. Podría haber sido una mujer.

—Según tus padres —prosiguió Clements, dirigiéndose a Marissa—, Gabriela no sabía que habíais cancelado el viaje a Florida, así que es posible que creyera que la casa estaría vacía. ¿Le dijiste tú que no os ibais a Florida?

Marissa guardó silencio, limitándose a negar con la cabeza.

Estaba empezando a asumirlo: Gabriela había estado involucrada en el robo de su casa. Realmente lo había estado.

—Ay, por Dios —dijo—. No creo que pueda soportar nada más de esto.

Su padre, mostrándose repentinamente protector, intercedió por ella.

—Si no tiene más preguntas que hacerle, ¿por qué ha de permanecer aquí?

Clements lo ignoró y se dirigió a Marissa.

—Entiendo que estabas muy unida a Gabriela.

—Sí —admitió ella, haciendo todo lo posible para no echarse a llorar—. Lo estaba.

—¿Hablaste con ella en algún momento en los últimos días?

—El lunes —respondió Marissa—. La vi el lunes.

—¿Te habló de lo mucho que necesitaba el dinero o de si había vuelto con su antiguo novio?

—Ni siquiera sabía que hubiera tenido un novio.

—¿Así que no hubo nada extraño en su comportamiento?

—Nada en absoluto. Era la Gabriela feliz y risueña de siempre.

—Bien, por lo que se ve, se le daba muy bien guardar secretos —comentó Clements—. ¿Te contó alguna vez que consumiera drogas?

—¿Gabriela? —preguntó Marissa, estupefacta—. ¿Me toma el pelo? Era una enemiga acérrima de las drogas.

—Sánchez tenía antecedentes como heroinómano —explicó Clements—. Es probable que, puesto que había tenido una relación con Gabriela, ella también consumiera heroína, o al menos que lo hiciera cuando estaban juntos.

—Es difícil de creer —terció el padre de Marissa.

—Yo tampoco me lo puedo creer —abundó su madre—. El dinero es una cosa. Cualquiera puede estar desesperado y cometer un error, pero ¿drogas? No creo que hubiera podido ocultárnoslo.

—Se sorprendería de lo que la gente oculta cuando se pone a ello —aseveró Clements.

Se hizo un embarazoso silencio en la habitación que duró varios segundos —Marissa se dio cuenta de que su madre y su padre por igual parecían incómodos—, y entonces éste preguntó:

—Bueno, ¿eso es todo?

—Sí —replicó Clements, levantándose—. Por el momento.

Marissa y su padre también se pusieron de pie.

—Tienes que estar tomándome el pelo —dijo su madre, permaneciendo sentada—. «¿Eso es todo?» Hay un asesino ahí fuera, un asesino que probablemente haya estado anoche en nuestra casa y tú preguntas si «¿Eso es todo?»

—No sabes... —empezó a decir su padre.

—¡Claro que sabemos! —le gritó ella—. ¿Por qué crees que asesinaron a Gabriela? Porque alguien quería que guardara silencio, ¡por eso! ¡Y tú disparaste al otro tipo! Lo mataste, ¿y crees que su cómplice no va a volver aquí?

—Ya está bien, trate de calmarse —medió el policía.

—¿Por qué puñetas habría de intentar calmarme? —replicó la mujer—. ¿Acaso tienen alguna pista? ¿Tienen alguna idea, la más mínima idea, de quién asesinó a Gabriela?

—Estamos trabajando en ello —dijo Clements.

—Oh, están trabajando en ello —ironizó Dana—. Eso hace que me sienta mucho mejor. Se le da tan bien tranquilizarnos. Y mientras, podría haberle salvado la vida a Gabriela. Anoche, si no se hubiera quedado aquí preguntándonos por la pipa de agua de mi hija, podría haber ido a hablar con ella, y de paso evitar que la asesinaran y averiguar quién es el otro tipo. Bueno, jamás lo encontrarán, y él sabe quiénes somos, sabe dónde vivimos ¡y ha estado en nuestra casa!

—Lo siento —se excusó Adam con Clements.

—¡No tienes que disculparte por mí, hijo de puta! —gritó su mujer—. Tu provocaste todo esto... ¡Tú y tu estúpida pistola! ¿Cuántas veces te dije que te deshicieras de ella?

—Ahora es el turno de las acusaciones —comentó el padre de Marissa.

—¡Pues sí, te estoy acusando! —gritó Dana—. ¿A quién si no debería echarle la culpa?

—¿Lo ves? Sabía que no podrías contenerte eternamente. Te estabas muriendo por echarme la culpa. Adelante, no te cortes, oigamos toda esa rabia.

—Te dije que si tenías esa arma en casa algún día ocurriría algo terrible. No me hiciste caso, y, ¿sabes qué?, que ha sucedido algo terrible. ¡Qué sorpresa!

—¡Terrible! —gritó Adam—. Ésa sí que es buena, me encanta. No, terrible habría sido que os hubieran asesinado a ti y a Marissa, eso habría sido terrible. ¡Deberías darme las gracias en lugar de gritarme!

—¿Quieres que te dé las gracias? Muy bien, ¡pues gracias! ¡Gracias por joderme la vida!

—¡Podéis dejarlo de una vez? —gritó Marissa con todas sus fuerzas.

Por fin se hizo el silencio mientras los padres de Marissa siguieron fulminándose mutuamente con la mirada, respirando agitadamente. Entonces Clements declaró:

—Les mantendré informados, y por su parte, comuníquenme cualquier cosa que se les ocurra —Entonces miró a Dana y añadió—: Y pese a lo que crea, señora Bloom, sabemos hacer nuestro trabajo, y creo que lo hacemos muy bien. —Guardó la libreta en el bolsillo y concluyó—: Les reitero mi condolencia por la pérdida —y se marchó.

Marissa se quedó con sus padres en el comedor, viendo cómo intercambiaban miradas. Entonces Adam dijo:

—Eso estuvo genial, insultar a todo el Departamento de Policía de Nueva York. ¿Por qué no?

Aquello hizo que su madre estallara de nuevo. Marissa no pudo soportarlo más y se dirigió a su habitación, desde donde oyó gritar a su madre: «¿Sigues pensando que todo está bien? ¿Crees que se va a olvidar todo milagrosamente?», así que subió el volumen de su equipo de sonido —más Tone Def— para ahogar las voces de sus padres.

Esperaba que aquello no fuera a ser el principio, que sus padres no volvieran a empezar con los problemas conyugales. Cuando estudiaba en el instituto, le había parecido que habían estado en un tris de divorciarse, cuando no paraban de discutir por las cosas más estúpidas todo el santo día, siete días a la semana. Bastaba con que su padre dejara algunos platos sucios en el fregadero o salpicara la tapa del inodoro al mear, para que su madre empezara a criticarlo sin parar por ello. Y si a su padre no le había gustado la mirada que le había echado ella o el tono de voz empleado, invariablemente se iniciaba una gran trifulca. Y, dado que su padre era psicólogo y ambos estaban acudiendo a un consejero matrimonial, no paraban de meter aquella marciana jerigonza terapéutica en sus discusiones, lo que no hacía más que llevar a más peleas. Y entonces, durante una de aquellas peloteras su madre podía decir: «¡Eres tan irritante!», y su padre podía responder: «Siempre estás generalizando» o «Venga, saca tu rabia otra vez», y entonces eso desembocaba en otro rifirrafe. O a veces, cuando estaban hablando y su madre decía: «Te estás poniendo a la defensiva», su padre contraatacaba: «Ya estamos, proyectando otra vez», y entonces estallaban en gritos con su ridícula jerigonza sobre quién estaba proyectando y quién estaba a la defensiva. Por supuesto, sus peleas jamás resolvían nada; ninguno ganaba ni cedía jamás. Parecía como si tuvieran la misma discusión una y otra vez, igual de cabreante que un disco rayado. Marissa nunca había comprendido por qué se molestaban en seguir juntos. Si no eran capaces de soportarse, ¿por qué se amargaban mutuamente la vida? ¿Por qué no se divorciaban y sanseacabó? Había esperado que no siguieran juntos por ella, porque ella habría preferido que hubieran partido peras y siguiera cada uno con su vida. ¿Qué hija quería unos padres infelices?

Bajó la música y siguió oyendo a sus padres dale que te pego; ahora parecía como si estuvieran en su dormitorio. Se dio una ducha rápida, y cuando se estaba secando, oyó que su madre gritaba: «¿Qué vas a hacer entonces? ¿Vas a sacar de nuevo tu pistola? ¿Vas a dispararle?»

Por Dios, ¿es que seguían discutiendo por el arma?

Marissa se dirigió de nuevo a su dormitorio, cruzándose con su padre en el pasillo. Pasó por su lado con aire resuelto y bajó las escaleras. Iba en chándal y con zapatillas de deportes, probablemente camino del gimnasio.

Sentada en su cama, Marissa le envió un mensaje de texto a Hillary, que trabajaba cerca del centro. Acordaron encontrarse a las cinco y media para tomar unas copas. La joven tecleó:

¡No veo el momento! Tengo que salir de esta puñetera casa de locos

Se vistió deprisa —vaqueros pitillo, sostén negro con encajes y la preciosa cazadora de piel que había comprado la semana anterior en el UNIQLO del SoHo—. Cuando salió de casa, vio a su padre en la acera hablando con varios periodistas. Probablemente habían regresado para hacerle algunas preguntas sobre Gabriela, y se dio cuenta de que él estaba encantado, con la frente arrugada y moviendo mucho las manos mientras hablaba, comportándose como si fuera una estrella de cine que estuviera concediendo una rueda de prensa.

Caminó varias manzanas y cruzó la verja de Forest Hills Gardens para dirigirse a la estación de metro de Queens Boulevard. Mientras viajaba en la línea R se puso las gafas de sol porque estaba llorando y no quería que nadie la viera. Le seguía pareciendo increíble que Gabriela estuviera muerta de verdad.

Cuando llegó a Manhattan, le sobraba algo de tiempo, así que se dirigió al Whitney para ver la exposición de Man Ray. Había enviado una solicitud de trabajo al Whitney, al igual que a prácticamente todos los demás museos de la ciudad, y todavía no había recibido respuesta. También había mandado solicitudes a un montón de galerías, y acudido a una entrevista para ser «coordinadora de eventos» en una del centro, pero hasta el momento no había tenido ninguna oferta de trabajo. Seguramente su padre había estado en lo cierto en cuanto a que había cometido un error al dejar el trabajo en el Met. Debería haber aguantado allí al menos seis meses para utilizarlo como referencia, o hasta que hubiera encontrado otra cosa. Pero confiaba en encontrar algo pronto; quería tener unos ingresos regulares para poder permitirse alquilar su propio piso o incluso compartir uno. Detestaba no tener su propio dinero y depender tanto de sus padres.

Después del museo caminó hasta los alrededores del Midtown, sintiéndose fuera de lugar cerca de todos los agobiantes edificios de oficinas y de la gente estresada que pululaba por la zona. El Lower Manhattan era más tranquilo, aunque la totalidad de Manhattan parecía tan pretencioso y pagado de sí mismo que a Marissa le pareció que no podría conectar. Brooklyn le gustaba mucho más —sobre todo Williamsburg, DUMBO Y RAMBO*—, aunque la mayoría de sus amigos trabajaban en la ciudad y siempre querían reunirse en los bares de los alrededores del centro, ir de marcha a Murray Hill o, en el peor de los casos, al Upper East Side.

A las cinco y media se reunió con Hillary en McFadden's, en la Cuarenta y dos y la Segunda. Era el típico bar de los alrededores del centro para ir a tomar algo después del trabajo, muchos trajes y corbatas, montones de gente histérica que intentaba desmelenarse desesperadamente y ejecutivos que se llamaban unos a otros «tronco» y «colega». A Marissa le pareció que estaba en otro planeta, pero Hillary, que tenía un trabajo básico de marketing en alguna agencia de publicidad, parecía encontrarse en su salsa, todo sonrisas y saludos con la mano, hola por aquí y hola por allá, y hasta repartiendo abrazos entre la gente al entrar. Las dos jóvenes llevaban años siendo las mejores amigas, pero últimamente Maris-

---

* DUMBO: *Down Under Manhattan Bridge Overpass*; RAMBO: *Right After Manhattan Bridge Overpass*, sobrenombres con que son conocidas sendas áreas de Brooklyn, concretamente, y de acuerdo con la descripción en inglés, «por debajo» y «más allá» del paso elevado del puente de Manhattan, respectivamente. *(N. del T.)*

sa tenía la sensación de que se habían distanciado. Aunque confiaba en que sólo fuera una etapa y que Hillary superara finalmente toda aquella manía de intentar comportarse como una *yuppie* y volviera a la normalidad.

Hillary saludó a Marissa con un abrazo, y ésta dijo:

—Por Dios, necesito un trago desesperadamente. Algo fuerte.

Encontraron asiento en la barra y pidieron sendos Cosmopolitan «bien cargados de vodka». Hillary ya había leído lo del robo en el *blog* de Marissa, aunque de todas formas ésta le contó todo de nuevo.

—Ay, Dios mío, debe de haber sido horrible —comentó Hillary.

—Y va a peor —dijo, flaqueándole la voz.

Hillary, al igual que todas sus amigas, había conocido a Gabriela; había sido casi como si ésta fuera de la familia Bloom.

Cuando Marissa le contó que Gabriela había sido asesinada y que probablemente había estado involucrada en el robo, su amiga empezó a llorar, y ella se le unió. Hillary dijo todo lo previsible —«No me lo puedo creer, no es posible, era tan joven»— mientras continuaban llorando juntas a moco tendido.

—Tal vez deberíamos dejar de llorar, al fin y al cabo ésta es una *happy hour* —propuso Marissa finalmente, aunque el intento de romper el hielo con una broma ni siquiera le arrancó una sonrisita a su amiga.

—Es tan terrible que tengas que pasar por todo esto —dijo Hillary.

—Sí, sé que es una mierda —repuso Marissa—. A mi madre le preocupa que el tipo que asesinó a Gabriela siga suelto, aunque la verdad es que a mí no. Estoy segura de que la poli lo atrapará.

—Dios mío, espero que sí.

Marissa le dio un sorbo a su copa.

—Me alegré tanto cuando me dijiste que podías quedar. Mi casa es una auténtica pesadilla. Mi madre está furiosa, así que no para de gruñirle a mi padre, y, por supuesto, y como es habitual, él se desquita conmigo. Hasta me dijo que dejara de beber y fumar en casa, tratándome como si fuera una especie de crápula o algo parecido. Y mientras, resulta que apenas fumo o bebo. Pero sus peleas…; eso es lo peor. Te lo juro, otra vez están como cuando era adolescente. De verdad que no sé qué les pasa. Si no se soportan y no pueden ni verse en pintura, ¿por qué no se divorcian y punto?

De pronto Hillary abrió los ojos desmesuradamente, y Marissa se dio cuenta de que pasaba algo.

—¿Qué sucede? —preguntó.

—Nada, no importa —respondió su amiga, y le dio un trago a su copa.

—Vamos, ¿qué pasa? ¿Se trata de Gabriela?

—No.

—Entonces, ¿qué? Vamos, tienes que contármelo.

—La verdad es que no tiene importancia.

—Venga, cuéntamelo.

—No es nada —dijo Hillary—. No debería haberte dicho nada.

—Pero si no has dicho nada todavía. Vamos, ahora sí que tienes que contármelo.

Hillary le dio otro sorbo a su copa y respiró hondo antes de contestar.

—Es solo… Se trata de tu madre.

—¿De mi madre?

—¿Lo ves? No debería haber abierto mi bocaza.

—¿Qué pasa con ella?

—Vamos, por lo que estás pasando ahora y todas…

—Venga, cuéntamelo ya.

Hillary esperó unos segundos, como si tratara de ordenar sus ideas.

—La otra noche la oí hablar con mi madre. Creían que no estaba en casa, pero las oí desde la segunda planta.

—¿Y de qué estaban hablando?

—Lo siento. Jo, yo no quería decírtelo, pero…

—¿Es algo malo?

—No. Bueno, no tan malo.

—¿Mi madre está enferma?

—No, por Dios, no, nada que ver con eso.

—Entonces ¿de qué se trata?

—Es sólo que ella… Bueno, que está… engañando a tu padre.

Marissa no se lo podía creer.

—¿Mi madre?

—Lo siento mucho, no quería contártelo, especialmente ahora, cuando…

—¿Estás segura de que no entendiste mal?

—Segura. Tu madre estaba contando que llevaba meses sucediendo y que deseaba romper, pero no podía.

¿Meses?

—¿Y con quién? —preguntó Marissa.

—Alguien que conoces.

—Ay, Dios mío, ¿quién?

—Tony.

—¿Quién es Tony?

—Ya sabes… Tony, ese monitor del New York Sports Club.

Marissa tardó unos segundos en caer en la cuenta.

—Te refieres a aquel gigantón con un acento del Bronx que tira de espaldas.

Hillary asintió con la cabeza, incómoda.

—¿Me estás tomando el pelo, verdad?

—Te lo juro por Dios —dijo Hillary—. ¿Lo ves? No debería habértelo contado.

Marissa imaginó fugazmente a su madre y Tony juntos… desnudos. Tenía su gracia.

—¿Quién lo habría pensado? —comentó—. Mi madre y un culturista. Bien por ella.

—Espera, ¿no estás triste?

—¿Triste? ¿Por qué habría de estar triste? Si estuviera en el pellejo de mi madre, hace años que habría engañado a mi padre. A lo mejor mis padres acaban divorciándose y terminan con todo nuestro sufrimiento. —Acabó su Cosmopolitan de un trago, y añadió—: Sinceramente, ésta es con diferencia la mejor noticia que me han dado en todo el día.

7

Johnny Long se dirigía caminando hacia la parte alta de la ciudad por la Octava Avenida de vuelta del Slate —unos billares de Chelsea donde le había ganado ciento y pico de pavos a un corredor de Bolsa borracho—, rumbo a los bares de turistas de los alrededores de Times Square, donde confiaba encontrar a una mujer de buen aspecto con quien follar y a quien robar, cuando empezó a llover. Llovía a cántaros, con truenos y relámpagos, y no parecía que fuera a aflojar. Esperó un rato bajo una marquesina a ver si ocurría, y luego cruzó la calle como una centella hacia el *pub* Molly Wee, en la Treinta con la Octava, tras decidir que esperaría allí a que pasara la tormenta.

Cuando entró en el local irlandés, se fijó en cinco mujeres que lo miraron de arriba abajo. No tenía nada de raro; allí donde fuera las mujeres le hacían una radiografía. Su belleza siempre había sido su principal recurso y su mayor desventaja. Era fantástico estar bueno cuando quería ligar con una mujer, pero durante la temporada que pasó en la cárcel de Rikers, donde le llamaban «el Lindo Johnny», «J. Lo»* y —el peor de todos— «Jenny la del barrio», eso mismo le había procurado un absoluto infierno de siete meses y medio.

A menudo lo confundían con Johnny Depp, y no sólo porque compartieran nombre de pila. Era más alto que Depp, y más musculoso, pero eran muy parecidos de cara —los dos tenían la misma expresión somnolienta y cansada—, sobre todo cuando dejaba que su pelo negro y lacio, que llevaba bastante largo, le cayera sobre los

---

* Diminutivo por el que también es conocida Jennifer López. *(N. del T.)*

ojos azul claro. De vez en cuando también le confundían con Jared Leto o con alguno de los otros componentes de 30 Seconds to Mars.

Se sentó a la barra, pidió un agua con gas con una rodaja de lima —no tomaba alcohol— y examinó sus alternativas. Dos de las mujeres estaban acompañadas por unos tíos; no es que fuera imposible, pero eso complicaba un poco las cosas, y no estaba de humor para complicaciones. Así que la cosa quedaba reducida a la flaca de pelo negro sentada a una mesa con un grupo de amigas, a la chica de pelo oscuro y rizado o a la amiga rubia que la acompañaba del final de la barra, o a la rubia mayor que estaba sola en una mesa cerca de la puerta. No se sentía atraído por ninguna, pero eso no es que tuviera importancia.

Empezó a beber a sorbos su agua con gas y levantó la vista hacia el partido de baloncesto que daban en la televisión, resolviendo dejar que el destino decidiera por él. Eso le ahorraría algo de trabajo, y además, las posibilidades de ligar con una mujer eran mucho mayores cuando dejaba que ella hiciera el primer movimiento. Si abordaba a una, sus posibilidades seguirían siendo muy buenas, pero eso le exigiría desplegar mucho más encanto y esfuerzo, y si resultaba que la mujer estaba casada o tenía un novio formal, era posible que acabara por no salirse con la suya. Pero sabía que si no hacía nada y se limitaba a sentarse y esperar a que una mujer se le acercara, era casi seguro que lo conseguiría.

Aunque no estaba mirando a ninguna, sentía los ojos de todas clavados en él. Sabía muy bien que lo deseaban desesperadamente, que se estaban muriendo por estar con un tío bueno como él, un sosias de Johnny Depp, joder. En un momento dado, miró como si tal cosa hacia donde estaba el camarero y en el espejo que había detrás de la barra vio que la rubia y la chica de pelo moreno y rizado seguían mirando en su dirección, sin duda hablando de él. La morena probablemente estuviera diciendo algo como : «Dios, qué macizo que está», y la amiga la estaría azuzando, diciendo: «Vamos, ve a hablar con él, ¿a qué estás esperando?» Así era como ocurría siempre. Era tan predecible que casi resultaba aburrido.

En efecto, como un minuto después Johnny oyó:

—Perdona.

Echó una ojeada y vio a la morena de los rizos. Estaba algo rolliza, y en su cara no había nada especialmente atractivo. Era alguien con quien Johnny se cruzaría como si tal cosa en la calle y apenas la miraría.

—¿Alguna vez te han dicho que eres clavado a Johnny Depp? —preguntó la chica.

Estaba roja como un tomate, y de cerca y con más luz resultaba aún menos atractiva. Su maquillaje parecía haberse endurecido, sobre todo alrededor de los ojos, que no eran azules o ni siquiera verdes. Johnny se dio cuenta de que estaba aterrorizada y de que había tenido que echar mano de todo su coraje para acercarse a un hombre tan guapo como él y llegar a decirle algo. También sabía que su reacción inicial hacia ella era la clave: la chica no le había abordado sólo para tirarle los tejos; en realidad estaban follando inconscientemente. Tenía que demostrarle de inmediato que se sentía atraído por ella, pero que, y eso era lo más importante, era un buen tipo, alguien en quien podría confiar.

Mostró una amplia sonrisa, dejándola que viera su perfecta dentadura blanca, y la miró directamente a los ojos como si estuviera perdidamente enamorado de ella. Sabía que había que proceder con humildad, así que, fingiendo estar completamente deslumbrado y halagado por igual, dijo:

—¿De verdad piensas eso?

—Sí —dijo ella—. ¿No te lo han dicho antes?

—Jamás —mintió—. Carajo, realmente me has alegrado el día.

Siguió mirándola a los ojos, dejando que la chica se percatara de sus ojos azul claro, que solían ser objeto de los piropos de las mujeres. De hecho, justo la noche antes la mujer que se había ligado en Brooklyn le había dicho que tenía los ojos más bonitos que había visto en su vida. Había acabado tirándosela, aunque se había largado sólo con unos cien pavos y ninguna joya. Con un poco de suerte, ésta iba a ser un botín más sustancioso.

—A propósito, me llamo Gregory —dijo, y extendió la mano.

La chica estaba tan subyugada con él que tardó un segundo de más en responder:

—Oh, yo me llamo Theresa.

Johnny le sostuvo la mano unos segundos más de los necesarios, haciéndole saber que ella le gustaba, que estaba «interesado». Era tan fácil ligarse a una mujer; al menos para él. Sabía que no tenía que ser agresivo, tratar de impresionarlas con un trabajo ampuloso y hacerlas reír sin parar. Las mujeres deseaban «que se fijaran en ellas», y querían «ser respetadas». Lo único que tenías que hacer era ser atento, escuchar y demostrar que te importaba lo que te estaban diciendo, con eso ya tenías medio camino recorrido. Era tan sencillo que siempre le asombraba ver a los tíos fastidiar un polvo fácil hablando de sí mismos sin parar. ¿Qué es lo que intentaban hacer, ahuyentar a las mujeres? Sí, Johnny sabía que ser guapo le ayudaba mucho, que le hacía aún más irresistible, pero incluso un tipo horrible podía ligarse prácticamente a cualquier mujer que quisiera, siempre que fuera capaz de hacerla sentir especial, joder, hacerla sentir que era la única persona en el mundo que le importaba.

Empezó a hablar de trivialidades con Theresa —«¿De dónde eres?», «¿Vives por aquí?», «¿A qué te dedicas?»—, pero en lugar de bombardearla a preguntas como una ametralladora al estilo del tipo medio, prestaba realmente atención a las respuestas y, por supuesto, en ningún momento dejó de mirarla a los ojos. La chica le dijo que era jefe de personal de una agencia de relaciones públicas, lo que hizo que Johnny se llevara un chasco, porque ello le hizo pensar que Theresa no sería una persona adinerada. Sin embargo, parecía bastante acomodada —clase media por lo menos—, y se sintió animado cuando dejó caer que vivía sola. Las compañeras de habitación siempre eran un problema.

Johnny no dijo una sola palabra sobre sí hasta que se lo preguntó; entonces se esmeró en decirle lo que ella quería oír. Puesto que la chica había mencionado que vivía en Queens, le dijo que había nacido allí y que seguía teniendo mucha familia en el barrio. En realidad era de Brooklyn y huérfano, pero quería establecer un vínculo con ella, y aquél parecía funcionar. Puesto que ella era jefa de personal, le dijo que era «consultor de una empresa de servicios financieros». Si ella hubiera tenido un empleo de un nivel menor o mayor, Johnny le habría dicho que hacía otra cosa para ganarse la vida, pero quería tener una profesión que estuviera a la altura de la de Therese. En otras palabras, no quería situarse ni demasiado por encima ni demasiado por debajo de ella. Por otro lado, siempre que conocía mujeres con trabajos de oficina, le encantaba decir que era «consultor de una empresa de servicios financieros», porque el cargo parecía tan ambiguo que podía tirarse un farol fácilmente sobre lo que realmente hacía en el día a día, si daba la casualidad de que las mujeres le hacían alguna pregunta. Pero las mujeres rara vez le preguntaban por su trabajo, al menos no de inmediato, y de todas formas solían ser rollos ocasionales de una sola noche.

Su otro movimiento genial —que prácticamente selló el acuerdo— fue utilizar la carta del catolicismo. Reparó en que Therese llevaba un crucifijo, así que comentó de pasada que había ido a la iglesia el último domingo. Los ojos de la chica se iluminaron.

—Caray, yo voy siempre a misa.

Johnny le soltó alguna chorrada sobre lo importante que era la espiritualidad en su vida y lo mucho que le entristecía que el país «se estuviera alejando de todo eso». De hecho, unos minutos más tarde, ella dijo:

—Dios mío, es fenomenal conocer a un tío que va a la iglesia. —Lo dijo como si creyera en serio que había conocido a su Príncipe Azul Católico una lluviosa noche en un bar irlandés, a tiro de piedra de Penn Station. En momentos así, era tal el regocijo que le producían sus mentiras que a Johnny le costaba Dios y ayuda no empezar a reírse como un histérico, pero, como siempre, consiguió contenerse.

Sabía que Theresa se moría de ganas de follar con él en ese momento, que le parecía el tipo más genial que había conocido en su vida y que estaba impaciente por presentarle a sus padres y a todos sus amigos. Por supuesto, era posible que la chica le hiciera sudar tinta para conseguir acostarse con ella esa noche, y que hiciera todo el numerito de hacerse de rogar y de querer tomarse las cosas con más tranquilidad, aunque él sabía que con un poco de amable persuasión y algo más de encanto en el momento apropiado —ahí era cuando su buena pinta y sus ojos de persona digna de confianza realmente daban sus frutos— ella sería incapaz de resistírsele.

Entonces la amiga de Therese, la rubia, se acercó para decir que tenía que irse a casa. Aquél era el último escollo, y era uno de categoría. Si Theresa había llevado en coche a su amiga hasta el bar (algo improbable, puesto que había comentado que esa noche se había ido de copas inmediatamente después del trabajo), o su amiga se alojaba en casa de Theresa (improbable también, porque ya lo habría comentado), entonces el intento de ligue de Johnny podría irse al traste. Si eso era lo que iba a ocurrir, tampoco sería una gran tragedia, la verdad, porque simplemente podría ligarse a otra —o, hablemos en serio, dejar que otra lo ligara— en ese bar, o , ahora que había dejado de llover, podría seguir hasta Times Square y ligarse a una turista en un bar de los alrededores. Sabía que podía encontrar una víctima más atractiva, aunque sería una lástima, porque, vaya, sentía tanto apego ya por Theresa.

—Gregory, me gustaría que conocieras a mi amiga Donna —dijo Theresa.

—Encantado de conocerte —dijo Johnny—. Me gusta esa cazadora. ¿Dónde la has comprado?

En realidad era una cazadora vaquera de aspecto barato que parecía sacada de una trapería.

—Ay, muchísimas gracias —respondió Donna, enrojeciendo igual que lo había hecho su amiga—. De hecho, la compré en Daffy's.

—¿En serio? Caray, me encanta.

Aquello fue perfecto, alabar a la amiga y conseguir gustarle también. Como era de esperar, Donna le dijo a Theresa que estaba a punto de marcharse, aduciendo algo acerca de lo mucho que tenía que madrugar al día siguiente, lo que a Johnny se le antojó una excusa de las malas, puesto que el día siguiente era sábado y casi seguro que no tendría que trabajar. Probablemente se sintiera avergonzada, sentada allí sola en el bar, sin conseguir ligar, y quisiera marcharse, aunque eso significara llevarse a su amiga con ella y —hasta donde sabía— echar a perder una relación amorosa en ciernes.

Theresa pareció desilusionada y destrozada, y Johnny supo exactamente lo que estaba pensando: *¿Sentiría más respeto por mí si me marchara?* Pero el hecho de que no se fuera le indicó a Johnny que ella quería quedarse; tan sólo necesitaba encontrar la manera de justificarlo ante sí misma.

—Eh, si quieres quedarte, me aseguraré de que llegues a casa sana y salva. —Puede que en boca de otro esa frase le hubiera hecho quedar como un sinvergüenza, un aprovechado, pero no a Johnny. Él siempre parecía sincero y afectuoso.

—Caray, es muy amable por tu parte —dijo Theresa.

De nuevo Johnny tuvo que reprimir el impulso de soltar una risotada.

Las chicas lo hablaron durante unos segundos mientras él miraba para otro lado, permitiéndoles algo de intimidad, al tiempo que se bebía a sorbos el agua con gas.

—Bueno, me voy a casa, ha sido un verdadero placer conocerte —proclamó Donna.

—Lo mismo digo, espero volver a verte otra vez —respondió él, pensando: *Sí, puedes esperar sentada.*

Donna se marchó, y Johnny supo que el último obstáculo había sido eliminado; a partir de ahí, prácticamente se acababa el peligro.

Y no perdió ni un segundo. Después de decir algo gracioso y de que ella se riera, se inclinó y la besó. No la baboseó morreándola con la boca abierta; fue un beso sencillo y elegante. Mantuvo los labios pegados a los suyos varios segundos y luego se apartó.

—¿Quieres que nos vayamos? —preguntó con un tono dulce y apasionado a la vez.

Minutos más tarde, estaban en el taxi. Fue un completo caballero; la besó, como era natural, pero sin intentar meterle la mano bajo las bragas ni nada parecido. La carrera del taxi hasta Astoria podría costarle unos treinta y cinco o cuarenta pavos, y confió en que el rato mereciera la pena, que no fuera a desperdiciar toda la noche con aquella mujer.

Durante el trayecto en taxi Theresa dijo todo lo que él esperaba que dijera: «No suelo hacer esto», «¿Estás seguro de que estamos haciendo lo correcto?», «Tal vez deberíamos esperar». Siguiéndole el juego, él no paraba de decir cosas como: «Oye, si no te sientes cómoda, puedo irme a casa», concediéndole todas las oportunidades para retractarse.

Ya en Astoria, se sintió decepcionado cuando pararon delante de una modesta casa de dos viviendas. Había esperado que ella viviera en uno de los nuevos edificios de pisos para *yuppies* que habían levantado por allí; habría sido un indicio de que aquello iba a merecer la pena. Sin embargo, trató de ser optimista y de no dejar traslucir su decepción en lo más mínimo.

En cuanto entraron en el piso, conectó su interruptor de la pasión y empezó a aplicar a Theresa todo el tratamiento amatorio de Johnny Long. La besó suavemente en los labios, apartándole el pelo de la cara y diciéndole sin parar lo preciosa que era. Entraron en el dormitorio y empezaron a hacer el amor. Le preguntó si tenía velas e incienso, sabedor de que a las mujeres siempre les encantaban esas gilipolleces. Theresa le dijo que no tenía incienso, pero sí velas, y fue a buscarlas.

Regresó a la cama, con las velas encendidas, y Johnny empezó a hacerle el amor como sólo Johnny Long era capaz de hacerlo. Sabía que era el mejor amante del mundo, y no sólo porque las mujeres acostumbraran decirle que lo era. Un día había ido a la biblioteca y leído unos libros de unos supuestos casanovas, y aquellos individuos no sabían nada de lo que él sabía. En uno, cierto francés afirmaba que había estado con más de mil mujeres y que las había satisfecho a todas. Johnny se había echado a reír al leer aquello; nadie podía proporcionarle más placer a una mujer que Johnny Long. La última vez que había echado las cuentas, calculó que había estado con más de cuatrocientas cincuenta mujeres, pero sólo tenía treinta y un años y planeaba llegar a las mil cuando cumpliera los treinta y cinco.

Sabía que escribir un libro sobre sus propias técnicas sexuales era imposible, por la sencilla razón de que no tenía ninguna técnica. No podía decirle a la gente haz esto o haz lo otro y siempre conseguirás que una mujer se corra, porque no había nada que funcionara siempre con todas las mujeres. Las mujeres eran como los árboles: todas eran diferentes. Todo era una cuestión de instinto, de meterse en la cabeza de la mujer y sentir lo que estaba sintiendo.

Besó a Theresa con mucha parsimonia y suavidad en la boca y el cuello, y luego pasó a su pecho, al vientre, a la cara interior de los muslos y por último se abrió camino hacia más abajo. En todo momento, como cuando había estado hablando con ella en el bar, estuvo muy atento, siguiendo las pistas que ella le daba y confrontándolas. Al igual que un superordenador sexual, procesaba inmediatamente la información que ella le iba dando y se transformaba en el amante ideal, en el hombre de los sueños de Theresa. La complació durante mucho tiempo con una vehemencia perfecta, y entonces empezó a hacerle el amor al ritmo exacto que ella deseaba. Se corrió fácilmente, gimiendo: «Oh, Gregory, oh, Gregory». Hubo un momento en que, olvidándose de que era Gregory, pensó que la chica lo confundía con otro.

Hizo que se corriera cuatro veces, y supo que era imposible que estuviera fingiendo. Nadie podía fingir los orgasmos con él, porque él sabía, siempre sabía. Después la rodeó con sus brazos, le acarició dulcemente el pelo y le besó en la oreja, chupándole suavemente el lóbulo durante un rato.

Más tarde, cuando por fin se quedó dormida, Johnny se levantó de la cama, se vistió en silencio y comenzó la tarea de robarle el piso.

Empezó con su bolso, que contenía doscientos treinta y siete dólares, una cantidad nada despreciable como dinero de bolsillo; aquello cubría de sobra la carrera del taxi, así que la noche ya era un éxito. Encontró sin dificultad el joyero en el cajón superior de la cómoda y lo cogió todo, reparando en un par de collares, los dos de

plata, y unos anillos que pensó le reportarían varios cientos de dólares sólo por el valor del oro. Con un poco de suerte aquello acabaría
siendo un botín fantástico, y sabía que mientras se largara limpia-
mente, casi no había ninguna posibilidad de que le echaran el guante. Theresa no tenía ninguna información real sobre él, y lo más probable es que ni siquiera denunciara el delito a la policía. Johnny no
estaba seguro de la razón de que las mujeres que se tiraba y robaba
casi nunca intentaran delatarle. En parte quizá se debiera a que se
sentían tan avergonzadas y apenadas por lo que había ocurrido que
no querían que sus amigos y familiares se enterasen, aunque a Johnny le gustaba creer que la razón principal era que las dejaba tan sa-
tisfechas, después de proporcionarles el mejor sexo de sus vidas, que
por la mañana habían decidido que, sí, que perder el dinero y otros
objetos de valor era una putada, pero que, realmente, ¿qué motivo
de queja tenían?

Estaba a punto de salir del dormitorio cuando reparó, sobre la
mesita de noche, en el crucifijo de oro que Theresa llevaba en el bar.
Se lo agenció rápidamente y, cuando salía, sonrió, pensando en que
después tendría que ir a la iglesia y confesarse. Seguía riéndose como
un tonto por su propio chiste cuando abandonó el edificio y se dirigió a la estación de metro.

8

—Johnny Long. ¿Eres tú?

La voz sonó a sus espaldas cuando estaba entrando en la estación de metro de Astoria Boulevard. Se sorprendió al oír pronunciar su nombre a las tres de la madrugada en Astoria, donde no creía conocer a nadie.

Momentáneamente le preocupó que fuera un madero. Por si acaso, empezó a meterse la mano en el bolsillo de su cazadora, donde llevaba una Kel-Tec del calibre 380.

Pero entonces miró por encima del hombro y hasta tuvo que parpadear, mirando dos veces.

—¿Carlos? —preguntó.

No había visto a Carlos Sánchez, su viejo amigo de Saint John, desde ¿hacía cuánto? ¿Ocho o nueve años? Nueve, pero Carlos parecía haber envejecido veinte. Era sólo cuatro o cinco años mayor que Johnny, pero con todo aquel pelo gris parecía un cincuentón, y su rostro también parecía viejo y demacrado. Por Rayo, otro tipo de Saint John, se había enterado de que Carlos había estado a la sombra por tráfico de drogas.

Carlos se acercó y le dio un gran abrazo. Apestaba a alcohol y maría, y Johnny no vio el momento de que el abrazo acabara.

—Ha pasado mucho tiempo, colega —dijo Carlos, soltándole de una vez—. Pero que mucho, mucho tiempo. ¿Qué narices estás haciendo por aquí?

—Debería ser yo quien te hiciera esa pregunta —replicó Johnny—. Creía que estabas en el trullo.

—Que va, tío, eso es historia pasada —contestó Carlos—. Salí hace seis meses, y ahora vivo aquí, tronco. Bueno, no aquí, aquí, me refiero a Queens, Bayside. He venido a Astoria por algunos asuntos, ¿sabes a qué me refiero?

A Johnny no le sorprendió en lo más mínimo que Carlos estuviera traficando de nuevo; lo llevaba haciendo desde los trece años. Él jamás había tocado las drogas, ni siquiera un porro, y ésa era la principal razón de que sólo hubiera estado a la sombra en una ocasión. Cuando no estabas agilipollado por las drogas y podías pensar con claridad, era bastante fácil mantenerse un paso por delante de la pasma.

—¿Dónde vives ahora? —preguntó Carlos.

—Sigo en Brooklyn —respondió—. Me agencié una casa pequeña en Red Hook.

—Bueno, ¿y cómo te va?

—Me las apaño.

—Sí, sigues siendo un niño bonito. Apuesto a que consigues todas las damas que quieres, ¿me equivoco?

—No me puedo quejar.

—¿Que no te puedes quejar? Ya, me acuerdo de las ocasiones en que te señalábamos a cualquier chica en el patio o donde fuera, y te apostábamos veinte pavos a que no te la podías ligar, y siempre te quedabas con nuestro dinero.

—No siempre —puntualizó Johnny.

—No siempre —admitió Carlos—. Mira el tío este. Sigues teniendo el mismo sentido del humor. Sigues haciéndome reír.

Johnny oyó que el convoy entraba en la estación por encima de ellos.

—Bueno, ésa es mi línea —dijo—. Me alegro de volver a verte, de verdad, tío.

—Vamos, quédate un rato —insistió Carlos—. ¿Adónde vas con tanta prisa a las tres de la mañana?

—Ha sido un largo día —se disculpó—. Tengo que sobar.

—Venga, tío. ¿Llevas sin ver a tu viejo colega no sé cuántos años y no te puedes sentar a tomar una copa?

Johnny quería realmente llegar a casa y alejarse de Astoria. Era improbable que Theresa llamara a la pasma, pero después de desplumar a una mujer no le gustaba quedarse en su barrio.

—No bebo —dijo Johnny.

—Ah, Johnny el Limpio, es verdad —dijo Carlos—. ¿Te acuerdas que todos te llamaban esa gilipollez? Jamás bebiste, jamás te metiste nada. Así es como has seguido siendo un niño mono, ¿verdad?

El convoy estaba entrando en la estación entre el chirrido de los frenos.

—Eh, tengo una idea —dijo Johnny—. ¿Por qué no me das el número de tu móvil? Quedamos para salir en otro momento.

—No, vamos, siéntate conmigo ahora —insistió Carlos—. Podemos tomar un café y pastel. De todas formas tengo que contarte algo, algo con lo que puedes sacar una buena pasta, ¿sabes a qué me refiero?

Johnny no estaba interesado en oír la idea de Carlos, pero sabía que no podía mandarlo a paseo. No le hacías eso a un tipo de Saint John. Esos tíos habían sido su única familia hasta que alcanzó la madurez. Había pasado todas las navidades con ellos, y también todos los días de Acción de Gracias.

—De acuerdo, vamos —claudicó—, pero no me puedo quedar mucho tiempo.

Fueron hasta la esquina, al Neptune Diner, y se sentaron en un reservado junto a una ventana que daba al paseo de Grand Central, todavía con mucho tráfico a esa hora de la noche. Johnny estaba hambriento —una noche de choriceo y sexo le había abierto un apetito considerable— y pidió una hamburguesa con queso y beicon y todo el aditamento. Después de un par de mordiscos, se dio cuenta de que no le saciaría, así que pidió otra.

Carlos le puso al corriente de los muchachos de su antiguo barrio. Según parecía, todos se habían metido en un problema o en otro. Pedro estaba cumpliendo quince años por homicidio. Delano estaba en Attica por tráfico de drogas. DeShawn había muerto apuñalado en una pelea a la salida de un bar de Philly. Eddie había muerto de una sobredosis de jaco.

—Parece que los grandes triunfadores somos tú y yo, ¿eh? —dijo Johnny sonriendo.

—Sí, a mí no me va mal —admitió Carlos—. Al menos no estoy en el trullo, y tengo el sida bajo control.

—Vaya, mierda —se lamentó Johnny—. Siento oír eso, tío.

—Eh, no pasa nada —repuso Carlos—. Qué coño le vas a hacer, ¿vale? Y con las medicinas que tienen, voy a vivir más que tú.

Carlos estaba sobrio, y Johnny empezó a pasárselo bien mientras se contaban gilipolleces sobre los viejos tiempos en Saint John. Se había olvidado de lo mucho que había necesitado a Carlos entonces. Un juez le había enviado al hospicio cuando contaba nueve años, después de que su madre fuera asesinada. Le dijeron que había muerto en un accidente de tráfico, lo que entonces le había parecido un sinsentido porque ella no tenía coche; y entonces, años más tarde, averiguó que en realidad su madre no trabajaba de secretaria, sino de puta, y que uno de sus clientes la había matado a puñaladas. Johnny se había sentido como un paria en Saint John, porque todos los demás niños estaban mucho más curtidos que él y se conocían de toda la vida. Se habían metido mucho con él —parecía como si todos los días alguien quisiera patearle el culo—, y Carlos había sido el único que siempre había salido en su defensa.

Así que cuando Carlos le miró con seriedad y dijo: «Bueno, la cosa que tengo en marcha…», Johnny supo que no podía negarse de inmediato, aunque también supo que aquello no iba a llevarle a nada bueno. Al menos tenía que escuchar a su viejo amigo, ver qué tenía que contar y tratarlo con un mínimo de respeto.

Cosa sorprendente, el plan de Carlos no parecía tan malo: robar en cierta casa elegante de Forest Hills mientras la familia estaba en Florida. La antigua novia de Carlos, la asistenta, tenía las llaves y conocía el código del sistema de alarma.

—Este asunto va a ser coser y cantar —explicó Carlos—. La casa va a estar vacía y sólo hemos de entrar y salir. Gabriela, mi chica, dice que la señora de la casa tiene un anillo de diamantes. Es tan caro que no lo lleva, pero lo tiene allí mismo, en el dormitorio. Mi chica nos dirá dónde está todo para que podamos entrar, salir y conseguir cincuenta mil dólares, veinticinco para cada uno.

—¿Y qué pasa con tu chica?

—Ésa es la gracia del asunto —Carlos se estaba riendo—. El otro día no paró de darme el coñazo, diciendo que quería que el dinero se dividiera en tres partes, que tendría que ser a partes iguales y toda esa mierda o que no me daría las llaves. Así que le dije que sí, que no te preocupes, muñeca, que se hará en tres partes, lo que fuera con tal de que cerrara su bocaza, ¿de acuerdo? Pero cuando tengamos el dinero, se acabó, nos largamos. Y no vuelve a vernos el culo nunca más.

Seguía riéndose, limpiándose las lágrimas de las comisuras de los ojos con el dedo índice.

Johnny tenía que admitir que el plan parecía bueno, pero eso era lo que le preocupaba. Por experiencia sabía que cuando algo parecía demasiado bueno, por lo general significaba que era malo.

—¿Cómo sabes que la familia estará en Florida? —preguntó.

—Porque mi chica trabaja allí —respondió Carlos—. Lo sabe todo.

—Y cuando no le demos su parte, ¿cómo sabes que no nos delatará?

—¿Por qué nos iba a delatar y dar con su culo en la cárcel? La bofia acabará sabiendo que ella nos facilitó la llave y el código. Qué va, confía en mí, la puta va a mantener la boca cerrada.

Johnny le hizo algunas preguntas más, pero no fue capaz de encontrar ningún punto débil en el plan y no se le ocurrió la manera de decir que no. Veinticinco de los grandes era mucho dinero, que dejaba a la altura de la mierda la calderilla que había estado sacando últimamente, unos cientos aquí y allá en los días buenos. El verano se acercaba, y le vendría bien un descanso. Sería agradable tomarse un par de meses libres, ir a la playa, broncearse. ¿Qué aspecto más macizo tendría moreno? ¿Cuántas mujeres querrían entonces joder con él? Sobrepasaría aquella marca de las mil en cuatro años sin problema.

—Bueno —dijo Carlos—, ¿estás dentro o fuera?

Johnny miró a su buen amigo a través de la mesa y sonrió.

La noche del robo, Johnny y Carlos, provistos de mochilas, se reunieron donde el último había aparcado su coche, delante de una pizzería de la calle Austin, en Forest Hills. Johnny había ido en metro, pero Carlos había cogido su coche, un destartalado Impala. No era el mejor vehículo para una huida, pero si las cosas iban bien no tendrían que darse ninguna prisa. Subirían al coche como si tal cosa y se alejarían de allí.

—¿Preparado para hacerlo? —preguntó Carlos.

—Un momento —dijo Johnny, mirando a todas partes. Aquello no le gustaba un pelo. Sí, era mejor encontrarse allí que delante de la casa que iban a robar, aunque le seguía pareciendo que estaban demasiado expuestos. Era la 1.30 de la madrugada, y casi todos los negocios estaban cerrados, pero seguían pasando coches y en la acera de enfrente, un poco más adelante en la misma manzana, merodeaba un tipo con aspecto de mendigo.

—¿Qué sucede? —preguntó Carlos.

—Tal vez deberíamos habernos encontrado en la casa.

—Fuiste tú quien me dijo que aparcara aquí.

—El coche no es el problema. Hablo de nosotros. No es conveniente que alguien nos vea juntos.

—Bueno, ¿y qué si nos ve alguien? —preguntó Carlos—. Sólo somos dos personas. ¿Qué hemos hecho?

—Hablo de si alguien nos recuerda —le aclaró Johnny—. Después.

—¿Después de qué? Los de la casa están en Florida. Pasará como una semana antes de que descubran que ha habido un robo.

Podía decir lo que quisiera, que Johnny no acababa de sentirse cómodo. El mendigo parecía estar mirando directamente hacia ellos. Seguía teniendo un mal pálpito sobre todo el asunto. Últimamente había estado en racha, levantando monederos, follándose tías, engañando a algún incauto en los billares... No era mucha pasta, pero era regular, y segura. ¿Por qué participar en un robo con un drogadicto?

Estaba dispuesto a echarse atrás. Le diría a Carlos: «Lo siento, tío, no me gusta esto», y regresaría a Brooklyn, pero sabía que decepcionaría a Carlos, su hermano, ¿y de verdad había motivo para ello? Quizá sólo le estuviera dando demasiadas vueltas, haciéndolo más complicado de lo que en realidad era. Quizá fuera como Carlos decía, veinticinco de los grandes sin dificultad. Seguiría adelante, a ver qué salía. Si en la casa no pintaba bien, entonces podría rajarse.

Pasaron junto a Austin Street bajo las vías del ferrocarril de Long Island y cruzaron las grandes verjas de acceso a Forest Hills Gardens. Johnny sólo había estado en aquel barrio una o dos veces, siempre de paso y en coche, y se había olvidado del lujo de todas las casas. Eran como mansiones en miniatura, con césped en la parte delantera, patios traseros y caminos de acceso, y en la actualidad tenían que estar por los... ¿cuánto?, ¿tres o cuatro millones?, o quizá más. Aquello le recordó las casas de Rockaway, en Brooklyn. Un verano, cuando tenía once o doce años, robó una bicicleta, y todos los días se iba en bici a la playa. Pasaba junto a todas aquellas flamantes casas de allí, y veía a las familias, a los padres jugando a tirar la pelota a sus hijos en la calle, o a los niños jugando en los jardines delanteros y tirando a canasta en los patios traseros. Se preguntaba entonces qué se sentiría siendo uno de aquellos chicos, sólo por un día, y tenerlo todo en lugar de nada.

Mientras caminaban no dijeron una palabra. Había sido una norma impuesta por Johnny: nada de hablar. Recorrieron unas tres manzanas, torcieron a la izquierda y allí estaba la casa. Joder, era una de las más bonitas de la manzana: tres plantas, de ladrillo, con jardín delantero. De niño, Johnny habría matado por vivir en un sitio así. Esperó que aquella gente apreciara lo que tenía, que no fuera algo completamente normal para ellos y que no les importara un carajo.

Los dos miraron alrededor para asegurarse de que no hubiera moros en la costa, se hicieron un gesto con la cabeza mutuamente y echaron a andar por el camino que conducía al patio trasero. Hubo una cosa que se le antojó fuera de lugar, y más tarde se daría de cabezazos contra la pared por ello: había un reluciente Mercedes negro en el camino de acceso. Había un garaje en la parte posterior, así que si los moradores estaban fuera de la ciudad, ¿no habrían metido el coche en el garaje? ¿O por qué no llevarlo al aeropuerto y dejarlo allí? Iba a decirle algo a Carlos, incluso a sugerirle que regresaran a su coche, pero entonces pensó que quizá la cosa no fuera tan extraña. Mucha gente rica tiene dos o hasta tres coches. Tal vez los otros vehículos estuvieran en el garaje y los dueños hubieran dejado el Mercedes en el camino. A lo mejor habían tomado una limusina hasta el aeropuerto. Había muchos motivos para que el Mercedes estuviera allí.

El final del camino estaba oscuro, como Carlos había dicho que estaría. Abrieron las mochilas, se pusieron los pasamontañas y los guantes y sacaron las linternas. Luego rodearon la casa hasta la puerta trasera. Carlos encendió su linterna y abrió la puerta con las llaves. Todo perfecto hasta el momento, pero ahora tenían que desconectar la alarma. Carlos fue directamente al teclado numérico y marcó los números, pero la luz roja siguió parpadeando. Joder, quizás en un minuto o menos la alarma empezaría a atronar, y tendrían que volver corriendo al coche lo más deprisa que pudieran y salir cagando hostias de Forest Hills.

—Vamos —dijo Johnny en un susurro audible. Mantenía la puerta abierta, preparado para salir volando.

—Espera —le dijo Carlos, y empezó a pulsar los números de nuevo.

Joder, Johnny sabía que debería haberle obligado a escribir el código, pero le había jurado que se lo sabía de memoria. Carlos tecleó varios números, dudó, como si estuviera pensando, concentrado al máximo, y entonces tecleó los dos últimos.

La luz roja cambió a verde.

Carlos sonrió de oreja a oreja, y Johnny se preguntó: *¿El tío me ha estado jodiendo desde el principio?* Era la clase de broma que Carlos habría gastado en Saint John, tratando de que alguien se cagara de miedo mientras él disfrutaba de lo lindo.

Pero estaban dentro de la casa, y eso era lo importante. Ahora tenían que conseguir lo que necesitaban y salir de allí escopeteados.

Apuntando la luz de las linternas por delante de ellos, cruzaron la cocina —era enorme, con electrodomésticos de acero inoxidable que parecían nuevecitos— y entraron en una especie de gran despensa. Luego llegaron al salón —amigo, aquella gente estaba forrada; tenían un televisor de plasma en la pared que parecía como de sesenta pulgadas— y pasaron al comedor, donde Carlos empezó a toser. Se inclinó unos segundos, como si intentara prevenir un ataque de tos en toda regla. Entonces se incorporó y, con un sonoro susurro que fue casi como su voz normal, dijo:

—Tengo que dejar de fumar, tío.

—Chiist —replicó Johnny, iluminándose la cara con la linterna para que su compañero viera lo serio que estaba.

Su amigo sonrió, y Johnny se preguntó si la tos no sería también puro teatro para provocarle.

La actitud de Carlos estaba empezando a tocarle los cojones. Había estado tranquilo durante el trayecto hasta la casa, pero ahora que estaban dentro se estaba comportando como si todo aquello fuera un gran juego o una cosa parecida.

Continuaron hasta el vestíbulo y la escalera. El plan era que Carlos subiría, cogería las joyas y todo el dinero que hubiera, y Johnny se quedaría vigilando. Sabía que estaba confiando demasiado en su amigo. Carlos podría bajar y decir que no había encontrado las joyas, y mientras quedárselas todas para él, pero se negaba en redondo a creer que le pudiera hacer algo así. Eran hermanos de por vida, y jamás se timarían el uno al otro. Les unía un lazo afectivo que nada podría romper.

Porque les unía un lazo afectivo, ¿no?

Carlos empezó a subir las escaleras. Los escalones crujían más de lo que le hubiera gustado a Johnny, y entonces los dos oyeron el ruido. Johnny supo que Carlos lo había oído también, porque de repente se quedó inmóvil y apagó la linterna. Johnny hizo lo mismo, y de inmediato se metió la mano en el bolsillo y agarró la pipa.

Intentó convencerse de que sólo había sido el viento, o el asentamiento de la casa, pero sabía muy bien lo que había oído: pasos. Había alguien arriba.

Carlos no iba armado. Johnny había querido que lo fuera, pero su amigo le había dicho: «¿Para qué necesito una pipa, cuando no va a haber nadie en la casa a quien disparar?»

Johnny estaba apuntando su arma hacia lo alto de la escalera. Sus ojos todavía no se habían acostumbrado a la oscuridad, y apenas podía ver algo. Si veía a alguien o algo, y tenía la oportunidad de hacer un disparo limpio, iba a aprovecharla.

La única luz de la pieza era la que procedía de las farolas del exterior y acaso del débil resplandor de una luz de noche o algo parecido del piso de arriba. Johnny podía ver en ese momento la puerta delantera, las ventanas y la silueta de la escalera. Todavía no podía ver nada del piso de arriba, aunque estaba empezando a distinguir a Carlos, allí parado, a mitad de escalera.

Entonces su amigo empezó a subir de nuevo.

Johnny quiso gritar: «¿Qué coño estás haciendo?» El tío no iba armado, y allí arriba había alguien. Tenía que saber que había alguien arriba.

Luego Johnny oyó algo, puede que el crujido del suelo. Joder.

Carlos dijo: «Por favor, no me dispare», y entonces empezaron los disparos. Primero dos, y luego un montón de golpe. Joder, el que disparaba estaba abriendo fuego contra Carlos. *¿Qué coño estaba sucediendo?* Johnny vio que su colega retrocedía ligeramente, intentando mantener el equilibrio agarrándose al pasamanos, y que a continuación perdía completamente el equilibrio y caía hasta el pie de la escalera.

Todo había ocurrido tan deprisa, puede que en unos tres segundos en total, que Johnny no tuvo tiempo de pensar qué hacer. Estaba a punto de disparar hacia la escalera —ahora veía a alguien allí, parecía un tipo en camiseta y calzoncillos—, pero ¿de verdad quería liarse a tiros?

Dio un par de pasos hacia la puerta, y entonces oyó:

—¡Lárgate de aquí o disparo!

Tenía toda la pinta de ser un tipo rico y blanco de mediana edad tratando de hacerse el duro. Johnny se habría apostado lo que fuera a que estaba cagado; y a que probablemente había acabado con toda su munición y estaba allí arriba muerto de miedo, sin otra cosa que un pedazo de metal en la mano. Si hubiera dedicado unos segundos a pensar en ello, habría liquidado a aquel tipo, pero el instinto le dijo que saliera de allí sin pérdida de tiempo antes de que la cosa fuera de mal en peor.

En lugar de atravesar toda la casa hasta la puerta trasera, y luego tener que cruzar el patio trasero y rodear la vivienda hasta el camino de acceso, se dirigió hacia la puerta delantera. Se había acostumbrado un poco más a la oscuridad, y había suficiente luz procedente de las farolas de la calle para ver lo que estaba haciendo cuando descorrió dos cerrojos y le quitó la cadena a la puerta. No tuvo miedo de que el tipo le disparara por la espalda porque sabía, simplemente lo sabía, que simplemente había estado tirándose un farol.

Segundos más tarde recorría a toda velocidad la manzana, dobló para meterse en la calle principal y siguió corriendo hacia las verjas de Forest Hills. Oyó sirenas e inmediatamente aflojó el paso, quitándose el pasamontañas y los guantes; caminaba a paso normal cuando un coche de la policía pasó por su lado en sentido contrario.

Se sentía como una mierda por abandonar a Carlos. Sí, parecía que las balas le habían alcanzado; por la forma de caer hacia atrás lo más seguro es que hubiera recibido un tiro en la cabeza, pero ¿y si estaba equivocado y sólo había sido herido en el brazo o algo parecido? Quizá, si no hubiera salido pitando y hubiera abierto fuego contra el tipo de mediana edad, podría haber sacado a Carlos de allí. Por el contrario, había salvado su culo en lugar de intentar ayudar a su hermano, un tipo que le había ayudado tantas veces antes.

Bajó al metro. El andén estaba prácticamente vacío, sólo un mendigo que dormía despatarrado encima de un banco. Aunque no era el mismo mendigo que había visto antes en la acera. Iba a coger el primer tren que pasara, pero a esa hora de la noche, pasadas las dos de la mañana, no tenía ni idea de cuánto tardaría. Aguzó el oído intentando oír algún ruido sordo en los túneles, pero no se oía nada. Tenía que salir de Forest Hills cagando hostias. Sin duda alguna la policía estaría en la casa en ese momento; ¿cuánto tardarían en registrar la estación de metro? Calculó que tenía cinco o diez minutos, como mucho.

No iba a correr ningún riesgo. Se dirigió trotando hasta el final del andén, saltó a las vías y se metió en el túnel. Llevaba años sin estar dentro de un túnel del metro, pero de niño él y sus amigos solían caminar por las vías a todas horas. Una Nochebuena, él, Carlos y otro par de tíos de Saint John habían recorrido las vías de la línea seis desde Grand Central hasta Union Square. Cuando pasaban los convoyes, se paraban en el espacio que quedaba entre las vías y la pared.

Caminó por las vías lo más deprisa que pudo, a veces trotando, incluso corriendo. Había luz suficiente para ver algo, aunque para hacer aún más visible su camino alumbraba con la linterna por delante de él, ahuyentando aquí y allá a las ratas.

Sólo tardó unos diez minutos o así en llegar a la estación de la avenida Sesenta y siete. Iba a continuar por el túnel hasta la siguiente estación, pero entonces oyó que un tren llegaba por detrás de él y subió de un salto al andén. Era uno de la línea R, que se dirigía a Manhattan y Brooklyn. Entró en el vagón y se sentó en un asiento del rincón, y por fin pudo recuperar el resuello.

Al cabo de menos de una hora llegaba a su diminuto estudio-apartamento en un edificio de vecinos sin ascensor de Van Brunt Street, en Red Hook, casi junto al río, donde Cristo perdió el mechero. Seguía sintiéndose mal por haber abandonado a Carlos, aunque no paraba de repetirse que había hecho lo correcto. Aunque su amigo hubiera estado vivo, estaría gravemente herido, sangrando a chorros, y habría sido imposible sacarlo de la casa. Pero por mucho que se esforzara en racionalizar la cuestión y tranquilizarse, no podía evitar sentirse como un gran cobarde.

Se dio una larga ducha mientras seguía pensando en lo que debería haber sido y no fue. Si no hubiera empezado a llover aquella noche en la ciudad; si no hubiera entrado en el Molly Wee Pub; si no hubiera ligado con aquella tal Theresa; si no hubiera ido al restaurante con Carlos; si hubiera dicho simplemente «No, gracias» en algún momento. Se sentía como un completo idiota, aunque en ese momento su mayor preocupación era no joder aún más su vida. Sabía que con su belleza aniñada no podría sobrevivir de nuevo a la cárcel, sobre todo con una condena larga. Antes se mataría que tener que ser el maricón de todos aquellos tipejos otra vez.

No creía que los polis establecieran ninguna relación entre él y Carlos. Antes de que se hubiera encontrado casualmente en Astoria aquella noche, llevaban años sin verse, y había tenido buen cuidado de no hablar con él por el móvil ni por ningún otro medio que pudiera rastrearse. Suponiendo que Carlos hubiera sido lo bastante inteligente como para no ir largando por ahí lo del robo —y no creía que lo hubiera hecho—, de lo único que tenía que preocuparse era de la novia de su amigo, Gabriela.

¿Cómo había dicho Carlos que se apellidaba? Lo había mencionado la otra noche, cuando se habían reunido en la ciudad, en un banco de Battery Park, para repasar el plan del robo por última vez. ¿Era Madena? ¿Madano? ¿Madeno? Johnny se estrujó la sesera mientras el agua caliente le caía con fuerza sobre la cabeza, tratando de recordar el nombre, y entonces le vino: Moreno. Sí, ése era su apellido, sin duda.

Probablemente la pasma tendría docenas de maneras de relacionar a Gabriela con Carlos. Su amigo le había jurado que la mujer no sabía nada de Johnny, que ni siquiera sabía cómo se llamaba, pero ¿y si se había tirado un farol sólo para conseguir que se le uniera en el robo? ¿Se suponía acaso que ahora tenía que tragarse por las buenas lo que le había dicho Carlos, después de que había metido la pata con lo de la casa vacía, y después de que, por su culpa, su culo estuviera literalmente en peligro? Y si Gabriela sabía algo sobre él, ¿qué le iba a impedir delatarlo a los polis y llegar a algún tipo de acuerdo con ellos?

Salió de la ducha con una toalla alrededor de la cintura, llamó al 411 y consiguió la dirección de Gabriela Moreno en Jackson Heights. Había sido fácil. Se vistió con su atuendo habitual, el uniforme de Johnny Long —vaqueros oscuros, camiseta negra muy ceñida y una gastada cazadora negra de piel—, y se metió el hierro bajo los vaqueros con el seguro puesto —no quería volarse la polla; ¿qué iba a hacer sin ella?— y salió por la puerta.

El sol estaba empezando a salir cuando se paró en el andén del metro, esperando al convoy de la línea F. Para llegar a Jackson Heights, en Queens, tenía que hacer dos transbordos. Habría sido más rápido robar un coche o tomar un taxi pirata, pero como era su costumbre calibró los riesgos. Ser detenido por robar un coche o tener a un taxista que le señalara en el juicio habrían sido las formas más idiotas de caer. De todas maneras, calculaba que tenía poco tiempo para actuar. La pasma ya habría identificado a Carlos, averiguado con exactitud quién era y establecido su relación con Gabriela. Le había dicho a Carlos que tuviera cuidado, que no hablara con Gabriela por el móvil, etcétera, así que con un poco de suerte le habría hecho caso.

Salió en la calle Ochenta y dos, en Jackson Heights. Tenía la dirección de Gabriela, pero no tenía ni idea de cómo llegar allí. Tenía un GPS en el teléfono, pero sabía que la policía podría rastrear esa cosa. Así que una vez fuera de la estación le preguntó a un tipo por la dirección. El sujeto —un viejo con gafas de cristales gruesos, así que pensó que más tarde no lo tendría fácil para identificarlo— le dijo adónde tenía que dirigirse. Estaba más lejos de lo que había pensando, como a unos diez minutos caminando, por lo menos. Después de caminar unos veinte, supo que algo no iba bien. Le preguntó por la dirección a un adolescente, un muchacho negro que se dirigía al colegio, y el chaval, que casi le soltó una risotada en las narices, le dijo que se había desviado del camino. Johnny tuvo que desandar trotando unas diez manzanas y preguntar a otra persona por la dirección, antes de dar finalmente con el edificio de viviendas de Gabriela.

Eran más de las siete y media, unas cinco horas después del robo. Si se habían movido deprisa, los polis ya podrían haberse puesto en contacto con ella. Una buena señal: Johnny miró en todas las direcciones y no vio ningún coche patrulla, ni camuflado ni sin camuflar. Los coches camuflados, ja, ésos sí que le hacían descojonarse de risa. Los polis estaban convencidos de que pasaban desapercibidos en sus coches camuflados; y por lo pronto éstos siempre eran Impalas o Charger negros que proclamaban a los cuatro vientos: «Pasma». Si querían pasar desapercibidos, ¿por qué no conducían algún Chevy destartalado cubierto de banderolas de Puerto Rico? A veces pensaba que los polis tenían que ser la colección de idiotas más grande del mundo.

Llamó al timbre del piso que tenía a su lado el nombre de G. MORENO —¿nunca le había dicho nadie a esa mujer que no pusiera su nombre allí?—, y cuando ella contestó, dijo: «Policía», y lo dejó subir sin más.

Johnny se detuvo en la escalera y ajustó el silenciador al extremo del cañón, volvió a meterse la pistola en el bolsillo de la cazadora y continuó subiendo hasta el piso de Gabriela. Tocó el timbre, y ella respondió con voz asustada, como si creyera que estaba a punto de que la atraparan. Bien, estaba a punto de que la atraparan, aunque no de la manera que pensaba.

Aunque Johnny se llevó una sorpresa; la mujer era realmente guapa. Sí, un poco gordita, pero tenía una preciosa cara de sudamericana y unos grandes y luminosos ojos castaños. ¿Cómo había conseguido Carlos a aquella monada?

—¿Es usted Gabriela?

Ella asintió con la cabeza, y él le disparó en la cara. La mujer retrocedió ligeramente y cayo al suelo hecha un guiñapo. De inmediato un charco de sangre se extendió alrededor de su boca. Johnny comprobó que la sangre no le había salpicado, se apartó un poco y le metió un par de balas en el pecho para asegurarse de que estuviera muerta para siempre.

Echó una rápida mirada alrededor y divisó el bolso de Gabriela. Cogió veintitrés dólares que había dentro, arrojó el bolso al suelo y salió de allí como alma que lleva el diablo.

De regreso a la ciudad en un tren de la línea siete —que iba abarrotado de gente camino del trabajo—, se quedó en un extremo del vagón, contemplando su reflejo en la puerta y repasando los tiroteos. Consideró que todo había ido bastante bien. No creía que le hubieran visto entrar ni salir, y había tenido buen cuidado en no dejar ninguna prueba incriminatoria tras él. Sabía que debido al trabajo de Gabriela la bofia intentaría establecer una relación entre su asesinato y el tiroteo y robo en Forest Hills, pero no vio que la policía tuviera manera de llegar hasta él. Era imposible que Gabriela y Carlos hubieran hablado del robo con ninguna otra persona, y era de esperar que el bolso tirado en el suelo fuera suficiente para despistar a los idiotas de los maderos.

Se sintió tan bien que por fin pudo relajarse. Había estado crispado casi sin interrupción desde que se reuniera con Carlos en Forest Hills, y estaba ansioso por volver a Brooklyn, acaso detenerse en una cafetería para desayunar a lo grande y luego meterse en la cama y dormir todo lo que pudiera.

Pero entonces, cuando estaba haciendo el transbordo para coger la línea F en la calle Treinta y cuatro, otra vez se puso hecho un manojo de nervios al pensar: *¿Y si Carlos sigue vivo?* A lo mejor estaba en un hospital, conectado a unas máquinas, y la policía lo estaba interrogando en ese momento. No creía que fuera a contarles nada —los hermanos de Saint John nunca se delataban entre sí—, aunque por otro lado nunca sabes lo que hará un tipo cuando la bofia empieza a atosigarle con una condena de veinticinco años o cadena perpetua.

Ya en Brooklyn, se dio cuenta de que había perdido el apetito y decidió olvidarse de la cafetería e ir directamente a casa. Encendió el televisor para ver la emisora de noticias local, y allí estaba, como noticia de portada, el robo y tiroteo en Forest Hills. El periodista decía que Carlos Sánchez había muerto de resultas de los disparos efectuados por el propietario de la casa.

—Joder, gracias a Dios —dijo Johnny, que se retrepó en el sofá y se volvió a relajar.

Estaba completamente a salvo. Era imposible que la poli lo pudiera pillar. Todo lo que tenía que hacer era no llamar la atención durante algún tiempo y todo saldría bien.

En la tele estaban sacando al tipo, al doctor Adam Bloom. Johnny pensó: *¿Doctor? ¿Qué clase de doctor?* Le dio asco la forma de actuar de aquel sujeto, tan pagado de sí mismo y arrogante mientras comentaba que había hecho lo correcto al disparar a Carlos. «Lo volvería a hacer de nuevo», estaba diciendo, y también: «Creo que cualquiera en mi situación habría hecho lo que yo». Colega, cómo lamentó Johnny no haberle disparado esa noche, no haberle liquidado.

El reportaje acabó, apagó el televisor y se metió en la cama. Intentó quedarse dormido, pero no paraba de pensar en aquella ocasión, cuando tenía quince años, en que unos matones le estaban dando una paliza del copón en el patio del colegio, mientras los demás hacían corro a su alrededor permitiendo que ocurriera, salvo Carlos. Se había acercado directamente y sacado una navaja, que le había puesto al más grande en la cara, diciendo: «Si te metes con mi chico, te metes con esto». No fue la única vez que le había salvado de que le patearan el culo; Johnny no habría pasado de la adolescencia de no haber sido por Carlos. Así que ahora no le parecía justo que su amigo fuera a ser metido en la tierra dentro de una caja, probablemente en Potter's Field, donde el municipio enterraba a la gente que no tenía familia, y que aquel chulo bastardo, el doctor Bloom, siguiera viviendo con su afortunada familia en su maravillosa mansión.

Sí, sabía que tenía que hacer lo que Carlos habría hecho por él.

Tenía que vengarse como fuera de aquel engreído hijo de puta.

9

Antes del robo y el tiroteo, Dana Bloom pensaba que había vuelto a tomar el control de su vida. Le había dicho a Tony que quería poner fin a la aventura entre ambos y, aunque él no se lo tomó muy bien, y a ella también le resultó difícil separarse, había conseguido estar tres días sin mantener ningún contacto con él. Se sentía como si hubiera logrado superar lo más difícil y estuviera preparada para olvidar los cuatro últimos meses con Tony y volver a dedicarse a su matrimonio.

Pero ahora, de pronto, todo volvía a desbaratarse, y todo por culpa de aquella estúpida pistola. No tenía ni idea de por qué Adam había disparado a aquel tipo —¿por qué no podía haberle hecho caso al menos una vez en su vida?—, y ahora Gabriela estaba muerta y ella no podía evitar pensar que eso también era culpa de Adam. Que no asumiera ninguna responsabilidad ni admitiera ninguna culpa por nada de lo que había hecho, la enfurecía por encima de todas las cosas. ¿Por qué le resultaba tan difícil decir «lo siento»?

Después de que el detective Clements se marchara, Dana se sintió completamente desamparada. No sólo no podía hacerse comprender por su marido, sino que tenía la sensación de que la policía no podría protegerles y no se sentía segura en su propia casa.

Iban por el pasillo y pasaron junto a la habitación de Marissa, —que estaba dentro poniendo en su estéreo cierta música espantosa a toda pastilla otra vez—, y Dana estaba diciendo:

—Vámonos a Florida, salgamos de esta casa unos cuantos días, o una semana, o el tiempo que sea.

Adam, dirigiéndose al dormitorio, respondió:

—Eso es absurdo. No voy a huir.

Dana fue tras él.

—No me llames absurda.

—No te estoy llamando absurda. Estoy diciendo que huir es absurdo.

—¿Quién está hablando de huir? Sólo digo que me sentiría mucho más segura si no estuviéramos aquí, en esta casa, mientras ese asesino anda suelto, nada más.

—¿Qué asesino? —preguntó él—. Piensa en lo que dices. Eso no tiene ninguna lógica.

—¿Qué es lo que no tiene ninguna lógica? ¿En qué planeta vives? Gabriela ha sido asesinada y…

—Eso no tiene absolutamente nada que ver con nosotros. —Estaba levantando la voz para no dejarla hablar. Dana detestaba que hiciera eso; era tan humillante e irrespetuoso—. Te estás inventando historias para tratar de asustarte —añadió su marido, que se apartó de ella y empezó a ponerse el chándal. Otra cosa que odiaba: que le diera la espalda.

—No me puedo creer lo que oigo —replicó ella—. De verdad que es imposible ser más tozudo. Lo estás haciendo sólo para provocarme.

—¿Y por qué habría de querer hacer eso?

—Porque te gusta, te gusta provocarme. Te gusta ver cómo reacciono cuando lo haces.

—Eso es, por fin has hecho que lo entienda, muy bien. Así que hoy me he despertado y me he dicho: *¿Sabes qué? Creo que hoy provocaré a mi esposa. Será divertidísimo.*

—Eso es exactamente lo que haces.

—Oh, por todos los diablos, para ya. Tu problema es que te niegas a ver las cosas de otra manera. Tú lo sabes todo. Tú tienes todas las respuestas. Incluso sabes más que la policía, según parece. A propósito, me sigue encantando eso de retar a la policía de Nueva York. Fue simplemente genial.

—Lo estás haciendo otra vez —dijo Dana.

—¿El qué?

—Retorciendo todo lo que digo y convirtiéndolo en otra cosa, en lugar de hacerme caso.

—Te haré caso si empiezas a hablar con lógica.

Estaba tan furiosa con él que ya ni siquiera era capaz de recordar sobre qué estaban discutiendo. Tardó unos segundos en recordarlo. Y entonces dijo:

—Bueno, ¿y si tengo razón? ¿Y si está todo relacionado? ¿Y si quienquiera que matara a Gabriela vuelve aquí e intenta entrar a la fuerza en nuestra casa?

—Nunca lo conseguiría.

—¿Y si lo consigue? ¿Qué vas a hacer entonces? ¿Sacarás tu pistola de nuevo? ¿Le dispararás?

—Si entra a robar en nuestra casa y se dirige al piso de arriba en la oscuridad, sí. Le dispararé.

Se lo quedó mirando de hito en hito, boquiabierta, con las manos en la cadera.

—¿Quién narices eres? —preguntó ella—. Me parece que ya no te conozco.

—No seas tan melodramática.

—¿Disparas a un individuo y de pronto te crees un tipo duro, una especie de matón de la mafia? Con ese comportamiento tan racional, tan frío. No estás asustado, y no vas a huir, te limitarás a seguir disparando a la gente con tu pistola…, tu pistola nos mantendrá a todos sanos y salvos.

Adam sacudió la cabeza.

—Me voy al gimnasio —anunció, y se marchó.

Era tan propio de él, marcharse sin más de la habitación en medio de una discusión, dejando todo sin resolver y dejándola a ella reprimida y frustrada. Era tan controlador, tan manipulador, y Dana sabía muy bien por qué lo estaba haciendo: para provocarla. Ella se quejaba de eso permanentemente cuando asistían a la terapia matrimonial, pero de todas formas él seguía haciéndolo. Si eso no era un indicio de que ella le traía sin cuidado, ¿qué lo era?

Pasado un rato desde que Adam se marchara, oyó que Marissa

bajaba las escaleras, y la puerta volvió a cerrarse de un portazo. Estaba sola en casa, y se «sentía» sola. Sólo deseaba un apoyo emocional en un momento difícil; ¿era pedir demasiado? Las cosas iban a empeorar, lo sabía, sabía que iban a empeorar, y nadie iba a poder ayudarla, ni la policía, ni siquiera su propio marido.

Entonces hizo algo que sabía que lamentaría; sacó el móvil del bolso y llamó a Tony.

—Es tan fabuloso oír tu voz, cariño. Te echaba muchísimo de menos —le dijo él cuando atendió la llamada.

¿Qué puñetas estoy haciendo?, pensó Dana. Quiso colgar —sabía que eso era lo correcto, que aquello no iba a resolver nada, que de hecho iba a hacer que las cosas se complicaran aún más—, pero se oyó decir débilmente:

—Yo también te echaba mucho de menos.

—He estado esperando que me llamaras —dijo él—. ¿Dónde estás?

A Dana le entraron unas ganas locas de sentir el cuerpo de Tony contra el suyo. Deseaba sentirlo dentro de ella.

—¿Cuándo sales? —le preguntó.

—Cuando tú me digas que salga.

Si cualquier otro hombre le hubiera dicho eso, habría supuesto que estaba haciendo un mal chiste*, pero sabía que incluso un mal chiste estaba fuera del alcance de Tony. Generalmente era difícil mantener una conversación con él que no versara sobre culturismo, suplementos proteínicos o sexo. No es que Dana tuviera algún inconveniente con eso, sobre todo en lo tocante al sexo. Estaba interesada en Tony por el sexo y sólo por el sexo, y se lo había dejado muy claro.

Acordaron reunirse a las cuatro en casa de él. Dana no quería verse obligada a ver a Adam de nuevo cuando éste volviera del gimnasio, así que se marchó pronto de casa y mató el tiempo en el Star-

---

* El chiste en cuestión estriba en el doble sentido del término *get off* en inglés: salir y correrse, intraducible en este caso al español. (*N. del T.*)

bucks que había a pocas manzanas de la casa de su amante. Iba vestida de manera informal, vaqueros y un jersey de cuello de cisne negro, pero debajo llevaba un erótico body de raso rosa de Victoria's Secret. A Adam no le gustaba la lencería —en una ocasión se había puesto ropa interior muy erótica para irse a la cama, y aunque parezca mentira, él le había dicho que estaba ridícula con ella; una manera como otra cualquiera de hacer que una mujer se sintiera estupenda consigo misma—, pero a Tony siempre le ponía cachondo.

Mientras se dirigía a su casa, trató de disuadirse de ir. Sabía que estaba poniendo en peligro su matrimonio, ¿y de verdad quería engañar más a Tony de lo que ya lo había hecho? Aunque le había dicho muchas veces que no tenían futuro juntos, que no tenía ninguna intención de dejar jamás a Adam por él, cuando él le decía cosas como: «¿No sería fantástico que viviéramos juntos?» o «Imagina que esto pudiera durar eternamente», a Dana le parecía que no conseguía que la comprendiera lo más mínimo.

Le seguía costando creer que se hubiera metido en aquella situación. Durante todos los años con Adam, incluso cuando las cosas no habían ido bien, jamás había pensando en engañarlo. Había visto en su barrio familias destruidas a causa de las aventuras amorosas, y se imaginaba haciéndose vieja con Adam, para bien o para mal.

Pero había tenido oportunidades para ser infiel. El señor Sorrentino, el profesor de ciencias de quinto grado de Marissa, había coqueteado con ella en las reuniones de padres y profesores, y hacía unos años, Scott Goldbert, un antiguo noviete de la Universidad de Albany, se puso en contacto con ella. Se había divorciado recientemente e iba a ir a la ciudad por motivos de negocios, le había dicho, y le preguntó si quería que se reunieran en el bar de su hotel para tomar una copa. Dana se había inventado una excusa para no ir. De vez en cuando, surgían nuevas oportunidades, pero en cuanto percibía que un tipo le tiraba los tejos, siempre mantenía las distancias y le hacía saber que estaba casada y nada interesada en el lance.

Pero a lo largo de los últimos años había ido cambiando de actitud gradualmente. En parte, tenía que admitirlo, puede que hubiera tenido que ver con el síndrome del nido vacío. Cuando Marissa se marchó a la universidad, a Dana y Adam les quedó más tiempo para estar juntos, aunque a ella le costó lo suyo cambiar el chip y volver a convertirse sólo en esposa, en lugar de esposa y madre. Le costó recordar entonces qué era lo que le había gustado de Adam, recordar las cosas de las que solían hablar, y lo cierto es que acabaron pasando menos tiempo juntos que nunca. Su marido siempre parecía estar absorto en el trabajo, y ella empezó a darse cuenta de lo sola que estaba. Durante años había defendido su vida como madre «sin trabajo fuera de casa» —se negaba a utilizar la palabra «ama de casa»—, diciéndole a sus amigas que trabajaban: «Me encanta no hacer nada», aunque en secreto lamentaba no haber vuelto a tener un trabajo desde hacía años y envidiaba a sus amigas con una profesión. Se aburría en casa, y cada vez se le hacía más difícil llenar sus días. El año anterior había empezado con los primeros síntomas de la menopausia, así que tenía que vérselas con altibajos emocionales, y durante algún tiempo había estado a base de Prozac para lo que su psiquiatra había denominado «depresión menor». Cuando Marissa terminó la carrera y decidió volver a casa, Dana se puso como unas castañuelas. Las cosas estaban tirantes con Adam, y era agradable volver a tener a su hija con ella.

Más o menos en la época en que Marissa regresó a casa, Tony empezó a trabajar como monitor en el New York Sports Club. Era muy simpático, y coqueteó con Dana desde el principio, sonriéndole a todas horas, saludándola siempre, acercándose cuando estaba utilizando las máquinas para decirle cosas como: «Tienes que hacer alguna extensión más», o comentándole con una sonrisa al pasar por su lado: «Hoy tienes un aspecto sensacional». Dana pensó que sólo estaba siendo amable, y que tras aquello no había nada más, pero tuvo que admitirlo: oír aquellos cumplidos le acariciaba el ego, sobre todo proviniendo de un veinteañero. Para ser una mujer de cuarenta y siete años que no había trabajado en su vida, tenía buen aspecto. Era delgada, todavía con unas piernas bonitas, y aunque a veces se sentía un poco acomplejada por las arrugas que le rodeaban los ojos y la boca, la mayoría de las personas que conocía pensaban que acababa de cumplir los cuarenta o incluso que todavía no los había cumplido. Pero habían pasado muchos años desde la última vez que un hombre le había prestado alguna atención. Cuando era más joven y pasaba por un solar en construcción, los obreros le silbaban y hacían comentarios obscenos; sí, entonces le había parecido acoso sexual, pero ahora echaba de menos despertar el interés de los hombres, incluso el de esa clase. Cómo le gustaba, cuando estaba utilizando la StairMaster elíptica y miraba en el espejo que tenía delante, ver a Tony examinándole el culo y luego apartar rápidamente la vista cuando sus miradas se encontraban.

Lo más atractivo que tenía Tony era que se sentía atraído por ella. No era mal parecido —tenía una mofletuda cara italiana que era una monada—, pero su interés en ella, la manera en que hacía que se sintiera un objeto sexual joven, resultaba irresistible. ¿Cuándo había sido la última vez que Adam le había dicho que estaba guapa, o prestado alguna atención como se la prestaba Tony? Le parecía que su marido no la valoraba, y la mitad de las veces ni la escuchaba. Ya le podía estar contando cualquier cosa que hubiera ocurrido durante el día, o algo interesante que hubiera leído en el periódico o visto en la televisión, que Dana veía su errática mirada y sabía que, aunque estuviera respondiéndole, diciendo: «¿De verdad?» o «Muy bien», estaba pensando en otra cosa y le importaba un carajo todo lo relacionado con ella. Así que empezó a estar impaciente por ir al gimnasio y ver a Tony, pues anhelaba sus lisonjeros comentarios y lo que sentía cada vez que él le sonreía.

Entonces, un día que estaba en la esterilla de ejercicios haciendo estiramientos, Tony se acercó y le preguntó si había perdido algo de peso. En realidad había engordado algunos kilitos, pero dijo: «No, sigo pesando lo mismo», a lo que él respondió: «Bueno, pues tienes un aspecto sensacional». Reparó en que los ojos de Tony descendían momentáneamente hacia sus pechos —le encantó que hiciera eso, y se alegró de llevar aquel nuevo sujetador de ejercicios con un refuerzo fantástico—, y entonces él le dijo: «Oye, salgo a las siete, ¿te apetece tomar un café o lo que sea?» Dana no tenía ningún plan —Adam le había dicho que estaría en la ciudad atendiendo pacientes y que no regresaría hasta tarde—, pero respondió: «Lo siento, no puedo».

Era lo correcto. Tony era una bonita fantasía, pero así era como tenía ella que mantenerlo: como una fantasía.

Pero a la siguiente ocasión, días más tarde, en que Tony le sugirió ir a tomar una café, aceptó.

Sin saber cómo, el café acabó convirtiéndose en una copa en un bar cercano. Como ella había supuesto, no tenían absolutamente ningún tema sobre el que hablar, pero le encantó la manera en que la miraba, como si fuera la mujer más bella que hubiera visto en su vida —de hecho, le dijo: «Eres la mujer más hermosa que he visto en mi vida»—, y Dana deseó que la besara. A la segunda ronda de margaritas, Tony le preguntó si era feliz en su matrimonio, y ella respondió: «Hemos tenido algunos problemas», dejando la puerta abierta intencionadamente, deseando mantener aquel devaneo o lo que quisiera que fuera a ser, encantada de cómo la hacía sentir y aterrorizada ante la perspectiva de ceder. Hubo un largo momento en que se miraron a los ojos, y vio que los de Tony bajaban ligeramente hacia sus labios. Consultó la hora en el móvil y dijo: «De verdad, tengo que…», y él alargó la mano y le sujetó la suya —¿cuándo había sido la última vez que un hombre, aparte de su marido, le había cogido la mano de manera romántica?—, diciendo: «Ven a mi casa». Le respondió que se sentía tremendamente halagada, pero que no podía, insistió en pagar las copas y se marchó.

Aquella noche apenas pudo dormir. Cayó en la cuenta entonces de lo infeliz que había llegado a ser en casa, y no pudo dejar de pensar en Tony y de lamentar no haberle acompañado a su casa. Fantaseó con la idea de que hicieran ciertas cosas, hasta que ya no pudo soportarlo más y tuvo que meterse en el cuarto de invitados y echar mano de su juguete sexual.

Al día siguiente Adam le dijo que se quedaría trabajando hasta tarde otra vez, y Dana llegó al gimnasio alrededor de las cuatro y cuarto, teniendo presente que Tony le había dicho que saldría de trabajar a las cinco. Mientras se ejercitaba en la StairMaster elíptica, miró en el espejo y vio que Tony se distraía varias veces mirándole el culo, mientras entrenaba a una cliente.

A las cinco se acercó a él y le dijo:

—¿Sigue en pie esa oferta?

Como unos diez minutos después, estaban en casa de Tony follando contra la pared, y luego en el suelo del salón. Fue, con diferencia, la relación sexual más erótica y salvaje que había tenido en toda su vida. Por Dios, habían transcurrido más de veinte años desde la última vez que había follado en otro sitio que no fuera una cama. Nunca había estado con un tío tan fuerte, tan poderoso, y era estupendo sentir sus fuertes manos inmovilizándola contra el suelo o apretándole el culo. El hecho de que él no fuera muy despierto y de que no tuvieran nada en común, lo hacía aún más sensual. Aquello lo reducía a la condición de objeto sexual absoluto. Era sólo un hombre, un hombre sencillo y tosco que le proporcionaba placer. Dana había pensado que echaba a faltar muchas cosas en su matrimonio y que tenía graves problemas esenciales con Adam, pero debajo de aquel culturista que no paraba de gruñir, le pareció que lo único que necesitaba era estar permanentemente tumbada.

En unas pocas horas había tenido más sexo que en los dos últimos años con Adam. Patético, aunque cierto.

Después se sintió muy culpable y hecha un lío. Había sido magnífico estar con Tony, pero ahora se veía como una persona horrible, una mentirosa, una guarra. Tiempo atrás había visto una película en la que una mujer engañaba a su marido y entonces había pensado: «Menuda idiota de remate», y sin saber cómo, había acabado convirtiéndose en aquella mujer. Llevaba veintisiete años siéndole fiel a Adam, incluido el tiempo de noviazgo, y ahora tendría que pasar el resto de su vida sabiendo que había sido infiel. Para empeorar las cosas, sabía que la infidelidad era completamente unilateral; Adam jamás se plantearía siquiera engañarla. No tenía ninguna intención de contárselo jamás, pero ¿como podía saber que Tony no iría alardeando de su conquista en el gimnasio? Por lo que sabía, él se estaría acostando con docenas de otras maduras infelizmente casadas. Tony y Adam se veían permanentemente en el gimnasio; aunque no eran amigos, se saludaban siempre. Sabía que si Adam lo averiguaba como fuera, jamás se lo perdonaría, y se enfureció consigo misma por colocarse en semejante situación. Con una sola llamada telefónica, cierto monitor del New York Sports Club obsesionado con la musculatura tenía la potestad de arruinarle el resto de su vida.

Pero esto no evitó que lo viera de nuevo. Se encontró con él un par de días después, y a partir de ahí empezaron a verse con regularidad, tres o cuatro veces por semana. Dana no podía dejar de pensar en él cuando estaban separados y en lo bien que le hacía sentir, lo que hacía que su vida normal le pareciera sumamente insípida. A veces se enviaban mensajes de texto o hablaban por teléfono; aunque tenían muy poco que decirse el uno al otro, se excitaba siempre que veía aparecer fugazmente el nombre de Tony en su móvil u oía su voz. Se sentía como si volviera a ser una adolescente en su primera relación, y todo era nuevo y excitante. Para sobrellevar la culpa, se decía que estaba teniendo un devaneo, lo que en cierto modo parecía menos dañino que un romance en toda regla. Un devaneo parecía algo que se podía compartimentar, algo que no era potencialmente destructivo; era como una estrella que brillaría fugaz e intensamente y que luego iría apagándose poco a poco; y sólo la utilizaba para ayudarse a pasar por aquel periodo de inestabilidad en su matrimonio, tras lo cual todo volvería a la normalidad.

Algunos días quedaba tan dolorida de los polvos con Tony que si Adam se le acercaba tenía que inventarse algún cuento chino. «Estoy demasiado cansada. Me parece que he cogido algo.» Lo peor de todo era aquel permanente mentir, que la estaba desgastando y ensombrecía todos los aspectos positivos del devaneo. Entonces Tony hizo algo que le indicó que había llegado el momento de ponerle punto final a aquello.

Una tarde llegó a casa después de hacer unas compras, y Gabriela, que estaba limpiando en la cocina, le dijo:

—Me parece que tiene usted un admirador, señora Bloom.

Como de costumbre y desde que se había liado con Tony, se temió lo peor, y su mecanismo de lucha o huida se activó.

—¿De qué está hablando? —soltó.

—Mire en el salón —respondió Gabriela.

Ay, joder, ¿había ido Tony a casa?

Cruzó las puertas batientes, preparada para echarle un broncazo al monitor y decirle que aquello se había acabado, cuando vio el ramo de flores enorme y hortera en la mesa del comedor. Bueno, no era tan malo como si hubiera aparecido por casa, pero casi.

Leyó la nota escrita en ordenador:

Hola, anoche estuviste fantástica de cojones, cariño.
Tienes un cuerpo sensacional, nena.
¡¡¡¡Te quiero, maciza!!!!

Le llamó hecha un basilisco, y Tony se disculpó diciendo que había pensado que no hacía nada malo porque se había asegurado de que las flores fueran entregadas durante el día, cuando su marido estaba en el trabajo.

—¿Y cómo ibas a saber que hoy estaría en el trabajo? —le replicó ella—. ¿Y si hubiera estado en casa?

Él le reconoció que tenía razón, que quizá la idea no había sido tan fantástica, y le prometió que no volvería a hacer nada parecido nunca más, aunque Dana consideró el incidente como un serio aviso. De un tiempo a esa parte Tony se había comportado de manera imprudente, enviándole docenas de mensajes de texto al día y llamándola en ocasiones en que Adam estaba en casa. Ella tenía un matrimonio que proteger, pero él era un tío soltero que no se jugaba nada, y el desequilibrio de la situación empezaba a hacerse demasiado patente. Además, se estaba encoñando demasiado con ella, y la otra noche, cuando estaban tumbados en la cama, había llegado a decirle: «Creo que me estoy enamorando de ti». No había ninguna duda al respecto, así que definitivamente tenía que poner fin a la aventura ya o las cosas pronto empezarían a descontrolarse.

—Prométame que no le dirá una palabra de esto a Adam —le dijo a Gabriela.

—No se preocupe —la tranquilizó la asistenta—. Puede confiar en mí siempre, señora Bloom.

Al día siguiente fue al gimnasio y le dijo a Tony que tenía que hablar con él de algo importante, así que entraron en la oficina de ventas. Sabía que él se disgustaría y esperaba que decírselo en el gimnasio evitara que montara una gran escena. Él se puso melodramático, le dijo que se estaba equivocando y que no podría vivir sin ella, pero Dana consiguió marcharse antes de que empezara a suplicarle de verdad.

La ruptura también fue difícil para ella, sorprendentemente difícil. Más que extrañar a Tony, extrañaba la idea de tener algo excitante e impredecible en su vida. De pronto, estar en casa con Adam se le hizo terriblemente aburrido; se sentía como una reclusa que cumpliera cadena perpetua sin posibilidad alguna de obtener la libertad condicional. Volvía a estar inmersa en su vieja rutina, en su solitaria existencia cotidiana, vacía y sin sentido, carente de cualquier incentivo.

Tony le había dejado dos mensajes de voz y seis de texto en el móvil. No se estaba tomando bien la ruptura, y a Dana le entraron ganas de llamarle y decirle que había cometido un error, pero se resistió y borró todos los mensajes sin responderlos ni leerlos. Por Dios, aquello era incluso más duro que cuando había dejado de fumar, aunque sabía que tenía que aplicarle exactamente el mismo tratamiento, como si estuviera acabando con una adicción. Los primeros días eran siempre los más duros, y el truco consistía en mantenerse fuerte, en no ceder. Se alegró de que ella, Adam y Marissa estuvieran planeando ir a Florida a visitar a su suegra; alejarse de Nueva York durante unos días sería una tremenda ayuda.

Al día siguiente, estando sola en casa, sintió el familiar y vehemente impulso de llamarlo para quedar con él en su casa y follar durante el descanso de la comida de Tony. Aguantándose las ganas, llamó en su lugar a Sharon, su amiga, que vivía a unas pocas manzanas, y se fue a su casa a tomar un café. Mantener la aventura en secreto durante tanto tiempo se había vuelto agotador, y necesitaba hablar de ello con alguien.

Sincerarse con Sharon fue de gran ayuda. Hizo que sintiera que había hecho lo correcto, poniéndole fin a la aventura cuando lo había hecho, antes de que el problema creciera descontroladamente como una bola de nieve.

—Tú y Adam habéis invertido mucho tiempo juntos, así que, hagas lo que hagas, no lo tires por la borda, sobre todo por un tipo que ni siquiera te gusta realmente —le dijo Sharon.

Las palabras de su amiga fueron como una reconfortante ráfaga de realidad. Dana siguió borrando todos los mensajes de Tony y consiguió superar los primeros días, que eran los más difíciles. Empezó a pasar más tiempo con Adam; una noche quedó con él en la ciudad y fueron a su restaurante español favorito en el West Village, y otra se quedaron en casa y vieron una película juntos, acurrucados en el sofá.

Tuvieron que cancelar el viaje a Florida por culpa de una tormenta tropical, pero ya no sentía la necesidad desesperada de huir. Tony había estado un día entero sin intentar ponerse en contacto con ella, y Dana estaba empezando a pensar en la aventura como algo pasado. Había sido divertido durante un tiempo, pero se había acabado, y ahora era el momento de recomponer su matrimonio.

Entonces se produjo el robo, y ahí estaba ahora, reincidente, volviendo a los brazos de Tony, a punto de joder su vida otra vez.

Sabía que reanudar algo que había sido tan difícil de terminar era un tremendo error. Estaba mal que descargara su ira sobre Adam de esa manera por lo del tiroteo, y sin duda con aquello no iba a conseguir nada. Pese a todo lo que habían pasado y lo furiosa que estaba, quería a su marido y deseaba arreglar su matrimonio y resolver las diferencias que hubiera entre ellos. Sabía que si no conseguía darse la vuelta podría desbaratar su vida, pero el impulso de estar con Tony y joder las cosas era demasiado intenso. Se sentía como si algo fuera de su alcance la estuviera controlando y tomara sus decisiones por ella, dejándola como mero testigo

En las escaleras, mientras subía al piso de Tony, siguió tratando de desistir de su empeño, recordándose lo mucho que Adam significaba para ella y que acostarte con ese tío no resolvería nada, que sólo empeoraría las cosas, y las empeoraría mucho; y entonces vio a Tony —vestido sólo con sus ceñidos calzoncillos *boxer*— y al cabo de unos segundos estaban en su piso y él la estaba besando en el cuello, empujándola contra la puerta de la calle. Dana tenía quitados los pantalones y el jersey de cuello de cisne, y él le estaba deslizando las manos por debajo de las bragas rojas de encaje y apretándole el culo, mientras decía: «Me vuelve loco que te pongas estas braguitas», y ella gemía: «Ay, Dios mío, cariño. Ay, Dios mío…»

Luego, más tarde, mientras estaba tumbada debajo de él en el suelo, pensó: *¿Qué carajo estoy haciendo?*

Tony la miró a los ojos y sonrió.

—¿Quieres un Gatorade o alguna otra cosa? —le preguntó.

—Ten-tengo que irme —respondió ella, inclinándose para coger sus vaqueros.

—¿A qué viene esa prisa? —protestó Tony—. Tenemos toda la noche.

—Esto ha sido una equivocación —replicó Dana en voz alta, aunque para sí—, una tremenda equivocación.

—¿De qué estás hablando? —El chico parecía profundamente confundido—. Pensaba que dijiste que me echabas de menos.

Ella se puso los vaqueros sin molestarse en subirse la cremallera ni abrochárselos.

—Tengo que ir casa, tengo que volver, tengo que ir a casa, tengo que volver… —susurraba Dana para sí como un mantra.

Cuando estaba a punto de ponerse el jersey de cuello de cisne, Tony la agarró con fuerza de la muñeca.

—Vamos, ¿qué estás haciendo?

—Por favor, suéltame —le pidió.

—¿Por qué? No entiendo nada.

Le soltó la muñeca, y ella terminó de vestirse.

—¿Es que he sido demasiado brusco? —preguntó el monitor—. Creía que te gustaba así.

Cuando se marchó de su piso y estaba bajando las escaleras, Tony le gritó:

—¿Cuándo te volveré a ver? ¡No me hagas esto, cariño! ¡Sabes lo mucho que te quiero, nena!

Echó a andar a toda prisa, diciéndose sin parar: «Qué idiota eres, qué idiota de mierda que eres». No sabía si estaba hablando de ella o de Tony, pero no se podía creer que hubiera hecho algo tan estúpido e impulsivo. ¿Qué carajo estaba haciendo? Tenía cuarenta y siete años, y se estaba comportando como una chiquilla de diecisiete. No era extraño que Marissa les hubiera estado dando tantos quebraderos de cabeza últimamente; menudo ejemplo tenía.

Al cabo de unos minutos, cuando se aproximaba a su casa, se sintió un poco más tranquila, al menos no tan sensible. De acuerdo, muy bien, había tenido un pequeño desliz, pero podía olvidar que hubiera ocurrido alguna vez; no tenía por qué tener ninguna trascendencia. Sólo le preocupaba Tony. En su voz había habido un tono de furia que no le había oído nunca antes. Ya le había enviado flores; ¿qué haría a continuación?

Carajo, acostumbraba ducharse después de follar con Tony, y ahora apestaba a su colonia.

Abrió la puerta de la calle sin hacer ruido, con la esperanza de que Adam no estuviera en casa.

—Cariño, ¿eres tú?

—¡Mierda! —masculló.

10

Cuando Adam vio todas las furgonetas de los informativos y los periodistas en el exterior de su casa, pensó: *Oh, no, otra vez no*. Sólo quería escapar un rato de casa, relajarse, no volver a tener otra discusión absurda con Dana. No deseaba pasar por toda aquella tontería de tener que defenderse ante los periodistas.

Estaba planeando ser cortante, responder a una o dos preguntas, y luego decir: «Lo siento, tengo prisa», y marcharse. Pero sorprendentemente, ese día las preguntas parecían tener un tono completamente distinto al de la noche. Aunque le estaban haciendo preguntas como: «¿Cree que el asesinato de su asistenta está relacionado con el robo de anoche?» y «¿Quién cree que asesinó a su asistenta?», los periodistas casi parecían estar pidiéndole perdón.

Uno le preguntó:

—Doctor Bloom, a la vista del asesinato de esta mañana en Jackson Heights, ¿siente que eso le justifica?

—No, no siento que me justifique —respondió—. Creo que lo que hice está justificado, sí, pero también tenía esa impresión ayer. A mi modo de ver, no ha cambiado nada.

Ni de lejos se sentía tan avergonzado como durante el interrogatorio de la noche anterior, y hasta acabó haciendo un discurso improvisado mirando fijamente a la cámara.

—Mi familia está muy apenada por la muerte de Gabriela Moreno. No sé si estaba involucrada o no en el robo de nuestra casa, pero era una mujer maravillosa, y espero que quienquiera que la haya asesinado sea llevado ante la justicia lo antes posible.

Mientras se dirigía caminando al gimnasio, se sintió orgulloso de la manera en que se había desenvuelto. Si había un lado bueno en todo aquello, era sin duda el haber podido superar su glosofobia. Le pareció que había estado seguro y elocuente, y que la última parte había estado muy bien; al no acusar públicamente a Gabriela, había demostrado a la gente que, pese a todo, era un hombre compasivo e indulgente. De acuerdo, puede que se estuviera dejando dominar por su ego y disfrutara de aquel protagonismo un poquito más de lo que debiera, pero ¿de verdad era eso tan malo?

Mientras caminaba por Austin Street y entraba en la principal zona comercial de Forest Hills, no pudo evitar mirar a su alrededor para ver si alguien lo reconocía. Nadie pareció hacerlo, aunque supuso que la gente que estuviera en el gimnasio se acercaría a él. No conocía a muchas personas allí —la mayoría de los habituales eran veinteañeros y treintañeros—, pero le habían visto en las instalaciones, y a lo mejor habían visto las noticias de primera hora y establecido la conexión.

La chica de la recepción encargada de comprobar su carné de socio no tuvo ninguna reacción fuera de lo normal, y en la sala principal del gimnasio la gente estaba en sus propios mundos, unos viendo la tele o leyendo revistas o periódicos, y otros escuchando sus iPod o sencillamente concentrados en sus tablas de ejercicios.

Después de hacer media hora de bicicleta estática, se dirigió a la sala de pesas. Pasó junto a Tony, uno de los monitores. Tony era un tipo amable que siempre le hablaba de los Knicks, los Mets y los Jets. Pensó que tal vez le dijera algo sobre el tiroteo, pero no fue así, y en esa ocasión tampoco se mostró especialmente amistoso. Al verle apartó la vista y siguió su camino. Fue una comportamiento extraño. Eh, a lo mejor sólo estaba de mal humor.

Adam terminó sus ejercicios sudando de lo lindo. Sólo había aguantado dieciséis minutos en la cinta de correr, pero quizá pudiera llegar a los veinte o veinticinco en la siguiente ocasión. Estaba impaciente por ducharse en casa y hacer algunas llamadas de trabajo, y luego tal vez pudiera ver una película con Dana. Se sentía mal por haberse peleado con ella, sobre todo por la forma en que había puesto fin a la discusión, dejándola con la palabra en la boca de aquella manera. Le parecía que había sido manipulador. Sabía cuánto le molestaba a Dana que fuera despectivo, y había estado muy mal por su parte tratar de provocarla de esa manera.

Pero luego, cuando llegó a casa, encontró una nota:

He ido a casa de Sharon. Volveré más tarde. D.

La manera de firmarla, «D», y no «Te quiero, D» o incluso «Besos D», como haría normalmente, demostraba que estaba profundamente disgustada, lo que le cabreó.

Podía comprender que estuviera enfadada con él, pero le pareció que Dana estaba yendo demasiado lejos al largarse y dejarle una nota seca y antipática. Después de todo, ¿qué es lo que había hecho que fuera tan terrible? Se había largado en medio de una discusión y, bueno, sí, no había querido deshacerse de su pistola, la misma pistola que ella había consentido que guardara en casa, el arma que les había salvado la vida la noche anterior. No veía que nada de aquello justificara semejante reacción, y ya puestos a pensar en ello, no le había gustado lo que su mujer le había dicho antes relativo a que estaba arruinando sus vidas. Bueno, ¿qué se suponía que significaba eso? Hasta ese día había pensado que, últimamente, las cosas habían discurrido bastante bien entre ellos. De acuerdo, necesitaban empezar a pasar más tiempo juntos —¿y qué pareja no?—, pero habían expresado su rabia de manera correcta y no habían discutido tanto como acostumbraban. Pero ahora, sólo porque la noche anterior les había sucedido algo terrible, porque habían pasado por una tragedia, ¿le quería hacer creer que era una persona terrible, un torturador que le estaba arruinando la vida?

Cuanto más lo pensaba, más ofendido se sentía. Y pensar que había considerado seriamente ir a casa y disculparse con ella. Era él el que merecía recibir las disculpas, joder. Había pasado por un hecho traumático y todo lo que recibía de ella eran acusaciones. ¿Dónde estaba el apoyo? ¿Dónde el amor? ¿Y cómo es que no había oído: «No te preocupes, cariño, todo se va a arreglar»? Hasta un pequeño abrazo habría sido agradable. Sabía que esto era un ejemplo más de la forma que tenía Dana de retorcer las cosas siempre que no estaban de acuerdo en algo, haciéndole que sintiera que todo era culpa suya cuando en realidad él no había hecho nada malo.

Estrujó la nota de Dana y la lanzó a la papelera que estaba junto a la puerta principal. No la encestó, pero no se molestó en recogerla.

Se duchó rápidamente, y entonces vio que tenía una llamada de Jen, una paciente de treinta y cuatro años con antecedentes de depresión mayor e inmersa en una relación de violencia psicológica. También le había enviado un mensaje de texto: «Por favor, doctor, llámeme». Adam le devolvió la llamada inmediatamente, y se encontró con una Jen sumamente alterada a quien el llanto apenas permitía hablar. Al final consiguió explicarle que su novio, Victor, la había abandonado definitivamente. Adam estuvo hablando con ella durante mucho tiempo, sobre todo escuchándola y dándole la oportunidad de que expresara sus sentimientos, pero también le señaló con ponderación las ventajas de que la relación acabara y le recordó lo infeliz que había sido con Victor. Mientras, en realidad estaba sondeándola en busca de señales de una depresión más profunda. La mujer había intentando suicidarse una vez en la universidad, y lo que Adam buscaba concretamente eran indicios de ideas suicidas, tales como un odio extremo hacia sí misma, sentimiento de inutilidad y desesperanza. Pero decidió que estaba pasando por una depresión reactiva aguda y que no suponía ningún peligro inmediato para sí misma. Cuando terminaron de hablar, Jen parecía mucho más tranquila y dueña de sus emociones, y le prometió que le llamaría a primera hora de la mañana para comunicarle cómo se encontraba.

Ayudar a la gente a superar los momentos difíciles de sus vidas siempre le animaba y le recordaba cuál era su verdadero propósito vital. ¿Cómo era aquella famosa cita de Jackie Robinson? ¿El único significado que tiene tu vida es el efecto que tiene en las demás vidas? Algo parecido. Bueno, Adam estaba impaciente por volver a cogerle el ritmo a las cosas del trabajo, a reanudar su vida normal. Se sentó a trabajar con su portátil un rato y respondió a sus correos electrónicos; la mayoría estaban relacionados con el trabajo, aunque un par de amigos que se habían enterado de lo del robo y el tiroteo deseaban ofrecer su apoyo y saber si todo iba bien.

Alrededor de las cuatro llegó el tipo de la compañía de seguridad y programó el nuevo código, y Adam hizo que lo revisara y lo volviera a revisar para asegurarse de que el sistema funcionaba de manera adecuada.

—No se preocupe, señor —le tranquilizó el operario—. Mientras el sistema esté activado, nadie va a entrar en esta casa.

Adam no estaba preocupado. Tenían el sistema de alarma y las nuevas cerraduras de seguridad en la puerta trasera, y por supuesto seguía teniendo su pistola. Le parecía que estarían muy bien protegidos en el remoto caso de que alguien —quizás el cómplice de Sánchez— decidiera volver a entrar a robar en la casa, aunque dudaba que eso fuera a ocurrir. Era imposible que un ladrón, daba igual lo idiota que fuera o lo furioso que estuviese, tratara de robar una casa donde había tenido lugar un tiroteo, una casa que había estado plagada de policías y periodistas. ¿Por qué no robar otra casa del barrio, o de un barrio completamente diferente, algún lugar que no tuviera relevancia? Además, seguía siendo posible que el asesino de Gabriela no tuviera ninguna relación con el robo. Puede que la propia Gabriela hubiera sido el segundo intruso de la noche anterior y que luego hubiera sido asesinada en algún intento de robo al azar. Aunque no era capaz de imaginar ningún supuesto lógico en el que él o su familia pudieran estar en peligro, se alegró de estar preparado para lo peor.

Se calentó unos restos de pollo y de judías verdes en el microondas, y estaba comiendo en la mesa de la cocina mientras releía la sección de deportes del *Times* cuando recibió una llamada en su BlackBerry identificada como FOX TELEVISIÓN. Supuso que sería otro periodista con una pregunta de seguimiento, pero resultó ser Karen Owens, productora de *Good Day New York*. Le preguntó si le gustaría aparecer como invitado a la mañana siguiente.

—¿Bromea? —replicó Adam—. ¿Para qué quieren que vaya?

—¿Para qué cree usted? —preguntó ella—. Es usted una gran noticia local, doctor Bloom.

A Adam no se le ocurrió ningún motivo para no ir, así que pensó: *¡Qué narices!*, y le dijo que sí. La productora le respondió diciéndole que estaba impaciente por conocerle, y acordaron que una limusina lo recogería delante de su casa a las seis del día siguiente para llevarlo directamente al estudio, en el Upper East Side.

Pocos minutos después de terminar de hablar con la productora de la Fox, oyó abrirse la puerta principal. Todavía deslumbrado por la llamada —¿de verdad iba a aparecer como invitado en *Good Day New York?*—, se olvidó momentáneamente de que estaba enfadado con Dana, y gritó:

—Cariño, ¿eres tú?

Entró en el vestíbulo, y enseguida percibió que su esposa no parecía muy feliz de verle. Entonces se acordó de cómo se habían separado antes y lo enfadado que estaba con ella.

—Vuelves pronto —dijo, atenuando su entusiasmo.

—¿Por qué pronto? —preguntó Dana, evitando mirarle a los ojos y quitándose el abrigo.

—No lo sé. Por lo general, cuando vas a casa de Sharon no vuelves hasta las diez o las once.

—Sólo tomamos un café —dijo ella rotundamente, colgando el abrigo en el armario empotrado.

—Bueno, pues no te lo vas a creer —dijo él—. Quieren que participe en *Good Day New York* mañana.

—Fantástico —dijo ella sin el menor entusiasmo.

Adam no había esperado que se pusiera como unas castañuelas, pero tampoco tenía ganas de empezar con la habitual competición de a ver quién podía ser más frío y distante.

—La verdad es que creo que tenemos que hablar —dijo.

—Más tarde, ¿vale?

—Espera un segundo —dijo Adam, y ella se paró y se lo quedó mirando fijamente. Su expresión estaba tan desprovista de emotividad que bien podría haber estado mirando un trozo de madera.

—Me parece que lo que dijiste antes no estuvo nada bien —le reprochó.

—¿Y qué es lo que dije?

Durante un momento Adam no fue capaz de acordarse.

—Eso de que te estaba jodiendo la vida o como lo dijeras. Exactamente, ¿cómo crees que te estoy jodiendo la vida?

Dana suspiró y bajó la mirada.

—Tienes razón, lo siento. No quería decir eso en absoluto.

¿De verdad estaba recogiendo velas? Casi nunca admitía tener la culpa en ninguna discusión, o al menos no hasta después de horas de no hablarse mutuamente.

—Bueno, acepto tus disculpas —dijo él—, y yo también te pido perdón. No debería haberme ido como lo hice. Sé lo mucho que detestas que lo haga.

—No pasa nada —dijo Dana, y dio un par de pasos hacia las escaleras.

—Sí, sí que pasa —insistió él, y su mujer se paró—. Me equivoqué y lo lamento. ¿Me perdonas?

Ella asintió con la cabeza de manera indecisa, dando la impresión entonces de que podía echarse a llorar. No solía ponerse tan sensible durante sus discusiones; Adam pensó que probablemente tuviera que ver con Gabriela, y no con él.

—Eh, ven aquí —dijo Adam.

Dana no se movió, pero él se acercó a ella, la besó superficialmente en los labios y la abrazó. A ella pareció incomodarle y se apartó un poco.

—¿Es nuevo ese perfume? —preguntó él.

—¿Qué? —Dana pareció sobresaltarse ligeramente—. No... Bueno, en realidad no.

—Me gusta —declaró Adam cuando su móvil empezó a sonar. Sacó el teléfono del bolsillo y miró la pantalla, que estaba mostrando un número desconocido con el prefijo 212.

—¿Quién coño será? —se preguntó, mirando el teléfono con los ojos entornados.

Respondió a la llamada.

—¿Sí?

Dana subió corriendo las escaleras.

—¿Doctor Bloom? —preguntó una mujer.

—¿Quién es usted?

—Grace Williams, periodista de la revista *New York*. ¿Tiene un minuto?

La mujer le explicó que quería entrevistarle para un artículo de investigación. Adam no se lo podía creer; ¿qué estaba pasando con todo ese asunto? Acordó reunirse con ella al día siguiente por la tarde cerca del centro; entonces cortó la llamada y fue a contarle a Dana la noticia. Ella estaba en la ducha —Adam oyó correr el agua—, pero cuando intentó abrir la puerta del baño, comprobó que estaba cerrada con llave. Era algo extraño; su mujer casi nunca se cerraba con llave cuando se duchaba.

Llamó a la puerta y dijo:

—Dana, ¿te encuentras bien?

No hubo respuesta.

Golpeó la puerta con más fuerza y gritó:

—¡Dana!

—¿Qué pasa? —le contestó con un grito.

—Nada. Ya te lo contaré cuando salgas.

—¿El qué?

—¡No importa!

Adam le envió un correo electrónico a su secretaria, Lauren, pidiéndole que cambiara su cita para comer a otro día, y empezó a rebuscar en su armario empotrado algo para ponerse al día siguiente. Por lo general, se vestía de una forma seria e informal —camisas, pantalones y chaquetas deportivas—, pero en *Good Day New York* no quería aparecer como un psicólogo acartonado. Deseaba parecer tranquilo, relajado y vestido a la moda. Tal vez se decidiera por unos vaqueros y un jersey, ¿o sería demasiado informal? Extendió unos vaqueros oscuros y un jersey de cuello redondo negro sobre la cama, pero no le convenció. Tal vez debería llevar una camisa negra con el cuello abotonado y una americana deportiva negra, al estilo de los actores de Hollywood, y demostrar a la gente que era un psicoterapeuta próspero, pero no que intentaba alardear de ello.

Dana salió del baño en bata y con el pelo envuelto en una toalla.

—No te vas a creer quién me acaba de llamar —le dijo—. Ahora me quiere entrevistar el *New York Magazine*.

—¿Ha llamado Clements? —le preguntó Dana como si no le hubiera oído.

—No.

—Eso no es bueno.

—No es bueno ni malo —dijo Adam—, pero ¿no es una locura? Primero la televisión, y ahora una entrevista para una revista.

—Lo siento —dijo Dana con contundencia, dándose la vuelta—. Supongo que no soy capaz de entusiasmarme tanto por tus quince minutos de fama como tú.

—No estoy entusiasmado —le replicó, ignorando la pulla nada sutil—. Sólo estoy sorprendido. La verdad es que no pensé que esto fuera a provocar tanta atención.

—¿Es eso lo que estás buscando? ¿Atención?

—Por supuesto que no.

Dana echó un vistazo al conjunto tendido en la cama.

—Bueno, quiero tener buen aspecto en la televisión —se justificó él—. ¿Qué tiene de malo?

—Nada —contestó ella—. Sólo que, para empezar, no entiendo por qué tienes que ir a un programa de televisión.

—¿A qué te refieres? Me pidieron que fuera. Eso me ayuda emocionalmente con mi glosofobia. Y además podría ser una buena publicidad. Puede que salir en la tele me ayude a conseguir algunos nuevos pacientes.

—Podrías haber dicho que no. No sé por qué quieres atraer más atención sobre nosotros, y no entiendo cómo salir en los medios va a ayudar a que mejoren las cosas.

Adam se sintió frustrado porque lo que ella decía tenía lógica, aunque no quería oírlo.

—Creía que habíamos hecho las paces abajo. ¿No podemos dejar toda esta tontería?

—Buena idea, dejemos la tontería —admitió ella—. Hoy las he pasado canutas, y la verdad es que en este momento no quiero volver a empezar con esto.

Adam se quedó pensando: *¿Y qué se supone que significa eso? ¿Que yo no las he pasado canutas?* Era tan típico de ella hacerle quedar como el malo de la película, pero como no quería discutir más, optó por el buen camino, respiró hondo y dijo:

—Mira, entiendo cómo te sientes, ¿de acuerdo? Estás asustada, y lo admito, yo también. En fin, me parece que es altamente improbable que vaya a ocurrir nada, pero admito que no me sentiré totalmente seguro hasta que todo esto se haya olvidado. Aunque, la verdad, no me parece que sea necesario huir a Florida, y ni siquiera estoy seguro de que podamos hacerlo con una investigación policial en marcha. Además, ahora la casa es segura, estoy convencido de ello.

—¿Y qué pasa con el arma? —le preguntó Dana.

Él volvió a respirar hondo.

—Vale, estoy dispuesto a llegar a un acuerdo. Ahora mismo la quiero en casa, por si acaso, pero cuando esto se haya olvidado, cuando la policía detenga al otro intruso y aclare por completo lo que está sucediendo, me desharé de ella.

—¿Lo dices en serio?

—Te lo prometo —dijo Adam, levantando la mano derecha como si estuviera en el estrado de los testigos—. Sigo pensando que la pistola nos salvó la vida anoche, pero si realmente no la quieres en casa, si tanto te disgusta que la tenga, me desharé de ella, ¿estamos?

Dana volvía a tener los ojos llorosos.

—Gracias.

—Ah, ven aquí —dijo Adam, y la abrazó.

Entonces Dana se puso a llorar. Él no tenía ni idea de por qué estaba tan disgustada. Tal vez sólo estuviera liberando la tensión.

—Venga, no estés triste —le dijo—. Todo va a salir bien. Lo superaremos, te lo prometo.

Dana arreció su llanto, y entonces él bajó las manos y se las puso en la cadera. Le dio la impresión de que su esposa había perdido peso; y también le pareció que tenía la carne más firme. No consiguió recordar la última vez que habían echado un polvo. Joder, ¿hacía un mes? ¿Dos?

Le desabrochó la bata con una mano y empezó a subirle la otra hasta colocársela sobre el pecho.

—Esta noche no —se apresuró a decir ella, apartándole la mano—, estoy agotada, el día se me ha hecho muy largo.

—Entiendo, pero hagámoslo mañana por la noche sin falta, ¿de acuerdo? Ha pasado demasiado tiempo, ¿sabes?

Se la quedó mirando durante un rato más mientras la abrazaba, y luego bajó para dejarla descansar un poco.

Adam también estaba cansado, pero bajo ningún concepto se iba a perder más tarde las noticias de esa noche. Programó el dispositivo de grabación en el disco duro para grabar en la planta de arriba las noticias del Canal 5 a las diez y del Canal 4 a las once, y abajo para grabar las noticias del Canal 11 a las diez y del Canal 2 a las once. Mientras, pensaba ver las noticias del Canal 9 y del Canal 7 en la televisión de abajo.

A eso de las nueve y media Marissa llegó a casa.

—Estaba a punto de llamarte para ver cuándo ibas a volver —le dijo Adam—. Tenemos un código nuevo para la alarma, te lo daré por la mañana.

—Tranqui —dijo su hija, y Adam se dio cuenta de que estaba borracha.

—Otra noche de copas, ¿eh? —preguntó, haciendo un esfuerzo supremo para no enfadarse con ella y tener una repetición de lo ocurrido la noche anterior.

—Estuve con Hillary en un *happy hour* —respondió Marissa con contundencia.

—Pues parece que hubierais estado en cinco.

—Papá, no necesito permiso para tomarme unas copas en un bar con una amiga.

—Quiero que reduzcas el consumo de alcohol, ¿de acuerdo?

Marissa sacudió la cabeza y empezó a subir las escaleras.

—Eh, te estoy hablando —dijo él. Ella no se detuvo, y Adam añadió—: Y esta noche no fumes, y lo digo en serio.

Unos segundos más tarde oyó cerrarse de un portazo la puerta del dormitorio de su hija. Le traía sin cuidado que se enfadara con él; iba a seguir dándole la tabarra, iba a continuar cumpliendo con sus obligaciones paternas, por dolorosas que fueran, hasta que ella captara el mensaje y enderezara su vida.

A las diez se puso a ver las noticias en el Canal 9. Había pensado que su historia ocuparía la portada, pero era la tercera noticia, después de la rotura de una cañería de abastecimiento de agua en el centro de Manhattan y de un importante incendio en Staten Island, en el que habían resultado muertos tres civiles y un bombero. Pusieron unas imágenes de una periodista delante de la casa, tomadas probablemente esa mañana. La reportera explicó que durante un robo frustrado, Carlos Sánchez, que iba desarmado, había resultado muerto por los disparos efectuados por el propietario de la casa, «Adam Bloom, de cuarenta y siete años». A continuación, explicó que éste había alegado creer que Sánchez iba armado cuando le disparó. A Adam no le gustó aquella palabra —alegar—, pero se sintió reivindicado cuando el detective Clements, nada menos, declaró en unas imágenes grabadas delante de una comisaría de policía: «Creo que el señor Bloom actuó de manera adecuada en esta situación. Tiene licencia para el arma que utilizó, y el hombre al que disparó dentro de su casa, Carlos Sánchez, era un intruso con antecedentes por delitos violentos». Adam esperaba que mostraran alguna de sus entrevistas de aquella tarde, cuando pensaba que había estado tan bien, pero en vez de eso la periodista estaba hablando de que Gabriela Moreno, que había trabajado como asistenta en casa de los Bloom y había sido asesinada a tiros esa mañana temprano en su piso de Jackson Heights. Dijo que la policía estaba investigando la posible relación entre este incidente y el robo de Forest Hills. Entonces las imágenes volvieron a presentar a la periodista delante de la casa de Adam, y por último emitieron unas imágenes de él de esa tarde. Aunque se sintió decepcionado porque no mostraron su discurso ante las cámaras y sólo emitieron el fragmento en el que declaraba: «Creo que lo que hice está justificado, sí»; luego el presentador apareció en pantalla. También le decepcionó el aspecto que ofrecía en televisión. El pelo estaba bien —su calvicie no era visible en la toma frontal y las canas no parecían destacar «demasiado»—, pero parecía más viejo que en persona, y sobre todo no le gustaron los intensos círculos negros bajo los ojos. Creía que se suponía que la cámara tenía que añadir dos o tres kilos, no cinco años.

Durante la siguiente hora más o menos vio otros telediarios, incluidos los que había grabado. Todos trataban la historia de forma parecida, salvo por pequeñas variaciones. El informativo del Canal 4 no incluyó ningún comentario del detective Clements, y por desgracia ninguno mostró nada de la fantástica alocución de Adam. Los informativos del Canal 5 y el Canal 11 no incluyeron ninguna declaración suya. En los telediarios del Canal 7 y del Canal 2, los dos periodistas comentaron su cita sobre la justificación del acto, aunque dio la sensación de que lo descontextualizaban. No entendió la razón de que a todos los periodistas les gustara tanto aquel comentario ni de que todos hubieran escogido incluirlo de una manera u otra, mientras que podía recordar varios otros comentarios que había hecho que le habían parecido igual de buenos. También le sorprendió que ninguna de las emisoras lo describiera en términos increíblemente heroicos. Había pensado que lo harían, dado el cambio experimentado en las actitudes de los periodistas esa tarde y en las nuevas peticiones para entrevistarlo. Aunque, por otro lado, el asesinato de Gabriela era una noticia relativamente reciente, así que era posible que no recibiera el pleno tratamiento de héroe hasta los periódicos de la mañana. Sin duda, una vez que saliera en *Good Day New York* y publicaran su entrevista en la revista *New York*, la gente tendría una descripción más detallada de lo que había ocurrido realmente la noche anterior.

Mientras volvía a pasar el informativo de Canal 9 por segunda y tercera vez, se preguntó si algunos de sus amigos y amigas de toda la vida estarían viendo las noticias esa noche. Al menos unas cuantas personas de su pasado debían de haberlas visto, y probablemente se dirían o dirían a quien tuvieran al lado: «¿Adam Bloom? Espera, yo conozco a ese tipo». Confiaba sobre todo en que Abby Fine las hubiera visto. Había salido con Abby en su primer año en Albany, hasta que averiguó que le había estado engañando con su compañero de habitación, Jon. Había leído en un boletín de noticias de antiguos alumnos que Abby vivía con su familia en Manhattan, así que al menos existía una posibilidad de que le hubiera visto en la televisión esa noche. Le parecía que tenía buena pinta para su edad y que probablemente la tuviera mejor ahora que a los veinte recién cumplidos, cuando Abby le había visto por última vez. Ojalá que lo estuviera viendo esa noche en compañía de su marido —con un poco de suerte, un tipo aburrido y prematuramente envejecido— y se sintiera mal por haberlo perdido.

Cuando cerró la casa por la noche, comprobando que todas las puertas estuvieran cerradas con llave y asegurándose una y otra vez de que el sistema de alarma estaba conectado, se imaginó qué pasaría al día siguiente. Después de toda la exposición a los medios de comunicación de ese día y de los prometedores artículos en los periódicos del día siguiente, por fuerza le tendrían que reconocer por la calle. Por puro entretenimiento, tal vez fuera caminando al trabajo desde los estudios de la Fox para ver qué clase de reacciones suscitaba.

Tenía que admitir que Dana llevaba razón: estaba disfrutando de tanta atención. Solía decirle a los pacientes con ese problema que buscar la atención era algo pueril. «Los niños buscan llamar la atención, los adultos buscan el respeto», les decía. En su caso, aunque era consciente de que su actitud era infantil, también sabía que el interés de los medios de comunicación estaba satisfaciendo una necesidad profundamente arraigada en su psiquismo. Si bien era un próspero psicoterapeuta —se ganaba bien la vida y había ayudado a docenas de personas a superar los peores períodos de su vida—, uno de sus grandes problemas era que tenía la sensación de no haber obtenido suficiente reconocimiento por su trabajo. El título de doctor por la New School colgaba de la pared de su consulta, pero jamás había recibido ningún otro elogio ni reconocimiento. De vez en cuando contribuía con un artículo a una revista, pero al contrario que muchos de sus colegas, no había publicado ningún libro relacionado con su campo de trabajo. Carol, por ejemplo, había escrito varios, y a veces le resultaba difícil no sentir envidia por los logros de su colega. En casi todos los aspectos, se había resignado a la idea de que cuando muriera no dejaría ningún legado para la posteridad, aunque seguía sintiendo un vacío, una enorme necesidad de atención que toda aquella situación sí que estaba satisfaciendo.

Se metió en la cama, abrazó a Dana por detrás durante un rato mientras ella dormía y luego se volvió del otro lado. Le resultó difícil conciliar el sueño. Estaba tan ensimismado, repasando fragmentos de las noticias en la cabeza e imaginando qué pasaría al día siguiente, que después de casi una hora seguía completamente despierto. Ya estaba a punto de levantarse para tomarse un somnífero cuando le pareció oír un ruido en la planta baja.

Se incorporó en la cama y aguzó el oído de nuevo, aunque no oyó nada. Racionalmente sabía que no había nadie, pero decidió que no pasaría nada por asegurarse y tranquilizar la mente.

Se estaba dirigiendo a la puerta cuando Dana se despertó.

—¿Qué pasa? —preguntó.

Adam miró atrás y la vio sentada en la cama. Las luces de la habitación estaban apagadas, pero la puerta estaba medio abierta, y había suficiente luminosidad procedente de la luz del pasillo —que había dejado encendida— para verla con claridad.

—Nada —dijo en voz baja—. Todo va bien, vuelve a dormir.

—No quería alarmarla, así que intentó hablar con voz tranquila, como el piloto de un avión que tratara de apaciguar al pasaje durante un período de fuertes turbulencias.

Pero ella le conocía demasiado bien para dejarse engañar, y al borde del pánico, preguntó:

—¿Qué sucede?

—Nada, es sólo… Me parece que he oído algo abajo —respondió, tratando de decirlo con la mayor indiferencia posible.

—¡Ay, Dios mío! —A Dana le temblaba la voz, y se estaba cubriendo la boca con la mano.

—Tranquilízate —dijo Adam—. Estoy seguro de que no ha sido nada, pero déjame ir a comprobar por si acaso.

—No vayas a ninguna parte —soltó Dana, que alargó la mano para coger el teléfono.

—Espera, no llames a la policía —dijo él—. Estoy seguro de que no ha sido nada.

—¿Qué es lo que te pareció oír?

Le había parecido oír pasos, pero no quiso decírselo, sobre todo porque no estaba seguro de no habérselo imaginado.

—Probablemente no sea más que el asentamiento de la casa. Espera sólo un segundo, ¿de acuerdo?

Fue hasta la puerta y prestó atención durante varios segundos, pero no oyó nada. Miró de nuevo a Dana y levantó el índice.

—Espera —dijo articulando para que le leyera los labios, tras lo cual se dirigió a la escalera lo más silenciosamente que pudo.

Al contrario que la noche anterior, cuando casi había estado como boca de lobo, ahora pudo ver la escalera con claridad gracias a la luz del pasillo y a la que había dejado encendida abajo, en el vestíbulo. Una imagen de lo ocurrido casi veinticuatro horas atrás le pasó fugazmente por la cabeza: la de él haciendo aquellos disparos. Fue tan vívido el recuerdo que casi pudo sentir la pistola en la mano, oír las detonaciones y ver caer el cuerpo de Sánchez. Fue como si realmente estuviera ocurriendo de nuevo. Pero ¿y si ocurría de nuevo? Y sin su pistola, ¿cómo se suponía que iba a defenderse? Se sintió vulnerable e indefenso. Le traía sin cuidado lo que le había prometido a Dana; bajo ningún concepto se iba a deshacer jamás del arma. Si se iban a deshacer de las cosas que los protegían, ¿por qué no hacerlo de las cerraduras de las puertas y del sistema de alarma? Joder, ya puestos, ¿por qué no dejar las puertas abiertas de par en par?

Llegó a lo alto de las escaleras y se inclinó para conseguir ver la puerta. Tenía la cadena echada, como la había dejado.

Entonces oyó:

—Papá.

Fue sólo aquella palabra, pero bien podría haber sido la detonación de un rifle disparado junto a su cabeza. Fue tal el susto que salió propulsado hacia delante, perdió el equilibrio y estuvo en un tris de caerse por las escaleras. Tuvo que agarrarse a uno de los postes de madera del pasamanos para afirmarse.

—¿Estás bien, papá?

Adam consiguió levantarse y darse la vuelta. El pulso le iba a cien.

Miró a su hija, que estaba junto a la puerta de su habitación sujetando un vaso de lo que parecía un refresco sin azúcar.

—¡Por Dios santo, Marissa! —exclamó.

—¿Estáis todos bien? —Dana había salido al pasillo.

—¿A qué viene asustarte de esa manera? —preguntó la chica—. Sólo he bajado a coger algo de comer.

A Adam le costó unos minutos recuperar el resuello. Entonces, sin poder contener su frustración, le soltó:

—Vete a la cama de una puñetera vez, ¿quieres?

—Pero ¿qué he hecho?

—A la cama.

Marissa volvió a su habitación y cerró la puerta de golpe. Frustrado e indignado, Adam sacudió la cabeza, pasó junto a Dana con paso firme y volvió a meterse en la cama.

—¿Te encuentras bien? —le preguntó su mujer cuando se acostó a su lado.

—Muy bien —replicó—. Hablemos de esto por la mañana, ¿Vale?

Permanecieron tumbados en silencio durante unos minutos.

—Gracias a Dios que no tenías la pistola. Podrías haberle disparado —dijo entonces Dana.

Al final, Adam consiguió dormirse.

11

Adam se levantó a las cinco de la mañana, completamente espabilado. Se decidió por la vía hollywoodense: la camisa negra con el cuello abotonado, la chaqueta deportiva negra y vaqueros. Se examinó en el espejo del baño y consideró que tenía una pinta fantástica, aunque lamentó no haber tenido tiempo para pasarse por el peluquero y recortarse un poco el pelo. Ah, bueno, su pelo seguía teniendo un aspecto fantástico, abundante y sano. Como último toque, cogió sus gafas de sol —las que se había comprado por ocho pavos en la calle— y se las metió en el bolsillo de la chaqueta. El día estaba nublado y no se las iba a poner al aire libre, pero consideró que molaban mucho con la punta asomando por el bolsillo.

Estaba esperando en el salón, mirando por las lamas separadas de las cortinas venecianas, esperando a que llegara la limusina. La mujer de la Fox había dicho que estaría allí a las seis y ya pasaban casi cinco minutos. No consiguió recordar la última vez que había estado en una limusina, sobre todo en una grande y elegante. La que esperaba tal vez tuviera un televisor panorámico y un bar bien surtido. Por lo general, cogía el metro para ir y volver al trabajo, e iba a ser divertido —bueno, al menos un agradable cambio de ritmo— entrar motorizado a lo grande en la ciudad y sentirse una celebridad. Luego, una vez que acabara su aparición en la televisión, lo más seguro es que empezara a recibir llamadas sin cesar de viejas amistades —¿no sería un puntazo que le llamara Abby Fine?—, y probablemente también recibiría más peticiones para entrevistarlo. A mediodía tenía su entrevista en la revista *New York*. Esto todavía no lo había asimilado del todo; le iba a entrevistar la revista *New York*, ahí era nada. ¿No se había inspirado *Fiebre del sábado noche* en un artículo de esa revista? De acuerdo, quizás ahora estuviera alucinando un poco, pero ¿y qué si era así? Fantasear era divertido. Se preguntó a quién harían interpretar su personaje en la película, ¿a Hanks o a Crowe? Hanks era demasiado sincero, excesivamente sensiblero, pero Crowe tenía la combinación perfecta de vulnerabilidad y dureza. Sí, se lo podía imaginar a la perfección: Russell Crowe como Adam Bloom, un tipo trabajador que sólo se ocupa de su vida, cuando una noche alguien irrumpe en su casa. Es la hora de la verdad para Bloom, cuya vida pende de un hilo, pero hace lo que tiene que hacer para defender a su familia, y al hacerlo se convierte en un héroe local. La película probablemente recaudaría millones en taquilla. ¿A quién no le gustaba una buena historia de valientes bajo el fuego enemigo?

Entonces, en plena inspiración, se preguntó: ¿Y por qué no un programa de entrevistas? Podría ser el siguiente doctor Phil. El doctor Phil ni siquiera era psicólogo de verdad o le habían quitado la licencia o algo parecido. El doctor Adam podía reemplazar al doctor Phil en un abrir y cerrar de ojos. Y aunque no pudiera terminar en un programa de televisión, Adam sabía que tendría un talento innato para la radio. Era muy elocuente y articulaba muy bien, y podría hablar de cualquier tema, y con los invitados haría unas entrevistas fantásticas, muy introspectivas y personales. El suyo no sería un programa insustancial. No, el doctor Adam abordaría temas profundos.

Estaba impaciente por subirse a la limusina, relajarse, beberse un café y mordisquear un cruasán, o quizás hasta tomarse un Bloody Mary para soltarse antes de salir en antena. Estaba tan ensimismado en sus fantasías que apenas reparó en el turismo azul marino que se detuvo delante de su casa.

Al principio creyó que el conductor, un negro robusto, estaba buscando aparcamiento, pero entonces salió del coche.

Adam salió a la puerta.

—¿Puedo ayudarle?

Pensó realmente que el tipo debía de haberse equivocado de dirección.

—¿No pidió un coche?

—Sí, pero se suponía que tenía que ser una limusina.

El tipo se echó a reír, como si le hubiera contado un chiste. Adam, como era natural, se llevó un chasco, pero se guardó de exteriorizarlo ante aquel sujeto. De acuerdo, así que no había limusina. De todas formas, las limusinas estaban sobrevaloradas; eran demasiado horteras, demasiado «Donald Trump». Seguía impaciente por que llegara su gran momento y pasar la mayor parte del día bajo los focos.

Cuando llegó a los estudios Fox, una productora —una chica que parecía de la edad de Marissa— le dio la bienvenida y le dijo que estaban encantados de tenerlo en el programa. Luego lo condujo a una habitación donde una maquilladora le empolvó la cara. Muy bien, ya habían empezado a tratarle como a una estrella. Cuando acabaron de maquillarle, se miró a un espejo y pensó que aparentaba treinta y cinco años, como mucho. Por Dios, esperaba que Abby Fine estuviera viendo la tele.

La productora regresó y le dijo que estaría en antena al cabo de una media hora, y lo condujo hasta la sala de espera. Adam no estaba nervioso en absoluto. Allí había otra invitada esperando, una rubia de piernas largas.

—Hola, me llamo Annie —dijo la rubia, sonriendo. Le explicó que iba a ser la estrella de un nuevo musical de Broadway, y luego preguntó—: ¿Por qué está aquí?

—Oh, soy un héroe local, supongo —dijo Adam, tratando de parecer modesto, como casi avergonzándose de serlo.

—¿En serio? —preguntó la chica, impresionada, y se le iluminó el rostro—. ¿Y qué es lo que hizo?

—Oh, nada del otro mundo —respondió—. La otra noche entraron a robar en mi casa y…, bueno, disparé a uno de los ladrones.

La rubia se estremeció.

—¿Quiere decir que mató a alguien?

Sin que supiera por qué, aquélla no fue la reacción que Adam estaba esperando.

—Sí, desgraciadamente —se lamentó—, pero no me quedó alternativa. Fue de madrugada, y entró a la fuerza. Estaba subiendo las escaleras.

La chica seguía pareciendo casi aterrorizada.

—Oh, Dios mío, ¿e iba armado? —preguntó.

—No —dijo Adam—, aunque creí que sí. Bueno, el tío hizo además de que iba a sacar un arma.

Estaba esperando a que la rubia empezara a estar impresionada, pero su expresión no cambió. Tal vez no hubiera entendido el peligro real en el que Adam se había visto.

—Mi hija se despertó en plena noche —le explicó—. Ah, el tipo que maté era un delincuente habitual. Había pasado como diez o quince años en la cárcel.

Esa última parte había sido pura exageración, pero al menos consiguió despertar cierta comprensión en Annie.

—Caray, debió de ser realmente aterrador.

—Lo fue —le confirmó Adam—. Lo es. Estoy seguro de que tardaré meses en superarlo del todo.

La productora entró y le dijo a Annie que era su turno de salir en antena, y que Adam sería el siguiente.

Permaneció en la sala de espera, ensayando mentalmente lo que iba a decir. Estaba como loco por salir allí fuera.

Annie pareció estar en antena mucho tiempo, durante el cual pasó, sin solución de continuidad, de hablar de su musical a hacerlo de su labor en la recaudación de fondos para la PETA.*

Durante la pausa de los anuncios, la productora regresó a la sala con la desilusión reflejada en el rostro.

—Lo siento muchísimo, señor Bloom. Hoy nos hemos pasado de hora, y me temo que no tendremos tiempo para hablar con usted —le anunció.

—¿Cómo dice? —Adam la había oído, aunque no había asimi-

* Organización para el trato ético a los animales. *(N. del T.)*

lado del todo lo que le había dicho. ¿Se refería a que saldría «más tarde»?

—No podemos hacerle la entrevista —le aclaró la chica—. Siento muchísimo las molestias. Si tiene que ir a algún sitio, puedo hacer que lo lleven en coche.

—Espere —dijo Adam—. ¿Quiere decir que no voy a salir en su programa?

—Me temo que no.

—Bueno, esto es absurdo —dijo Adam—. Me levanto al amanecer, vengo hasta aquí, hago juegos malabares con mis horarios…

—Lo sé, es una verdadera faena —admitió la chica—, pero se nos amontona la gente permanentemente. No es nada personal, se lo aseguro. Pasa y punto.

—¿Puedo hablar con el productor?

—Yo soy la productora.

—Me refiero al jefe de producción.

—Yo soy la jefa de producción. —Sonó a insolencia, como si se sintiera ofendida—. Lo siento, señor Bloom, pero no podemos hacer nada.

La chica salió de la sala. Adam se sintió ofendido, y ya estaba en un tris de salir tras ella y seguir quejándose, cuando se dio cuenta de que no tenía ningún motivo para hacerlo. Sí, había estado deseando aparecer en el programa, y habría sido divertido ser el centro de atención algún rato más, pero no era como si el programa le debiera algo.

Abandonó los estudios y se fue directamente a un quiosco de prensa de Lexington Avenue, donde compró ejemplares del *Post*, el *News* y el *Times*, los cuales leyó parado en el vestíbulo de una zapatería cerrada. Su historia no ocupaba la primera plana de ninguno de los periódicos sensacionalistas —el *Post* y el *News*—, aunque ambos le dedicaban varias páginas en el interior.

No era precisamente lo que había esperado.

El titular del *News* era: «GATILLO FÁCIL». El del *Post*: «LOCO POR LAS ARMAS».

¿Qué coño estaba pasando? Adam leyó por encima los artículos cabreándose progresivamente, mientras se preguntaba si debería llamar a su abogado y amenazar con una querella por calumnias. Ambos artículos eran sesgados y engañosos y hacían que pareciera que hubiera actuado de manera impulsiva, disparando a un hombre desarmado que no suponía ninguna amenaza para él. El artículo del *News* informaba de que se había enfrentado a Sánchez en las escaleras, y abierto fuego «sin previo aviso», disparando a un hombre desarmado «múltiples veces». El *Post* lo tildaba del «nuevo Bernie Goetz», comparándolo con el justiciero que había disparado en el metro a cuatro adolescentes desarmados en la década de 1980. Ninguno de los dos periódicos incluía comentario alguno de Adam, y mientras que ambos reconocían que Carlos Sánchez tenía antecedentes penales, hacían que este dato pareciera secundario comparado con lo que Adam había hecho. Tanto uno como otro omitían el comentario del detective Clements que había salido en las noticias de la televisión la noche anterior, relativo a que su acción había estado justificada. De hecho, el *Post* escribía que la policía «no podía» acusar a Adam por la muerte de Sánchez, dando a entender que deseaban hacerlo, pero que se lo impedían razones legales.

Ni siquiera el *Times* hacía un tratamiento correcto. Aunque su artículo no era tan sensacionalista, también estaba escrito desde la perspectiva de que Adam había actuado impulsiva e irracionalmente, no en defensa propia, y tampoco incluía el comentario favorable del detective Clements.

Después de leer los tres artículos dos veces, permaneció en el exterior de la zapatería, aturdido. No se podía creer que le estuviera pasando aquello realmente. Ya era bastante malo haber sido víctima de un allanamiento de su casa y haberse visto obligado a matar a alguien, pero ahora le parecía que estaba siendo tratado injustamente una vez más. ¿De verdad que el *Post* lo había comparado con Bernie Goetz? Aquello era absurdo y demencial. Él no había actuado como un justiciero que se paseara por ahí con su arma, tratando de limpiar la basura de Nueva York. ¡Él estaba durmiendo en su cama, por amor de Dios!

Volvió a echarle un vistazo a los artículos, como para confirmarse a sí mismo que había leído realmente lo que había leído, que no había sido una especie de alucinación de pesadilla, tras lo cual empezó a caminar hacia su consulta del centro envuelto en una neblina.

Al contrario que la víspera y esa mañana temprano, ahora no quería que la gente lo reconociera. Se sentía avergonzado y apenado. Se le hacía incomprensible haber estado tan impaciente por que llegara ese día, que hubiera llegado a convencerse de que iba a ser tratado como un héroe, que se hubiera puesto su chaqueta deportiva con las gafas asomando por el bolsillo. Se sintió como la culminación de un chiste malo.

Sólo quería desaparecer y volver al anonimato de nuevo, quería volver a ser un hombre anónimo en Nueva York; pero ¿eran imaginaciones suyas o la gente se lo quedaba mirando al pasar? Aquel tipo del traje que caminaba hacia él con los auriculares parecía estar pensando: *¿No le he visto en algún sitio?* La madre y la hija que esperaban a cruzar la calle delante de él, también le estaban mirando, y de manera intencionada y crítica. Procuró mantener la vista al frente para evitar las miradas impertinentes, pero le fue imposible no reparar en ellas. Aquel joven negro le estaba mirando; la anciana que empujaba el carro de la compra lleno de comida le estaba mirando; el árabe del carrito de las rosquillas le estaba mirando. Todos parecían saber con exactitud quién era él y qué era lo que había hecho y por qué. No le cabía la menor duda.

Cuando entró en su edificio de Madison, que casi hacía esquina con la Cincuenta y ocho, esperaba que Benny, el guarda de seguridad, lo recibiera con su habitual sonrisa de simpatía y le dijera: «Buenos días, doctor Bloom», o que al menos le hiciera un comentario cortés e intrascendente sobre el tiempo, del tipo: «Hace frío ahí fuera, ¿eh?» Por el contrario, apenas le miró cuando pasó por su lado, y Adam supo el motivo. Había un ejemplar del *Post* en el mostrador de Benny.

Ya en su planta, cuando Lauren le miró, la vio sorprenderse, como si no diera crédito a verle allí.

—Hola, Adam, ¿cómo estás? —le dijo, pero no había sinceridad en su tono ni comprensión por lo mal que lo había pasado. Aquella frialdad le sorprendió. Esperaba que de sus colegas obtendría al menos algo de solidaridad y comprensión. Después de todo, si la gente que más conoces no se pone de tu lado en los momentos de crisis, entonces, ¿quién lo va a hacer?

—Bien, dadas las circunstancias —respondió.

—Me alegro —dijo ella, todavía evitando mirarle a los ojos, aparentemente tensa y distraída—. Ha llamado Alexandra Hoffman, y te la remití a tu buzón de voz. Y llamó Lena Pérez; dijo que tenía que cambiar su hora de la semana que viene. —Cuando sonó el teléfono, pareció impaciente por cogerlo y tener una excusa para terminar la conversación.

De camino a su consulta pasó junto a Robert Sloan, uno de los psicoterapeutas del grupo, pero tampoco se mostró precisamente como el señor Apoyo. Le hizo algunas preguntas sobre el tiroteo, pero, al igual que la tal Annie de la sala de espera de la Fox, no pareció entender que lo que había hecho fuera una heroicidad. Hasta pareció crítico, como si ya hubiera decidido que Adam había hecho algo malo y nada podría hacerle cambiar de opinión.

Durante toda la mañana, el resto de los componentes del gabinete dieron la impresión de evitarlo. Incluso Carol, su propia psicoterapeuta y mentora, pareció ignorarle. Adam pasó junto a su consulta varias veces, esperando tener una oportunidad para hablar con ella de todo lo que había sucedido, pero su puerta permaneció cerrada toda la mañana, incluso en las ocasiones que Adam sabía que no tenía cita con ningún paciente.

No hubo ninguna avalancha de mensajes telefónicos de pacientes ni de viejos amigos, aunque fue un alivio que así fuera. Esperó que eso significara que nadie lo había visto en los informativos ni había leído sobre él en los periódicos matinales. Ay, por Dios, confió en que Abby Fine ni siquiera hubiera comprado el periódico ese día.

Cuando Lauren entró en su consulta para informarle de la correspondencia relativa a las reclamaciones al seguro de cierto paciente, a Adam le pareció que tenía que poner los puntos sobre las íes.

—Mira, lo que dicen los periódicos es una completa mierda. Eso no fue lo que ocurrió ni por asomo, ¿de acuerdo? El tipo entró a la fuerza en mi casa, y la policía cree que podría haber habido alguien más en la casa con un arma, y que esa persona podría haber sido el que asesinó a mi asistenta. Así que hice lo correcto, ¿vale?

—Te creo —afirmó Lauren, aunque resultó evidente que lo decía para terminar la conversación lo antes posible.

A Adam le entraron ganas de cerrarse con llave en su despacho y pasar el resto del día solo, pero tenía una cita a las once con Martin Harrison. Martin era lo que él y sus colegas denominaban un paciente profesional. Llevaba viéndolo durante casi dos años, aunque salvo por mostrar unos leves síntomas de trastorno obsesivo compulsivo y acaso cierto trastorno de ansiedad generalizada, al hombre no le pasaba realmente nada. Estaba felizmente casado, tenía dos hijos y le iba bastante bien en su profesión como ejecutivo publicitario, aunque, por la razón que fuera —quizás algún problema de dependencia emocional inconsciente, debido a que su padre había abandonado a su madre cuando él tenía cinco años—, seguía pagando de su bolsillo dos sesiones por semana. Durante la mayor parte de las sesiones, se dedicaban a repasar temas de los que ya habían hablado, y a veces resultaba verdaderamente trabajoso encontrar algo de lo que hablar. Pero ¿qué se suponía que tenía que hacer Adam?, ¿sugerir que se terminara el tratamiento? Con las compañías de seguros de asistencia médica restringiendo las visitas anuales de sus asegurados, los pacientes privados como Martin eran los que hacían sostenible su consulta.

El principal defecto de la personalidad de Martin radicaba en su forma de comunicarse, muy directa, casi excesivamente directa, que rayaba con lo impertinente. Cuando entró en la consulta ni siquiera saludó, sino que fue directamente al grano.

—Bueno, esta mañana leí algo sobre usted en Internet.

Adam no había pensado en eso todavía. La historia no estaba sólo en los periódicos; estaba por todo Internet. Y en cierto modo, aquello lo hacía parecer más permanente. La gente tiraría los periódicos de ese día, pero la historia, con todos aquellos hechos sesgados y tergiversados, estaría disponible en la Red eternamente.

—¿Y qué es lo que leyó? —preguntó Adam, esforzándose al máximo en no parecer demasiado preocupado, aunque probablemente fracasara de forma estrepitosa.

—Por qué tuvo que disparar a ese tipo. Sí, parece duro. Lamento que tuviera que pasar por todo eso.

Martin no parecía muy comprensivo. Adam consideró señalarle ese extremo —¿tal vez podría convertirse en tema para la sesión de ese día?—, pero, en vez de eso, dijo:

—Para que lo sepa, no ocurrió ni mucho menos de esa manera. Mi vida corría peligro, y tuve que disparar a ese tipo en legítima defensa, aunque, como es natural, intentan darle un cariz sensacionalista a todo el asunto.

—Ya sé, ya sé —repuso Martín—. Me alegra ver que se ha rehecho y que se encuentra bien.

Tuvo la impresión de que a Martin le traía realmente sin cuidado que estuviera bien o dejara de estarlo. No, para él, Adam era el típico culpable que juraría sin cesar que era inocente hasta el día de su muerte. Sin embargo, quiso mantener la situación en los términos más profesionales posibles —después de todo, aquello era una sesión psicoterapéutica—, así que trató de restarle importancia a la situación.

—Bueno, no me puedo quejar de que los dos últimos días hayan sido tranquilos.

Se echó a reír, tratando de que Martin se riera con él, pero el paciente mantuvo una insólita seriedad. Durante el resto de la sesión pareció muy inquieto, moviéndose mucho y evitando mirarle a los ojos. Adam intentó hablar de su comportamiento varias veces, pero Martin insistió en que todo iba bien. Entonces, cuando estaba a punto de marcharse, dijo que no podría acudir a sus citas de la semana siguiente. Adam le preguntó si se iba de vacaciones.

—No —replicó, pero no dio ninguna otra explicación para las cancelaciones.

Adam se preguntó si eso no sería más que el principio. Quizás hasta sus pacientes más antiguos y necesitados se lo pensaran dos veces antes de ir a verle y se produciría un éxodo masivo de su consulta. Estaba intentando decidir si debía ponerse en alerta, o aplicar algún remedio preventivo, como hacer que Lauren se pusiera en contacto con alguno de sus pacientes habituales y se asegurase de que todo iba bien, cuando recordó que tenía una reunión a mediodía con el periodista de la revista *New York*.

Se dirigió corriendo al Starbucks de Madison y la Cuarenta y nueve, muriéndose de ganas de tener la oportunidad de aclarar las cosas y decirle al público lo que había ocurrido de verdad la otra noche. Cuando entró, una atractiva chica negra se acercó a él.

—¿El doctor Bloom, verdad? —preguntó.

—Así es.

—Encantada de conocerle, soy Grace Williams. Estoy sentada allí. —Señaló una mesa detrás de ella—. ¿Quiere ir a pedir algo?

Caray, no sólo había querido quedar con él para tomar un café, en lugar de ir a comer, sino que ni siquiera le pagaría el café.

—Está bien así —dijo Adam—. Ya me he tomado uno hoy y no quiero abusar de la cafeína.

Se sentó enfrente de ella; Grace sacó una libreta y conectó una grabadora digital.

—No nos llevará mucho tiempo.

—Quiero decirle que me alegra enormemente tener la oportunidad de hablar con usted. Lo cierto es que estoy un tanto escandalizado por la forma en que se ha tergiversado toda la historia.

—¿En serio? —preguntó la chica sin mucho interés.

—Sí —insistió Adam—. En fin, se me ha hecho pasar por una especie de justiciero o algo parecido, pero eso no tiene nada que ver con la realidad.

—Le voy a hacer unas cuantas preguntas, ¿de acuerdo, doctor Bloom?

—De acuerdo, pero…

—¿Alguna vez fantaseó con la idea de utilizar su pistola para matar a alguien?

¿Hablaba en serio? Parecía que sí.

—No —respondió Adam—. Por supuesto que no.

—Ni siquiera se imaginó usándola contra alguien que odiara de verdad. Como un jefe o una antigua amante.

—En una ocasión, en el campo de tiro, y sólo por diversión, un tipo puso una foto de Osama bin Laden en la diana, pero…

—¿Alguna vez sintió como si quisiera eliminar a todos los tipos malos de la ciudad?

—No —respondió con firmeza—. ¿Lo ve?, esto es justo de lo que le estaba hablando, de la manera en que se ha distorsionado lo que me ha ocurrido. Nunca sentí nada parecido.

—¿Así que no condena al hombre que entró a robar en su casa?

—Pues claro que lo condeno —replicó—. Trataba de robarme.

—¿Por qué le disparó diez veces? ¿No habría sido suficiente con una?

Detestaba el tono sensacionalista que utilizaba esa mujer.

—¿Quiere saber los hechos —preguntó— o tan sólo quiere escribir un artículo provocador?

—Quiero conocer los hechos, por supuesto —declaró ella, mirándole fijamente.

—No había luz —empezó Adam—. No sabía si le había alcanzado o no, así que tuve que seguir disparando para asegurarme de que le daba. —No estaba seguro de que esto fuera verdad, porque recordaba vagamente saber que el primer disparo había alcanzado a Sánchez, pero continuó disparando—. Y ocurrió todo muy deprisa. Cuando estás en esa clase de situación, no piensas, sólo reaccionas. Igual que un soldado en combate; o luchas o huyes. Tienes que hacer caso de tu instinto, seguir tu intuición. Ah, y puesto que parece más que probable que mi asistenta, que fue asesinada ayer por la mañana, tuviera algo que ver con el robo, creo que no hay ninguna duda de que hice lo correcto.

—¿A qué se refiere? —preguntó Grace.

—¿Se enteró de que mi asistenta fue asesinada, verdad?

—¿Asesinó usted a su asistenta?

—No, yo no la maté. Joder, haga lo que haga, no escriba eso. No, ése fue otro tiroteo.

—¿En su casa?

—No, en mi casa no, pero sin duda hubo otra persona que entró en mi casa la noche del tiroteo, y esa persona podría haber tenido un arma. La policía sabe que el tipo que maté, Carlos Sánchez, estaba liado con mi asistenta. Eran amantes, novios, lo que fuera. Así que pudo ser ella la otra persona que entró con un arma en mi casa, o alguien a quien ella conocía. Así que, si Sánchez no iba armado, no fue más que por casualidad. ¿Entiende lo que estoy diciendo?

La periodista no parecía entenderlo ni quería tratar de entenderlo, y preguntó:

—Pero, doctor Bloom, ¿no le preocupa haber matado a un hombre desarmado?

Adam tardó unos segundos en poner en orden sus ideas y escoger con cuidado sus palabras.

—Por supuesto que me preocupa. Yo no pedí verme envuelto en esta situación, no fue algo que buscara. Estoy seguro de que pasaré el resto de mi vida pensando en ello. Pero eso no me convierte en un agresor, en un elemento parapolicial.

—¿Así que está diciendo que le volvería a matar?

—Matar es una palabra muy fuerte. ¿Sabe?, realmente me parece que está usted…

—¿Le volvería a disparar?

—Sí —admitió—. Bueno, no haría nada de forma diferente, excepto…

La periodista apagó la grabadora, se la metió en el bolso y se levantó.

—Esto debería ser suficiente, doctor Bloom. —Extendió la mano para estrechársela—. Ha sido un verdadero placer conocerle.

—¿Ya está? —preguntó Bloom.

—Sí, lamento las prisas, pero tengo que volver a la redacción y pasar a limpio la entrevista para que podamos colgarla en nuestra página web esta tarde.

—¿Colgarla? —Adam estaba confundido—. ¿Es que no va a salir en la revista?

—No, la entrevista es para Daily Intel, nuestro *blog* de Internet. Pero tengo todo lo que necesito, y estoy segura de que gustará. Muchísimas gracias, doctor Bloom.

De vuelta a su consulta, Adam decidió que aquello sería mejor que la versión que circulaba por la Red. Quería aclarar los hechos lo antes posible para poder pasar página y seguir con su vida.

Al final de la tarde, se conectó a Daily Intel y vio el titular:

EL JUSTICIERO ADAM BLOOM QUIERE LIQUIDAR A TODOS
LOS TIPOS MALOS DE LA CIUDAD DE NUEVA YORK

—Maldita hija de puta —dijo casi gritando.

El artículo era aún más sesgado que los de los periódicos de la mañana. Le hacía parecer un alegre y desahogado sociópata que llevara años obsesionado, esperando la oportunidad de liquidar a alguien. Todo lo que había dicho durante la entrevista estaba sacado de contexto, y el artículo estaba plagado de citas erróneas. La periodista escribía que él «fantaseaba a menudo» con utilizar su arma para matar a alguien y que a lo largo de su vida había sentido asco por el crimen y los criminales. Añadía que Bloom afirmaba «haber seguido su intuición» cuando había descerrajado diez tiros al intruso desarmado, y observaba que no había manifestado ningún remordimiento por la muerte del hombre. La autora terminaba con una frase totalmente inventada: «"Me encantaría dispararle de nuevo", alardeó Bloom».

Adam llamó por teléfono a Grace Williams, dispuesto a echarle un broncazo. Naturalmente, le salió el buzón de voz de la chica y le dejó una mensaje.

—Soy Adam Bloom. ¡Si no quita todas esas gilipolleces de su página, voy a demandarles a usted y a su puta revista!

Debió de haberlo dicho a gritos, porque Lauren entró corriendo en su consulta.

—¿Pasa algo?

—¡Déjame en paz! —aulló, y cuando su secretaria se marchó, cogió el teléfono y lo arrojó por la habitación. El aparato fue a estrellarse contra el archivador, y se rompió.

El día se estaba convirtiendo rápidamente en un infierno. Y pensar que había llegado a convencerse de que iba a ser el próximo Tony Manero de *Saturday Night Fever*.

No tuvo noticias de Grace, y el artículo seguía en Internet. Eso no era ninguna sorpresa. ¿Por qué habría de importarles lo que él pensara?

Cogió el metro en plena hora punta para volver a Forest Hills. En la atestada línea R tuvo la impresión de que los extraños levantaban la vista de sus periódicos y reparaban en él, escudriñándolo. En Northern Boulevard subió un grupo de adolescentes que no pararon de reírse. Adam no sabía si se estaban cachondeando de él o no, aunque le pareció que sí.

Decidió entonces que no podía hacer nada para controlar lo que pensaran los demás. Si la prensa quería seguir atacándolo, y la gente quería seguir juzgándolo, era algo que escapaba a su control.

En Forest Hills, se detuvo en Duane Reade y compró algunas cosas para la casa —papel higiénico, toallas de papel y lavavajillas líquido—, tras lo cual se dirigió a la tienda de vinos que había cerca y compró una botella de Merlot de 6,99 dólares. Se sentía mal por haber discutido tantísimo con Dana durante los dos últimos días, y estaba deseando pasar una agradable y relajante noche en casa. Quizá pidieran algo de comer a un chino, se beberían un par de vasos de vino y luego harían el amor. Tenía muchas cosas que valían la pena en su vida, y quería empezar a apreciar lo que tenía, en lugar de querer permanentemente más. No necesitaba ser saludado como héroe local ni ser la inspiración para una película biográfica protagonizada por Russell Crowe para ser feliz.

Cuando dobló para entrar en su manzana de Forest Hills Gardens, empezaba a oscurecer. Había varios adolescentes jugando al fútbol americano en la calle, y al acercarse reconoció a algunos; allí estaban Jeremy Ross, Justin Green y Brian Zimmerman. Aquello le trajo recuerdos de cuando tenía la edad de aquellos muchachos y jugaba al fútbol americano en la calle con sus amigos y no regresaba nunca a casa hasta que era noche cerrada.

—Eh, lanza aquí —dijo Adam, y Jeremy le lanzó el balón. Luego le dijo a Brian—: Muy bien, hasta el fondo.

Brian echó a correr a toda velocidad por la manzana mientras él retrocedía.

—¡Para ganar la Super Bowl! —gritó, y entonces lanzó una bomba. Bueno, más bien lo intentó. El bamboleante balón rebotó contra el parabrisas de un coche a unos seis metros del muchacho.

—A ver si hay más suerte la próxima vez —dijo Adam sonriendo, y empezó a ascender por el camino que terminaba en la puerta de su casa. Cuando entró, anunció:

—¡Estoy en casa! —Entonces vio el trozo de papel en el suelo. Era completamente blanco, de unos veinte por treinta centímetros, y estaba doblado por la mitad. Lo abrió. Con letras mayúsculas y con rotulador Magic Marker estaba escrito lo siguiente:

¿TE CREES UNA ESPECIE DE HÉROE, EH?
¿TE CREES UN TIPO IMPORTANTE, VERDAD?
VOY A HACER QUE DESEES NO HABER NACIDO,
PEQUEÑO SOPLAPOLLAS HIJO DE PUTA.

Adam entró en el salón y vio a Dana, que estaba mirando la televisión. Tenía los pies encima de la otomana, con las piernas cubiertas por una colcha. Parecía muy cansada, puede incluso que deprimida.

—¿Has visto la nota que había en el suelo? —preguntó Adam.

Ella tardó en responder. Por fin, y sin mostrar ningún interés, preguntó:

—¿Nota?

Adam le entregó el papel, y vio cómo la preocupación de Dana iba en aumento a medida que la leía.

—Creo que tenemos un problema —dijo Adam.

12

El objetivo de Marissa para el futuro inmediato consistía en pasar el menor tiempo posible con sus padres. La situación estaba llegando a un punto en que era difícil estar cerca de ellos, incluso permanecer en la misma casa. Por si no era ya bastante horrible que no pararan de discutir, ahora su padre se metía con ella porque iba a un bar con Hillary. ¿Acaso ahora no la iba a dejar salir con sus amigas? ¿Y qué iba a ser lo siguiente?, ¿iba a encerrarla con llave en una torre, como a Rapunzel? Ah, ¿y qué decir de lo de su madre, que tenía una aventura nada menos que con Tony, el monitor? Eso explicaba lo tensa y distraída que había estado de un tiempo a esa parte. Si no fuera tan molesto, hasta sería divertido que sus padres no pararan de decirle que tenía que madurar y poner en orden su vida, cuando a Marissa le parecía que la adulta era ella, y ellos los niños.

Por la mañana, después de haber echado un vistazo a los *blogs* de sus amigos y a las páginas de MySpace y Facebook, fijó una entrada en su propio *blog* titulada: «JUSTO CUANDO PENSABA QUE ERA IMPOSIBLE QUE LAS COSAS SE JODIERAN MÁS». Escribió sobre el asesinato de Gabriela y detalló las causas de que el día anterior se hubiera convertido oficialmente en el peor día de su vida. Estaba de un humor muy nihilista y acabó la entrada escribiendo: «Estoy jodidamente asqueada de este estúpido mundo de mierda y me importa una puta mierda que se joda cualquier otra cosa». Leyó la entrada dos veces —pensó que era una de las mejores que había escrito nunca; tal vez debería haberse matriculado en escritura creativa—, la fijó en el *blog* y bajó. Preparó café, y cuando se estaba sirviendo una taza, entró su madre.

—Tu padre no salió en la tele —dijo.

—¿Eh? —Marissa ignoraba de qué estaba hablando. Tampoco tenía ni idea del motivo de que su madre llevara la bata puesta y no estuviera maquillada a —¿qué hora era?— la una de la tarde.

—Se suponía que iba a salir en *Good Day New York* esta mañana, pero he visto la grabación del programa y no salió. Deben de haberlo descartado.

—Ah —dijo Marissa, sorprendida de que a su madre le importara tal cosa después de la discusión que había mantenido con su padre la víspera.

—Yo en tu lugar no leería el *Daily News* hoy. No hacen precisamente un retrato halagador de tu padre. Previsible, supongo, pero aun así no es muy divertido verlo impreso.

—¿Dicen algo malo de mí? —preguntó Marissa. No pensaba realmente que hubiera nada malo; sólo era un brote de inseguridad instintiva.

—Nos mencionan —le aclaró su madre—, pero no, no dicen nada malo.

—¡Gracias a Dios! —exclamó, y añadió—: Aunque vaya faena para papá. —Permaneció junto a la encimera, bebiéndose el café a sorbos, intentando despertarse. Mientras tanto, su madre empezó a fregar la cocina con una toallita desengrasante—. Oye, ¿te encuentras bien hoy? —preguntó.

—Estoy bien —le respondió—. ¿Por qué?

—Todavía no te has vestido.

Su madre siguió frotando.

—No tengo que ir a ninguna parte —dijo al cabo de un instante.

¿Y ahora qué pasaba? ¿Su madre estaba «deprimida»? Marissa estuvo tentada de preguntarle: *¿Qué pasa, mamá, problemas con el novio?* Consiguió contenerse, aunque no pudo evitar una sonrisilla de suficiencia.

—¿Qué es lo que te hace tanta gracia? —preguntó su madre.

—Nada. ¿Por qué?

Dana le lanzó una mirada y siguió frotando, con demasiada fuerza, como si estuviera intentando lijar un trozo de madera. Al final, puede que para sí misma, dijo:

—Tenemos que buscar una nueva asistenta.

Marissa había procurado no pensar en Gabriela; le resultaba demasiado triste.

—¿Hay alguna novedad sobre el asesinato de Gabriela? —preguntó.

—No —respondió su madre, que dejó por fin de frotar y arrojó la toallita a la basura—. Pero ¿te puedes creer que su hermana me llamó y me preguntó si estaríamos dispuestos a costear el envío de su cuerpo a Sudamérica?

—¿Y qué le contestaste?

—La mujer estaba muy alterada y no quise ser grosera. Le dije que tendría que hablarlo con mi marido.

—Fue amable por tu parte, supongo. En fin, que seguimos sin saber con seguridad si Gabriela tuvo algo que ver con el robo, ¿no es cierto?

—Ah, venga, hablas como tu padre. Estuvo saliendo con ese tal Sánchez, por Dios bendito.

Marissa no sabía a qué venía la actitud de su madre, la verdadera razón de que estuviera tan irritable. No estaba segura de si tendría que ver con su aventura amorosa; a lo mejor se sentía culpable.

—No me puedo creer que ella y ese tipo estuvieran juntos —replicó Marissa—. Hablé tantas veces con ella de novios, ya sabes, y no creo que hubiera estado con ningún tío desde la muerte de su prometido. Jamás mencionó a ningún Carlos.

—Es evidente que tenía muchos secretos —repuso su madre. Entonces torció el gesto, como si se hubiera sorprendido diciendo algo que no había querido decir (*Caramba*, pensó Marissa, *¿qué podría ser?*), y se apresuró a añadir—: De todas formas, la respuesta es no, no voy a costear el envío de su cuerpo a Sudamérica.

—¿Cuánto quieren? —preguntó Marissa.

—¿Y qué más da eso?

—Quiero decir que si sólo son, bueno, mil dólares…

—No voy a darles mil dólares. No voy a darles ni un dólar, no voy a darles ni un centavo. Esa mujer nos hizo daño, ¿es que no lo entiendes?

Bueno, ya estaba bien de intentar mantener una conversación con su madre. Marissa cogió su café y volvió a su habitación, y de nuevo a su ordenador. De ahí en adelante quizá debería quedarse en su dormitorio permanentemente y no volver a cruzar palabra con sus padres. Y ellos también deberían ocupar habitaciones diferentes; quizás así, al no tener que verse, acabarían por llevarse mejor.

Consultó su *blog* y vio que ya había recibido dieciséis respuestas, la mayoría de amigos, pero también de algunos conocidos aleatorios de la Red. Todos se mostraban muy solidarios y decían que estaban muy apenados, que se sentían mal, etcétera. Marissa añadió su propio comentario dándoles las gracias a todos y añadiendo que «hoy me siento un poco mejor». Luego consultó Yahoo!, Messenger y MySpace para ver qué amigos estaban conectados, y empezó a chatear con Sarah, una amiga de sus tiempos de estudiante en Vassar. Sarah vivía con su novio en Boston, pero decía que esa noche iba a ir a la ciudad y planeaba quedarse unos cuantos días en casa de su hermano, en Hell's Kitchen*. Marissa estaba entusiasmada. Salir con Sarah sería una distracción fantástica para sobreponerse a toda aquella mierda que estaba pasando en su vida.

Sarah escribió: «Bueno, ¿vas a ir a la fiesta que da D en su casa esta noche?»

D era Darren, aunque Marissa no sabía nada de ninguna fiesta. Mmmm, qué raro, ¿qué estaba pasando? No había tenido la menor noticia de Darren en los dos últimos días, y ya puestos a pensar en ello, ni siquiera había recibido respuesta al mensaje de alerta que le había dejado en el teléfono para que se deshiciera de las drogas, antes de que el detective Clements le echara el guante. Ahora que éste había averiguado que el allanamiento no tenía nada que ver

---

* Literalmente, *La cocina del Infierno*. Un barrio de Manhattan que debe su nombre a los niveles de delincuencia que presentaba hace algunos años. *(N. del T.)*

con Marissa ni con sus amigos, dudaba que fuera a perder el tiempo con un camello del tres al cuarto, lo que significaba que Darren la estaba ninguneando por: a) estaba cabreado con ella por intentar chivarse; o b) quería dejar que pensara que estaba cabreado por intentar chivarse. Darren ya había jugado a manipularla anteriormente comportándose como un inmaduro y un lunático, así que la alternativa b) era la más probable con diferencia. Casi seguro que lo que pretendía era que ella lo llamara y le pidiera perdón en plan empalagoso.

Marissa pensó en ello unos segundos más antes de escribir: «¿Qué fiesta?»

Sarah tecleó: «¿No te han invitado?»; y Marissa respondió: «No»; y Sarah: «Menuda capullada. Espera un segundo».

Perfecto. Sarah era una reina del dramón y le encantaba liar las cosas. Si le conseguía la invitación, al menos no parecería que ella estaba desesperada.

Mientras esperaba, le echó un vistazo al artículo del *Daily News* sobre el tiroteo en su casa, el que su madre le había recomendado evitar. Por Dios, aquello era como una pesadilla estrafalaria. Cualquiera que lo leyera pensaría que su padre era un chiflado o algo parecido. Se sintió mal por él, aunque también estaba furiosa con él por arrastrarlas a ella y a su madre a aquello. Los nombres de las dos estaban impresos, para que todo el mundo los viera. Se preguntó si la historia acabaría por olvidarse o si durante el resto de su vida, cuando la gente averiguara que era la hija de Adam Bloom, la odiarían y la tratarían como si en realidad fuera la hija de Charles Manson. Estaba tan aterrorizada que empezó a investigar la forma de cambiarse de nombre. Según parecía era complicado por razones de seguridad a raíz del 11 de septiembre, aunque factible. Su segundo nombre de pila era Suzanne, así que podría ser Marissa Suzanne. Iba a considerarlo seriamente si las cosas se ponían peor.

Estaba leyendo todavía el artículo cuando oyó un pitido que le anunciaba que acababa de recibir un mensaje en ese momento. Cambió de pantalla y vio que Sarah había invitado a Darren a la sesión de mensajes de ambas. Él se estaba haciendo el tonto, y escribió que por supuesto que estaba invitada a la fiesta, y que sentía muchísimo haber «olvidado» decírselo. Por lo pronto, resultaba evidente que no la había invitado aposta para intentar cabrearla. Lo que estaba haciendo era propio de un chaval inmaduro de primer año de instituto.

«Bueno, ¿vas a ir?», escribió Sarah. Marissa contestó: «Sí, allí estaré». Y Darren: «Estupendo».

Marissa sintió náuseas.

El resto del día lo empleó en echar un vistazo a listas de empleos y envió unos cuantos currículos, aunque sin ninguna esperanza. Consideraba que tenía una fantástica carta de presentación que adaptó a cada uno de los empleos que solicitó, aunque nadie parecía interesado en contratarla; y se estaba quedando sin empresas a las que escribir. De pronto, y asustada ante la perspectiva de no conseguir trabajo y de quedarse a vivir con sus padres para el resto de su vida, descargó solicitudes de admisión de varias facultades que ofrecían cursos de maestría en historia del arte. Entre las universidades, se contaban Yale, Bard y Brown. No tenía muy claro realmente que fuera a enviar las solicitudes —ni siquiera estaba segura de que quisiera cursar una maestría, y bajo ningún concepto estaba dispuesta a estudiar un año o dos—, aunque al menos aquello le hizo sentir como si tuviera un plan alternativo.

Su madre había ido a hacer la compra, y cuando regresó, Marissa quiso evitar otra deprimente conversación, así que se quedó en su dormitorio y cerró la puerta con llave. Leyó un correo electrónico de su amiga Jen. «No sé si has visto esto ya, es una verdadera putada, aunque me pareció que de todas maneras querrías leerlo, lo siento.» Marissa pinchó sobre el enlace de Daily Intel, donde había otro artículo feroz sobre su padre. Esta vez era una entrevista, y parecía como si su padre estuviera alardeando del tiroteo, como si se sintiera muy orgulloso de sí mismo. Por Dios, pero ¿qué le pasaba? ¿Es que no estaban ya las cosas bastante mal? ¿De verdad tenía que seguir adelante y hacerse pasar por un imbécil aún más grande? Aquél era un *blog* que contaba realmente con lectores; Marissa conocía a varias personas que lo leían. La situación estaba empezando a ser muy vergonzosa. Jen ya había leído el artículo, y a su amiga le encantaba cotorrear, así que probablemente se lo contaría a todo el mundo que conociera; y ambas conocían casi a las mismas personas.

A eso de las siete se marchó de casa para ir a tomar unas copas con Sarah a algún nuevo bar en el Midtown. Cuando su amiga empezó a hablar sin parar de lo feliz que era en Boston con su novio en su nuevo y fantástico piso, Marissa no pudo evitar sentir un poco de envidia. Se había enrollado unas cuantas veces con Darren, y una noche con el bajista de Tone Def, pero no había tenido un novio serio desde el primer año de universidad, y de eso hacía casi, ¡Dios mío!, dos años.

Más tarde, en el taxi que las llevaba a la fiesta, Marissa se sintió tan desesperada que consideró seriamente la posibilidad de acostarse con Darren esa noche. Pero entonces intentó sopesar los pros y los contras, y sólo se le ocurrió una larga lista de contras. La única razón de que en los últimos años se hubiera liado alguna vez con él se había debido a la escasez de alternativas. Para empezar, la proporción de chicas respecto a los chicos había sido alta, y la proporción de chicas respecto a los chicos heterosexuales había sido aún más alta. Las cosas pintaban tan mal para las chicas que muchas de las amigas de Marissa se habían hecho lesbianas en la universidad, o al menos bisexuales, aunque la idea de convertirse en una LHL —lesbiana hasta la licenciatura— nunca la había seducido, así que siempre que andaba a dos velas acababa conformándose con Darren. No es que no fuera guapo, porque en realidad le parecía bastante mono, era alto y desgarbado, con el pelo corto y rizado y unos enormes ojos castaños; un poco bobo, sí, pero guay, con un aire a lo Josh Groban. El problema radicaba en que realmente sentía que no les unía nada. No tenían gran cosa en común, y siempre que ella intentaba mantener una conversación sobre cine o arte —o cualquier cosa en la que estuviera interesada—, se daba cuenta de que él se colgaba. Le había dejado claro en multitud de ocasiones que lo único que le interesaba de él era el sexo, y Darren siempre le había dicho que estaba conforme, aunque por otro lado, después de haber echado unos cuantos polvetes, había empezado a comportarse de manera posesiva, llamándola a todas horas y poniéndose extrañamente celoso de cualquier tipo del que Marissa hablara de pasada, así que había tenido que mandarle a paseo. Sabía que si se acostaba con él esa noche, eso haría que el ciclo volviera a empezar, y la verdad, no le apetecía tener que lidiar con eso.

Cuando el taxi se detuvo delante del edificio de los padres de Darren, decidió categóricamente que no se acostaría con él. Se quedaría un rato por allí, y eso sería todo.

Marissa había estado en el piso de los padres de Darren varias veces. El sitio era impresionante —tres dormitorios, techos altos, molduras en el techo, suelos de madera noble— y estaba muy bien amueblado. Hasta le gustaban los óleos de escenas venecianas, un tanto horteras y como de pizzería, que había en el salón. Ignoraba dónde estarían esa noche los padres de su amigo, aunque sí sabía que era altamente probable que no tuvieran la más mínima idea de la fiesta.

Como había supuesto, el piso estaba infestado de gente de Vassar, personas a las que había esperado no volver a ver en su vida después de terminar la universidad, pero que en los cuatro meses y medio transcurridos desde su licenciatura parecía como si no parase de toparse con ellos de forma regular. La tenía asombrada que pudiera ocurrir semejante cosa. Nueva York tenía alrededor de doce millones de habitantes, y a veces le parecía que siguiera en una pequeña ciudad universitaria y que fuera imposible conocer a alguien nuevo.

Se entretuvo un rato hablando con Megan y Caitlin, que habían estado en la misma residencia estudiantil que ella el primer año. Las dos eran de Scarsdale…, con eso quedaba todo dicho. Luego Zach Harrison se acercó a ella y empezó a tirarle los tejos sin demasiada convicción. Zach había salido con una de las antiguas compañeras de habitación de Marissa; era uno de esos tipos corpulentos y bulliciosos, que se reía sonoramente y escupía saliva cuando hablaba, sobre todo cuando iba borracho, como era el caso en ese momento. La arrinconó —literalmente, de espaldas contra un rincón del comedor, cortándole la huida con su enorme barriga— y le contó algunas anécdotas sobre personas de la facultad que ella o no conocía o no le importaban. Evidentemente, el pelmazo pensaba que las anécdotas eran desternillantes, el barrigón subiendo y bajando sin parar por la risa, y él sin dejar de escupirle en la cara. Al final, Drew McPhearson se acercó y le dijo algo a Zach, oportunidad de escapar que Marissa aprovechó para enfilar el pasillo, pasando junto a más gente de Vassar y alguna otra persona que no lo era, y dirigirse a la habitación de Darren.

El chico y varios más estaban sentados en círculo, sin hacer nada, escuchando a Daughtry y colocándose. Aparte de Darren, la otra única persona de Vassar en la habitación era Alison Kutcher, que desgraciadamente no tenía ninguna relación con Ashton. Los que no eran de Vassar tenían todos una pinta bastante tirada, y una mujer, de unos treinta y tantos, parecía realmente hecha puré. Marissa supuso que serían algunos de los clientes drogadictos de Darren.

—Eh, mira quién está aquí —dijo su amigo, que se levantó, con los ojos vidriosos y enrojecidos, y la besó en los labios. Marissa no tuvo oportunidad de girar la cabeza, si no lo habría hecho.

Se sentó, pero evitó hacerlo junto a Darren, y alguien le pasó la pipa de agua.

—Es aurora boreal —dijo el chico con orgullo.

Marissa le dio una larga y profunda calada, cerrando los ojos y saboreando la hierba, exhaló el humo y su cerebro gimió: *Gracias*.

—Una mierda impresionante, ¿verdad? —preguntó Darren.

Ella no respondió, sólo se recostó y sonrió, disfrutando del torrente de sosiego que la embargó.

Se pasaron la pipa de agua varias veces, a Marissa le entraron unas repentinas ganas de hacer pis y se fue al baño. Cuando regresó se habían ido todos, salvo Darren. ¿En serio esperaba que creyera que aquello no estaba planeado y que todos se acababan de ir por propia voluntad?

Estaba sentado en la cama con la pipa de agua, le hizo un gesto con la mano de que se acercara y hasta le dijo:

—Vamos, ven aquí, que no muerdo.

Marissa se moría por dar otra calada, así que se sentó a su lado y encendió la pipa, aspiró profundamente, manteniendo el humo en los pulmones hasta que la cabeza empezó a darle vueltas, y luego lo fue soltando muy lentamente por la boca y la nariz.

Entonces se dio cuenta de que Darren la estaba besando en el cuello.

Se apartó y dijo:

—No es una buena idea. Sólo quiero que seamos amigos.

Fue consciente de que estaba hablando con una lentitud exagerada, o al menos ésa fue la sensación que tuvo.

Algo de lo que había dicho debió de parecerle muy divertido a Darren , porque empezó a reírse como un tonto.

—Ya somos amigos —dijo, y trató de mordisquearle la oreja.

—Me refiero a estrictamente amigos —repuso Marissa, volviendo a apartarse.

—Sólo será sexo.

—Tú no puedes tener sólo sexo.

—Oh, sí —dijo Darren, y trató de tocarle la entrepierna.

Ella se levantó.

—Para ya.

—Vuelve aquí —le ordenó él, y se desabrochó el vaquero.

Marissa trató de marcharse, y Darren la agarró del brazo.

Ella se volvió.

—¡Déjame en paz, joder!

—Vale, vale —dijo él, soltándola—. Tranqui.

Marissa salió de la habitación y, tambaleándose, se dirigió al salón. Una vez allí, le dio un golpecito en el hombro a Sarah y dijo:

—Me quiero ir.

—¿Ya? —preguntó su amiga. Era evidente que no estaba por la labor de marcharse.

—No pasa nada, quédate —la tranquilizó Marissa—. Iré en taxi hasta Penn Station y allí podré coger un cercanías.

—Eh, vamos, tranqui —dijo Darren desde el pasillo.

Ella sólo quería huir. Cruzó el comedor y se marchó del piso.

Sabía que Darren la estaba siguiendo, así que no quiso esperar a que llegara uno de los ascensores y bajó por las escaleras. Tras descender dos tramos o los que fueran se sintió mareada —por el alcohol y la maría, aunque también padecía de cierto vértigo ligero—, así que tuvo que pararse unos segundos para recuperar el equilibro. Luego siguió bajando hasta llegar al portal y salió a la calle.

Se dirigió a Broadway, donde paró a un taxi para ir hasta el centro. ¿Qué le pasaba al taxista de aspecto caribeño que no dejaba de mirarla por el retrovisor? Joder, la iba a llevar a cualquier parte e intentar violarla, estaba segura. Había leído un artículo en Internet, en un enlace del *blog* de alguien, sobre cómo un falso taxista de Manhattan había recogido a una mujer y la había llevado a Connecticut o Long Island o adonde fuera y la había violado. ¿Qué podía hacer para que se detuviera? Tenía pinta de ser un tipo grande, y era imposible que ella pudiera defenderse.

—¡Pare el jodido taxi! —gritó.

El taxista la estaba mirando otra vez con sus ojos de violador.

—¿Qué es lo que quiere que haga?

—¡He dicho que pare inmediatamente!

El hombre parecía estar acelerando, mientras zigzagueaba.

—No puedo parar en medio del tráfico, señora.

¡Joder! Lo iba a hacer, vaya que sí. Iba a suceder de verdad.

Marissa agarró el manillar de la puerta, decidida a saltar mientras el coche estaba en movimiento si tenía que hacerlo, y el taxista frenó en seco con un chirrido. La chica se apeó.

—Eh, ¿y mi dinero? —preguntó el taxista.

Ella metió la mano en el bolso, agarró unos cuantos billetes arrugados y se los arrojó por la ventanilla.

—Tía loca —dijo el hombre, y se alejó.

Temblorosa y a punto de ponerse a llorar, echó a correr por la acera. Mientras esperaba para cruzar una calle, una mujer le preguntó:

—¿Te encuentras bien? —Marissa la ignoró y cruzó con el semáforo en rojo; un coche estuvo a punto de atropellarla.

Después de recorrer unas cuantas manzanas más empezó a darse cuenta de lo ridículo de su comportamiento. ¿De verdad se había bajado del taxi? El taxista no había hecho nada malo; ni siquiera la había estado mirando, ¡joder! Había sido un trayecto en taxi normal, y había flipado. La culpa de todo era de Darren; su maldita maría la había puesto paranoica. Oficialmente aquélla era la semana más horrible de su vida.

Cogió otro taxi hasta Penn Station y se subió al tren con destino a Forest Hills. Podría haber tomado el metro, pero cuando se le hacía tarde de noche, acostumbraba coger el cercanías de Long Island porque se sentía más segura y el trayecto sólo duraba veinte minutos. Mientras caminaba de la estación a casa se sintió mucho menos colgada, aunque seguía un poco borracha. Estaba temiendo lo que su padre le diría cuando entrara en casa. Por supuesto esta vez sí que había estado bebiendo y fumando de verdad, así que a su viejo le parecería aún más justificado meterse con ella. Tal vez le endilgara aquello de: «Marissa, de verdad tienes que centrarte». O: «Ya es hora de que empieces a aclararte con tus prioridades».

Cuando dobló la esquina de su manzana, vio un coche de policía aparcado en doble fila delante de su casa. ¿Qué narices pasaba ahora? Había dos polis dentro del coche, y la miraron cuando empezó a subir por el camino de entrada.

Oyó voces dentro de casa; su madre estaba hablando y… Oh, no, era el detective Dick Clements. No sabía si de verdad se llamaba Dick, pero era así como le había estado llamando en su cabeza.

Entró y vio a Clements, a su madre y a su padre sentados a la mesa del comedor.

—¿Quién ha muerto ahora? —preguntó. Hizo todo lo posible para no parecer ni hablar como una colgada. Aunque sabía que no había manera de que lo consiguiera, eso no le impidió intentarlo.

—No pasa nada —le dijo su padre.

Entonces la miró más detenidamente, reparando probablemente en lo enrojecidos que tenía los ojos. Clements y su madre también la estaban mirando con atención.

—¿Por qué no te vas a tu habitación? —sugirió su padre, entre avergonzado y decepcionado, como si él fuera un dechado de virtudes.

Pero Marissa se largó con sumo gusto. Supuso que no pasaría nada, que Clements estaba allí sólo para ponerles al corriente de la investigación.

Ya estaba en la cama y a punto de perder el conocimiento, cuando su padre entró en su dormitorio.

—¿Podemos hablar un segundo? —le preguntó.

Ya empezamos.

—Estoy muy cansada —repuso.

—Es algo importante —insistió él, sentándose en una silla—. Por desgracia, las cosas se han complicado un poco más.

—¿Qué quieres decir? —preguntó, sorprendida de que no fuera a arremeter contra ella por lo de beber y fumar maría.

—Bueno, alguien… me ha amenazado —respondió.

—¿Qué quieres decir?

—Echaron una nota por debajo de la puerta. El detective Clements no está tan preocupado como mamá.

Marissa se incorporó.

—Me pareció oírte decir que todo iba bien.

—Y todo va bien. Nada ha cambiado.

—Nada, salvo que estás recibiendo amenazas de muerte.

—Amenaza, en singular…, y no era una amenaza de muerte. De hecho, no sé si ni siquiera debería llamarse amenaza.

—¿Qué es lo que decía?

—Que voy a pagar por lo que hice, etcétera, etcétera. Lo más seguro es que sea de alguien que leyó todas esas mentiras que aparecen en los periódicos de hoy.

A Marissa le pareció increíble hasta qué punto su padre se negaba a aceptar la realidad. ¿Cuánto tardaría en admitir de plano que estaba asustado?

—Bueno, ¿crees que la misma persona que metió la nota por debajo de la puerta mató a Gabriela?

—No, no lo creo. Y la policía no ha encontrado todavía ninguna relación entre lo que le ocurrió a ella y el robo.

—Un momento —dijo Marissa—, entonces, ¿qué piensan? ¿Que todo fue una coincidencia?

Oyó el rechinar de dientes de su padre.

—Posiblemente —dijo él.

—¿Y tú te lo crees? —preguntó.

—Mira, no hay motivo para dejarse llevar por el pánico —le respondió, extrañamente tranquilo—. La policía está prestando a este caso, a estos casos, toda la atención. Parece que están siguiendo muchas pistas, y estoy seguro de que no tardarán en detener a algún sospechoso.

—¿Eso lo dice Clements o lo dices tú?

Su padre volvió a rechinar los dientes.

—La otra cosa es que la nota podría ser una broma. Cuando llegué antes, había un grupo de chicos jugando en la calle, justo delante de casa. La policía está hablando con ellos para ver si vieron algo, pero podría haberlo hecho uno de ellos. Justin Green estaba allí. Recuerdo que hace unos años sus padres tuvieron algún problema para meterlo en vereda; estuvo en un tris de que lo echaran del colegio. Hasta me preguntaron si podía indicarles algún buen psicólogo infantil, y les proporcioné una referencia.

Era increíble la facilidad que tenía su padre para montarse aquellas películas, pero aún más sorprendente era que se las creyera realmente.

—Supongo que todo es posible —dijo Marissa, y se volvió a tumbar.

—Pero mira —continuó él—, sólo quiero que sepas que no tienes nada de qué preocuparte.

Sí, claro, nada salvo que algún maniaco te quiere matar, pensó.

—Tal vez hayas reparado en el coche patrulla de ahí fuera. La policía estará ahí toda la noche y mañana todo el día. Protección las veinticuatro horas.

—¿Y qué hay de mañana por la noche? —preguntó ella.

—Probablemente mantengan la vigilancia durante una o dos noches. Tu madre quiere contratar seguridad privada, y aunque sólo sea para que se sienta mejor, tal vez lo hagamos. Pero casi seguro que pronto habrá habido alguna detención y todo este asunto será irrelevante.

Se levantó, y Marissa vio que se fijaba en su pipa de agua, que estaba a plena vista encima de su mesa, pegada al ordenador portátil.

—Tiré toda la hierba que tenía —dijo.

Era verdad. Había tirado los diez dólares de maría que tenía a la basura.

—Bueno, ¿te divertiste esta noche? —le preguntó su padre.

Se acordó de Darren agarrándola del brazo y de los gritos que le había dado al taxista para que parase.

—Sí —mintió—. Estuvo bien.

—Me alegro —dijo su padre. Luego, tras unos segundos de incómodo silencio, añadió—: Bien, buenas noches —y la dejó tranquila.

Marissa seguía pensando en el trayecto en taxi y en lo mucho que había flipado.

Estuvo dando vueltas a todo lo ocurrido sin poder conciliar el sueño un buen rato, y al final se quedó dormida.

Soñó con Praga. Nunca había estado allí, pero había visto bastantes fotos de las calles adoquinadas, los edificios, el castillo y el puente de

Carlos para saber que estaba en Praga y no en cualquier otra ciudad de Europa oriental. Era un sueño alegre, en el que paseaba, tocaba la guitarra y se colocaba. Y a pesar de que en realidad no sabía tocar un simple acorde a la guitarra, no por eso el sueño dejaba de parecer real.

Se despertó, decepcionada por estar en la cama de su casa de Forest Hills, y pensó: *¿Por qué no hago la maleta y me largo?* ¿Qué era lo que la impedía hacer algo así de radical? No tenía empleo, ni novio, ni responsabilidades. E ir a Praga resolvería dos problemas: se alejaría de sus padres y de todos los problemas entre ellos, y podría permitirse vivir por su cuenta. Le seguían quedando unos seis mil dólares del fideicomiso que le habían dejado sus abuelos, los padres de su madre. Eso eran dos meses de alquiler en un piso decente de Manhattan, pero en Praga, probablemente, podría durarle seis meses o más, sobre todo si vivía en un albergue juvenil o en algún otro tipo de alojamiento barato.

Se conectó a Internet, buscó en Google «mudarse a Praga» y vio varias fotos de la ciudad —qué inquietante, lo que había soñado casi era clavado— y leyó todo lo relativo al posible traslado, cada vez más mentalizada. Estaba tan segura de su plan que fijó una entrada en su *blog* titulada: «ME VOY A VIVIR A PRAGA».

Cuando bajó, su madre estaba pasando la aspiradora como una histérica. Era evidente que ese día tenía un montón de energía maníaca, aunque Marissa ignoraba si se debía a que estaba preocupada por el robo o si tenía que ver con su aventura amorosa con Tony el monitor, o con ambas cosas a la vez. Cuando le preguntó si se encontraba bien, su madre bisbiseó un «muy bien», pero sin apenas mirarle a los ojos. Más tarde, cuando bajó para poner una lavadora, su madre estaba tumbada en un sofá cubierta por un chal, viendo un culebrón. Con su padre comportándose como un iluso y su madre tan rara, le pareció que estaba viviendo con dos pacientes psiquiátricos.

No veía el momento de fugarse a Praga.

Seguía afectada por lo de Gabriela, aunque trataba de no pensar demasiado en ello y se resistía a buscar información sobre el asesinato. Suponía que, si hubiera alguna noticia importante —si hubiera una detención—, su madre o su padre se lo comunicarían, y leer sobre el asunto no haría más que aumentar su disgusto. También tenía miedo de toparse con algún nuevo artículo vergonzoso sobre su padre que la hiciera considerar seriamente cambiarse de nombre. Así que, en lugar de eso, se concentró en las cosas alegres: Praga y, de forma más inmediata, sus planes para salir esa noche. Tone Def iban a actuar a las diez en Kenny's Castaways, y bajo ningún concepto se lo iba a perder. Tenía previsto quedar a las seis con Sarah, Hillary y la amiga de ésta del trabajo, Beth, en el Bitter End para tomar una copa. También había estado intercambiando mensajes de texto con Lucas, el bajista de Tone Def, con el que había echado aquel único polvo, y éste la había invitado a ella y a sus amigas a ir a algún lugar del Lower East Side después de la actuación. Marissa esperaba pasar una noche divertida con sus amigas y luego, con un poco de suerte, echar un polvo con Lucas, tal vez de nuevo en casa del músico.

Salió de casa en plan tía buena, muy rockera, ataviada con un ceñido vaquero lleno de rotos, una camiseta escotada que dejaba a la vista su tatuaje del ángel, unas botas de piel negra hasta la rodilla y gruesos pendientes indígenas de madera. Además, se había aplicado un gótico pintalabios oscuro que hacía que el color de sus labios contrastara con su piel pálida. Después de tomar unas copas con sus amigas, algunas quisieron comer algo, así que se dirigieron a un barato restaurante vietnamita en la misma manzana, y tras cenar se acercaron a Kenny's. Marissa tenía un agradable colocón y, no queriendo perderlo, sugirió que se tomaran unos chupitos de aguardiente de cerezas para celebrarlo.

—¿Celebrar qué? —preguntó Hillary.

—Que me voy a vivir a Praga —dijo, como si fuera evidente.

Sarah y Beth no tomaron ningún chupito, pero Marissa y Hillary sí. Bueno, ahora sí que tenía un colocón en toda regla; incluso estaba un poco borracha. Una irritante banda retro punk llamada Soy Bernadette estaba terminando su actuación, y el lugar se estaba llenando para oír a Tone Def, que tenía su pequeño grupo de seguidores.

Deseando saludar a Lucas, Marissa se abrió paso entre la multitud hacia el escenario. Como era de esperar, había muchísima gente de Vassar entre la muchedumbre —no había manera de escapar de ellos—, y se paró y mantuvo una breve charla con Megan, Caitlin y Alison. Luego divisó a Darren, que estaba sentado a una mesa, con Zach Harrison un poco más allá a la derecha. No se podía creer que Darren estuviera allí; qué completo gilipollas. Sabía que sólo había ido porque se había enterado de que ella iría; ¡si ni siquiera le gustaba Tone Def! ¿Cuánto tiempo iba a tardar en pillar la puñetera idea de que ella no quería volver a enrollarse con él?

Pasó junto a la mesa de Darren en dirección al escenario, donde los de Tone Def habían empezado a colocarse. Quería que la viera con Lucas y se pusiera celoso de cojones.

—Eh, ¿dónde está Lucas? —le preguntó a Julien, el batería de Tone Def.

—Hola, ¿cómo te va? —la saludó el chico—. Ni idea, por ahí, en algún sitio.

—Me pareció ver que entraba en el baño —dijo distraídamente un tipo que andaba metiendo clavijas en un amplificador.

Marissa se dirigió al exterior del baño de caballeros y esperó. Entraron y salieron varios tíos, pero no había ni rastro de Lucas. Mientras, se estaba formando una cola en el servicio de mujeres. No quería volver a la parte delantera del escenario porque estaba segura de que Darren se le acercaría, así que permaneció en el exterior del baño.

Una chica aporreó la puerta del servicio de mujeres.

—Salid de una vez —dijo.

Pasaron otro par de minutos, y al cabo Lucas salió del baño rodeando con el brazo a una chica con el largo pelo rojo completamente revuelto y con cara de estar colgada. El bajista llevaba la cremallera del vaquero medio abierta, y la pelirroja tenía el carmín completamente corrido, por si quedara alguna duda de lo que había pasado allí dentro.

Marissa se habría escabullido de haber tenido oportunidad, pero

Lucas y la chica estaban pasando justo por su lado. Él abrió los ojos con sorpresa cuando la vio.

—Hola —dijo, y siguió caminando hacia el escenario acompañado de la chica.

Marissa se sintió repentinamente mareada, como si fuera a perder el conocimiento de resultas de la mezcla del susto y el aguardiente que había bebido. El hecho fue que se tuvo que apoyar en la pared unos segundos con los ojos cerrados, para que la sala dejara de girar. Luego abrió los ojos y vio que Darren se estaba acercando a ella.

—Eh, ¿qué pasa? —le preguntó con una sonrisa estúpida.

Trato de pasar por su lado, pero él la agarró por el brazo como había hecho la noche anterior.

—Eh —le dijo—, ¿adónde vas?

—Déjame en paz —respondió, soltándose con una sacudida.

—Pero ¿qué te pasa?

—Tú eres lo que me pasa —replicó ella, aunque probablemente Darren no la oyera porque se estaba alejando y Tone Def había comenzado su actuación. Sus amigas, de pie delante del escenario, le hicieron gestos con la mano para que se acercara, y tuvo que quedarse allí, viendo a Lucas tocar el bajo. Era difícil no darse cuenta de lo relajado que parecía después de la mamada que le habían hecho. En cuanto llegara a casa, iba a borrar todas las canciones de Tone Def de su Mac y su iPhone.

Le estaban entrando ganas de vomitar de ver a Lucas. Miró entonces a su izquierda, pero Darren estaba allí, así que se volvió rápidamente hacia la derecha y vio a un tío increíblemente guapo a pocos metros de ella que estaba mirando la actuación. Tuvo la impresión de haberlo visto antes en algún sitio, y entonces supo la razón: era clavadito a Johnny Depp. De hecho, durante unos segundos pensó que era realmente Johnny Depp, pero entonces pensó: *¿De verdad iba a ir Johnny Depp al West Willage a ver a una banda del tres al cuarto rodeado de un montón de gente de Vassar?*

Lo estaba examinando con más detenimiento —en realidad parecía mucho más joven que Johnny Depp—, cuando el tío miró en su dirección y le sonrió. Marissa pensó que quizás estuviera sonriendo a alguien que estaba a su lado, pero no, le estaba sonriendo a ella. Le devolvió la sonrisa y desvió rápidamente la mirada hacia el escenario, donde Lucas estaba haciendo un solo con el bajo, poniendo una cara como si estuviera teniendo otro orgasmo. ¿De verdad era necesaria tantísima energía para crear semejante mierda de música? Sintió una palmadita en el hombro, y el sosias de Johnny Depp apareció a su lado diciendo algo, que por supuesto Marissa no pudo entender porque a) estaba tope nerviosa y b) la música estaba a toda pastilla. Entonces el chico hizo un gesto con la mano como de beber, ella asintió con la cabeza y echó a andar delante de él entre la multitud en dirección a la barra. Esperaba que Darren se pusiera celoso cuando los viera marcharse. También esperaba que Lucas se diera cuenta, aunque dudaba que pudiera hacerlo con todos los focos apuntándole y lo puñeteramente ensimismado que estaba en su bajo.

Cuando se acercaron a la zona de la barra, donde la música estaba más baja, el sosias de Johnny Depp le dijo:

—Hola, soy Xan.

Lo pronunció como «Zan», aunque a Marissa le pareció que no le había oído correctamente y preguntó:

—¿Cómo dices?

—Xan —repitió él—. Mi verdadero nombre es Alexander, pero todos me llaman Xan.

Tenía unos ojos azules llenos de vida y unas patillas largas, llevaba un par de días sin afeitar, y unos cuantos pelos lacios le caían al desgaire por la cara. Su piel oscura hacía que por alguna razón sus ojos azules resultaran más azules.

—Tenía un amigo escocés en la universidad que se hacía llamar Scuh —dijo Marissa—. Siempre pensé que era una idiotez, pero Xan es tope guay.

El chico sonrió, la miró a los ojos y preguntó:

—Bueno, ¿y tú cómo te llamas?

—Oh —dijo ella, sintiéndose como una idiota por no habérselo dicho—. Marissa.

—¿Marissa o Rissa? —le preguntó.

Ella se echó a reír.

—Rissa, me gusta.

—Entonces, Rissa —dijo él—. De ahora en adelante te llamaré así.

De ahora en adelante. A Marissa le gustó eso. La estaba mirando a los ojos de nuevo; ¿cuándo había sido la última vez que un tipo le había prestado tantísima atención? ¿Y especialmente un tío tan macizo y tan guay como Xan? Y también le gustaban sus labios; podía darse cuenta de que eran realmente suaves. Se estaba muriendo por besarle, y no sólo para poner celosos a Darren y a Lucas, sino porque realmente deseaba hacerlo.

Por fin pudo aclararse la cabeza lo suficiente como para hacerle una buena pregunta.

—¿Así que eres una gran admirador de Tone Def?

Vale, muy bien, quizá no fuera una «buena» pregunta, pero al menos no se oía sólo el vacío.

—Les he visto un par de veces —admitió Xan—. ¿Y tú?

Revivió la imagen de Lucas saliendo del baño con la reina de las mamadas del West Village y respondió:

—La verdad es que me parecen malos. Pero mis amigas querían venir, así que me dejé arrastrar hasta aquí. ¿Tocas en alguna banda?

—¿Tengo pinta de eso?

—Sí, un poco.

—En realidad, soy pintor.

—Me tomas el pelo. —Estaba entusiasmada—. ¿Qué es lo que pintas?

—Cosas diferentes. Retratos, paisajes urbanos. Cosas de la vida real.

—¡Caray! —exclamó Marissa—, me parece alucinante. Yo he estudiado historia del arte.

—¿En serio?

—Sí, me licencié en Vassar. También trabajé en el Met algún tiempo este verano. —Omitió que alquilaba auriculares y que apenas había durado un mes. Que pensara que había sido una especie de comisaria de campanillas.

—¿Lo dices en serio? —preguntó Xan, sin dejar de sonreír—. Es sorprendente.

Por Dios, se moría de ganas de besarle. Estaba tan bueno, y por fin también había conocido a alguien en Nueva York con el que tuviera algo en común.

—Bueno, ¿y cuáles son tus artistas favoritos? —preguntó Marissa, dándose cuenta demasiado tarde de lo estúpida que parecía la pregunta.

—Ay, amiga, hay tantos —dijo él—. Me gustan muchos estilos diferentes. Los que más me gustan son los impresionistas, como Van Gogh, Monet, Cézanne, Degas, sí, las pinturas de Degas son realmente fantásticas…, pero también me gustan otras cosas, como Edward Hopper.

—Ay, Dios mío, adoro a Hopper. Su obra es tan sencilla a la vez que profunda. Me encanta la pintura urbana norteamericana del siglo veinte.

—Y también me gustan Picasso, Warhol, Jackson Pollock…

—No me lo puedo creer. Acabas de nombrar a mis artistas favoritos.

—Ah, y también me gusta Frida Kahlo.

—¿De veras?, si estoy enganchadísima a Frida Kahlo. Hice un trabajo sobre ella de veinticinco páginas él último año. Me parece una señora alucinante. ¿Conoces el cuadro *Henry Ford Hospital*?

—Sí, ése es fantástico, pero creo que mi favorito es el *Autorretrato con mono*.

—Lo conozco, me encanta. Su representación de los animales es tan potente y vibrante. A mi modo de ver, es realmente el ejemplo por antonomasia de la angustia en la obra de Kahlo.

¿La angustia en su obra? Puaj, ojalá pudiera cerrarse la bocaza. Confió en no haber parecido demasiado pretenciosa ni excesivamente marisabidilla.

Xan le dio un sorbo a su cerveza, pero no dejó de mirarla directamente a los ojos.

—Bueno, ¿y tú qué clase de cosas pintas? —preguntó.

—Es difícil de describir —confesó él—. Me gustan una multitud de... ¿cómo te diría?, de tendencias diferentes. Hago cosas tipo paisaje urbano, pero también pinto montañas, gente..., un poco de todo, ¿sabes?

—Caray —dijo, impresionada—. Bueno, y si no te importa que te pregunte, ¿haces alguna otra cosa para ganarte la vida o...?

—No, sólo soy artista. Creo que tienes que encontrar lo que deseas hacer en la vida y mantenerte fiel a ello, pase lo que pase. No puedes permitir que el dinero se cruce en el camino de la felicidad. Tienes que hacerlo y punto, ser apasionado, seguir tu sueño, ¿sabes?

—Me parece asombroso. Digo lo mismo todo... —Entonces vio a Darren, que estaba con Zach, en la orilla de la multitud que contemplaba a la banda.

—¿Pasa algo? —preguntó Xan.

—Oh, nada —respondió—. Es que conozco a ése de ahí. Es un tío con el que salía, y he estado intentando mandarlo a paseo, pero no se da por aludido. Es tan irritante que esté aquí.

Darren se acercó a Marissa y le dijo:

—¿Podemos hablar un segundo?

—Ahora estoy ocupada —replicó ella.

—Perdona —le dijo Darren a Xan—, pero tengo que hablar con mi novia.

—Yo no soy tu novia —le espetó Marissa—. ¿Es que no puedes dejarme en paz de una puñetera vez?

—Sólo quiero...

—Eh —le dijo Xan a Darren—. Te ha pedido que la dejes en paz.

—¿Estoy hablando contigo? —preguntó el interpelado.

Xan dejó su cerveza en la barra, y entonces, sin alterarse, agarró a Darren de la cazadora y lo arrastró hacia la puerta principal. Marissa no podía saber lo que le estaba diciendo, porque le daba la espalda y la música seguía estando muy alta. Pero sí que podía ver la cara de Darren. En un principio pareció cabreado, como si estuviera preparado para enfrentarse a Xan, pero a medida que éste le fue hablando, su expresión se fue transformando. Primero pareció confundido, luego preocupado, más tarde aterrorizado.

Xan regresó finalmente junto a Marissa, sonriendo.

—No creo que vuelva a molestarte nunca más —le dijo.

Marissa vio que Darren se acercaba a Zach. Tuvieron una breve charla; y entonces el chico salió a toda prisa del bar sin mirar hacia ella.

—Eso ha sido alucinante —comentó—. ¿Qué le dijiste?

—Sólo le di una pequeña lección sobre la manera correcta e incorrecta de tratar a una mujer —le explicó Xan—. ¿Te apetece salir de aquí?

Ayayay, no querrá acostarse conmigo, ¿verdad? Por favor, que no sea de esa clase de tío, pensó Marissa.

Pero él añadió rápidamente:

—Me refiero a salir de este bar. Podemos ir a algún lugar más tranquilo, donde podamos hablar.

—Sí —dijo ella—, me parece fantástico.

Tone Def estaba todavía en la primera parte del concierto. Marissa se acercó a Hillary, le dijo que se iba un rato y le pidió que le enviara un mensaje de texto si acababan yéndose a otro sitio.

—¿Adónde vas? —le preguntó su amiga.

—He conocido a un tío.

—¿En serio? ¿Quién?

Marissa volvió la cabeza hacia donde estaba Xan, y Hillary también miró.

—Oh, Dios mío, está buenísimo —soltó.

Marissa sonrió con orgullo.

Salió con Xan del bar y caminaron por Bleecker hasta el Café Figaro. Se sentaron a una mesa al aire libre, bebieron unos capuchinos y mantuvieron una conversación fantástica sobre arte y Nueva York, y entonces él mencionó que no había ido a la universidad, pero que había viajado por Europa, y vivido en Praga. ¿De verdad que había vivido en Praga? Si aquello no era una señal de los dioses, ¿qué lo era? Marissa le habló de sus planes para irse a vivir a esa ciudad, aunque en su fuero interno estaba pensando: *¿De verdad quiero ir?* Praga le había parecido una idea magnífica antes de conocer a Xan, pero si aquello resultaba tan bueno como creía que sería, si ella y ese chico empezaban a salir, puede que sus planes cambiaran.

Vale, vale, se estaba adelantando demasiado a los acontecimientos, pero era divertido fantasear.

Y entonces descubrieron una coincidencia aún mayor. Xan le contó que había estado viajando por Inglaterra, y ella le dijo que había hecho su primer año de carrera en Londres, en la Universidad de las Artes. Luego cayeron en la cuenta de que habían estado en Londres al mismo tiempo.

—¿Dónde vivías? —preguntó Marissa.

—Con un amigo en Hampstead —dijo Xan.

—Por Dios, ahí estuve viviendo yo en el verano, después de que terminara el semestre. ¿En qué sitio de Hampstead?

—Mmm, deja que recuerde —dijo Xan—. Creo que era Kemplay Road.

—Yo estaba en Carlingford Road —dijo ella—. No me lo puedo creer, estaba viviendo a la vuelta de la esquina de donde vivías tú.

Pidieron dos capuchinos más, y Marissa se lo pasó tan bien hablando con él que perdió la noción del tiempo. Estuvieron hablando sobre todo de ella; Xan le estuvo haciendo un montón de preguntas sobre el colegio, su infancia y los planes que tenía para el futuro. Era tan reconfortante estar con un tío que estuviera realmente interesado en ella, con un chico con el que tuviera tantísimo en común. Y que fuera guapísimo tampoco hacía daño. Marissa tenía la sensación de que le había tocado el premio gordo de la lotería.

Se estaba haciendo tarde, así que miró su reloj y bostezó para darle mayor énfasis.

—Debería llegar pronto a casa.

Esperaba que Xan le pidiera el número de teléfono, pero en vez de eso dijo:

—Te acompañaré.

—Eso es una locura —repuso ella—. Dijiste que vivías en Brooklyn, ¿no?

—Sí, ¿y qué?

—Pues que estás en la otra punta de la ciudad.

—Es imposible que te deje ir sola en metro a casa a estas horas.

Marissa le dijo que siempre iba en metro a casa, o que podía coger el cercanías, que era más seguro, pero él insistió en acompañarla. Y ella no es que se opusiera exactamente. Le parecía que Xan era muy romántico y considerado, y no fue capaz de recordar que ningún tío se hubiera desviado alguna vez de su camino para hacer algo así por ella. Darren la habría dejado tirada hacía horas en alguna oscura esquina de Manhattan.

Cuando llegaron a la parada de Forest Hills, Marissa pensó que eso sería todo, que se darían las buenas noches y Xan regresaría a Brooklyn. Pero, qué va, insistió en acompañarla caminando hasta su casa. Toda la noche en sí le había estado recordando algo, aunque no sabía el qué, y entonces cayó en la cuenta: aquella vieja película en blanco y negro que había visto hacía unas semanas en la televisión, *Marty*. Aquello era exactamente igual que *Marty*: la chica conocía a un tío en un club, que luego la acompañaba a casa bien entrada la noche. Salvo que en *Marty* no se daban las buenas noches con un beso, y ella esperaba que Xan la besara.

Al llegar a su manzana de pronto se puso nerviosa, temiendo que todo acabara jodiéndose. El coche patrulla estaba allí de nuevo, aparcado al otro lado de la calle. No sabía si Xan se habría enterado de lo del tiroteo en las noticias o no, y tenía miedo que viera el coche de la policía frente a su casa y empezara a hacerle preguntas.

Tenía miedo de que si sabía que era la hija de Adam Bloom, el vigilante loco, no quisiera saber nada de ella.

Se sintió aliviada cuando Xan ni siquiera pareció reparar en el coche patrulla. Quizá también estuviera nervioso, distraído.

—Bueno, aquí es —dijo, y se detuvieron delante de la casa.

—¡Vaya! —dijo Xan, admirándola—. Es grande. Seguro que has tenido una infancia estupenda en esta casa, ¿eh?

—No estuvo mal.

Entonces él le cogió las manos y se quedaron mirándose a los ojos. Marissa ya le había dado su número en el metro, y habían hablado de salir alguna vez.

—Te llamaré mañana —le dijo Xan.

—Fantástico —respondió. Y de pronto la estaba besando.

Al cabo de unos instantes ella se apartó.

—Debo irme, en serio —dijo.

—Vale, ha sido fantástico conocerte, Rissa.

Ella le dijo que para ella también había sido fantástico conocerle a él, se dieron las buenas noches y se dijeron adiós con la mano mientras él se alejaba.

Cuando entró en casa, la alarma empezó a pitar. Tecleó el nuevo código, que se había aprendido de memoria, volvió a activar la alarma y subió las escaleras.

Era alucinante las vueltas que daba la vida a veces; justo cuando pensaba que era imposible que las cosas pudieran ser peores, ocurría algo asombroso e inesperado. Si aquello no era prueba de que tenía que haber un Dios, o alguna fuerza superior, ¿qué lo era?

Subió corriendo y fijó una entrada en el *blog* sobre ese mismísimo tema.

13

Johnny Long había tenido la oportunidad de dispararle en plena cabeza al doctor Bloom. Fue poco después de las dos de la tarde del viernes, el mismo día en que había asesinado a Gabriela, mientras estaba esperando en un Honda robado en la esquina de la manzana del psicólogo. Llevaba una hora u hora y media en Forest Hills. Había algunas personas delante de la casa, con pinta de periodistas, pero no vio a ningún madero. No sabía dónde estaba Bloom, si en la casa o en otro lugar, y ni siquiera sabía si tendría oportunidad de dispararle ese día. Menuda putada que no pudiera acabar con todo ese asunto, porque estaba cansado y lo único que deseaba era ir a casa y echarse a dormir.

Entonces salió el gilipollas del doctor, no, más bien apareció pavoneándose, como si pensara que era la hostia, el tío, pero eso no cabreó tanto a Johnny como verlo con la indumentaria que llevaba: chándal y zapatillas de deporte, como si fuera… ¿al gimnasio? ¿Unas doce horas antes el tipo había disparado a Carlos en el interior de su casa… —no, dispararle no, le había descerrajado un cargador entero a bocajarro—, y al día siguiente se iba a hacer ejercicio?

Johnny no solía disfrutar matando gente. Sólo había matado a tres personas en su vida… (bueno, a cuatro contando a Gabriela), y sólo lo hizo cuando había tenido la necesidad perentoria de hacerlo, cuando había tenido que salvar el culo. Pero matar a Adam Bloom iba a ser diferente. Le iba a volar la cabeza de un disparo y a verle caer sobre la acera mientras su sangre y sus sesos se desparramaban por todos los lados.

Le vio hablar con los periodistas, erigiéndose en el centro de atención, mostrándose orgulloso de sí mismo, utilizando las manos para hacerse entender mejor. A Johnny no se le escapó que el tipo estaba disfrutando de lo lindo, que experimentaba un gran placer con todo aquello. Bien, pronto iba a tener también una bala alojada en la cabeza.

Bloom dejó de darle por fin a la sin hueso y empezó a caminar solo hacia la esquina. Johnny esperó varios segundos, arrancó el coche y condujo lentamente por la manzana. Bloom dobló en la esquina, él hizo lo propio y le vio como unos veinte metros por delante. Había comprado un revólver Smith & Wesson Special del calibre 38, limpio de antecedentes, a su proveedor, Reynaldo, y lo tenía en la mano derecha con la ventana del copiloto ya abierta. No vio a nadie en los alrededores. Cuando Bloom llegara a aquella zona un poco más adelante donde no había ningún coche aparcado en la calle, aceleraría un poco, reduciría de nuevo la marcha y le dispararía a la cabeza. Quizá, y sólo para divertirse, justo antes de dispararle, gritaría: «¿Qué tal, Doc?»

Bloom estaba en el sitio perfecto, así que Johnny pisó el acelerador un poco más y casi se puso a su altura. Tenía el arma levantada, apuntada directamente a la oreja izquierda del psicólogo, pero entonces pensó: *¿Por qué matarle ahora?* Sí, estaría muerto, y Carlos podría descansar en paz, pero ¿sería realmente una venganza? Matar no era la venganza. Hacer que un tipo sintiera dolor y luego matarle sí era una venganza.

Siguió pisándole los talones, manteniéndose como a media manzana por detrás de él, tratando de decidir qué hacer: ¿matarle en ese momento, quitarse aquello de encima, o joderle primero la vida y hasta quizá sacar unos cuantos pavos al mismo tiempo? Calculó que si el tipo tenía aquella gran casa y todas aquellas joyas y aquel anillo de diamantes, probablemente también tendría mucho dinero allí dentro. Seguía siendo agradable la idea de poder relajarse ese verano e ir a la playa bajando por la costa durante un mes o dos.

Entonces se le ocurrió una manera de vengarse, de vengarse de verdad del doctor Bloom, y de conseguir al mismo tiempo el mayor botín de su vida. Era tan evidente que le pareció increíble que no se le hubiera ocurrido antes.

Se marchó de Forest Hills bajando Queens Boulevard, y mientras, el plan no hizo más que mejorar.

Oh, sí, aquello iba a ser la hostia.

Después de abandonar el Honda en una calle secundaria de Kew Gardens, fue en metro hasta Brooklyn —levantándole la cartera a un tipo trajeado en el camino, lo que le reportó la friolera de ciento ochenta y seis pavos—, se metió en un Burger King con terminales con conexión a Internet y empezó a averiguar todo lo que pudo sobre Marissa Bloom.

Las crónicas de los informativos de la tele habían mencionado que había sido la hija de veintidós años de Adam Bloom la que había despertado a sus padres la noche pasada para avisarles de que estaban robando en la casa. Johnny estuvo buscando fotos de la chica para ver de lo que tenía que ocuparse, y encontró una foto de una tal Marissa Bloom enseguida, aunque tenía que tratarse de una Marissa Bloom diferente, porque parecía tener como cuarenta años y trabajaba en una empresa de San Francisco. Otra Marissa Bloom era demasiado joven, jugaba de portera en un equipo de fútbol de las categorías inferiores de Parsippany, Nueva Jersey…, pero, ¡la hostia!, ahí estaba: Marissa Bloom con algunos amigos en una fiesta de cierta universidad con pretensiones llamada Vassar. No sería la mujer más guapa con la que Johnny hubiera follado, pero comparada con la mayoría con las que había estado jodiendo últimamente, era un bombonazo: bastante bonita de cara, con los brazos delgados. La foto no mostraba las piernas, aunque, por lo general, si los brazos de una chica estaban bien, eso significaba que las piernas también. Si esa Marissa Bloom era la Marissa Bloom correcta, entonces iba por el buen camino.

Encontró algunas fotos más de la chica tomadas en Vassar. En un par tenía el pelo largo; luego se lo había cortado. En otra, donde tenía pinta de punk, lo llevaba más de punta. Johnny empezaba ya a hacerse una idea de cómo era aquella chica, imaginando la clase de tío que tendría que ser para camelarla.

Pero ¿cómo podía saber si era la chica correcta? Hizo una búsqueda con «Marissa Bloom Forest Hills», verificó algunos pocos resultados y no encontró nada, pero... un momento, ¿qué era eso?, ¿un *blog* llamado Chica Artista? Había una foto de Marissa Bloom, de Vassar, en la esquina superior izquierda, y entonces fue desplazando el cursor hacia abajo y allí estaba, el título de una entrada del *blog* de hacía sólo unas semanas: «LAS DIEZ COSAS QUE DETESTO DE FOREST HILLS».

A Johnny le pareció que le había tocado el premio gordo de la lotería, como si estuviera produciéndose una condenada conjunción astral. Casi iba a ser demasiado fácil; todo lo que necesitaba saber sobre ella estaba allí mismo, en su *blog*. Y no tenía uno de esos *blogs* que hablan interminablemente sobre la mierda que aparecía en las noticias. Ése trataba sobre ella, como si fuera un jodido diario. Colgaba algo casi cada día, y los archivos parecían remontarse a años atrás, a cuando estaba en el instituto. Todo lo que Johnny tenía que hacer era leer el *blog* entero unas cuantas veces y sería el mayor experto sobre Marissa Bloom de todo el condenado mundo.

Permaneció en el Burger King durante tres o cuatro horas, leyendo el *blog* de Marissa Bloom y averiguándolo todo sobre ella, hasta que empezó a tener la sensación de conocerla de toda la vida. Lo averiguó todo sobre sus antiguos novios, todos los cotilleos con sus amigas, las asignaturas que había estudiado en la universidad, su primer año de carrera en Londres y sus artistas y obras favoritas. Por lo general, cuando se estaba ligando a una mujer, tenía que conseguir la información sobre la marcha e intentar resolver cómo utilizarla en su beneficio a bote pronto. Pero en este caso tenía toda la información que necesitaba sobre ella por adelantado, así que podría preparar a conciencia hasta el último detalle y asegurarse de que fuera imposible que metiera la gamba en lo más mínimo. Casi iba a ser demasiado fácil.

Encontró más fotos de ella en el *blog* y en la página de MySpace de Marissa, cuyo acceso no había restringido. En dos de las fotos estaba en bikini, y no tenía mala pinta en absoluto. Las piernas eran tan delgadas como él había esperado, y tenía unas tetas sorprendentemente bonitas. Johnny tuvo que refrenarse —estaba empezando a empalmarse, algo que uno no quiere que le ocurra en un Burger King abarrotado—, aunque, sí, ya se podía imaginar seduciendo a esa chica, haciéndole el amor y proporcionándole unos orgasmos alucinantes.

Leyó más entradas del *blog*, tratando de decidir qué personalidad debería adoptar: un músico o un pintor. Sabía que podía bordar ambos papeles, así que sólo era cuestión de decidir con cuál tendría más posibilidades de enamorarla. Había utilizado muchas veces la frase: «Toco en un grupo» para ligarse a una mujer —tenía cierto aire a estrella del rock, lo cual ayudaba, y cualquier chica se pirraba por un tío bueno con una guitarra—, pero entonces leyó que Marissa era una entusiasta de cierto grupo llamado Tone Def y que «se había tirado» al bajista de la banda. Aquello echaba por tierra la idea del músico. Resolvió que ella querría alguien diferente, alguien que supusiera una novedad. Jamás había tenido un novio pintor, así que definitivamente ése parecía el camino a seguir.

Entró en Wikipedia y se puso a leer sobre los pintores y obras que Marissa había citado en su *blog*. Johnny no sabía un carajo sobre arte, pero al cabo de un rato había aprendido suficientes lugares comunes y datos básicos para captar en lo esencial de qué iba todo aquello. Nadie sabía dar el pego mejor que Johnny Long. Todo lo que necesitaba era aprender el diez por ciento de algo y era capaz de completar el otro noventa y parecer un experto en lo que fuera.

Asimiló toda la información que pudo, se fue a casa y se echó a dormir. Por la mañana, se puso manos a la obra de inmediato, consciente de que lo de la tal Marissa Bloom sería mucho más complicado que el ligue habitual. Si quería hacer aquello correctamente y hacerlo de la manera que deseaba, necesitaría una identidad completamente nueva. Para las suplantaciones de una noche podía inventarse la historia que quisiera sobre sí mismo, porque la chica jamás tendría la oportunidad de comprobar nada al respecto. Pero con Marissa iba a tener que ganarse su confianza, conseguir que se prendara de él y le conociera a fondo, o al menos que creyera que lo conocía. Hasta era posible que tuviera que salir en serio con ella, llevarla incluso a su casa, así que todo tendría que ser coherente.

Fue a Brighton Beach y se reunió con aquel tipo, Slav, que vendía documentaciones de rusos muertos. Por trescientos pavos se agenció un carné de la Seguridad Social, un carné de conducir y una identidad completamente nueva: Alexander Evonov. Aunque italoirlandés, Johnny era de tez oscura, y supuso que podría inventarse fácilmente la historia del ruso y decir que su abuelo era de Moscú o de algún sitio parecido.

Lo siguiente, si iba a decir que era pintor, era que iba a necesitar tener material de pintor en su casa. Parecía lógico, ¿no? Se detuvo en una tienda de arte y compró pintura, un caballete y un puñado de trapos para cubrir el suelo. Decidió que también necesitaría que hubiera algunas obras de arte por la casa, así que se dirigió al Ejército de Salvación y a un par de tiendas de segunda mano y se llevó todos los cuadros que encontró. Algunos eran de montañas, otros de personas y escenas urbanas, algunos más eran sólo formas y colores y parecían de aquel tipo al que Marissa había mencionado en su *blog*, algo que sonaba a polaco, no sé qué «sky», Kalinsky, Kazinsky, no, Kandinsky. Sí, eso era. Como era de esperar, los cuadros que compró no parecían pintados por la misma persona, pero ya tenía una patraña preparada para explicar la circunstancia. Diría que le gustaban muchas y diferentes —¿cuál era aquella palabra que había visto en Wikipedia?— «tendencias». Sí, diría que le gustaban muchas tendencias diferentes.

Luego en un Blockbuster compró *Frida* y *Pollock*. Después de ver las películas, decidió que quizás estaría preparado en lo tocante a la pintura, pero había algo en el nombre, Alexander Evonov, que le estaba molestando. No parecía lo bastante guay. No sería Johnny Long, por supuesto, aunque no podía esperar que se le ocurriera un nombre falso tan chulo como su verdadero nombre. Tenía que cargar con el Evonov, aunque supuso que podría hacer algo con el Alexander e inventar un apodo más enrollado. ¿Alex? No, había millones de Alex en el mundo. ¿Al? No, sonaba a viejo. Se le ocurrió Xander, y entonces pensó: *¿Y por qué no simplemente Xan?* Sí, a Marissa Bloom, una chica que vivía en una pretenciosa casa de Forest Hills, pero que se esforzaba tanto en parecer *cool* con aquellas joyas que se ponía y las mechas rosas de su pelo, le iba a encantar conocer a un tipo llamado Xan.

Cuando regresaba a casa, pasó junto a un quiosco, así que le echó un vistazo a los periódicos y vio los titulares: «GATILLO FÁCIL» y «LOCO POR LAS ARMAS». Mientras leía los artículos en el quiosco no pudo evitar partirse de risa. En un momento dado, hasta tuvo que recobrar el aliento, tales eran las risotadas. Adam Bloom era el hazmerreír de la ciudad; incluso lo comparaban con Bernie Goetz, ¡joder! ¿No era magnífico? Se alegró tanto de no haber disparado a Bloom el día anterior. De haberlo hecho, hubiera sido como hacerle un favor, al ahorrarle aquel sufrimiento. Aunque poco sabía él que su sufrimiento estaba sólo en sus comienzos.

Colega, cómo se lo estaba pasando al imaginar al chulo y pastoso loquero leyendo los periódicos de ese día, sintiéndose como el mayor idiota del mundo, probablemente deseando no haber nacido. Bueno, muy pronto sería como si no hubiera nacido nunca, pero primero Johnny quería que el gilipollas sudara la gota gorda, y sabía muy bien lo que tenía que hacer a continuación.

Fue en metro hasta Forest Hills. Llegó hasta la misma puerta de los Bloom y metió por debajo una nota que había escrito. Eso le encantó, estar tan cerca de la casa, como restregándoselo en la cara a aquel tipo, una forma de demostrarle lo que pensaba: *Me importa una mierda, puedo acercarme a ti lo que me dé la gana. Puedo incluso tirarme a tu hija, hijo de puta, y no puedes hacer nada para detenerme.*

No había nada que le gustara más que volver paranoica a la gente, y aquélla iba ser la mayor tortura mental de la historia.

De vuelta en su piso, vio *Frida* y *Pollock*, dándole al avance rápido en las partes aburridas —vale, sí, pasó de ver la mayor parte de las dos películas—, pero adquirió alguna información más de utilidad. El resto de la noche estuvo acondicionando su piso para hacer que pareciera que allí vivía un pintor. En los cuadros que había comprado añadió una firma —XAN— con gruesas letras negras, encima de las firmas que pudiera haber allí. Luego colgó algunas pinturas en las paredes, extendió una tela protectora por el suelo y dispuso el caballete con una tela encima. Puso pintura en la paleta y entonces, tratando de hacer lo que hacía aquel tal Pollock, esparció algo de pintura por todo el lienzo, como si improvisara, dejando que formara pegotes y goterones. Utilizó sobre todo el azul y el amarillo, y luego añadió un poco de verde y… ¿por qué no algo de rojo y negro en las esquinas? Retrocedió y miró la tela. Eh, aquello no tenía tan mala pinta, por lo menos era tan bueno como la mierda del tal Pollock.

Aunque persistía la sensación de que tenía que seguir dándole vueltas a algunos otros detalles, consideró que no tendría ningún problema en convencer a Marissa de que era Xan Evonov, el prometedor artista.

Por la mañana caminó varias manzanas hasta un cibercafé. Quería leer más sobre Marissa para ver si mencionaba por dónde iba a estar los próximos días, aunque tuvo un acceso de pánico cuando vio una nueva entrada en su *blog*: «ME VOY A VIVIR A PRAGA». Al principio pensó que la chica se iba a ir ya, lo que desmontaría todos sus grandes planes, pero se tranquilizó cuando se percató de que era algo que Marissa estaba considerando hacer. Entonces, hacia el final de la página, vio el siguiente título: «DÓNDE ESTARÉ ESTA NOCHE», debajo del cual había escrito: «Estaré contemplando al mejor grupo del mundo, Tone Def. ¡Tocarán a las diez en Kenny's Castaways! ¡Debería ir todo el mundo!»

¿Era posible que le pudiera poner las cosas más fáciles? No sólo sabía dónde iba a estar ella, sino que también sabía la hora exacta, nada menos.

Estuvo leyendo el *blog* de Marissa una o dos horas más, dándole vueltas en la cabeza a las cosas que le diría, a los planes para lo que ocurriría a continuación. Estaba tan preparado, y la información que tenía superaba en tantísimo la que solía tener para sus ligues habituales, que estaba temiendo que se le fuera a ir la mano. Tenía que tener buen cuidado en dejar que las cosas salieran con naturalidad y no decirle nada a la chica, sobre ella o acerca de lo que fuera, que se supusiera que él no tenía que saber.

A eso de las diez apareció en el club, pagó la entrada de cinco dólares y entró. Miró por los alrededores de la barra y no vio a Marissa, así que se adelantó hacia donde estaba el grupo tocando. Tío, menuda mierda de música. ¿Hablaba en serio la chica cuando escribió aquella estupidez del «mejor grupo del mundo»? Johnny sabía que si no se hubiera tirado al bajista, era imposible que a ella le hubiera gustado aquella basura, y cuando vio al bajista encima del escenario, estrangulando al bajo, intentando parecerse a Kurt Cobain, colocado y con el pelo sobre los ojos, no pudo por menos que sonreír. Si ése era el tío por el que ella se pirraba, un quiero y no puedo cualquiera, era imposible que pudiera resistirse a Johnny Long, el único, el auténtico.

Miró hacia el escenario, pensando que ella estaría allí cerca con los demás fans del grupo. No la veía, pero… un momento, allí estaba, de pie junto a otras chicas. Tenía mucha mejor pinta en persona que en foto. Tenía un cuerpecito encantador, y lo que se le antojó un culito bastante apetitoso. Aunque no la miró durante mucho tiempo, sabedor de lo importante que era que fuera Marissa la primera que reparase en él. Se colocó en un buen sitio, en un lateral, a unos tres metros de ella, y se puso a mirar el escenario. Al cabo de no mucho tiempo, y aunque seguía mirando fijamente al frente y no podía verla en absoluto, sintió que le clavaba los ojos. Sabía que lo estaba examinando, calibrando lo bueno y macizo que estaba, pero Johnny tenía que jugar aquella baza correctamente. La sincronización lo era todo a la hora de ligar; tenía que darle la oportunidad de que se fijara en él en toda regla, de que en su cabeza se fuera forjando una fantasía sobre su persona. No sólo tenía que gustarle, tenía que desearlo.

En el momento perfecto, cuando percibió que Marissa estaba a punto de apartar la mirada, se volvió y le dedicó «la sonrisa Johnny Long». Sabía que la manera de reaccionar de una mujer a su sonrisa le servía igual de bien que preguntarle si quería acostarse con él y le respondiera sí o no. Si ella apartaba rápidamente la mirada la respuesta era no; la puerta estaba cerrada. Si no la apartaba, pero reaccionaba como si la hubieran sorprendido haciendo algo malo, la puerta no estaría completamente cerrada, aunque exigiría algún esfuerzo conseguir abrirla. Pero, ah, si la mujer le devolvía la sonrisa y no apartaba la mirada, entonces la puerta estaba abierta, y en el caso de Marissa Bloom no hubo ninguna duda al respecto. La puerta estaba abierta de par en par.

Se acercó a ella, mirándola con insistencia a los ojos, y le preguntó si le apetecía tomar una copa en la barra, a lo que naturalmente respondió que sí. Dejó que echara a andar delante de él, deleitándose con el aspecto que tenía aquel culito embutido en los vaqueros ceñidos. También le gustó la breve camiseta que llevaba y que le dejaba a la vista el tatuaje de un ángel en la parte baja de la espalda. Los tatuajes en la zona lumbar eran siempre una buena señal: nunca había conocido a una chica con uno de esos tatuajes a la que no le gustara follar.

Ya en la barra, Johnny puso su mejor recurso a trabajar: su irresistible encanto. Como había esperado, a ella le encantó que se hubiera acortado el nombre dejándolo en Xan, y decirle que a partir de ese momento la llamaría Rissa, aunque sin estar planeado, había sido un recurso ingenioso. El que tuviera un apelativo cariñoso para ella le informaba de que deseaba volver a verla, que «esperaba» verla de nuevo, aunque no tenía que ir y decírselo, lo que le habría hecho parecer demasiado impulsivo de manera prematura. Estaba seguro de que era el único casanova del mundo que conocía ese truco.

Cuando la conversación derivó hacia el arte, la verdad es que lo bordó. Era evidente que ella estaba entusiasmada por conocer a un pintor, más impresionada aún que si le hubiera dicho que se apellidaba Trump. Johnny dejó caer todos los nombres de los pintores favoritos de Marissa, pero como quien no quiere la cosa, algo así como: «Caray, nos gustan los mismo pintores, menuda coincidencia, ¿no?» Tío, se lo tragó todo. A medida que Johnny iba citando a Pollock o a Van Gogh o a Kahlo o a quien fuera, se acercaba un paso más al botín. Sabía tanto sobre ella, disponía de tanta información para soltar, que casi se le antojó injusto. Pero entonces se recordó: no era cualquier chica inocente, era la hija de Adam Bloom, la hija del que había matado a Carlos a sangre fría. Y se merecía todo lo que se le venía encima.

Todo estaba yendo tan bien que Johnny supo que si quisiera podría cepillársela esa noche, pero tenía que ceñirse a su plan de caza. Al fin y al cabo, aquél era un timo largo. Sí, la jodería a base de bien, pero tenía que lograr que confiara plenamente en él para conseguir todo lo que quería.

Así que dejó que el farol fluyera como el agua, diciéndole todo lo que ella quería oír, y entonces se acercó su novio. Aquello era demasiado perfecto. Johnny dedujo que aquél era el tal Darren, sobre el que Marissa había estado escribiendo en el *blog*. Se había encontrado en aquella situación muchas veces y sabía que no había mejor manera de conquistar a una chica que librándola de un novio cabreado. Y que el ex fuera una pequeña comadreja escuálida ayudaba. Así que llevó a Darren a un aparte, le apretó la mano con todas sus fuerzas y le dijo con mucha tranquilidad que si no dejaba en paz a Marissa le iba a cortar la polla y se la iba a hacer comer. Se lo dijo con una voz fría como el acero, mirándole fijamente a sus ojos de cobarde, y vio que se estaba haciendo comprender a la perfección. Al final, le soltó la mano y le vio salir de allí como alma que lleva el diablo.

Se dio cuenta de que Marissa estaba impresionada, y se apuntó unos cuantos puntos más cuando ella fue a decirle a su amiga que se marchaba. Ésta miró hacia donde estaba Johnny, él le sonrió de oreja a oreja y le leyó los labios: «Está buenísimo». Perfecto, Johnny había recibido la aprobación de la amiga. ¿Era o no el artista del ligoteo más grande del mundo?

Tenía que ser cuidadoso y no pasarse de gallito o acabaría pegándose un tiro en el culo a sí mismo. En el café estuvo a punto de ir un poco demasiado lejos al decir que había vivido en Hampstead al mismo tiempo que ella. Naturalmente, ésa era una información que había sacado del *blog* de la chica, y había sido lo bastante inteligente para hacer algunas averiguaciones más con antelación, examinando el barrio en un mapa de Londres y escogiendo el nombre de una calle de Hampstead próxima adonde ella había vivido. Pero eso era todo lo que sabía sobre la zona, y tuvo que cambiar de tema rápidamente antes de que ella le empezara a hacer demasiadas preguntas.

En lo sucesivo tenía que ser más cuidadoso y procurar no acorralarse de esa manera otra vez. La vio consultar su reloj mientras le decía que tenía que irse a casa. Sabía que se estaba haciendo la chica buena, tratando de hacerle pensar que no era de las que se iban a casa de un tipo al que apenas conocían. Ya, de acuerdo. Sabía que si intentaba llevarla a casa, abrumándola con un poquito más de encanto, podría mojar sin problema. Estuvo en un tris de presionarla, porque le apetecía tirársela, aunque sabía que eso sería correr un riesgo. La chica podría sentirse mal por la mañana, perder los papeles y no querer volver a verle, y él no quería correr semejante albur.

Así que insistió en acompañarla de vuelta a Forest Hills, y notó que la había impresionado. Había conocido a un tío bueno que también era amable y considerado; probablemente se sintiera como si hubiera encontrado oro. ¿Y qué mujer no?

Cuando llegaron a la casa, a Johnny le encantó ver el coche patrulla aparcado delante. Había esperado que Bloom fuera presa del pánico cuando encontrara la nota bajo la puerta y tratara de obtener alguna clase de protección añadida, aunque mal sabía él que aquello le iba a explotar en la cara. Eso era exactamente lo que Johnny quería, que los polis le vieran llegar a la casa con Marissa, darle las buenas noches con un beso y alejarse caminando. Ahora podría acercarse a los Bloom y a la casa todo lo que quisiera, porque en lo concerniente a los polis estaba limpio.

Le dijo a Marissa todo lo que debía decirle, lo mucho que deseaba verla de nuevo, y supo que quería que la besara. Dejó que lo deseara un poquito más, consiguiendo que se muriera de ganas del beso, y entonces se lo dio. Lo hizo sujetándole las dos manos, tierno con los labios, metiéndole la lengua lo suficiente. Marissa se apretó contra él de una manera que le hizo saber a Johnny que estaba dispuesta a entregarse, aunque se atuvo al plan y se despidió, dejándola con ganas de más.

Cuando se alejaba, vio que el madero le miraba. Johnny bajó la vista, evitando mirarlo a los ojos. Tío, no conseguía recordar la última vez que había sentido semejante entusiasmo. Estaba impaciente por ver el *blog* de Marissa al día siguiente. Escribiría que había conocido a una tipo fantástico llamado Xan, y que estaba excitadísima. Sólo pensar en el nombre, Xan, hizo que se partiera el pecho de risa. Pero nada era tan divertido como imaginarse al doctor Bloom sentado allí, en su elegante casa. Probablemente habría mejorado su sistema de alarma, puesto nuevas cerraduras en las puertas y pensado que estaba a salvo con la bofia sentada allí fuera. Sí, como si ahora hubiera algo que pudiera protegerlo. Pronto, Johnny iba a estar dentro de su hija y dentro de su casa, y ése sería sólo el principio del dolor que haría padecer a aquel hombre.

14

El viernes por la mañana Adam decidió que disparar a Carlos Sánchez diez veces quizás hubiera sido un error. Los dos primeros disparos habían sido necesarios —de eso no le cabía ninguna duda—, pero lamentó los otros ocho.

Pero, por desgracia, ya no podía hacer nada al respecto. ¿Cómo era aquella cita de Shakespeare de que lo que está hecho, hecho está? Era una verdad como un templo. Y rumiar sobre ello sólo le estaba provocando angustia y estrés, así que ¿por qué no dejarlo sin más?

Se estaba vistiendo para ir a trabajar cuando Dana se sentó en la cama.

—Quiero ir a Florida —dijo su esposa.

Se acababa de despertar, y su voz sonó más grave de lo normal, más áspera.

—Venga —replicó Adam—, sabes que no podemos hacer eso ahora.

—Podemos hacer lo que queramos. No estamos atrapados aquí.

Mientras se abotonaba una camisa de rayas rojas, Adam respondió:

—Clements dijo que no quería que nos marcháramos.

—Quiero hablar con un abogado hoy mismo. No somos criminales, por amor de Dios, no somos sospechosos de nada. No tenemos que permanecer aquí, arriesgando nuestras vidas, porque él quiera que nos quedemos.

—Me parece que estás siendo un poco melodramática...

—Podemos estar localizables por teléfono. Podemos estar localizables a través del correo electrónico. Podemos hablar con él me-

diante teleconferencia. Por Dios bendito, estamos en el siglo vein-
tiuno.

Adam se sentó en una silla y se puso los mocasines.

—Si hubiera un motivo para ir a Florida, iría.

—Tu vida ha sido amenazada. Si ése no es motivo suficiente,
¿cuál lo es?

—De acuerdo, tranquilízate, respira hondo. Es muy difícil hablar contigo cuando te pones así.

Se estaba mirando los zapatos, aunque sabía exactamente
cuál sería la expresión de Dana en ese momento: le estaría mirando fijamente con una mueca burlona de incredulidad y exaspera-
ción.

—Muy bien, haz lo que quieras —dijo ella al cabo—. Pero yo me
voy, y me llevo a Marissa conmigo. Si te quieres quedar aquí, es cosa
tuya.

Adam se apartó y se contempló en el espejo. No tenía el mejor
aspecto de su vida. Parecía cansado, agotado, consumido; la tensión
de los últimos días le estaba pasando factura. Podía ver a Dana detrás de él, sentada en el borde de la cama. Tampoco ella tenía muy
buen aspecto.

—Discutámoslo más tarde, cuando te hayas tranquilizado. Tengo que ir a la consulta.

—Te comunicaré en qué hotel nos vamos a alojar.

—Oh, vamos, ¿es que no puedes hacer el favor de dejar esa actitud?

—Nos está utilizando como cebo. Y me niego a ser un cebo.

—Nadie nos está utilizando de cebo. La nota era una broma.

—Era una amenaza de muerte, Adam.

—No decía nada de matarme. Decía que… Ni siquiera me
acuerdo. Ah, sí, decía que iba a desear no haber nacido. Vamos, eso
no significa nada. Es lo que diría un niño en el patio del colegio.

—No entiendo por qué no te lo tomas en serio.

—¿Que no me lo tomo en serio? Venga ya, hice que Clements
viniera inmediatamente, hice que los polis estuvieran ahí toda la no-

che. Creo que me lo estoy tomando muy en serio, pero sigo pensando que fue una broma.

—Ningún chico del barrio haría algo así.

—Eso no lo sabes. Parecía obra de un niño, me refiero al lenguaje.

—Parecía de alguien que estuviera muy furioso y quisiera hacerte daño.

—Pues explícame la lógica de eso. Por favor, trata de explicármelo. ¿Alguien que robó en nuestra casa vendría hasta aquí al día siguiente y metería una nota por debajo de la puerta? ¿Para qué? ¿Para asustarme? Si alguien está furioso y quiere venganza, ¿para qué va a dejar una nota? Mira, si piensas en ello, con lógica, verás que no tiene ningún sentido. Ha tenido que ser una broma, puede que no de un chico del barrio, sino quizá de algún chalado que leyera algo sobre mí en el periódico. Estoy seguro de que es algo que ocurre permanentemente cuando alguien es noticia de primera plana. Ésa es la razón, no sé si te das cuenta, de que Clements no estuviera muy preocupado. Probablemente ve ocurrir esta clase de cosas a todas horas. Si nuestro número estuviera en la guía de teléfonos, seguro que nos pasaríamos la noche recibiendo amenazas.

Dana mostró una expresión extraña. Estaba en Babia, y aparentemente era como si apenas fuera consciente de la presencia de Adam en la habitación.

—¿Qué pasa? —preguntó éste.

Ella siguió aparentemente ausente durante un rato más; luego volvió a concentrar la atención y dijo:

—Nada.

—Entiendes ya lo que quiero decir, ¿verdad?

—Gabriela no entró a robar en casa. —Parecía extrañamente distante.

—¿Qué dices? ¿De qué estas hablando?

—Ella no haría eso —continuó Dana—. Podría entender que estuviera desesperada por querer ayudar a su padre, pero no creo que fuera capaz de entrar a robar en casa. Es algo que ella no haría.

—No estoy de acuerdo —replicó Adam. Miró el reloj: las 8.26. Maldición, tenía que irse—. Tuvo una relación con Sánchez, le hizo copias de nuestras llaves y le facilitó el código de la alarma. Parece lógico que entrara.

—Entonces, ¿quién la asesinó? —preguntó Dana.

Él no tuvo respuesta para eso.

—Estoy de acuerdo en que hay algunos puntos oscuros.

—¿Oh, en serio? —replicó ella con sarcasmo—. Así que has llegado a esa conclusión, ¿eh?

Adam no recordaba si su cita con David Rothman era a las nueve o a las diez. Si era a las nueve, no lograría llegar en la vida.

Mientras encendía la BlackBerry para comprobarlo, dijo:

—Tienes que darle un poco más de tiempo a la policía. Anoche Clements parecía seguro de que iban a tener algún golpe de suerte en la investigación. Te apuesto lo que quieras a que detienen a alguien antes de que termine el día. Mientras tanto, la policía está ahí fuera.

Dana dijo algo, pero él estaba distraído mirando su BlackBerry. Joder, era a las nueve.

—Perdona, ¿qué decías?

—Decía que me parece que todo esto tiene que ver con tu ego. Crees que si sales corriendo estarás admitiendo que hiciste algo malo.

Adam pensó un instante en aquello antes de hablar.

—Cuando estaba en el primer año de instituto y los chavales me amenazaban todos los días con darme una paliza cuando saliera del colegio, nunca tuve problemas para salir corriendo. Confía en mí, si creyera que corría algún peligro en este momento, o que tú o Marissa estuviérais en peligro, no tendría ningún problema en huir. Pero en este caso me parece simplemente que no es necesario.

—¿Ah, sí? ¿Y si estuvieras equivocado?

Eran las 8.28.

—Sé que no te gusta que me vaya en medio de una conversación, pero no tengo elección —dijo Adam. Se despidió de ella dándole el habitual beso rápido, y concluyó—: Te llamaré dentro de un par de horas, ¿vale? —y se marchó.

Adam llegó a la consulta cuando pasaban unos minutos de las nueve. David Rothman estaba en la sala de espera, leyendo el *Newsweek*.

—Buenos días, David, estoy con usted en un segundo —dijo, y se dirigió a su despacho. Se cruzó con Lauren en el pasillo; se dieron los buenos días, y advirtió que su secretaria no parecía tan fría y distante como el día anterior. No había comprado ningún periódico de camino al trabajo, pero le había echado un vistazo a los de las demás personas que viajaban en el metro y sabía que al menos no volvía a ser noticia de primera plana. Esperaba que no se le mencionara en absoluto en los periódicos de ese día y que toda la historia estuviera empezando a desvanecerse.

Se puso cómodo, rellenó la jarra del agua y pasó a revisar sus notas de la sesión anterior con David. Últimamente las cosas habían estado yendo bastante bien en la terapia. David llevaba acudiendo a su consulta desde hacía ya diez semanas por diversas cuestiones, incluidas algunas relacionadas con la madurez, puesto que había cumplido los cincuenta recientemente. Su esposa tenía problemas con el alcohol, y él algunos relacionados con la codependencia asociada, además de cierta dificultad para expresar su ira, contra su mujer y en general. Cuando empezó a ver a Adam, mostraba una conducta sexual transgresora patentizada en una sucesión de aventuras de una noche con mujeres que se había ligado en los bares, y a Adam le pareció que manifestaba varios síntomas reveladores de adicción al sexo. Habían estado trabajando algunas técnicas para expresar su ira, y, con su orientación, el hombre había conseguido convencer a su esposa de que acudiera a Alcohólicos Anónimos. Aunque seguía manifestando su inclinación al ligoteo ocasional, habían estado trabajando diversas técnicas de modificación del comportamiento, y desde que estaba bajo los cuidados de Adam no había engañado a su mujer.

Bloom regresó a la sala de espera.

—David, entre —dijo.

El paciente entró en el despacho, se acomodó en el sofá y empezaron con su habitual charla insustancial. David trabajaba en publicidad, y su empresa tenía un palco en el Madison Square Garden, así que hablaron de los Knicks durante un minuto. Adam tenía la esperanza de que no surgiera el tema del tiroteo, pero sus esperanzas se hicieron añicos cuando el hombre dijo:

—Ah, sí, bueno, me enteré de lo ocurrido. ¿Va todo bien con eso?

—Sí, gracias —contestó Adam—. Fue una situación difícil, pero mi familia lo está superando.

Trataba de parecer profesional, cortante, sin mostrarse evasivo en absoluto, aunque estaba impaciente por pasar a otro tema.

—Eso está bien —comentó David—. Me imagino que una cosa así se exagera muchísimo en las noticias.

—Así es —ratificó Adam rotundamente—. Bueno, ¿cómo le va?

David empezó a hablar de un problema actual que tenía con un compañero de trabajo con el que no se llevaba bien, y Adam advirtió que parecía especialmente inquieto: no paraba de moverse en el asiento ni de cruzar y descruzar las piernas. Le estaba costando estar tan atento como solía estar en una sesión. No dejaba de preguntarse si la inquietud de David tenía que ver con lo que había oído sobre el tiroteo o si significaba que no se sentía cómodo teniéndolo como psicoterapeuta. Empezó a darle vueltas a si debía mostrarse firme y preguntarle qué era lo que le estaba molestando o ignorar todo el asunto.

Pero entonces se dio cuenta de que andaba totalmente desencaminado, cuando David dijo:

—Bien, bueno, el otro día… esto… conocí a otra mujer.

Bueno, eso explicaba el nerviosismo; aquél era un retroceso importante para David.

Para que su paciente se sintiera cómodo y se tranquilizara, le preguntó en un tono muy normal y neutro:

—¿Dónde la conoció?

—En Internet —respondió. Cruzó las piernas y las volvió a descruzar acto seguido. La frente le brillaba por el sudor—. Bueno, no en la Red, quiero decir que fue a través de un servicio en la Red... Ashley Madison.

Adam había oído hablar de Ashley Madison y de otros servicios similares de citas extramaritales. Varios de sus pacientes conocían frecuentemente parejas sexuales a través de esos portales.

—Muy bien —dijo con tranquilidad, esperando que el paciente continuara hablando.

David le explicó que se había inscrito en Ashley Madison, y luego concertado una cita con una mujer, Linda —casada y con dos hijos—, en un hotel. Mantuvieron relaciones sexuales. Cuando le describió lo que había ocurrido, y sobre todo cuando le habló de lo «salvaje y excitante» que había sido la relación, empezó a hablar más deprisa y más alto; Adam comprendió que la experiencia había sido sumamente estimulante para Rothman. Su forma de explicarlo era muy parecida a la manera en que se comportaría un drogadicto que describiera la experiencia de consumir drogas; de hecho, en una sesión anterior, David le había hablado de su adicción a la Coca-Cola, que había abandonado hacía años. Tal cosa apenas le había sorprendido, puesto que la mayor parte de los adictos al sexo tenían otras adicciones y con frecuencia eran codependientes. En términos generales, David no podía ser más prototípico.

Cuando terminó de contar la historia, le empezaron a temblar los labios y aparecieron las lágrimas corriéndole por las mejillas.

—No sé por qué... —Estaba llorando con más fuerza, y tuvo que contenerse. Al cabo, dijo—: No sé por qué sigo haciendo esto. No lo sé... No sé qué me pasa.

David ya había llorado en otras sesiones —era alguien que por norma buscaba la compasión—, así que le pasó los pañuelos de papel y lo tranquilizó, diciendo cosas como: «No pasa nada» y «Sé lo difícil que es». David, como siempre, se culpaba por su conducta y se hacía la víctima.

—Me siento como un pedazo de mierda. Ya no sé qué cojones voy a hacer con mi vida.

Adam le aconsejó que no se fustigara tanto por la circunstancia y le recordó que Internet podía ser muy tentador para cualquiera, y que esas cosas ocurrían; estaba utilizando la misma táctica que emplearía en cualquier sesión terapéutica similar, tratando de apoyar y tranquilizar al paciente. Aunque en ningún momento pudo evitar sentirse como un fraude absoluto mientras lo hacía. ¿Quién demonios era él para aconsejar a nadie, cuando últimamente su propia vida andaba manga por hombro? E intentar tratar a David por sus devaneos amorosos era lo más gracioso de todo, teniendo en cuenta que su paciente estaba sentado en el mismo sofá donde él se había tirado a Sharon Wasserman.

—No piense que tiene que ser siempre perfecto —le estaba diciendo, y mientras tanto no podía dejar de imaginarse a Sharon encima de él, «montándolo», y a él con las manos en sus pechos. Luego añadió—: Que quiera tener relaciones con otra mujer no quiere decir que haya de tenerlas —mientras recordaba haber pronunciado el nombre Sharon una y otra vez cuando se había corrido.

Cuando la sesión terminó, se sintió culpable por cobrarle. Por lo general, estaba extremadamente atento y utilizaba su intuición para prever adónde se dirigía una sesión y encontrar las oportunidades adecuadas para cuestionar las conductas de sus pacientes, pero le pareció que no había ayudado a David tanto como habría podido. Por ejemplo, en lugar de dejar que siguiera detestándose, debería haber sido más duro y haberle dicho algo como: «Parece que está preparado para abandonar su matrimonio». Adam sabía que David no quería obtener el divorcio, pero eso podría haberle ayudado a empezar a reconocer los motivos que le impulsaban a ser un mujeriego. Aunque ese día había estado tan distraído con sus propios pensamientos e inseguridades que se sentía raro, fuera de onda, como si se le hubieran pasado todas las oportunidades evidentes.

Esa mañana tuvo dos sesiones más y, como con David, se sintió torpe y a disgusto. No le cupo ninguna duda de que el tiroteo y las cuestiones derivadas de éste estaban afectando gravemente al desempeño de su trabajo. Si eso continuaba y no era capaz de superarlo, tendría que tomarse unas vacaciones para aclararse las ideas, tal vez hasta irse a Florida, después de todo.

Durante un hueco en su agenda, se dirigió a una repostería cercana para tomarse un café y una magdalena. En el camino de vuelta le echó un vistazo al buzón de voz y vio que tenía tres mensajes y cuatro llamadas perdidas de Dana. También le había llamado al trabajo y dejado un mensaje en el buzón de voz. Caray, ¿qué pasaba ahora?

Le devolvió la llamada, y Dana cogió el teléfono antes de que terminara el primer timbrazo.

—Te he estado llamando.

—Llevo toda la mañana con pacientes, ¿qué sucede?

—Es seropositiva.

Adam pensó que estaba hablando de Marissa. Pese a tener la sensación de que podría perder el conocimiento, consiguió hablar.

—¿De qué carajo estás hablando?

—El detective Clements acaba de llamar y me ha dicho que han averiguado que Gabriela tenía el sida. Encontraron su medicación en su piso.

—Caray —soltó Adam, recuperando el resuello—. Pensé que te referías a…

—¿A qué?

—No importa —respondió, todavía mareado.

—¿Te lo puedes creer? —continuó Dana—. Clements me dijo que ni siquiera lo sabía su hermana. Podría llevar años infectada.

Adam no entendía por qué le llamaba con tanta urgencia para contarle aquello.

—¿Y eso es todo? —le reprochó.

—¿Es que no estás asustado? —preguntó ella.

En realidad no lo estaba. El novio de Gabriela había tenido el sida, así que ¿por qué no iba a estar dentro de lo posible que Gabriela se hubiera contagiado?

—Ah, y eso no es todo —prosiguió ella—. También han averiguado que era heroinómana, igual que su novio. ¿Te lo puedes creer? Era una yonqui y tenía el sida mientras trabajaba para nosotros.

—No empecemos con eso otra vez —repuso Adam—. Sabes que no hay peligro de que nos haya transmitido el sida.

—Estoy hablando del engaño —dijo Dana—. Esa mujer se tiró años mintiéndonos. Ni te cuento lo furiosa que estoy.

—Tienes derecho a estar furiosa —le reconoció Adam.

—¿Tú no estás furioso?

—Por supuesto que lo estoy.

—Pues no lo pareces.

—Estoy parado en la esquina de la Cincuenta y ocho y Madison —dijo Adam—. Me perdonarás, pero hay un límite para el grado de furia que puedo expresar en este momento.

A Dana no pareció hacerle gracia la observación.

—Bueno, a mí también me ha resultado agradable hablar contigo —dijo, y colgó.

Varios minutos más tarde, mientras subía en ascensor de vuelta a su consulta, Adam decidió que aunque colgarle había sido melodramático e infantil, Dana llevaba razón en algo que había dicho. Que al estar tan absorto en lo que estaba pasando con la policía y los medios de comunicación, y encima recibir luego aquella nota amenazante, quizá no había estado expresando su ira de forma muy efectiva en los últimos tiempos, lo que probablemente estuviera contribuyendo a todos aquellos síntomas de angustia e inseguridad que había estado padeciendo.

Su paciente de la una, Helen, no apareció. Helen nunca había faltado a una cita, y Adam dio por sentado que la ausencia estaba relacionada con el tiroteo y que había perdido otro paciente para siempre. La de las dos, Patricia, una empleada de banca con un trastorno de ansiedad, sí que acudió, aunque le pareció que se había mostrado tan ineficaz y torpe como con sus pacientes anteriores. Ella tampoco pareció complacida al terminar la sesión, y cuando le preguntó si quería concertar ya una hora para la siguiente sesión, la mujer le dijo en un tono algo distante: «Ya le llamaré», aunque normalmente acordaban la siguiente cita al finalizar la sesión. Sabía que algo tenía que cambiar, y deprisa, porque a ese paso o sus pacientes dejarían de ir a verle por propia iniciativa o él acabaría ahuyentándolos a todos.

A las cuatro, se dirigió por el pasillo al despacho de Carol para su sesión con ella, convencido de que la necesitaba con urgencia. Carol, que le esperaba sentada en su sillón, se limitó a decirle «Pasa», sin saludarle.

Era una mujer delgada que rondaba los sesenta años, siempre con el pelo gris recogido en un pulcro moño. Había sido una mentora para Adam y también una confidente. Él solía consultarle sobre sus pacientes, y su colega siempre tenía un consejo sólido y racional que darle. En ese momento estaba impaciente por hablar con ella de todo por lo que había tenido que pasar últimamente, pero primero le pareció que necesitaba expresar sus sentimientos acerca de ella y sus demás compañeros de trabajo, así que dijo:

—Antes de que empecemos, quiero que sepas que, aunque parezca increíble, me siento agredido y juzgado por todos vosotros.

Carol, que sujetaba su libreta, estaba sentada tranquilamente enfrente de él.

—¿Agredido? —preguntó, como sorprendida—. ¿Por qué te sientes agredido?

El problema de estar en terapia como psicoterapeuta era que a Adam siempre le asaltaba la sensación de ir un paso por delante de Carol. Sabía con exactitud adónde quería llegar ella con sus preguntas, la clase de sentimientos que trataba que le revelara. Era como ser un entrenador de fútbol americano que tuviera acceso al libro de jugadas del otro equipo. Sin embargo, le seguía mereciendo la pena ir a verla —expresar cómo se sentía era importante en sí mismo, y hablar sencillamente de sus problemas siempre le ayudaba a comprenderse mejor—, aunque le parecía que jamás podría hacer verdaderos progresos en la terapia, porque siempre se mostraría ligeramente cauteloso y jamás se abriría del todo. En ese preciso instante, por ejemplo, sabía que ella conocía exactamente por qué se sentía agredido, pero le estaba haciendo la pregunta retórica para conseguir que expresara su ira con más rotundidad. Sabía lo que Carol estaba haciendo porque era la misma táctica que utilizaba él con sus pacientes.

Así que le siguió el juego, expresándose sólo por el mero hecho de expresarse, y dijo:

—Por increíble que parezca, me sentí juzgado por todos, como si fuera culpable hasta que demuestre mi inocencia. Ayer me sentí incómodo por el mero hecho de estar aquí.

—¿Y hoy te sientes incómodo?

—Sí, me siento incómodo. Un poquito menos, pero me siento como si fuera…, no sé…, un marginado.

Sabía que seguramente eso le haría quedar como una plañidera —como a veces le parecía que pasaba con sus pacientes—, pero ya se sentía mejor por el mero hecho de haber verbalizado su estado de ánimo.

—Bien, te pido perdón si te hice sentir incómodo —dijo Carol—. Puedes estar seguro de que no fue ésa mi intención.

Estaba retrocediendo, dándole un respiro para que siguiera descargando su rabia. También quería restablecer la confianza en la relación terapeuta-paciente, de manera que Adam se sintiera seguro y relajado.

—Como puedes imaginar, no me ha resultado fácil encontrarme en esta situación —continuó Adam.

—Estoy segura —admitió Carol—. Probablemente te ha planteado multitud de problemas.

A Adam le sorprendió que orientara la sesión en esa dirección con tanta rapidez.

—¿A qué clase de problemas te refieres?

—Problemas de control o de falta de control —aclaró ella—. Problemas con tu familia…, la actual y la de tus padres. Creciste en la misma casa en la que vives ahora, ¿no es así?

—Es cierto. —No había pensado mucho en esa conexión con su

pasado que ahora parecía tan evidente—. Eso plantea problemas con mis padres. Sentirme culpado o juzgado es un sentimiento que me resulta muy familiar.

—Y que una vez más te está haciendo sentir como la víctima —añadió ella.

En sesiones anteriores Adam le había contado que de niño se metían a menudo con él, y que tanto en la escuela elemental como en el instituto nunca tuvo muchos amigos, tras lo cual habían estado hablando de las cicatrices que le habían dejado esas experiencias. Se acordó de que esa misma mañana, con Dana, había sacado a colación su cobardía con los matones del colegio. Todo aquello tenía que tener algún significado.

Le contó a Carol todo lo sucedido la noche del tiroteo, sin olvidar mencionarle que estaba teniendo el sueño recurrente en el que una paciente se transformaba en una rata negra gigante, cuando Marissa lo había despertado. Fue capaz de describirle todos los acontecimientos de una manera muy clara y práctica; fue agradable hablar de ello en un entorno seguro, donde no se sentía amenazado. Qué diferencia a cuando había hablado con la prensa y la policía y le pareció que tenía que escoger las palabras cuidadosamente porque todas eran examinadas con lupa.

Le contó que la policía creía que su asistenta, Gabriela, había estado involucrada en el robo, y se aseguró de expresar la rabia que esto le provocaba de manera adecuada. No sólo le dijo que estaba furioso de una manera objetiva; se aseguró de «sentir» la ira, de «experimentarla».

—Me parece increíble que pudiera engañarnos a todos durante tanto tiempo —dijo—. Suelo ser muy perspicaz, y no se me escapa nada. Así que me siento muy furioso. Estoy muy ofendido.

Eso estaba bien; se estaba expresando correctamente, hablando con sinceridad de sus sentimientos.

—No lo sabías —le tranquilizó Carol.

—Pero me siento tan dolido por lo que me hizo. Si sólo me hubiera dado cuenta antes, podría haberla despedido y evitado todo esto. Nos han dicho que era drogadicta, y no me explico cómo fue capaz de mantenerlo en secreto. Siempre me doy cuenta cuando alguien me miente. Es mi mejor aptitud.

—Los drogadictos pueden llegar a ser muy listos —replicó ella. Adam le había dicho lo mismo a sus pacientes en multitud de ocasiones.

Siguió hablando, describiendo lo que había sucedido después del tiroteo, que había esperado que se le tratara como a un héroe y del impacto que le supuso ver cómo le habían retratado en los medios de comunicación.

—Sé lo ridículo que parece ahora —dijo—, pero pensé que me haría famoso a causa de esto, famoso en el buen sentido. Vaya, que no te creerías lo tonto que me puse. Hasta pensé que sería el siguiente doctor Phil. Y que harían una película sobre mi vida.

—Un sentimiento apasionante —comentó Carol—. Y te hizo sentir seguro de ti mismo.

—Sí —admitió Adam—, y la glosofobia remitió, lo cual fue también un sentimiento fascinante y muy tentador. También, he de admitirlo, estaba disfrutando de la atención. Sé que es pueril, que como adulto debería buscar respeto, y no atención, pero me resultó muy tentador... y adictivo, lo cual en mí es raro, porque no tengo una personalidad adictiva.

—Es fácil sentirse seducido por las propias emociones cuando la autoestima está baja, cuando se es infeliz en otros aspectos de la vida. Experimentaste un punto psicológico álgido, que es una sensación muy potente. ¿Crees acaso que no recibes el suficiente respeto en tu vida?

Sabía qué estaba tratando de hacer Carol. Le estaba desafiando, tratando de obtener una reacción defensiva, pero aun así siguió adelante.

—Sí, a veces. Como bien sabes, esta profesión puede llegar a ser ingrata.

—Bueno, tus colegas te respetan.

—Me parece que no las he tenido todas conmigo.

—No puedes esperar que la gente no se sienta un tanto incómoda —dijo ella—. Se produjo una situación insólita, y me parece que
cada uno maneja esta clase de cosas a su manera.

Adam entendió lo que quería decir.

—¿Y qué hay del ámbito doméstico? —preguntó Carol—. ¿Tu
matrimonio ha ido bien últimamente? ¿Te sientes respetado y querido?

Adam pensó en sus trifulcas con Dana y en sus problemas con
Marissa.

—No, no lo siento así —reconoció—, y sé que probablemente
no haya puesto mucho de mi parte para que eso cambie. Y lo que
ocurrió la otra noche sin duda no ayudó.

—Has dicho que no te parece que hicieras nada malo esa noche.

—Y no me lo parece. Bueno, salvo por vaciarle el cargador. Creo
que eso fue un error.

—No todas las decisiones que tomas pueden ser perfectas, Adam.
Sólo puedes intentar hacer las cosas lo mejor que puedas.

—Lo sé, tienes razón —dijo—, pero… hay algo más. —Bebió un
sorbo de agua mientras ordenaba sus pensamientos—. Hay algo…
Todavía no se lo he dicho a nadie. No se lo dije a la policía. Ni siquiera a Dana.

Como terapeuta experimentada que había oído de todo, Carol
no solía asustarse de nada, aunque Adam percibió su creciente preocupación.

—¿Algo relacionado con el tiroteo? —preguntó ella.

—Sí —reconoció él.

Carol esperó atentamente a que continuara.

—No le mentí a la policía sobre nada —se explicó Adam—.
Todo lo que les dije era cierto, exactamente como lo recordaba.
Pero…, bueno, omití algo.

Volvió a hacer una pausa, preguntándose si estaba haciendo lo
correcto yendo a contarle aquello. No le preocupaba que ella se
lo contara a la policía —no lo haría, no podía violar la confidenciali-
dad de la relación entre el terapeutta y el paciente—, pero temía que

pudiera afectar a su relación profesional. Bueno, ya era demasiado tarde, y si no podía hablar con su psicoterapeuta de esa clase de cosas, ¿con quién las iba a hablar?

—Antes de disparar a ese tipo, a Sánchez, él dijo algo —empezó—. Todo ocurrió tan deprisa, fue tan difícil procesarlo en ese momento, aunque después me acordé. Dijo…, creo que dijo: «Por favor, no…» Eso es lo que oí, esas dos palabras. Sigo pensando que hice lo correcto, porque aunque fuera a decir: «Por favor, no me mate» o «Por favor, no me dispare», o lo que fuera, dada la situación, me era imposible reaccionar de otro modo. Bueno, sí que le vi alargar la mano para coger algo. Puede que se tratara de la linterna, pero parecía un arma, y podría haberme disparado. Podría haber aaesinado a toda mi familia.

—Bueno, ¿y qué es exactamente lo que te hace sentir culpable?

—No sé si culpable es la palabra adecuada —dijo Adam—. Siento… arrepentimiento. Tengo la impresión de que cometí un error.

—Has cometido errores antes, ¿no es así?

—Ninguno que acarreara matar a alguien.

—Ocurre todos los días, Adam. ¿Crees que los policías y los bomberos no lamentan de vez en cuando sus decisiones? Has de hacer lo correcto y ser sincero con la policía, pero no te puedes culpar, y no puedes permitir que eso interfiera en los demás aspectos de tu vida. Además, has dicho que pensaste que él iba armado, ¿cierto?

—Cierto.

—Bueno, sí, le oíste decir esas dos palabras, pero todo ocurrió muy deprisa, y no tienes ninguna certeza de lo que trataba de decirte ni por qué te lo estaba diciendo. Me da la sensación de que estás dando muchas cosas por sentadas.

Adam era consciente de que Carol sólo intentaba apoyarle y que en realidad no se creía nada de lo que decía. Sin embargo, el proceso le estaba ayudando.

—Me siento culpable de lo que hice —admitió—. Estoy furioso. Y me siento… un idiota.

—Todo el mundo tiene motivos de arrepentimiento —insistió Carol—. No tienes que machacarte por ello. Tenías mucha rabia acumulada, y entonces se produce un acontecimiento inesperado, algo que escapa a tu control. Alguien irrumpe en tu casa y tienes que tomar una decisión rápida, pero fue la mejor decisión que pudiste tomar en el momento, dadas las circunstancias.

—La verdad es que necesito una reeducación paterna, ¿no te parece? —preguntó Adam.

La necesidad de una reeducación paterna había sido un tema relevante en las sesiones anteriores. Carol lo sabía todo sobre la represión emocional de los padres de Adam y la propensión subsiguiente de éste a detestarse y culparse.

—Me parece que podría serte de utilidad que utilizaras algunas de tus técnicas de reeducación paterna —admitió ella—. Pero no seas tan duro contigo mismo. Bien, puede que cometieras un error, o puede que no. Recuerda esto, Adam: tienes derecho a cometer un error de vez en cuando. Todas las decisiones que tomes no tienen que ser perfectas.

Era un consejo bastante genérico y, casi al pie de la letra, lo que él le habría dicho a cualquiera de sus pacientes. Sin embargo, aquello tenía resonancias para él y realmente pareció tocarle la fibra sensible. Adam pensó: *No todas las decisiones que tomes tienen que ser perfectas, no todas las decisiones que tomes tienen que ser perfectas*, y entonces experimentó una relajante aunque intensa excitación, un subidón emocional como el que tenía a veces después de una sesión especialmente fructífera.

Tuvo dos pacientes más por la tarde —se suponía que había de tener tres, pero el otro no apareció— y se sintió en mucha mejor forma que al principio de ese día, como cuando tenía todo bajo control. Cada vez que la inseguridad se había deslizado a hurtadillas, había pensado: *No todas las decisiones que tomes tienen que ser perfectas*, y se había tranquilizado al instante.

Pero sabía que aquello era sólo un estímulo pasajero para su amor propio, y que todavía tenía que ocuparse de una serie de problemas serios si quería mantener alta la autoestima. Tenía que ser más indulgente consigo mismo, no criticarse tanto y —esto era la clave— «tenía que dejar de abandonarse». Era tan complaciente con la gente, se concentraba tanto en los pacientes y en ayudar a los demás, que casi no había estado prestando atención a sus necesidades. Tenía que empezar a aceptar el consejo que le daba a sus pacientes a diario y aplicarlo a su propia vida, y eso empezaba por su relación personal más importante: su matrimonio. Últimamente no se había estado relacionando bien con Dana, y había acumulado mucha ira y resentimiento sin resolver.

Al final de la jornada, cuando los demás terapeutas se habían marchado, entró en su despacho, cerró la puerta y se puso música clásica —los *Conciertos de Brandenburgo* de Bach— a todo volumen. Entonces se arrodilló delante del sofá y empezó a darle puñetazos a los cojines con todas sus fuerzas. La actividad física era una manera fantástica de desfogarse y de aliviar la tensión, y siempre les había sugerido a sus pacientes que exteriorizaran su ira de una manera segura, como gritar o aporrear almohadas. Imaginar que los cojines eran personas que le habían ofendido, como Gabriela, los periodistas del *Post* y el *News*, y Grace Williams, del *New York Magazine*, confirió a sus puñetazos algo más de brío.

Después de unos cinco minutos de aporrear cojines a base de bien, se sintió mucho más relajado y preparado para resolver de verdad algún problema. Una parcela de su matrimonio que sin duda necesitaba una mejora era su vida sexual con Dana. Casi no lo hacían ya, y si fuera su propio terapeuta, le diría a su paciente que asignara una hora para el sexo, que lo hiciera prioritario, y que fuera sexualmente más creativo. Así que antes de marcharse de la consulta, llamó a Dana y le dijo que quería hacer el amor esa noche a las diez.

—¿Por qué? —preguntó ella.

Adam no estuvo seguro de si se refería a que por qué quería tener relaciones sexuales con ella o que por qué a las diez y no a las once o a las doce. Decidiendo adoptar una enfoque menos conflictivo, le dijo:

—Porque te quiero muchísimo y echo de menos estar junto a ti.

De acuerdo, muy bien, puede que se estuviera pasando un poco, pero le pareció que se estaba comunicando sinceramente, y no disculpándose por sus emociones.

Más tarde, camino del metro, se detuvo en una parafarmacia Ricky's donde recordaba haber visto una sección para adultos, y compró un erótico conjunto de animadora de la talla de Dana. Le había hablado varias veces de la fantasía que tenía de hacer el amor vestida de animadora, pero jamás lo habían experimentado porque Adam nunca había tenido ninguna fantasía con animadoras. Eso había sido egoísta por su parte, rechazar de plano la fantasía de su esposa. Era evidente que no iba a oponerse a que se vistiera de animadora si eso la ponía cachonda, y había sido un error por su parte haberse opuesto a los gustos de Dana de esa manera.

Ya en casa, advirtió que ella parecía estar de mucho mejor humor que por la mañana y los dos días previos. Empezaba a convencerse de que Gabriela era el segundo intruso que había entrado en casa la otra noche y que la nota de amenaza había sido dejada por algún bromista. También se sentía animada por una nueva teoría de la policía, consistente en que Gabriela podría haber sido asesinada por un traficante de drogas con el que estuviera en deuda y quien posiblemente no tuviera nada que ver con Carlos Sánchez.

—Pensaba que necesitaba conseguir dinero para su padre —observó Adam.

—Así era —dijo Dana—, aunque su hermana no cree que hubiera robado en una casa para pagar la operación de su padre, y yo tampoco lo creo. Sé que nos mintió sobre muchas cosas, pero la verdad es que no soy capaz de imaginármela entrando en nuestra casa para robarnos, a menos que estuviera enganchada a las drogas y necesitara saldar una deuda con un traficante.

A Adam le pareció que aquel razonamiento tenía lógica, y confió en que fuera una señal de que las cosas estaban empezando a volver a la normalidad.

Dana preparó una cena rica —escalopes de pollo, arroz pilaf y ensalada— y comieron en la mesa del comedor, y terminaron la botella de Merlot de la noche anterior. Marissa estaba con sus amigas en Manhattan, viendo a algún grupo, así que tenían toda la casa para ellos. La verdad es que Adam no recordaba la última vez que él y Dana habían disfrutado de una tranquila y romántica cena a solas, y se esmeró en hacerle multitud de preguntas sobre sus actividades de ese día y cómo le iban las cosas en general, consciente de que en el pasado ella se había estado quejando de que no le prestaba suficiente atención.

En un momento dado, Dana preguntó:

—¿Por qué eres tan amable?

Su tono fue vagamente acusador, aunque Adam respondió con sinceridad.

—Sé que no he sido el mejor marido del mundo de un tiempo a esta parte. Quiero que mejoren las cosas entre nosotros, eso es todo. Me gustaría que le diéramos más prioridades a nuestro matrimonio.

Hablaba de sus sentimientos abiertamente a propósito, para que Dana no pudiera interpretar que nada de lo que estaba diciendo era una crítica. Los ojos de su mujer empezaron a llenarse de lágrimas, aunque él sabía que se debía a lo feliz que se sentía, y comprendió lo mucho que él significaba para ella. Alargó la mano por la mesa y le agarró la suya con dulzura.

—Recuerda que tenemos una cita esta noche.

—No sé —respondió ella—. Estoy un poco cansada.

Si le hubiera dicho aquello la semana anterior, quizás hubiera recogido velas, pero en vez de eso hizo lo que le habría aconsejado a cualquier paciente que hiciera en una situación parecida —no sea pasivo, sea enérgico; pida lo que quiere y lo obtendrá—, así que dijo:

—Me gusta cuando hacemos el amor y estamos los dos cansados. Me parece más excitante.

Aquello fue perfecto; en lugar de acusarla de no querer tener sexo, se había expresado de una manera positiva sin buscar polémica.

—De acuerdo —dijo Dana—, pero primero tengo que lavar los platos y limpiar.

—Te ayudaré —se ofreció con entusiasmo.

Casi nunca la ayudaba a recoger después de cenar —otra de las quejas habituales de Dana—, y Adam se dio cuenta de lo mucho que agradecía que él se esforzara como nunca.

Más tarde, entró en el dormitorio, sujetando a sus espaldas la bolsa con el equipo de animadora. Dana estaba tumbada en la cama en albornoz, leyendo una novela de tapa dura.

—Tengo algo para ti.

—¿El qué? —Pareció más inquieta que intrigada.

—Tienes que cerrar los ojos.

Ella sonrió, como si pensara que estaba de broma, y volvió a la lectura.

—Lo digo en serio —insistió él.

Dana le miró y preguntó:

—¿Qué es?

—Tienes que cerrar los ojos.

Ella respiró hondo, como si le costara un esfuerzo tremendo, y finalmente cerró los ojos.

—No mires a escondidas —le dijo mientras sacaba el conjunto azul y oro de la bolsa. Entonces dijo—: Bien, ábrelos.

La reacción de su esposa no fue precisamente la que él había esperado. Parecía, si no escandalizada, sí ligeramente ofendida.

—¿Qué es esto? —preguntó.

—¿A ti qué te parece? —dijo él, sonriendo, esperando que se uniera a la broma.

—¿No esperarás que me ponga eso, verdad?

—¿Qué pasa? Recuerdo que decías que era una de tus fantasías, ¿no es así?

—¿Cuándo te dije eso? ¿Cuándo tenía veinticinco años? ¿En serio crees que me voy a poner ese disfraz?

Le había contado lo de su fantasía de animadora hacía algunos años, de acuerdo, como mucho unos cinco años atrás, pero Adam no quería iniciar una discusión por aquello. Al mismo tiempo, tampoco quería guardarse su resentimiento para él solo.

Buscó la forma de no expresarse con hostilidad.

—Pensé que te excitaría. Pero si no te sientes cómoda, lo entiendo, aunque pensé que te…, no sé…, que te pondría cachonda.

—¿Y de qué talla es eso?, ¿de la dos? Aunque quisiera ponérmelo, tendría que utilizar un calzador para meterme dentro. Vamos, ¿qué esperabas que hiciera, ponerme de pie en la cama y montar un numerito de animadora?

En realidad eso era precisamente lo que Adam había esperado que hiciera, aunque estaba empezando a sentirse agredido y denigrado.

—Me parece que te estás enfadando conmigo sin ningún motivo. Ahora mismo siento que me estás ofendiendo.

—¿Puedes hacer el favor de dejar de hablarme así?

—¿Así cómo?

—Como si fueras uno de tus jodidos pacientes. No soy tu psicoterapeuta, soy tu mujer.

Adam sabía que aquello no era más que la táctica evasiva de Dana, su manera habitual de desviar el problema.

En lugar de enfrentarse, le dio la razón.

—Entiendo que no te lo quieras poner. Tan sólo pretendía buscar alguna forma de que tuviéramos más proximidad en nuestro matrimonio.

—¿Y ésta es tu forma de aproximarte? —le espetó ella—. No hemos hecho el amor desde hace no sé cuánto tiempo, y de pronto apareces en casa con un conjunto para una anoréxica de dieciséis años, hablándome como si estuvieras tumbado en un diván.

—Me parece que no estás siendo justa —replicó él—. Tengo la impresión de que estás distorsionando a propósito todo lo que…

—Ah, deja ya esa mierda —le espetó Dana—. ¿Y si aparezco en casa sin previo aviso con un Speedo ceñido y te pido que te lo pongas?

Se estaba poniendo a la defensiva una vez más, aunque Adam mantuvo la calma y la objetividad.

—Para empezar, no estoy pretendiendo que hagas nada. En segundo lugar, si te hubiera dicho que fantaseaba con ponerme un traje de baño de competición, no, no me ofendería lo más mínimo.

—Estupendo —dijo ella—. Mañana mismo compraré un Speedo y te lo puedes poner. También me aseguraré de que sea cuatro tallas más pequeño.

—¿Por qué siempre tienes…? —Se sorprendió utilizando la palabra «siempre», que era una palabra irrespetuosa. Respiró hondo dos veces para dominar su ira, no queriendo verse arrastrado a una discusión.

—Si eso es algo con lo que te sientes incómoda, lo entiendo. Lo puedo devolver, no es ningún problema.

Volvió a meter el conjunto de animadora en la bolsa y se metió en la cama con Dana.

Empezó a besarla en el cuello y debajo de la barbilla. Ella permaneció rígida, sin reaccionar en absoluto.

—Bueno, realmente te has esmerado en crear ambiente, ¿no te parece? —le recriminó ella.

—Lo siento —replicó él. Siempre le decía a sus pacientes que piropearan a sus amantes, así que insistió—: Estás tan guapa esta noche.

—Lo dices, pero no lo piensas.

—No, lo digo en serio. Sé que casi no te lo he dicho últimamente, pero es verdad, estás muy guapa.

Empezó a besarla de nuevo mientras le desataba el albornoz. Durante el acto, siguió besándola y mirándola a los ojos todo lo posible, porque en una sesión de la terapia matrimonial ella había dicho que le molestaba que no la mirara a los ojos mientras hacían el amor, y que eso la hacía sentir distante. Aunque quizá se estuviera pasando, porque parecía incómoda y mantenía apartada la vista.

—¿Sucede algo? —preguntó él con energía.

—Que no paras de mirarme.

—Perdona —se disculpó Adam—. Es que estás tan guapa que no puedo dejar de mirarte.

Al final, después de que cambiaran varias veces de la posición del misionero a ponerse ella encima, Dana pareció tener un orgasmo. Adam estaba empezando a perder la erección, lo que le venía sucediendo con mucha frecuencia en los últimos años, así que hizo lo que a veces le funcionaba: imaginó que Dana era Sharon.

—¿Estás bien? —preguntó ella.

Adam no sabía si se refería a lo de la erección o si se había percatado de su extraña mirada.

—Muy bien —dijo, y continuó imaginando los pechos carnosos y exuberantes de Sharon y el aroma de su perfume. En un momento dado estuvo en un tris de soltar el nombre de la amiga de su mujer, pero consiguió contenerse.

Estaba tumbado en la cama al lado de Dana, sin tocarla. Ella dormía profundamente, roncando, pero él estaba inquieto. Al cabo, bajó a la planta de abajo para tomar un tentempié y ver un rato la tele.

Eran más de las doce, y Marissa todavía no había vuelto a casa. Ahora que estaba camino de arreglar su matrimonio, quería lograr multiplicarlo por dos y mejorar la relación que tenía con su hija. Estaba harto de Marissa y de todo su mal comportamiento y ganas de llamar la atención; era hora de aplicar el «quien bien te quiere te hará llorar». A partir de ese momento, y mientras ella estuviera viviendo en casa de sus padres, no le iba a permitir entrar y salir a su antojo. Iba a tener que decirle dónde estaba y con quién y a qué hora iba a volver. No iba a consentir más drogas en casa —aquella pipa de agua iba a ir a parar a la basura volando, eso seguro— y nunca más iba a permitir aquel desfile de novios extraños por la casa. Primero iba a conocer a todos sus novios, y si a ella no le gustaba, ya podía hacer las maletas y largarse.

Empezó a quedarse dormido en el sofá, así que volvió a subir. En cuanto se tumbó, oyó voces fuera de casa, de Marissa y de alguien más, un individuo. Fue hasta la ventana y miró fuera. Desde su ángulo de visión no podía verlos; probablemente estuvieran junto a la puerta de entrada. Tampoco podía entender lo que estaban diciendo, y entonces, durante un breve momento, tampoco pudo oírlos en absoluto. El coche patrulla seguía allí, aparcado delante de la casa, con un poco de suerte en la que sería su última noche. La protección policial se le antojaba ya totalmente innecesaria.

Oyó a Marissa despedirse: «Buenas noches», y entonces vio a un sujeto que no había visto nunca —pelo largo, cazadora de piel— y que se alejaba de la casa en dirección a la acera. No tenía pinta precisamente de médico ni de abogado. Por Dios, ¿dónde encontraba su hija a esos perdedores?

Oyó sus pisadas en la escalera. Esperó hasta que oyó que se cerraba la puerta de su dormitorio; luego volvió a bajar para comprobar que su hija había conectado la alarma correctamente.

15

Johnny se enrolló con Marissa sin pérdida de tiempo. Lo primero que hizo el sábado por la mañana fue enviarle un mensaje de texto:

> Hola, qué noche más estupenda la de ayer ¿quieres que salgamos hoy? ¡Espero que sí! ¡Dime algo! xan

Xan. Sólo escribir aquel estúpido nombre hacía que se partiera de risa.

Sabía que no había ninguna posibilidad de que ella no volviera a él. No la tenía conceptuada como de las que les gustaba tontear y hacerse las estrechas. No, no cabía ninguna duda de que era una chica de todo o nada, del tipo que decidía que estaba con un tío y sólo con un tío y que pasaba del resto del mundo.

Como siempre, su intuición había dado en el clavo, porque Marissa le respondió con otro mensaje de texto:

> ¡Me encantaría! ¡Llámame dentro de un ratito!

Con signos de exclamación, ahí era nada. Indicaban que estaba lista.

Hablaron por teléfono como una media hora. Podrían haber estado más tiempo —joder, todo el día—, pero Johnny sabía lo importante que era dejar siempre las conversaciones telefónicas en un punto álgido, para que las mujeres se quedaran deseando más. Nadie era mejor al teléfono que Johnny Long. Sabía exactamente lo que tenía que decirle a las chicas para conseguir que —bueno, la verdad es que no había otra manera de expresarlo— se mojaran por completo. Era tan encantador, tan divertido, tan… —¿cuál era la palabra?— afable, sí, afable, y las chicas se tragaban aquel rollo macabeo en el acto. Sabía que si escogía un nombre en la guía telefónica y llamaba a la mujer elegida, tendría bastantes probabilidades de poder tirársela. En realidad lo había hecho una vez por mera diversión, para ver si era capaz de salirse con la suya. Había llamado a un par de docenas de mujeres, haciéndose pasar por un técnico instalador de fibra óptica de la Time Warner. Bueno, ése había sido el comienzo, pero cuando las mujeres empezaron a hablar con él, puso a trabajar el encanto de Johnny Long. Sí, un buen puñado se colaron por él, y algunas estuvieron dispuestas a dejar que se pasara para examinar su conexión por cable, aunque no quedó muy convencido de que fuera a follar con ellas. Pero todo era una cuestión de porcentajes, y al final encontró su mina de oro con una mujer de Staten Island. Era una sesentona, y durante unos segundos estuvo a la cola de la fila de las feas, pero ¿qué importaba eso? Invitó a Johnny a que se pasara por su casa, donde éste le revisó la conexión por cable —y en realidad le arregló un problema en la recepción de los canales Premium—, se la folló dos veces y se marchó con unos cuantos cientos de pavos en metálico y joyas. Aquello demostraba que Johnny Long no era sólo un caramelito para los ojos; también era capaz de utilizar su voz y su encanto para seducir a las mujeres.

Le sugirió a Marissa que pasara la tarde con él en el Museo Metropolitano de Arte y, claro, a ella le pareció una idea fantástica. De hecho, dijo:

—Caray, ésa es una idea fantástica.

Se encontraron a las dos en lo alto de las escaleras de la entrada principal, y cuando la vio acercarse se quedó impresionado por lo guapa que estaba. A la radiante luz del sol el pelo de Marissa parecía más reluciente que la noche anterior, y no cabía duda de que tenía un cuerpecito de lo más sensual. Llevaba unos vaqueros rotos, una camiseta de encaje negra muy moderna y una cazadora negra de piel corta.

Para parecer como si conociera aquella mierda, antes de reunirse con ella había ido al Burger King, entrado en la página web del Museo Metropolitano de Arte y memorizado la información de unos veinte cuadros más o menos. Así que cuando entraron y ella le preguntó qué era lo que quería ver primero, él respondió:

—¿Qué te parece *La tormenta*? Es uno de mis favoritos de todas las épocas.

—Ay, Dios, mío, me encanta el romanticismo francés del siglo diecinueve —comentó ella, a todas luces tratando de impresionarle.

Si había escogido *La tormenta* fue sólo porque le había parecido ñoño y cursilón a más no poder, con aquel tipo y la chica corriendo bajo el viento, perdiendo la ropa, y él tratando de protegerla contra las inclemencias del tiempo. Le pareció una imagen que podría ilustrar la sobrecubierta de una de esas afeminadas novelas románticas para las que posaba Fabio, y decidió que todas las chicas del mundo buscaban un sujeto así, alguien que salvara a su novia e hiciera lo que fuera para mantenerla a salvo, aunque ella fuera gorda y sin ningún atractivo.

Mientras contemplaban la obra, Johnny le soltó parte del rollo patatero que había leído en Internet sobre el cuadro, y continuó perorando sobre el romance y la pasión en la pintura y sobre cómo intentaba imbuir a su propia obra de «aquellos sentimientos».

—*La tormenta* siempre me recuerda a las esculturas de Rodin, como en el caso de *La primavera eterna* —dijo ella, mortalmente seria.

Johnny sabía que no hacía más que repetir alguna de las pretenciosas mierdas que le habría oído a algún engreído profesor de Vassar, o leído en algún libro. Se preguntó cuánto se habría gastado Adam Bloom en enviar a Marissa a la universidad, probablemente cien de los grandes. Cien mil dólares, y no sabía más de lo que sabía él después de pasar una mañana en el Burger King.

Entraron en una de las pequeñas salas laterales —«el ala de los impresionistas»— y ella le enseñó algunos de sus cuadros favoritos, comportándose como si fuera una guía turística, hablando sin parar de las obras, utilizando grandilocuentes palabrejas como «simetría», «estética» e «ilusorio». De lo que le estaba largando, Johnny no entendía de la misa la media, y tenía sus dudas de que a ella no le pasara lo mismo. Luego lo llevó a otras «alas» del museo, haciéndole caminar de aquí para allá hasta que a Johnny le dolieron los pies. A él todos los cuadros le parecían iguales, y los artistas también le sonaban todos igual: Monet, Manet, Pissarro, Picasso, ¿cómo podía alguien no olvidarse de quién había pintado qué? Mientras ella cotorreaba sin cesar, intentando impresionarle con lo mucho que sabía de cuadros que a nadie, salvo a otros engreídos, les importaba una mierda, Johnny la observaba con expresión interesada, como si estuviera completamente absorto, aunque en su interior se estaba partiendo el culo de risa pensando en las cosas que le iba a hacer a ella y a su familia cuando llegara el momento oportuno.

Después del museo, esperaba que ella lo invitara a acompañarla a su casa. Al llevarla a ver *La tormenta* y mostrarle su lado profundo y sensible, había alcanzado prácticamente su objetivo. Mientras caminaban por la Quinta Avenida, junto a Central Park, Marissa hasta le cogió del brazo.

—Es asombroso. Me siento tan normal contigo, me parece que puedo actuar con naturalidad.

—Sí, a mí me pasa lo mismo contigo —dijo él, tratando de aparentar sinceridad.

Marissa le invitó a una fiesta que había más tarde, aunque él le dijo que no podía ir, que tenía planes. Su único y verdadero plan para la noche consistía en visitar algunos bares y ligarse a una o dos tías; ya había pasado un par de horas con Marissa ese día y no quería que estuvieran demasiado tiempo juntos tan pronto. Si quería que aquello saliera bien, tenía que ir paso a paso.

Se detuvieron en un Starbucks a tomar unos *frappuccinos* y luego la acompañó al centro, hasta el metro de la calle Cincuenta y nueve. Se ofreció a ir con ella hasta Forest Hills, pero Marissa le dijo que no era necesario, que podía ir sola, y Johnny decidió no insistir. Estuvo dándose el lote con ella durante un buen rato cerca de la entrada del metro, y cuando la chica se puso caliente, se despidió de ella, dejándola con la miel en la boca.

No le sugirió que se volvieran a ver el domingo, calculando que tres días seguidos podrían hacerle parecer demasiado disponible, y las chicas siempre querían que un tío fuera difícil, aunque se estuvieran muriendo por arrancarle la ropa a mordiscos. Pero volvieron a quedar el lunes para ir a ver una película. Johnny estaba esperando que le pidiera que la recogiera en su casa, pues así tendría oportunidad de conocer a su padre, pero por algún motivo ella insistió en quedar delante del cine en la Cuarenta y dos y la Octava. Vieron una película de terror —idea de ella— que para Johnny resultó perfecta, porque se pasaron todo el rato acurrucados en la parte de atrás dándose el lote como adolescentes, sobándose el uno al otro como si llevaran años sin hacerlo. Sí, vale.

En cierto momento ella le susurró al oído:

—Joder, que ganas tengo de follar contigo.

A Johnny le pilló por sorpresa…, así que era una guarrilla; nunca lo hubiera dicho.

Sabía que tenía que manejar aquello de manera correcta, así que le musitó:

—Quiero ir despacio.

La vio otra vez el martes para ir a comer a Dojo, en el Village. Sí, era un lugar barato para llevar a un ligue, pero ésa era la gracia. Tenía que jugar a lo del artista muerto de hambre porque sabía que eso sería lo que la pondría cachonda. Si estuviera tratando de enrollarse con una Paris Hilton, iría vestido de Armani y la habría llevado a Le Cirque desde el principio. Pero con una chica aspirante a bohemia como Marissa, hablarle de que no podría pagar el alquiler al mes siguiente y de que vivía a base de sopa de tallarines y macarrones con queso era la forma correcta de proceder.

El miércoles por la noche ocurrió algo que estuvo a punto de estropearlo todo. Quedó con Marissa en el East Village, y después de un par de copas en un bar de la Avenida A, fueron a la Knitting Factory, donde los Limons, cierto nuevo grupo de punk retro latino al que ella era aficionada —los había bautizado «los Ramones se juntan con Ricky Martin»— estaban actuando. Llevaban en el local sólo unos minutos cuando Johnny sintió que alguien le daba un golpecito en el hombro, y oyó:

—Frederick, ¿eres tú?

Miró por encima del hombro y vio a una mujer —no fea del todo, que frisaba los treinta, y puede que hasta los tuviera, de pelo lacio y castaño y con flequillo—; no le resultó nada familiar, aunque él había utilizado el nombre de Frederick con diversos ligues.

—Lo siento —respondió—, se ha equivocado de persona.

Se volvió de nuevo hacia Marissa, poniendo parcialmente en blanco los ojos, aunque tenía la sensación de que la mujer no iba a desistir.

Y no lo hizo.

—Y una mierda, hijo de puta. Te conozco. ¿Dónde está mi dinero? —le espetó la mujer

Johnny volvió a mirarla.

—Mire, no tengo ni idea de qué me está hablando. —En realidad le empezaba a resultar familiar, aunque aún no fue capaz de ubicar su cara.

Cuando se iba a volver de nuevo, ella le agarró del brazo.

—Me robaste doscientos dólares del bolso y, ah, sí, también algunas joyas, pero ésas no valían una mierda.

Entonces se acordó. Se la había ligado hacía dos meses en un bar, el Max Fish, de Ludlow, no lejos de donde estaban ahora, y le había robado algún dinero y unas joyas que resultaron ser chapadas en oro; una puñetera pérdida de tiempo. Por lo general, no le gustaba volver a los barrios donde había actuado hasta transcurridos al menos seis meses, precisamente por ese motivo.

—Se lo aseguro, se ha equivocado de tío —insistió él, soltándose el brazo con una sacudida. Entonces se dio cuenta de que Marissa empezaba a parecer un poco preocupada, aunque no sabía si debido a que le estaban fastidiando o porque empezaba a creerse la historia de la mujer.

—Devuélveme el dinero o llamaré a la policía —le amenazó la mujer, abriendo su móvil.

—Está usted loca —replicó Johnny. Entonces cogió a Marissa de la mano y dijo—: Vamos —y se la llevó al otro extremo del bar.

La mujer los siguió, gritando:

—¡Quiero que me devuelvas mi dinero, Frederick!

Uno de los gorilas del bar se acercó y preguntó qué estaba pasando. Johnny le explicó tranquilamente que no tenía ni idea de quién era aquella mujer. Ésta continuó dale que te pego con que Frederick le había robado dinero, cada vez más enloquecida e histérica. En un momento dado empujó al gorila, que la agarró y la sacó del bar. Luego el gorila se disculpó con Johnny y Marissa por las «molestias» y les invitó a una ronda por cuenta de la casa. Johnny, sacando a pasear su encanto, pegó la hebra con el segurata —ambos eran de Queens y tenían más o menos la misma edad— y al cabo de unos minutos eran como amigos de toda la vida.

Johnny y Marissa también estrecharon lazos, mientras hablaban de lo «extraño» que era que la mujer le hubiera confundido con ese otro tipo y se hubiera puesto así de loca. Al final, acabaron tomándoselo a cachondeo, y él supo que ella estaba impaciente por ir a contárselo a sus amigas; supuso que probablemente también lo escribiría en el *blog*. Otro ejemplo más de lo cojonudo que era, de que era imposible que se equivocara. Algo que podría haber sido un desastre y haber desbaratado sus planes, había acabado por hacerle ganar más puntos con Marissa, uniéndolos aún más.

Esperaba que ella le invitara a acompañarla a casa esa noche, pero de nuevo quiso volver sola en metro. Insistió en acompañarla porque eran más de las doce y «nunca sabes qué clase de maniacos van en el metro a estas horas de la noche». Ella aceptó, pero mientras caminaban hacia su casa, se comportó como si estuviera incómoda y no habló gran cosa; cuando llegaron, apenas le dio un beso de despedida y entró corriendo en casa. Johnny no tenía ni idea de qué estaba pasando. Sabía que él le gustaba —era evidente—, así que tenía que haber alguna razón para que no le invitara a entrar. No se trataba de que nunca hubiera llevado a un chico a casa. Le había hablado de un par de tíos a los que había invitado a su casa desde que terminara la universidad, incluido aquel escuchimizado gilipollas de Darren. Quiso preguntarle si pasaba algo, pero decidió que era mejor que sacara ella el tema. No quería presionar demasiado y echar por tierra todos sus planes.

Al día siguiente, jueves, llamó a Marissa por la mañana y le preguntó si le apetecía quedar a comer en Brooklyn. Le respondió que le encantaría —algo no precisamente sorprendente—, y quedó con ella en el exterior del metro de la Novena con Smith. Cogieron el autobús hasta Red Hook, donde fueron a un café de moda donde Johnny había visto entrar a mucha gente que se las daba de artistas de todo tipo. Hablaron un rato, sin soltarse de la mano ni un momento, y luego la llevó a su piso.

Se había esmerado intentando que su piso-estudio pareciese un lugar donde viviría un artista. Se había hecho con algún cuadro más en las tiendas benéficas y, dos días antes, había comprado en Craigslist cuatro cuadros de bodegones de frutas a un tío que vivía a unas diez manzanas de allí. También había pintado algunos cuadros más, al estilo de Jackson Pollock, y le pareció que por lo menos eran igual de buenos que la mierda aquella del Met.

Camino de su casa, le soltó unas cuantas chorradas sobre lo «nervioso» que estaba por que fuera a ver «su obra». Marissa le dijo que se estaba comportando como un tonto y que estaba segura de que sus cuadros serían asombrosos.

Ya en el piso, él se dedicó a observar su reacción con suma atención mientras ella miraba por todas partes. Se dio cuenta de que estaba profundamente impresionada.

—¡Caray! —exclamó—. Realmente, tu repertorio es muy variado, ¿no?

—Gracias.

—Utilizas óleo y acrílico, ¿verdad?

Johnny no tenía ni la más remota idea de qué le estaba hablando, pero dijo:

—Sí, me gusta hacer mucho de todo. En fin, que no me gusta limitarme. Quiero reventarlo todo.

¿No era eso lo que decían en *Pollock*? Bueno, algo así.

Mientras admiraba los cuadros que había comprado en Craigslist, Marissa le preguntó:

—¿Pintas los retratos con modelos reales o recurres a fotografías?

—Con modelos reales.

—¡Ostras! —exclamó ella—. Impresionante.

Entonces se volvió hacia la pared donde colgaban un par de los propios cuadros de Johnny.

—Así que también te interesa la pintura abstracta, ¿eh?

—Sí. Te has dado cuenta de la influencia de Pollock, ¿verdad?

«Influencia.» Se había venido arriba, sí, señor.

—Son muy pollockianos —confirmó ella—. Tú y Pollock tenéis una libertad controlada muy parecida en vuestros estilos. Me encanta el uso que haces del gris…, muy a lo Jasper Johns. También percibo cierto homenaje a Picasso en el uso del azul.

—Sí, eso era exactamente lo que andaba buscando —mintió él—. Johns y Picasso. Sí, me alegra que te hayas dado cuenta.

Marissa siguió admirando los cuadros mientras él pensaba que todo aquel trabajo temporal de artista le venía como anillo al dedo: todo consistía en decir chorradas, y nadie era capaz de decir mejores chorradas que Johnny Long.

Una vez finalizado el festival de pasión por su obra artística, Johnny abrió un par de latas de Heineken y se sentó con ella en el sofá.

—Me encantaría verte trabajar alguna vez.

—Eso sería fantástico, pero nunca me ha visto nadie. Podría ponerme nervioso, ¿sabes?

—No tienes que ponerte nervioso porque esté aquí contigo —dijo ella, y dejó la cerveza sobre la mesa de centro. Entonces le besó, frotándole el pecho con una mano, y prosiguió—: Tal vez pueda… ayudarte.

—¿En qué clase de ayuda estás pensando? —preguntó Johnny, siguiéndole el juego.

—Tal vez en algo como esto —respondió Marissa, besándole en

la boca—. O en esto. —Y le besó en el cuello. Al cabo, le puso la mano en el paquete, le desabrochó los vaqueros y le empezó a magrear.

Por supuesto, él estaba preparado para lo que ella quisiera, pero retrocedió un poco en el sofá.

—Creo que deberíamos esperar —dijo.

—¿Esperar a qué? —preguntó ella entre jadeos, deseándolo desesperadamente.

—A que nos conozcamos mejor. —Qué difícil era soltar aquella frase con cara de palo—. Vaya, al fin y al cabo hace menos de una semana que nos conocemos.

—¿Así que nunca te acuestas con nadie a quien conozcas de menos de una semana?

Sólo con unas cuatrocientas cincuenta antes que tú, cariño.

—Pero es que esto me parece… distinto —dijo Johnny—. Me parece… especial.

Marissa sonrió, ruborizada.

—¿De verdad lo dices en serio?

—Sí —mintió él—. ¿Por qué? ¿Es que a ti no te parece especial?

—A mí me parece muy especial —reconoció ella—. Lo que pasa es que no estoy acostumbrada a que los tíos me digan esta clase de cosas. Lo normal es que intenten quitarme las bragas.

—Es que yo no soy como la mayoría de los tíos.

—Sin duda que no eres como la mayoría de los tíos.

Se besaron durante un rato más para contento de Johnny, porque si hubiera tenido que decir algo inmediatamente, habría sido imposible que no soltara la carcajada.

Cuando estuvo seguro de haber recobrado la serenidad, dijo:

—Supongo que también me siento un poco incómodo.

—¿Incómodo por qué? —preguntó ella.

—Bueno, vives en casa con tus padres. Me parece que debería conocerles antes de que nosotros…, bueno, ya sabes.

Ése era el camino: aparentar que era demasiado tímido para decir: «Tengamos relaciones sexuales». Así era él, sí, señor, Johnny *el Tímido*.

Marissa le quitó la pierna de encima y se apartó un poco, pareciendo repentinamente disgustada. Él confió en no haber ido demasiado lejos con su numerito de hacerse el difícil.

—¿Qué sucede? —preguntó.

—Nada —respondió ella—. No se trata de ti, es sólo que... no estoy segura de que sea una buena idea.

Johnny le sujetó la mano y se la apretó con firmeza para demostrarle lo preocupado que estaba.

—Tarde o temprano voy a tener que conocerlos, ¿no es así? Si mis padres no vivieran tan lejos, ya te habría llevado a conocerles. —La otra noche le había dicho que sus padres vivían en San Diego.

—Es que es realmente complicado —replicó ella—. Por Dios, ojalá no estuviera viviendo en casa. Es tan difícil, sobre todo por mi padre y sus cambios de humor.

—¿Cambios de humor?

—No exactamente cambios de humor. En fin, que no es que sea un maníaco depresivo. Pero un día se muestra frío y distante, metido en su mundo, y al siguiente quiere jugar a ser el padre comprometido. De pronto me sale con todas esas normas, que si no puedo beber en casa, ni siquiera una copa de vino, y que me deshaga de mi pipa de agua, aunque apenas fumo en casa. Luego, el otro día, cuando vuelvo del museo, me encuentro con que mi maldita pipa de agua había desaparecido; estaba hecha a mano, en Guatemala, y me la tiró a la basura. Ah, y ahora tengo que decirle cuándo voy a volver a casa por la noche, la hora exacta, como si volviera a ser una adolescente. Sabe que estoy saliendo contigo, así que la otra noche me montó la gran bulla para advertirme que no podía subirte a mi habitación ni invitarte a pasar la noche ni nada de nada hasta que te conozca.

—Bueno, pues deja que le conozca —dijo Johnny—. ¿Dónde está el problema?

Marissa volvió a mostrar aquella expresión de preocupación.

—Hay algo que no te he contado.

Johnny pensó: *Oh, no, enfermedad venérea a la vista.* No es que le preocupara, la verdad; ya había tenido ladillas anteriormente, y el año pasado se había curado una gonorrea. Las enfermedades venéreas eran gajes del oficio cuando uno quería ser el próximo casanova.

—Bueno, probablemente lo hayas oído en las noticias —prosiguió ella—, aunque puede que no establecieras ninguna relación. —Esperó, como si tratara de encontrar las palabras adecuadas, y entonces dijo—: La semana pasada nos entraron a robar en casa.

—¿Ah, sí? —Johnny consideró que había parecido convincentemente sorprendido.

—Sí, ocurrió en plena noche, cuando estábamos durmiendo —le explicó—. Oí a los ladrones dentro de casa y desperté a mi padres, y entonces mi padre le disparó a uno de ellos.

A uno de ellos, como si él y Carlos hubieran sido ¿qué?, ¿dos cucarachas? ¿No era eso lo que decía la gente cuando intentaban espachurrar a unos bichos: «Liquidé a uno, pero el otro escapó»?

—Ah, sí, es cierto —dijo, como si de repente lo recordara todo—. Creo haber leído algo al respecto en el periódico. Sí, los disparos realizados en Forest Hills por ese loquero. Carajo, ¿de verdad es tu padre el tipo que disparó?

—Tenía miedo de contártelo —confesó ella, y de pronto se puso a hablar más deprisa, presa de una energía nerviosa—. Tenía miedo de que, no sé, de que me juzgaras. Puede que estuviera un poco desquiciada. A veces me pasa que me pongo neurótica y paranoica del todo, y le doy muchas vueltas a las cosas. Pero eso fue lo que pensé. No es así, ¿verdad? No me lo echarás en cara, ¿verdad que no?

—Tranquila, querida —le dijo, y le apretó la mano para que supiera que siempre podría contar con él—. Sabes que nunca te haría eso.

La abrazó y la besó durante un rato.

—Sigo cabreada con mi padre por hacer lo que hizo. Fue una auténtica idiotez, algo completamente irreflexivo, y la cuestión es que me parece que ni siquiera se siente culpable por ello.

—¿De verdad?

—Sí, ha estado pasando por una extraña fase de negación o algo parecido —explicó Marissa—. Ya te digo, por la mañana siguió con su vida como si tal cosa, comportándose como si no hubiera sucedido nada. Uno creería que un psicólogo estaría más atento a sus sentimientos, pero con él pasa todo lo contrario. Creo que jamás ha tenido la menor idea de lo que siente.

Johnny se recordó en el coche, en el exterior de la casa de Bloom, con la pistola en la mano, viéndole pavonearse por la calle en chándal como si no tuviera ninguna preocupación en este mundo.

Bien, gilipollas, pues ahora sí que tienes algo de lo que preocuparte.

—¿Así que crees que lo que decían en las noticias era verdad? —preguntó Johnny—. Que tu padre quería matar a aquel tipo.

—Entre tú y yo —reconoció Marissa—, sí, lo creo. Creo que a mi padre se le fue la olla en ese momento y quiso dispararle. No creo que sea un loco, ya sabes, no es un psicótico, pero se guarda las cosas, está nervioso, ¿sabes lo que te digo? También ocurrió en plena noche, y estaba cansado, y bueno, sí, quizá no pensara racionalmente. Le enfureció que alguien entrara en su casa, y se le fue la mano. A veces se pone así y hace cosas sin pensar.

Johnny estaba impaciente por matar a Adam Bloom, por verle morir entre dolores.

—Qué fuerte —dijo él—. Siento que tuvieras que pasar por todo eso.

—Sí, lo sé, es verdaderamente aterrador y traumático —admitió Marissa—. Pero lo más aterrador de todo fue que esa noche entró otra persona más en la casa.

—¿Otra más? —Johnny fingió estar aterrorizado.

—Sí, la poli cree que se trataba de nuestra asistenta. ¿Te enteraste de lo que le ocurrió?

—No, no creo que… Un momento, espera, sí que me enteré de algo. También la hirieron, ¿no es así?

—La asesinaron en su piso.

—Jo, tía, qué mal rollo —dijo Johnny. Esperaba que Marissa no se echara a llorar y se pusiera en plan melindroso y plañidera.

—Sí, fue increíblemente triste —dijo ella—, aunque no sé, la verdad es que no le veo ninguna lógica a que nuestra asistenta entrara a robar en casa. No es que fuéramos amigas íntimas, aunque sí que teníamos una relación realmente cordial, ¿sabes? Ah, y recibimos una nota por debajo de la puerta, una especie de amenaza de muerte.

—¿De verdad? ¿Y quién la dejó?

—Ésa es la cuestión, que nadie lo sabe. Mi padre está convencido de que fue una broma, aunque no para de inventarse cuentos, tratando de racionalizarlo todo. Está tan rayado que si le conocieras jamás dirías que es psicólogo. Aunque puede que sea así como funciona; puede que si quieres curar la locura de la gente, tengas que estar también un poco loco.

Johnny la rodeó con el brazo. Entonces dijo:

—Me parece que tu familia las está pasando canutas en este momento. Si no me quieres llevar a casa para conocerles, lo entiendo, aunque supongo que al final tendré que conocerles… En fin, si es que vamos a ser pareja.

A Marissa se le iluminó el rostro.

—¿Dices eso realmente en serio? —preguntó.

—Pues claro —le aseguró—. ¿Acaso crees que me gusta salir todos los días y todas las noches con todas las chicas que conozco?

Por fin había dicho algo que no era totalmente mentira.

—Eres el tío más asombroso que he conocido en mi vida —dijo Marissa.

Johnny no se lo podía discutir.

A la mañana siguiente, Marissa le envió un mensaje de texto:

Mis padres quieren q vengas a cenar sta noche. ¿T va bien a las 7?

Johnny esperó unos quince minutos, no queriendo dar la impresión de estar demasiado ansioso, y entonces contestó:

Será un honor

Ahí estaba: la gran noche. Quiso acicalarse un poco, aunque no demasiado, así que se recortó las patillas, pero se dejó el pelo largo y lacio alborotado. Escogió el atuendo cuidadosamente: vaqueros negros, jersey de cuello de cisne negro y botas Doc Martens. Le encantó la idea de ir totalmente de negro. Tenía un aspecto perfecto para la ocasión: como un artista, pero también como un asesino.

Llegó a la casa —¿cómo decía la gente rica?— elegantemente tarde, a las siete y diez. Como esperaba, no se veía ni rastro de la policía. Había transcurrido más de una semana desde el robo, y probablemente ya ni siquiera fuera un caso prioritario. Comprobó que su Special calibre 38 y la navaja automática con una hoja de diez centímetros estaban dentro del bolsillo interior de su cazadora de piel, y llamó al timbre.

Al cabo de varios segundos la puerta se abrió, y Marissa apareció ataviada con un vestido rojo de cuello redondo que le dejaba a la vista una generosa porción del escote, unos *leggins* negros y botas con tacón del mismo color que la hacían por lo menos unos cinco centímetros más alta. Se había maquillado más de lo habitual, hasta se había pintado los labios de un rojo brillante para que hiciera juego con el vestido.

Recibió a Johnny con un ligero beso en los labios.

—Cuánto me alegro de verte —dijo.

—Sí, yo también.

—¿Me das la cazadora? —preguntó Marissa.

—Claro —Johnny se quitó la prenda y se quedó observando mientras ella la guardaba en el armario empotrado del vestíbulo.

—Vamos, te haré una visita guiada.

Le condujo en línea recta, diciendo: «Ahí atrás está la cocina…», aunque Johnny miró hacia la escalera, al lugar donde Bloom había matado a Carlos. Todo parecía normal, como si allí no hubiera sucedido nada. No había ningún desperfecto, ninguna mancha de sangre ni agujeros de bala en la pared. Así es como actuaba la gente rica, supuso: mataban personas en sus casas y luego hacían reparar la pared, una ligera mano de pintura, y a seguir con sus dichosas vidas de ricos. Sí, les traía sin cuidado la escoria como Johnny y Carlos. Se creían que estaban muy alto, por encima de todos los demás, pero mira ahora quién estaba al mando. Se creían que se habían deshecho de su problema, que estaban a salvo y protegidos, pero en este momento Johnny volvía a estar dentro de la casa; aún mejor, Bloom le había invitado a volver. ¿Quién si no Johnny Long podría haber logrado una proeza semejante? Ya había pensado que era el mayor casanova del planeta y el Jackson Pollock de nuestros días, pero en ese momento se le antojó que no había nada que no pudiera hacer.

Siguió a Marissa a la cocina, y luego al comedor. La chica hizo alguna broma relativa a que debía «tratar de ignorar» la decoración de sus padres. Por lo demás, la casa se le antojó un palacio en comparación con los agujeros de mierda donde él había vivido. La cocina tenía todos los electrodomésticos de acero inoxidable, con uno de aquellos frigoríficos con dispensador de hielo en la puerta. Johnny siempre había soñado con tener uno de ésos, con poder beberse una Coca-Cola con hielo siempre que quisiera. Ya te digo, podría ser que se le antojara el hielo en mitad de la noche, o cuando fuera, que allí estaría. No tendría que ocuparse de echarle agua a las bandejas ni de retorcerlas para sacar los cubitos y todas esas cabronadas. El hielo estaría allí siempre, esperándole. Sí, habría matado por crecer en un lugar así y tener la mitad de lo que tenía Marissa. ¿Ignoraba acaso lo afortunada que era?

Bueno, daba igual, porque de todas formas iba a morir pronto. Después de cenar, tenía planeado subir a su habitación con ella, follársela y luego asesinarla. Luego mataría a sus padres —quizá primero los torturara un poco con la navaja, sólo por divertirse un rato—, robaría la casa y seguiría con su vida.

Mientras Marissa seguía adelante, diciendo en aquel tono de aburrimiento: «Y éste es el salón…», él buscaba con la mirada qué cosas robar. Aquellos jarrones parecían tener algún valor, y tenía que acordarse de buscar aquella cubertería de plata de la que le había hablado Carlos, y por supuesto el anillo de diamantes. Era un fastidio que sólo pudiera arramblar con las cosas que pudiera llevarse encima. Joder, mira el sofá de piel y el dos plazas y la butaca a juego. A Johnny le pareció que estaba en una de aquellas salas de exposición de Macy's o Bloomingdale's. Había ido allí alguna vez a darse un garbeo, sólo para imaginarse cómo vivía la gente rica. Se había sentado en uno de aquellos sillones de masaje de dos mil dólares, preguntándose qué tal estaría volver todos los días a darse un buen masaje y luego meterse en su *jacuzzi*. Seguro que los Bloom tenían un baño increíble en el piso de arriba, todo de mármol, con *jacuzzi* o al menos una gran y espaciosa bañera.

Cuando volvieron al vestíbulo, Adam Bloom estaba bajando las escaleras. Parecía aún más estirado y satisfecho de sí mismo que la última vez que lo había visto. Ahí estaba, con unos vaqueros, una americana deportiva, la camisa negra asomando por debajo, suelta, sin meter, para intentar disimular la barriguilla. Johnny tuvo una fugaz visión de la noche del robo en esa misma escalera, cuando el tipo gritó: «¡Largo de aquí!»

—Hola —dijo Adam, sonriendo abiertamente cuando llegó al pie de la escalera—. Tú debes de ser Xan.

Parecía un completo pedante, como si creyera que era mucho mejor que el resto del mundo sólo porque vivía en aquella gran casa de Forest Hills y se ponía un «Dr.» delante del nombre. ¿Es que pensaba que esas letras lo hacían mejor que todos los demás? ¿Es que creía que le protegían?

Sí, lo más seguro.

Johnny vio que Marissa ponía un poco los ojos en blanco, antes de decir:

—Xan, éste es mi padre.

—Adam Bloom. —El tío extendió la mano para saludarlo.

Johnny se la estrechó con firmeza —sintiendo náuseas, pero sin demostrarlo— y dijo:

—Es un honor conocerle, señor.

Señor. Tío, estaba *sembrao* esa noche.

—Lo mismo digo —replicó Adam—. Lo mismo digo. —¿Le iba a soltar la mano de una vez? Por fin lo hizo, y añadió—: He oído muchas cosas fantásticas acerca de ti.

Johnny sabía que aquello era una absoluta chorrada. Era evidente que en la relación de Marissa con su padre no había lugar para que le contara todo lo que le sucedía en la vida. Lo más seguro es que apenas le hubiera hablado de él.

Al recordar lo mal que la chica había hablado de su padre la víspera, llamándole esencialmente asesino despiadado, Johnny dijo:

—Yo también he oído cosas fantásticas sobre usted.

Entonces Johnny levantó la vista y vio a aquella madura notablemente atractiva que bajaba por las escaleras. Sabía que tenía que tratarse de la madre de Marissa —se daban un aire, la misma constitución huesuda—, aunque le sorprendió, porque no esperaba que la madre estuvieran tan condenadamente buena. Iba vestida con una camiseta sin mangas negra y unos tejanos ceñidos que le realzaban la figura, y había mucho que realzar. Debía de frisar los cincuenta, aunque tenía unos bonitos brazos bien definidos, unas piernas fantásticas y las tetas en su sitio. Bueno, al menos parecían estarlo gracias a todo lo que había para levantarlas. Johnny siempre había sentido cierta debilidad por las maduras, y pensó que la señora Bloom estaba mucho más buena que Marissa.

La mujer continuó bajando, y él se la quedó mirando durante todo el descenso.

—Xan, ésta es mi madre. Mamá, Xan —dijo entonces Marissa.

Johnny se dio cuenta de que a la señora Bloom le había molado cantidad. Si hubiera estado en un bar, buscando un ligue, habría sido la primera mujer a la que le habría echado el ojo. La atracción estaba allí, sí, pero había algo más a ese respecto. Muchas mujeres se sentían atraídas por Johnny —carajo, si gustaba a casi todas las mujeres del planeta—, pero cuando lo «deseaban» a rabiar, él percibía una vibración de desesperación, de deseo vehemente. Siempre reconocía a una mujer infeliz, a una mujer a la que le faltaba algo en la vida y esperaba a que algún tío se acercara a dárselo. La señora Bloom sin duda tenía esa expresión.

—Caray, Marissa —dijo Johnny—, no me dijiste que tu madre fuera una mujer guapísima.

Aquél fue el comienzo perfecto, porque hizo que las mejillas de la señora Bloom adquirieran una intensa tonalidad rosácea, y Johnny se dio cuenta de que Adam también se tomaba aquello como un cumplido.

—Tu novio me cae bien —dijo Dana, sintiéndose profundamente halagada.

—Es un verdadero placer conocerla, señora Bloom. —Johnny le estrechó la mano con delicadeza. Se dio cuenta de que la mujer llevaba una alianza, aunque no el anillo de pedida. Probablemente, el anillo estuviera arriba, en su dormitorio, como Carlos había dicho.

—Me alegro de conocerte —respondió ella con una sonrisa, mirándole a los ojos—. Puedes llamarme Dana.

Ah, sí, seguro que le gustaba, de eso no había la menor duda. Puede que luego se la tirara sólo por tirársela; ataría al padre de Marissa y le obligaría a mirar.

—Vamos —le dijo Adam—. Te serviré una copa.

Johnny dejó que le precediera camino del salón. Marissa parecía molesta, aunque él les sonrió a ella y a su madre —sus dos mujeres— y siguió al anfitrión.

—Bueno, ¿qué te apetece? ¿Un vodka con naranja? ¿Una copa de vino? —le peguntó Adam.

—Bueno, casi no bebo.

—¿En serio? —El hombre pareció impresionado.

—Sí —dijo Johnny—, aunque, puesto que ésta es una ocasión especial, supongo que una copa de vino estaría muy bien.

Adam sirvió dos copas —un Merlot barato; seguía teniendo la etiqueta de 6,99 dólares en la botella—, levantó la suya y dijo:

—*Za vas.*

Ambos bebieron; luego Adam dijo:

—Tengo entendido que eres de Rusia.

—Bueno, de Rusia no. El padre de mi padre era ruso.

—Mi familia es oriunda de Rusia —dijo Adam—. Bueno, en realidad de Bielorrusia, de Minsk.

—Moscú —dijo Johnny, sonriendo.

—Estupendo, eso es genial —celebró Adam—. ¿Y el resto de tu familia?

—Francesa y alemana por parte de mi madre, italiana e irlandesa por parte de mi padre. Hasta tengo un poco de indio norteamericano por el lado de mi padre. —Johnny no se había preparado nada de aquello; sólo estaba improvisando sobre la marcha.

—Caray, tienes una familia auténticamente multicultural —dijo Adam—. Debes de haber tenido una infancia de lo más interesante. —De repente pareció más loquero que nunca.

—Así es —mintió Johnny—, y también fui un niño muy feliz. —Eh, ya puestos podía seguir con la patraña hasta el final.

—Eso está bien —sancionó Bloom—. Algo infrecuente en la actualidad.

Y se echó a reír con cierto engreimiento, lo que a Johnny le recordó a alguien, pero ¿a quién?

—¿Y dónde vive tu familia ahora? —le preguntó su anfitrión.

—En California.

—¿En qué parte?

—En San Diego.

—Tengo entendido que eres... artista.

Dijo «artista» como si le diera asco pronunciar la palabra. Tanto hubiera dado que dijera «vagabundo» o «maricón».

—En efecto —admitió con orgullo.

—¿Y es algo a lo que planeas dedicarte en cuerpo y alma?

—Por supuesto.

—¿Puedo preguntarte cómo te mantienes?

Johnny se sintió tentado de decir: *Bueno, doctor Bloom, va a ser usted quien me mantenga durante los dos próximos años más o menos.* En vez de eso, respondió:

—Tengo una mecenas.

Gracias, Pollock.

—¿De verdad? —preguntó Adam—. Eso es maravilloso. ¿Alguien conocido?

—Es una gran coleccionista de arte del Upper East Side, una amiga de los Guggenheim. Sí, la verdad es que le encanta mi obra.

—Caray. Eso es muy impresionante.

Marissa entró en el comedor y le dijo a Johnny:

—No te estará interrogando, ¿verdad?

—No, no —respondió su padre—. Xan sólo me estaba hablando de su prometedora carrera de artista.

—Su obra es asombrosa —dijo Marissa con orgullo, cogiendo a Johnny por la cintura—. Abarca tantísimos estilos.

—Me encantaría ver tu trabajo alguna vez —dijo Adam—. ¿Haces exposiciones, inauguraciones en galerías?

—Papá —le amonestó su hija.

—Es probable que haga algo dentro de un par de meses —dijo Johnny.

—Bien, no te vayas a olvidar de invitarnos.

—Seguro que no. —Johnny le estaba sonriendo, mientras pensaba: *Luego me voy a follar a tu esposa y a tu hija con ganas.*

Dana entró en la habitación y anunció que la cena estaba a punto. Johnny se disculpó inmediatamente y acompañó a Dana a la cocina para ayudarla a servir la comida. La mujer había preparado una ensalada, una especie de sopa de verduras con tomate, pastel de carne y puré de patatas con salsa. Johnny le dio las gracias por haberse molestado en cocinar para él y le dijo que le gustaba muchísimo la decoración de la casa. Ella pareció agradecer muchísimo los cumplidos, y en un momento dado —cuando pensaba que él no se daba cuenta—, Johnny la pilló examinándolo, dándole un repaso de pies a cabeza. Cuando la mujer abrió el frigorífico para coger algo, él aprovechó para echarle un buen vistazo al culo, y quedó seriamente impresionado. Marissa tenía el culo plano, pero las nalgas de Dana eran más carnosas, y era más ancha de caderas que su hija. Fabuloso, pensó, esa noche iba a tener un poco de variedad.

En la mesa, durante la cena, Johnny se comportó con su habitual encanto y simpatía. Hizo reír a todos, y se dio cuenta de que tanto Marissa como Dana deseaban su cuerpo. Adam habló muchísimo, dando la tabarra sobre sí mismo, a todas luces tratando de impresionarle. Marissa había estado en lo cierto antes, al utilizar la palabra «interrogatorio», porque así fue exactamente como se sintió Johnny cuando empezó a hacerle preguntas de nuevo, como si le estuviera interrogando un madero. Y entonces cayó en la cuenta de a quién le recordaba Adam; no era a un poli, sino al padre Hennessy.

El padre Hennessy, Hennessy el Hijoputa, lo había violado todos los jueves por la tarde en su despacho de la iglesia, bajo la amenaza de todos los problemas en los que se metería si alguna vez lo delataba, advirtiéndole de que lo echarían a patadas de Saint John y acabaría viviendo solo en las calles. Hennessy era un tipo igual de engreído que Adam Bloom que siempre estaba haciendo preguntas. Vivía en un piso en Queens, aunque tenía una casa de verano en algún lugar de las afueras, en Long Island, puede que en los Hamptons. Tenía una foto de la casa en la mesa de su despacho, y cuando Johnny era obligado a inclinarse sobre ésta con los calzoncillos bajados, tratando de «estarse quieto», se quedaba mirando fijamente la foto y se imaginaba viviendo feliz allí. Después Hennessy se ponía en plan amistoso. «¿Qué has aprendido hoy en clase? ¿Qué asignatura prefieres? ¿Qué quieres ser cuando seas mayor?» Y así seguía y seguía, haciéndole preguntas sin parar. Había planeado matar a Hennessy algún día, vengarse, pero nunca tuvo ocasión; Hennessy había muerto de una apoplejía cuando él tenía trece años. Todos los demás chicos fueron al funeral, pero Johnny se quedó en su habitación del hospicio. Más tarde, esa misma noche, se coló a escondidas en el cementerio y plantó una enorme cagada sobre la tumba de Hennessy.

—¿Más vino? —preguntó Adam, levantando la botella de Merlot. Iba por su cuarta copa y empezaba a hablar con lengua de trapo.

—No, gracias —dijo Johnny, que todavía sostenía su primera copa. Tenía mucho trabajo por delante esa noche, y no quería hacerlo bebido.

Mientras Bloom añadía más vino a su copa, dijo:

—Xan dice que no es un gran bebedor. Eso es realmente impresionante. Debes de tener mucha disciplina.

—Bueno, estoy segura de que ser artista exige mucha disciplina —terció Dana.

—Es cierto —corroboró Johnny, sonriendo a la mujer, deseándola—. Y también mucha pasión.

Dejó que la frase flotara en el aire, mientras la miraba durante un segundo o dos de más.

—Pero me parece algo ligeramente insólito, ¿no? —siguió Adam—. Me refiero a escoger ser artista cuando dices que tuviste una infancia feliz. Los artistas suelen ser obsesivos, infelices y conflictivos, ya sabes, almas torturadas, como Van Gogh.

Pronuncio el «Gogh» con aquella extraña y petulante forma de hablar, como si estuviera a punto de vomitar.

—Vamos, papá —dijo Marissa—. ¿Por qué no lo dejas ya?

—¿El qué? —porfió Adam—. Es un hecho, y sólo me pregunto cómo consiguió superarlo Xan.

—¿Que cómo consiguió superar su infancia «feliz»? —le retrucó Marissa.

—Sí —dijo él—. Supongo que eso es exactamente lo que estoy preguntando.

—Fue difícil —dijo Johnny tranquilamente—. Supongo que si hubiera sido un niño infeliz, me habría resultado más fácil ser artista, ¿sabe? Pero no creo que haya nadie que sea realmente feliz. Y si no, mírese, doctor Bloom. Tiene esta fantástica casa, una familia maravillosa y estoy seguro de que se gana la vida realmente bien, pero le apuesto lo que quiera a que hay algunas cosas con las que no se siente feliz, ¿me equivoco? Usted no es feliz al ciento por ciento, ¿a que no?

Adam pareció sentirse repentinamente incómodo, Dana tenía la vista fija en su regazo, y Marissa mostró una ligera sonrisa, como si estuviera pensando en un chiste que sólo ella conociera.

—No —dijo Adam al fin—. Supongo que nadie es feliz al ciento por ciento.

—Exacto —admitió Johnny—. Supongo que en nuestro interior todos tenemos alguna parte oscura. Lo que ocurre es que algunos sólo tenemos que hurgar un poco para encontrarla.

Se dio cuenta de que Adam estaba impresionado, y de que también había impresionado a las mujeres: era un tío tan sensible y profundo.

Durante el resto de la cena, Adam siguió bebiendo y haciendo más y más preguntas, y Johnny siguió con su juego, dándole las respuestas perfectas, ganando puntos con toda la familia. Era tan fácil ser querido; lo único que tenías que hacer era decir las cosas adecuadas, decirle a la gente lo que quería oír. Cuando Dana comentó que había estado trabajando en el jardín ese día, le dijo que la jardinería le parecía «fascinante» y le hizo un montón de preguntas sobre las flores que cultivaba —¿perennes o caducas?— y si cultivaba frutas y verduras, añadiendo que siempre le había encantado la jardinería. En un momento dado, Adam dijo que había sufrido un tirón en la espalda jugando al golf, y Johnny empezó a intercambiar chorradas con él sobre el golf, haciéndole preguntas del jaez de: «¿Cuál es su hándicap?» y «¿Cuál es su campo favorito», al tiempo que mentía sobre todo el golf que había jugado de adolescente. Siempre que pudo, les hizo la pelota a todos, diciéndoles lo amables, simpáticos e interesantes que eran. Naturalmente, Adam dejó caer al menos cuatro o cinco veces que era loquero —se sentía tan asquerosamente orgulloso de sí mismo—, y Johnny, claro, le acarició la polla, diciéndole lo apasionante que le parecía su trabajo y lo mucho que respetaba a la gente que «ayudaba de verdad a los demás». Y no se le escapó que toda aquella mierda se le estaba subiendo al tipo a la cabeza.

Menudo bombazo que era aquello; conseguir embelesar a los Bloom, engañarlos y hacerles creer que era el tipo fantástico que aparentaba ser. Y mientras, él era el único que sabía la verdad, el plan de caza, lo que realmente iba a suceder. Sólo él sabía que no les quedaban más que unas horas de vida. Se sentía tan poderoso como sólo Dios debía de sentirse: con todo el poder en sus manos, manipulando las vidas de aquella gente.

Ayudó a Dana a recoger la mesa y a llenar el lavavajillas, y luego a volver a ponerla para el café y el postre, una tarta de chocolate. Adam se tomó una copa después de cenar —un chupito de brandy—, ya oficialmente borracho. Dana y Marissa también estaban un poco achispadas, pero Johnny ni siquiera estaba entonado.

Tras ayudar a Dana con los platos del postre, regresó al salón. Bloom debía de haber ido al baño o lo que fuera; Marissa y Johnny estaban solos por primera vez en toda la noche. Ella se acercó y le rodeó la cintura con los brazos. Su aliento olía a chocolate y vino.

—Bueno, ¿qué tal lo hago? —preguntó Johnny.

—Has estado maravilloso —dijo ella—. Mi padre me estaba diciendo lo mucho que le gustas, y eso es algo que jamás ha dicho de ninguno de los chicos con los que he salido. —Se pegó un poco más a él y, mirándole los labios, susurró—: ¿Quieres subir a mi habitación?

—Sí, me encantaría —dijo Johnny. Ya en el vestíbulo, añadió—: ¿Me puedes coger la cazadora? Necesito algo que tengo allí.

—Por supuesto —dijo ella, sonriendo, pensando probablemente que tenía que coger los condones.

Le llevó la cazadora, y entonces subieron a su habitación. Mientras caminaba delante de él, Johnny aprovechó para mirar por el pasillo, resolviendo que la habitación de los padres de Marissa estaba al final de aquel corredor.

Marissa puso *Watermark*, de Enya —¿por qué todas las mujeres del mundo tenían ese álbum?—, cerró la puerta con llave, le cogió de la mano y lo condujo hacia la cama. Al igual que el día anterior, cuando empezaron a besarse, ella le puso la mano en la entrepierna, pero en esta ocasión él no se apartó.

—¿Puedes bajar un poco la música? —le pidió Johnny—. Me distrae.

En realidad la música no le estaba distrayendo en lo más mínimo —nada le distraía jamás cuando estaba en situación—, pero quería que Adam y Dana pudieran oír alto y claro todos los ruidos del sexo.

Cuando volvió a la cama, le aplicó el tratamiento amoroso de Johnny Long al completo. Se tomó su tiempo, utilizando todas las técnicas que había ido perfeccionando a lo largo de los años. Rindió homenaje al cuerpo de Marissa, atento a lo que la ponía cachonda y a lo que no. Por fin, cuando ya prácticamente se lo estaba suplicando, descendió sobre ella y comenzó a devorarla con la boca. Ella empezó gimiendo en voz baja, pero cuando Johnny se metió a fondo, la chica perdió el control, olvidando probablemente dónde estaba. Él siguió allí abajo mucho tiempo, dándole placer una y otra vez.

Cuando terminó, Marissa estaba tan anonadada, tan plenamente satisfecha, que tardó varios minutos en recuperarse y poder hablar.

—Dios mío —dijo—. Ha sido alucinante. Nunca me había corrido de esta manera…, jamás.

Puede que las mujeres siempre les dijeran cosas así a los hombres en la cama, pero en el caso de Johnny lo decían en serio.

—Puedo repetirlo tantas veces como quieras —bromeó él.

Hicieron el amor, y Johnny la hizo correrse como ningún tío lo había hecho antes. Pero, en resumidas cuentas, ¿quiénes eran sus competidores? Marissa sólo tenía veintidós años. Lo más probable era que hubiera estado con diez tíos en toda su vida, eso a lo sumo, y casi seguro que todos habrían sido unos amantes inmaduros y torpes como aquel capullo de Darren. Sí, como si semejante comadreja supiera la manera de satisfacer a una mujer. Esa chica nunca había estado con un verdadero hombre, con un auténtico casanova, y todo lo que él le diera le parecería mucho. A medida que se fue acercando a su propio orgasmo, empezó a gruñir cada vez con fuerza hasta que prácticamente el gruñido casi se convirtió en grito, para que Adam y Dana no tuvieran ninguna duda de lo que estaba pasando en la habitación de su hija.

Después, tumbado en la cama con Marissa, mientras esperaba a que se quedara dormida para poder pegarle un tiro y poner su plan en marcha, ella musitó:

—Creo que me estoy enamorando de ti.

Siempre que Johnny oía aquella palabra, «enamorarse», le entraban ganas de echarse a reír. Menuda gilipollez era eso del amor. Nada más que una palabra que la gente se decían unos a otros porque suponían que tenían que decirla, porque se la habían oído decir a los actores en las películas.

—¿En serio? —dijo, siguiéndole el juego—. ¿No te parece que es demasiado pronto?

—No —dijo Marissa—. Sé lo que siento. No es lo mismo que con los demás chicos. Me siento muy unida a ti.

Carajo, Johnny estaba impresionado… consigo mismo. Había hecho un trabajo perfecto, realmente. Una cosa era ligarse a una mujer en un bar y follársela —eso era algo que podía hacer cualquier tío—, pero ¿cuántos eran capaces de hacer que una chica escogida al azar te dijera: «Te amo» en sólo una semana?

—Yo siento lo mismo —dijo él sinceramente.

—¿De verdad? —Los ojos de Marissa se agrandaron.

—Sí —insistió él—. ¿Qué te voy a decir?, sé que no hace mucho que nos conocemos, pero realmente me siento muy unido a ti. No creo que sea posible enamorarse de alguien con tanta rapidez.

No se explicaba cómo era capaz de decir todas esas cosas sin vomitar. Ella estaba tan entusiasmada que empezó a besarle y a rodar con él sobre la cama, diciendo cosas como: «Oh, Dios mío» y «Estoy tan excitada». Johnny no comprendía cómo una sola palabra, «amor», hacía tan feliz a las personas. A veces tenía la sensación de que era la última persona cuerda sobre la faz de la tierra.

Él también estaba excitado, aunque no por los motivos que Marissa creía. Estaba excitado por la situación en general: conseguir que una chica le declarase su amor y luego matarla a ella y a sus padres, poniendo fin a sus vidas estúpidas y absurdas; la cosa no podía ser mejor. El único coñazo es que era demasiado pronto; al cabo de una o dos horas a lo sumo, todo llegaría a su fin. Se largaría con el anillo de compromiso, otras joyas y todo lo que pudiera llevarse encima, pero había puesto tanto esfuerzo en ese asunto, en conseguir que Marissa se enamorase de él, en que su familia se prendara de él, que le pareció un desperdicio no conseguir más. Calculó que Adam Bloom tenía que valer millones; sólo la casa tenía que valer al menos dos millones. Parecía una locura largarse sin más.

Si algo tenía esa chica era que le encantaba hablar, y estaba tan contenta y «enamorada» que no hubo manera de que se callara. No paró de darle a la sin hueso, hablando de aquellas cosas tan aburridas: que si no estaba segura de lo que quería hacer con su vida, que si le gustaba el arte, pero no estaba segura de que quisiera trabajar en una galería, y bla, bla, bla. Había estado considerando irse a vivir a Praga, pero ahora que había conocido a Xan ya no lo tenía tan claro. Estaba pensando en solicitar plaza en una universidad para hacer un curso de maestría si no le surgía ningún trabajo en un museo. Johnny se comportó como si estuviera interesado, haciendo, de vez en cuando, sugerencias del jaez de: «Deberías hacer lo que te haga feliz» y «Tienes que seguir los dictados de tu corazón».

—Bueno, ¿qué te parecen mis padres? —le preguntó.

—Me parecen fantásticos.

—¿Sí?, no sé… —dijo ella—. Ya sabes, son buenas personas, y les quiero, pero a veces se hace tan difícil vivir aquí con ellos.

Johnny hizo un gesto con la cabeza, como dando a entender que le daba lástima. Sí, por supuesto.

—Me pareció gracioso cuando les hablaste de lo felices que eran —dijo Marissa—, porque últimamente lo han pasado fatal y no han parado de pelearse. De acuerdo, estos días han sido de lo más estresantes, con lo del tiroteo y la atención de todos los medios de comunicación, pero de lo que no hay ninguna duda es de que no son la pareja más feliz del mundo. —De pronto aparentó tener un gran secreto, y le dijo—: No te creerás de lo que me enteré el otro día.

—¿De qué? —preguntó Johnny, mirando a través de la habitación su cazadora de cuero, colgada de la silla junto a la mesa.

—Mi madre está engañando a mi padre —susurró ella.

—¿En serio? —lo dijo como si le sorprendiera. La verdad es que se había dado cuenta de que la madre era de las que tonteaban, de las que siempre andaban mirando. Johnny Long jamás se equivocaba al juzgar a una mujer, nunca.

Marissa le contó que se había enterado por una amiga que su madre estaba engañando a su padre con un tipo llamado Tony, un monitor del gimnasio al que iba. Así que se pirraba por los deportistas. Eso tampoco le sorprendió mucho. Las adúlteras siempre se pirraban por lo contrario de lo que tenían en casa.

La chica quería echar otro polvo, y Johnny pensó: *Joder, ¿qué va a ser necesario para conseguir que esta tía se quede dormida?* Otro orgasmo alucinante pareció surtir efecto. Marissa se acurrucó contra él, le apoyó la cabeza en el pecho y empezó a quedarse traspuesta. Era casi medianoche, así que Johnny calculó que Adam y Dana estarían probablemente en su dormitorio, durmiendo o empezando a quedarse dormidos.

Cuando Marissa empezó a roncar ligeramente, supo que podría matarlos a todos en ese mismo instante. Podía meterle una bala en la cabeza a la chica y luego matar a sus padres; podría acabar en cinco minutos, diez a lo máximo. Pero si los mataba esa noche, lo único que obtendría sería el dinero y las joyas de la casa. Tenía una idea mejor, una manera de conseguir «todo» el dinero de Adam Bloom, además de su coche, su casa y todo lo demás.

El único inconveniente era que no podría matarlos a todos esa noche. No, para hacer que aquello diera resultado tendría que matarlos uno a uno.

16

Dana estaba en el baño, mirándose en el espejo mientras se aplicaba una crema hidratante, cuando Adam entró.

—Escúchalos ahí dentro, esto es absurdo —dijo.

—No es para tanto —replicó ella.

—Venga ya —dijo él—. Esto es algo más que portarse mal para llamar la atención, y encuentro esta actitud sumamente inapropiada y pasota.

—Me parece que no estás siendo justo —puntualizó su esposa.

—¿De verdad? ¿Así que esto es culpa mía?

—Tampoco es culpa tuya. Ella no está haciendo ningún ruido, es él. ¿Qué es lo que está haciendo ella de malo exactamente?

Adam lo consideró antes de responder.

—Bueno, ¿pues qué problema tiene ese chico? ¿Por qué tiene que ser tan ruidoso?

—Quizá piense que las paredes son más gruesas de lo que son, o quizá, no sé, no sea capaz de controlarse. Aunque la verdad es que me parece que últimamente has sido demasiado duro con Marissa. Le dijiste que querías conocer a sus novios antes de dejar que se quedaran a dormir, y has conocido a su novio. ¿Qué más puede hacer la chica?

—Hay cosas que un padre no debería tener que oír —sentenció Adam.

—Trata de ignorarlo.

—¿Cómo puedo ignorarlo cuando tengo la sensación de estar en la habitación con ellos?

Dana estaba frotando la crema en las marcadas arrugas de su frente, pensando en que pronto tendría que rendirse a la evidencia y pincharse Botox.

—Es una preciosa chica de veintidós años —dijo—. No puedes impedir que tenga relaciones sexuales.

—Oh, vaya si puedo.

—¿Oh, en serio? ¿Qué vas a hacer?, ¿obligarla a llevar un cinturón de castidad?

—No tengo por qué permitirle que siga teniendo relaciones sexuales en nuestra casa, eso es lo que puedo hacer.

—Escúchate, «permitirle». Bueno, ¿y qué es lo que quieres que haga? ¿Prefieres que lo haga en los coches? ¿En los hoteles?

Xan estaba gruñendo como un loco.

—Esto es ridículo —dijo Adam, y salió del baño hecho un basilisco.

Después de terminar con su hidratación, Dana entró en el dormitorio, donde él caminaba de un lado a otro de la habitación. Seguían oyendo los gruñidos y gemidos de Xan.

—Me están entrando ganas de ir a aporrear la puerta.

—No puedes avergonzarla de esa manera.

—¿Es que se supone que tengo que estar escuchando esto toda la noche?

—Ve a dormir abajo o enciende la tele y mira el programa de Jay Leno, si no lo quieres oír.

—¿Por qué tengo que ahogar los ruidos de las relaciones sexuales de mi hija?

—Por la mañana hablamos con ella y le pedimos que le diga a Xan que de ahora en adelante se contenga, pero esta noche no podemos hacer nada al respecto. ¿Qué quieres que te diga?, lo más probable es que ahora mismo se sienta sumamente incómoda. ¿Qué se supone que tiene que decirle? Además, estoy segura de que Xan no es consciente de lo ruidoso que es, y en cuanto ella hable con él de esto, todo irá bien. El chico te gusta mucho, ¿a que sí?

Adam dejó de dar vueltas y respiró hondo, como si detestara tener que admitirlo.

—Sí, creo que es un chico fantástico.

—Bueno, a mí también me gusta —convino ella—. Me parece

increíblemente amable y encantador, y atractivo, así que creo que no deberíamos quejarnos. Marissa podría escoger mucho peor.

Dana se dio cuenta de que Adam la estaba mirando de una manera extraña, con los ojos entrecerrados, como si estuviera tratando de entender algo.

—¿Qué pasa? —le preguntó ella.

—Nada —respondió, y encendió el televisor para ver *The To-night Show* en el momento en que Leno hacía su monólogo. El ruido del televisor no ahogó completamente los gemidos de Xan, aunque ayudó.

Adam se sentó a los pies de la cama, mirando la tele con expresión ausente. Dana, al igual que le había pasado varias veces durante la última semana, no pudo evitar ponerse paranoica. Siempre que su marido parecía especialmente distante o la miraba de forma extraña o se comportaba de manera insólita, no podía evitar preguntarse si no habría averiguado lo de ella y Tony, o si sospechaba algo.

—Estaba pensando que es… interesante —dijo Adam.

—¿Qué es lo que es interesante? —El corazón le latía con violencia.

—La manera en que describiste a Xan. Hace muchísimo tiempo que no te había oído hablar así, diciendo que otro hombre es atractivo.

—¿De qué estás hablando? —dijo Dana, mostrando indignación y probablemente exagerando la nota—. Sólo he hecho un comentario acerca de él, eso es todo. Es un chico guapo. Se parece mucho a Johnny Depp, ¿no te parece?

—Estuvo tonteando contigo hasta hartarse.

—No es verdad. —Ella sabía que Xan había estado tonteando con ella; sólo que no quería tener un altercado por eso.

—Vamos, fue tan evidente.

—Me di cuenta de que me estaba prestando atención, sí, pero yo no lo llamaría tontear. Venga, hombre, si es el novio de Marissa, por Dios bendito.

—Sólo hacía una observación, nada más, y quería que supieras cómo me hace sentir eso. Me hace sentir incómodo. Me hace sentir celoso.

Seguía en una fase de cabreo en la que no paraba de proclamar sus sentimientos sin miramientos. Era tremendamente agotador.

—Pues lamento que te sientas así —dijo Dana. Entonces, deseando cambiar de tema, dijo—: Sigo pensando que no deberías ser tan duro con Marissa. No puedes estar imponiéndole una norma tras otra. En algún momento tienes que retroceder y dejarla vivir su vida.

Como si hubiera estado esperando el momento justo, oyeron a Xan en la otra habitación, prácticamente gritando.

—Voy a salir a dar un paseo —dijo Adam, y se marchó del dormitorio.

Dana se metió en la cama y apagó la luz. Era tan raro que Adam se pusiera celoso; esperaba que no fuera más que eso. Pensó que se había estado comportando con bastante naturalidad últimamente, ni de lejos tan deprimida como había estado después de terminar la aventura con Tony, aunque podría ser que Adam se hubiera percatado de algo y lo estuviera proyectando en ella. Oh, por Dios, ¿qué le estaba pasando? De un tiempo a esa parte llevaba oyendo tanto aquella jerigonza psicológica de su marido que ya estaba empezando a pensar como él.

Aunque no había hablado con Tony desde la noche que se fue de su piso, le había echado muchísimo de menos y se le hacía muy duro no tener ningún contacto con él. El monitor le había enviado varios mensajes de texto y la había llamado y dejado mensajes en el móvil, y unas cuantas veces Dana había sucumbido y le había devuelto la llamada. Sí, últimamente las cosas iban mejor con Adam, aunque ya no estaba segura de lo que significaba «mejor». ¿Mejor que qué? ¿Mejor que cuando se había sentido desdichada? Puede que estar en un matrimonio ligeramente mejor que deprimente fuera lo bastante bueno para algunas mujeres, pero para ella no. Se sentía atrapada con Adam, y la idea de un matrimonio distante y de tener las mismas peleas una y otra vez durante el resto de su vida casi se le antojaba insoportable.

Aunque apreciaba que Adam estuviera esforzándose en cambiar, no le parecía que fuera un esfuerzo serio y sincero. ¿La había llevado a cenar a algún sitio agradable o quizá la había sorprendido con una escapada de fin de semana? No, había aparecido en casa con un disfraz de animadora. ¿El psicólogo, el supuesto experto en conflictos conyugales, pretende salvar su matrimonio tratando de animar a su esposa a representar una escena propia de *Una aventura muy caliente*? ¿De verdad era eso lo mejor que era capaz de discurrir? Resultaba patético con mayúsculas. Lo irónico era que, aunque le había dicho que se sentía ridícula poniéndose el conjunto, lo cierto era que se sentía incómoda poniéndoselo «para él». Durante su aventura con Tony, se había disfrazado muchas veces —de colegiala, de criada, de azafata y, sí, una vez hasta de animadora—, pero, por lo que fuera, vivir sus fantasías sexuales con un joven objeto sexual como Tony le parecía mucho más normal que hacerlo con el maduro psicólogo de su marido. Y sin duda ésa no era la píldora mágica que resolvería los problemas conyugales entre ambos.

Pero la única alternativa que podía seguir con Adam era divorciarse de él, y la sola idea de volver a estar sola la aterrorizaba. Conocía a unas cuantas mujeres del barrio que se habían divorciado recientemente, y todas eran desdichadas y estaban solas. ¿Qué iba a hacer?, ¿empezar a salir con hombres? Ni siquiera recordaba cómo se hacía eso. Y a todo esto, ¿cómo se conocía la gente hoy día?, ¿en Internet? ¿Y qué haría?, ¿colgar alguna foto de ella, retocada, con la luz perfecta, donde pareciera diez años más joven, sólo para decepción y asco de los tíos cuando la conocieran? Su ego no podría soportar semejante cosa. Parecían salirle nuevas arrugas cada día, y era imposible que pudiera competir con las veinteañeras y treintañeras que estuvieran interesadas en el mismo hombre. Luego, al cabo de unos años, cuando fuera una cincuentona, aún sería más difícil encontrar a alguien. Si tenía mucha suerte, si tenía una suerte increíble, entonces, algún día, puede que dentro de cinco o diez años, cuando rondara los sesenta, tal vez tuviera la oportunidad de conformarse con alguien que —en el mejor de los casos— fuera exactamente igual que Adam: un tío bastante decente con algunas cualidades irritantes. ¿Qué sentido tenía pasar por todo ese dolor, con toda probabilidad haciendo añicos unos años de su vida a causa de toda la tensión, por la remota posibilidad de acabar exactamente donde estaba en ese momento?

Adam regresó de su paseo o de donde hubiera estado, y se metió en la cama.

—¿Han parado ahí dentro? —preguntó.

—Sí —respondió Dana.

—¡Gracias a Dios! —exclamó, se dio la vuelta del otro lado y se quedó dormido sin darle las buenas noches.

Cuando Dana se despertó, su marido no estaba en la cama con ella. Bajó a la cocina y vio que había hecho café, aunque, como era habitual, apenas si le había dejado una taza. ¿Y era «él» quien la llamaba pasota? Sabía muy bien que a ella le gustaba tomarse dos o tres tazas por la mañana.

Estaba poniendo café con una cuchara en la cafetera cuando oyó que alguien entraba en la cocina. Se volvió, preparada para enfrentarse a Adam, y vio a Xan. Llevaba los mismos vaqueros de la noche anterior y una camiseta sin mangas blanca. Tenía el pelo revuelto de acabarse de levantar de la cama, pero en aquel joven casi resultaba estiloso. Reparó en lo guapo que era; por alguna extraña razón resultaba aún más atractivo con el desaliño matinal, como si pudiera ser un modelo de ropa interior…, y entonces se sintió avergonzada porque la estaba viendo sin maquillar.

—Perdón —dijo él, sonriendo—. Espero no haberte asustado.

—No —le tranquilizó—. Es sólo que… pensé que eras mi marido.

Xan la miró de la misma forma que la noche anterior, con aquella especie de coquetería que tanto se parecía a la manera en que Tony la miraba a veces, y entonces dijo:

—Hace un día hermoso, ¿verdad?

Había cierto tono insinuante en su voz, sobre todo en la manera de pronunciar «hermoso», como si no sólo estuviera llamando hermoso al día, sino a ella también. Lo cual parecía bastante evidente, porque no hacía un día particularmente bonito. Estaba nublado y hacía un poco de frío.

—Sí, lo hace —convino ella—. Bueno…, esto…, ¿se ha levantado Marissa ya?

—Ah, sí, se ha levantado —dijo Xan—. Me pidió que le subiera un café.

—Pues no puede ser más oportuno, ¿verdad? —dijo Dana—. ¿He de hacer también para ti?

—No, gracias, no bebo café. No necesito nada para ponerme en marcha por la mañana.

Le sonrió de una manera ligeramente provocativa. Con cualquier otro chico —en especial con cualquier otro novio de Marissa—, podría haberse sentido ofendida, pero por lo que fuera no era ése el caso con Xan. Sin saber por qué, su coqueteo resultaba pertinente, acorde con su personalidad…, y, sí, no podía evitar sentirse un poquito halagada por la consideración. Era bueno sentirse atractiva, aunque fuera a primera hora de la mañana y llevara una sudadera y una camiseta holgada.

Mientras se hacía el café, Xan empezó a hablar con ella de trivialidades, preguntándole dónde se había criado y si le gustaba vivir en Forest Hills, y a Dana le gustó la manera en que parecía interesarse en lo que le decía, mirándola con atención, sin que pareciera completamente en las nubes, como siempre ocurría con Adam cuando le estaba hablando. Entendía que a Marissa le gustara tanto aquel chico. No sólo era muy atractivo, inteligente y talentoso, sino sincero, y parecía una persona buena de verdad. Era la clase de chico de la que ella podría haberse enamorado fácilmente hacía veinte o treinta años.

Más tarde, cuando Xan volvía a estar arriba con Marissa y estaba sola en la cocina, tomándose un yogur con plátano y uvas pasas con el café, Adam entró en casa por la puerta trasera con el sudor cayéndole por la cara. Era evidente que había estado corriendo.

—Buenos días —dijo, en parte sin aliento.

—Buenos días —respondió ella, tratando de decidir si debía decir algo acerca del café. Sabía que él haría una montaña si lo hacía y lo convertiría en otro «debate» en plena regla y aprovecharía la oportunidad para «expresarse» una vez más; Dana todavía no estaba despierta del todo y no le parecía que tuviera energías para tanto. Entonces se le ocurrió que aquella fase de la terapia de Adam era en realidad una manera de cerrarle la boca, una forma de conseguir que ella no se expresara en lo más mínimo. Quizá su marido pensaba que estaba aportando franqueza al matrimonio, pero las discusiones eran tan aburridas que el resultado final era que a Dana se le quitaban las ganas de hablar de nada con él. Al final, el deseo de Adam de «comunicarse» se había convertido en una manera muy efectiva de cortar la comunicación por completo.

—¿Sigue Xan aquí? —preguntó.

—Sí —respondió, sin levantar la vista del yogur.

Adam respiró hondo.

—Procura no pensar en ello —le aconsejó Dana.

—Es que está tan fuera de lugar.

Uy, Dios mío, otra vez no.

—Ha tenido otros novios que han pasado la noche aquí antes que ahora —le recordó.

—Sí, pero a este chico apenas lo conoce.

A Dana no le apetecía enzarzarse en otra discusión sin sentido; era demasiado temprano para el drama. Así que sin mediar otra palabra, cogió su café y el tazón de yogur y frutas y se fue al comedor, pensando: *No eres el único que puede hacer callar al otro en este matrimonio.*

Después de desayunar, limpió un poco e hizo la colada —quería contratar a otra asistenta, pero todavía no se había puesto a buscarla—, y entonces el sol apareció, así que salió al patio trasero y trabajó un poco en el jardín. Ya había plantado la mayoría de los bulbos para la próxima primavera, pero añadió algunos tulipanes y narcisos más y recortó un poco los setos de rosas y forsitias. Mientras estaba trabajando con la podadora, sonó su móvil. Cuando vio el número de Tony en la pantalla, no pudo evitar sentirse excitada; esto le había venido ocurriendo últimamente siempre que él intentaba ponerse en contacto con ella. Su primera reacción era excitarse sexualmente —se mojaba de verdad entre las piernas—, pero entonces se entrometía la lógica y se sentía ofendida, pues le parecía que Tony la estaba acosando y que no la dejaría en paz. Dejó que el buzón de voz saltara y cambió el timbre de llamada a la modalidad de vibración, pero al cabo de unos minutos la volvió a llamar. Ignoró también esa llamada, pero cuando Tony llamó por tercera vez, le empezó a preocupar que su ex amante estuviera traspasando cierto límite y se estuviera obsesionando. Se acordó de cuando le había enviado flores a casa, y se estaba temiendo que hiciera algo así una vez más o algo peor: que apareciera en la puerta. Apagó el teléfono, detestándose por haber dejado que las cosas llegaran a aquel extremo. Que fuera infeliz en su matrimonio no significaba que tuviera que joderse la vida. Podría haber acudido a un psicoterapeuta e intentar resolver las cosas. Sus problemas tenían solución.

Pese a mantener el teléfono apagado, se puso paranoica con la idea de que Tony intentara llamar al teléfono de casa o que se presentara y llamara a la puerta. Adam llevaba todo el día en casa, leyendo y viendo la tele, y resultaba difícil estar cerca de él y actuar con normalidad. Él le preguntó varias veces si todo iba bien, a lo que le respondió que muy bien, que sólo se sentía un poco cansada. Xan se había marchado pronto, y luego, a eso de las cinco, Marissa salió de casa con su mochila de fin de semana. Adam no quedó precisamente encantado con esto, aunque tampoco montó ningún gran escándalo. Tal vez estuviera empezando a darse cuenta de que su hija era una persona adulta, capaz de tomar sus propias decisiones, y que él no podía impedirle hacer lo que quisiera.

Dana y Adam cenaron —los restos de la noche anterior— y la verdad es que resultó agradable disponer de algún tiempo para estar

juntos a solas. A lo mejor estaba empezando por fin a superar lo de
Tony, porque por primera vez en meses o más se lo pasó bien con su
marido. Hablaron de minucias —películas, programas de televisión,
chismes del barrio—, pero para cambiar fue un alivio no hablar sobre el robo ni lanzarse mutuamente al cuello del otro. Dana se preguntó si de un tiempo a esa parte no habría sido demasiado crítica
con Adam, exagerando sus defectos e ignorando las cosas que le
gustaban de él. Era evidente que su marido estaba esforzándose en
cambiar, interesándose por ella mucho más de lo que venía siendo
habitual, y entonces también decidió cambiar su comportamiento.
Después de todo, ella no había sido sin duda ningún angelito en ese
matrimonio.

Así que tomó la iniciativa con el sexo. Después de la larga sequía
por la que habían pasado, fue un poco violento. La primera vez
Adam se corrió demasiado deprisa —llevaba años teniendo cada
tanto problemas con la eyaculación precoz—, pero Dana no dejó
traslucir su decepción porque sabía lo sensible que era él acerca de
sus disfunciones ocasionales. Pensó que ahí se acababa todo —puede que utilizara su juguete sexual o que se pusieran a dormir—,
pero, sorprendentemente, él consiguió tener otra erección, y volvieron a hacer el amor. Dos veces en una noche; debía de ser la primera
vez en por lo menos diez años que hacían algo así. En aquel segundo
asalto, Adam duró mucho más, y Dana le sacó todo el partido que
buenamente pudo. Nunca había pensando que su marido fuera increíblemente atractivo, aunque en tiempos le había parecido que
tenía un buen pecho, así que, aunque ya un poco más flácidos que lo
que habían sido, se concentró en aquellos pectorales, imaginando
que tenían el mismo aspecto que antaño. Como es natural, sus fantasías sólo le sirvieron hasta cierto punto. Era realmente difícil no
comparar a Adam con Tony, y pese a las limitaciones intelectuales
del monitor, en lo tocante al erotismo puro y duro no había punto de
comparación. El sexo con ese chico siempre era espontáneo, salvaje,
intenso, pero el sexo con Adam era…, bueno, el sexo con Adam.
Como si estuviera viendo una película que hubiera visto ya docenas

de veces, siempre sabía exactamente lo que venía a continuación. Pero cuando rebajó sus expectativas y se centró en lo bueno y no en lo malo —sin duda alguna Adam era mucho más tierno que Tony—, el sexo resultó realmente bueno.

A la mañana siguiente él se marchó temprano al club de campo de Great Neck para su partida de golf. Más tarde, esa misma mañana, Dana fue al supermercado en el todoterreno e hizo acopio de provisiones para la semana. Se pasó un rato en la sección de libros, echándole un vistazo a algunas obras de autoayuda con títulos tales como *Cómo sobrevivir a una aventura amorosa* y *Cuando tu aventura termina.* Había un par de personas con aire culpable que estaban leyendo sendos libros con títulos parecidos, y se preguntó: *¿De verdad esperan los editores que la gente compre libros con estos títulos?* La opinión general era que las aventuras siempre acababan mal para todas las partes involucradas, y la lectura la ayudó a convencerse de que había tomado la decisión correcta al terminar la suya con Tony y cortar de raíz, antes de que la situación pudiera pasar a mayores.

Cuando regresó a casa, vio el Mercedes en el camino de acceso. No había señales de Adam abajo, así que supuso que estaría en el piso de arriba, duchándose o viendo la tele. Marissa estaba en su habitación, o eso parecía; el estéreo estaba a toda pastilla. Llevó todas las provisiones desde el coche a la casa, empleando en ello varios viajes. Empezó a abrir los envases, que incluían un paquete de veinticuatro unidades de papel higiénico, toallas de papel y una provisión de cajas pantagruélicas de Cheerios suficiente para todo el año.

Estaba guardando dos botes descomunales de salsa de mango cuando oyó abrirse y cerrarse de golpe la puerta principal. Un instante después, Adam entraba en la cocina como un vendaval. Tenía la cara terriblemente magullada y cubierta de sangre, y el pelo empapado.

—¡Puta de mierda! —le gritó.

Dana estaba completamente confundida y aterrorizada. Miró fijamente a su marido durante unos segundos antes de hablar.

—Dios mío, ¿qué... qué te ha ocurrido?

—¿Por qué? —le preguntó él, con la boca ensangrentada y salpicándola de saliva al hablar—. Dime sólo por qué. ¿Por qué? ¿Por qué mierda?

Naturalmente ella pensó: *Ay, no, es por lo de Tony.*

—¿Por qué no me lo dijiste? —insistió él—. ¿No es eso lo que hago yo siempre? ¿No hablo contigo?

Aunque Dana no sabía con certeza si eso tenía que ver con Tony. No podía darlo por sentado.

—No sé de qué narices... —empezó a decir, haciéndose la tonta.

Adam la agarró del brazo.

—¿Por qué? Sólo dime por qué. Después de todo lo que he hecho. He dado todos los pasos posibles, y hecho todo lo que he podido para salvar este matrimonio, ¿y esto es lo que me haces? ¿Humillarme? ¿Es que no te parece que ya he tenido bastante humillación últimamente? ¿Crees que necesitaba esto?

—Me estás asustando —dijo ella con voz temblorosa—. No tengo ni idea...

—Lo sé, ¿de acuerdo? —Seguía apretándole el brazo y mirándole con dureza a los ojos—. Ya no tienes que mentirme, ¿vale? Lo sé, ¿de acuerdo? Lo sé todo, joder.

Por Dios, aquello era surrealista. Dana tuvo la sensación de estar cayéndose, de desplomarse.

Le sostuvo la mirada a Adam, que seguía pareciendo trastornado. Tenía la mejilla izquierda muy magullada, el ojo izquierdo parcialmente cerrado; la sangre se le acumulaba en el labio inferior.

—No... sé de qué me estás hablando —dijo al fin Dana.

—Ah, deja de decir chorradas de una vez —le espetó Adam—. ¿No puedes hacer eso por mí? ¿No me puedes mostrar ni un ápice de respeto?

—Me estás haciendo daño.

—¿Qué te hago daño? Ésa sí que es buena. —Le apretó el brazo con más fuerza durante unos momentos, y luego la soltó.

Dana se sujetó el brazo, mirando al suelo —a cualquier parte menos a Adam— y pensó: *Tal vez esté equivocada. Puede que no tenga nada que ver con mi aventura con Tony.*

—Pero ¿por qué estás así? —preguntó—. ¿Qué es lo que te pasa?

—¿Por qué no puedes admitirlo sin más?

—¿Admitir qué? —preguntó ella con un hilo de voz.

—¡Que te lo estás tirando! —gritó él, sosteniendo un trozo de papel delante de su cara. La mano le temblaba muchísimo, así que era imposible que ella pudiera leerlo. Parecía como si lo hubieran arrugado y estaba manchado de rojo, puede que de sangre. Entonces se dio cuenta de que se parecía mucho a la otra nota que les habían dejado en casa, aquella en la que habían amenazado a Adam. Ahora sí que su confusión fue absoluta.

—¿Qué…, qué es eso? —preguntó.

—Léelo.

—No… no puedo leerlo. Se te mueve la mano.

—Es del tipo que te has estado tirando… Tony —dijo, escupiendo las palabras, esparciendo la saliva.

Dana estaba algo más que mareada, como si ya no le quedara ni gota de sangre en la cabeza. Sentía que las piernas estaban a punto de doblársele, de ceder bajo su peso.

—¿Cómo has podido hacerme esto? —preguntó Adam—. Dame sólo una razón. Quiero saber el porqué. ¿Por qué? ¿Por qué?

—No es lo que piensas —respondió ella.

—¡Oh, cállate! —gritó—. ¡Cállate de una puta vez!

Dana jamás le había visto de aquella manera, tan furioso y enloquecido. Gracias a Dios, estaban abajo y no en el dormitorio. Él seguía teniendo aquella pistola en el armario empotrado.

—No ocurrió nada —dijo ella, en un intento desesperado.

Adam le lanzó una mirada feroz, como si la odiara, como si deseara matarla, y entonces masculló:

—¿Piensas que eres la única? ¿Eh? ¿Crees que eres la única que es desdichada en este matrimonio?

—Nunca he dicho que fuera des...

—¿Crees que eres la única que ha tenido ganas de engañar? ¿Acaso piensas que cuando te arrastré a la terapia matrimonial era una hombre felizmente casado?

Dana empezó a llorar, no porque se sintiera triste por ella, sino porque empezaba a entender lo mucho que había herido a Adam.

—Lo siento muchísimo —dijo—, pero tú no...

—¿Es que piensas que eres la única que tiene sorpresas guardadas?, ¿la única con secretos? Pues bien, tengo un secreto que contarte. Yo tampoco he sido fiel, precisamente. Bueno, ¿cómo te sienta eso? ¿Es agradable o duele?

Se la quedó mirando fijamente, esperando a ver su reacción, pero ella no tuvo ninguna. Dana pensó que le estaba mintiendo con el único propósito de herirla.

—Por favor —le suplicó—, no tienes que decir ciertas cosas sólo para desquitarte. Si me dejaras expli...

—Fue con Sharon. —La sonrisa de Adam fue alegre, casi demente—. Así es, con tu «amiga» Sharon. Lo hicimos en mi despacho, exactamente en mi diván.

Dana no le creyó.

—Oh, déjalo ya.

—¿Qué? ¿Crees que me lo invento? —porfió Adam—. Te juro sobre la tumba de mi padre, te juro por mi vida, te lo juro por la vida de Marissa que no me lo invento. Me follé a tu mejor amiga. Me la follé bien follada.

—¿Qué está pasando aquí?

Dana se giró y vio que Marissa había entrado en la cocina. No tenía ni idea de cuánto tiempo llevaba allí.

—Nada, déjanos solos unos minutos —dijo.

—Oh, Dios mío, papá, ¿qué te ha pasado en la cara?

Adam seguía sonriendo de aquella extraña manera, como si fuera un enfermo mental.

—Vete arriba —insistió Dana.

—¿Por qué? —le contradijo Adam—. Esto ya es vox pópuli, y terminará enterándose. ¿Por qué no decírselo?

—¿Decirme qué? —preguntó Marissa—. ¿Y qué demonios te ha ocurrido?

—Resulta que tu madre ha estado engañándome con Tony —explicó Adam—, el monitor del New York Sports Club.

—No te he estado engañando —replicó Dana.

—¿Por qué no tienes la decencia de admitirlo de una puñetera vez?

—Por Dios, ¿es que no podéis parar? —terció Marissa—. Pero ¿qué pasa con vosotros dos?

Dana estaba empezando a hacerse preguntas. ¿Estaba hablando en serio? ¿Estaría llevando aquello tan lejos si no estuviera hablando en serio? Se acordó de aquella época —¿cuándo había sido?—, unos cinco años atrás, cuando su relación con Sharon se había enfriado. Su amiga se había vuelto distante y había dejado de querer que se vieran tan a menudo, y Dana nunca había sabido la razón.

—Entre tú y Sharon no ocurrió nada —dijo.

—¿Por qué me lo habría de inventar? —le retrucó él—. ¿Para desquitarme?

—Un momento —le dijo Marissa a su padre—. ¿Tú y Sharon Wasserman tuvisteis un lío?

Dana se puso a pensar en aquella fiesta de Nochevieja, cuando había entrado en la cocina y visto a Adam con el brazo alrededor de la cintura de Sharon, sujetándola contra él, y en aquella otra ocasión en que ambos fueron al cine con Sharon y Michael y los había visto girarse varias veces para mirarse. Todo empezaba a hacerse nítido, a tener lógica, aunque seguía sin querer creerlo.

—Sharon no me haría eso —insistió—. Es imposible.

—¿Así que no me crees? Pues ve y pregúntaselo tú misma, aunque no veo que eso importe ya.

No estaba mintiendo; lo había hecho realmente. De repente Dana se sintió mareada y tuvo ganas de vomitar.

—¡Oh, Dios mío! —exclamó Marissa, cubriéndose la boca.

Dana tuvo que salir a la calle y tomar algo de aire. Puede que al cabo de unos segundos se diera cuenta de que estaba caminando por el camino de acceso y que luego echaba a correr hacia la acera. Al principio sólo quería escapar, respirar un poco, pero de pronto supo adónde tenía que ir.

Cruzó la calle y dobló la esquina. Tocó el timbre de Sharon unas cuantas veces, y luego empezó a aporrear la puerta con todas sus fuerzas.

Mike, el marido de Sharon, abrió la puerta con aire turbado y de preocupación.

—¿Qué sucede? —preguntó.

—¿Dónde coño está esa guarra? ¿Dónde está?

—¿Qué dices? —preguntó él cuando Dana pasó por su lado dándole un empujón y entró en la casa.

—¿Dónde está? ¿Dónde está esa putilla mentirosa?

Entró en la cocina, no vio a Sharon allí y volvió sobre sus pasos. Se tropezó con Michael, que le preguntó:

—¿Qué está pasando? ¿Qué sucede?

—¿Dana?

Allí estaba, en el piso de arriba.

Subió la escalera corriendo, gritando:

—¡Guarra de mierda! ¡Puta cabrona!

Dana vio la expresión de Sharon; era verdad, todo era verdad.

Cuando llegó a unos pasos de ella, su amiga se volvió y echó a correr por el pasillo en dirección al dormitorio, pero ella iba demasiado deprisa. Sujetó a aquella puta infiel por la espalda y la derribó.

—¡Para! ¡Por favor, por favor, para! —gritó Sharon.

Dana le empezó a dar de puñetazos, golpeándola en la nuca y el cuello. Entonces le rodeó el cuello con las manos.

Mike estaba detrás de ella tratando de apartarla de su mujer, pero ella aumentó la presión, clavándole las uñas, en absoluto dispuesta a soltarla.

17

Adam había hecho su mejor recorrido de golf en años. Había empezado un poco lento en los primeros nueve hoyos, pifiando un *putt* fácil en el tercero y había necesitado tres golpes para salir del hoyo de arena en el sexto, pero en los nueve últimos había conseguido coger el ritmo de verdad. Hizo dos *birdie*, incluido uno en el quince, donde utilizó un hierro tres desde el borde de la calle donde la hierba no estaba cortada, lanzó la bola a ciento ochenta metros, consiguió darle un fantástico —vale, y afortunado— efecto y acabó a metro y medio del hoyo; y entonces clavó el *putt*. Acabó con noventa y dos golpes, sólo a tres del mejor recorrido de toda su vida, que había conseguido hacía cinco o seis años en un campo mucho más fácil de Fort Lauderdale.

Después de un par de cervezas en la sede del club con su amigo Jeff y otros socios del club, volvió en coche a Queens. Seguía estando animado, y no paraba de revivir aquel gran golpe en el hoyo quince una y otra vez. Realmente había clavado aquel golpe tan difícil, y el torneo del club tendría lugar en pocas semanas. No había planeado inscribirse, pero si era capaz de hacer golpes como aquél...

Cuando llegó de nuevo a casa, reparó en que el todoterreno no estaba en el camino de acceso, así que supuso que Dana seguiría en el supermercado. Estuvo a punto de llamarla para contarle lo de su fantástico recorrido, pero decidió esperar a que llegara a casa. Además, a ella no le interesaba el golf, y dudaba que realmente le importara lo de su golpe. En vez de eso, aparcó el Mercedes en el camino y llamó a su amigo Stu, con quien había ido a la universidad y que ahora vivía en Los Ángeles. Stu era un gran golfista, y sabría valorar su hazaña.

Cuando Stu descolgó, Adam dijo:

—Espera a oír esto —y pasó a describirle todo el recorrido. Entró en casa por la puerta de atrás, y se estaba dirigiendo a la puerta principal, mientras decía—: Así que en el quince mi segundo golpe se desvió oblicuamente hacia el borde de la calle… —cuando vio el papel cerca de la puerta. Se acercó y lo recogió sin pensar realmente lo que hacía en el momento en que le decía mecánicamente a su amigo—: Y entonces, cojo el hierro tres…

Stu le preguntó que por qué no había utilizado un dos desde aquella distancia, a lo que le respondió:

—Porque llevaba todo el día haciéndolo bien con el tres… —Pero entonces, mientras leía, empezó a distraerse:

TU ESPOSA Y YO HEMOS ESTADO FOLLANDO
ESTOY ENAMORADO DE ELLA
LO SIENTO
TONY EL DEL GIMNASIO

Adam seguía medio absorto relatándole la historia a Stu y no estaba asimilando realmente lo que estaba leyendo, pero cuando dijo: «Supe que se dirigía directamente a la bandera», se le ocurrió que la nota estaba en la misma clase de papel que aquella en la que le habían amenazado de muerte, y que estaba escrita con las mismas letras mayúsculas y con lo que parecía la misma caligrafía. Su amigo le estaba diciendo algo, Adam no tenía ni idea de qué —el perro de la casa de al lado se puso de repente a ladrar como un loco, haciendo aún más difícil la concentración—, y entonces dijo:

—Tengo que colgar. Te llamo luego —cerró el teléfono y volvió a leer la nota, tratando todavía de entender su significado.

Los pacientes de Adam llevaban años describiéndole la impresión que les había provocado el enterarse de que sus cónyuges les engañaban. Decían que al principio se quedaban perplejos y se sentían traicionados, y que luego experimentaban un tremendo arrebato de ira. Sólo unos meses atrás, Richard, un paciente con antecedentes de alcoholismo, sospechaba que su esposa tenía una aventura, y le dijo que, si averiguaba quién era el tipo, lo mataría. Él había creído entonces que su paciente estaba llamando la atención, tratando de justificarse a sí mismo. Mediante la utilización de las técnicas habituales cognitivo-conductuales, Adam cuestionó la argumentación de Richard para querer enfrentarse al amante de su esposa y le ayudó a comprender que un enfrentamiento que condujera a la violencia no conseguiría otra cosa que provocar aún más dolor a todos los involucrados, y especialmente a sí mismo.

Sin embargo, como bien sabía, era mucho más fácil resolver un problema cuando no era de uno. Ahora que era él el que experimentaba todas las emociones de un amante despreciado, se encontró tan perdido e impotente como cualquiera de sus pacientes con sed de venganza.

—¡Dana! —gritó—. ¡Da... na!

Empezó a subir las escaleras, y entonces cayó en la cuenta de que probablemente su mujer debía de estar aún en el supermercado.

Volvió a mirar la nota, preguntándose si no sería una broma; tal vez los chicos del barrio le estuvieran haciendo otra jugarreta. Es que carecía de toda lógica que Dana estuviera teniendo realmente un lío con aquel joven culturista. No era su tipo ni por asomo, ¿y por qué motivo habría él de interesarse por ella?

Pero no vio ninguna razón para que algún chico del barrio se inventara esa historia sobre Tony, y puestos a pensar en ello, Dana había estado mostrando signos reveladores de adulterio. Había llegado tarde a casa con excusas poco convincentes y estaba obsesionada con aquella manía de la forma física —había perdido casi cinco kilos en el último año—, y también se había mostrado más preocupada por su aspecto, lo que la había llevado a realizar aquellos tratamientos faciales y de depilación láser. Adam también sabía que la gente a menudo escogía amantes que eran el polo opuesto a sus cónyuges, y era casi imposible que Tony fuera más opuesto a él de lo que era.

En ese momento la ira empezó a apoderarse de él, y pensó: *Ese maldito hijo de puta*. Aquel gorila no sólo se había estado tirando a su esposa, sino que le había estado jodiendo toda la vida, al enviarle aquella nota de amenaza con la intención de asustarles a él y a su familia. Y se estaba vanagloriando de ello, sin ni siquiera tratar de ocultarlo.

Estaba tan agitado, tan absolutamente fuera de control, que cuando se encaminó hacia el New York Sports Club ni siquiera se le ocurrió que ir a enfrentarse con un tipo que probablemente le doblaba en tamaño y que como poco tenía el doble de masa muscular que él probablemente no fuera una buena idea. Al igual que sus pacientes desdeñados, estaba tan ensimismado en su rabia, tan ofuscado por vengarse como fuera, que cualquier lógica había sido desechada.

Llegó al gimnasio con un aire apenas amenazador, todavía con su camisa de golf tipo polo de color blanco hueso, con la tarjeta de puntuación y el lápiz asomando por el bolsillo delantero del pecho. Se dirigió directamente a la sala de pesas, donde vio a otros dos monitores, pero no a Tony. ¿Dónde mierda estaba aquel tarado hijo de puta? Porque había que admitirlo, aquel sujeto era un retrasado mental. ¿Era así como Dana llamaba la atención, acostándose con un mongólico?

—¿Dónde está Tony? —preguntó a uno de los monitores, un tío rubio.

—Ni idea, mire en el vestuario —respondió el monitor.

Adam irrumpió en el vestuario golpeando violentamente a un chico, un adolescente, con la puerta batiente. Cuando se dirigía a la zona de las taquillas, oyó a sus espaldas: «¿Qué problema tienes, gilipollas?» Adam recorrió las hileras de taquillas, buscando a Tony. Se imaginó empujándolo contra una taquilla y partiéndole la cara a puñetazos. Ni siquiera se le ocurrió que sus posibilidades de lograr lo uno o lo otro eran nulas.

No vio a Tony cerca de las taquillas, así que entró en el baño. Uno de los reservados estaba ocupado, y Adam aporreó la puerta y gritó algo.

—¡Eh! —respondió a gritos quienquiera que estuviera dentro. Sin duda no era Tony.

Inspeccionó la sauna y el baño turco, pero tampoco lo vio allí. Se estaba dirigiendo a la salida del vestuario cuando oyó cantar a un tipo que desafinaba; parecía una canción pop sensiblera, algo acerca de la falta de aire. El canto procedía de las duchas, así que se dirigió allí con aire resuelto y vio a Tony en la cabina. Primero le miró directamente a los ojos, y no se le pasó por alto la expresión de sorpresa maliciosa del monitor, y luego bajó la vista, hacia los brazos y el pecho exagerados, y de ahí al pene. Lo hizo a propósito, para humillarlo, de la misma manera que una víctima de violación se muere por humillar a su agresor o agresora. Pensó que mirar fijamente la polla del hombre que se había estado acostando con su mujer le proporcionaría alguna satisfacción, que lo envalentonaría. Si Tony hubiera tenido un pene pequeño, una polla como un lápiz, eso tal vez le hubiera levantado su frágil ego, pero por desgracia, incluso sin estar erecto, el pene de ese tipo era mucho más largo y grueso que el de Adam, y mirarle la polla sólo hizo que se sintiera aún más inepto y aumentara su sentimiento de odio hacia sí mismo.

—Eh —dijo Tony cuando se le echó encima tratando de darle un puñetazo en la cara, pero Adam tropezó, quizá con el saliente de acceso a la ducha, y cayó de rodillas con fuerza. Si alguien hubiera entrado en ese momento, le habría parecido que le estaba haciendo una felación al monitor.

Mientras Adam intentaba levantarse, Tony le preguntó:

—¿Qué cojones estás haciendo?

Sujetándose al dispensador de jabón, Adam logró levantarse a medias. Estaba muy cerca del monitor, prácticamente chapoteando contra su cuerpo mojado y enjabonado. Valiéndose de la mano que le quedaba libre, intentó atizarle de nuevo en la cara, igual que había fantaseado que haría, pero apenas pudo imprimirle fuerza al puñetazo, y le golpeó débilmente en la barbilla.

Tony lo empujó con fuerza contra la pared.

—Eh, tranquilo, amigo, ¿vale?, tranquilízate.

Entonces Adam le escupió en la frente. Tony le empujó.

—Eh, ¿es que te has vuelto loco? —dijo el monitor.

Adam le escupió de nuevo, alcanzándole en el ojo izquierdo. Esta vez Tony perdió por completo la calma, lo agarró y lo sacó de la cabina de la ducha arrojándolo prácticamente por los aires; Adam cayó al suelo sobre el costado. Se levantó y arremetió de nuevo contra el culturista, pero éste, fuera ya de la ducha, se limitó a agarrarlo y le encajó un buen derechazo en la cara. Adam oyó el sordo crujido de su mandíbula izquierda, al que siguió un dolor insoportable. Pero no por ello se amilanó, y más tarde se preguntaría si en alguna instancia de su psiquismo no habría deseado realmente que le hicieran daño, si el deseo de sentir dolor, de ser «castigado», no había sido su verdadera motivación. Sin embargo, llevado por el calor del momento, fue incapaz de pensar, así que siguió persiguiendo a Tony, que continuó apartándole a empujones y tirándole al suelo mojado, como si no fuera más que una molestia insignificante.

Cuando regresó del gimnasio, aporreado y ensangrentado, se enfrentó a Dana en la cocina, tratando de que su mujer admitiera lo que había hecho, y al no hacerlo, entonces reveló su aventura con Sharon. En ese momento disfrutó viendo a su esposa indignarse, contemplando el desmoronamiento de todo su mundo. Tuvo la impresión de que así las condiciones se habían igualado —ahora ambos sentían dolor, ambos estaban sufriendo—, y también fue un gran alivio sentirse repentinamente libre del peso del secreto que había estado guardando. Por fin estaba todo a la vista; no quedaba nada que esconder.

Pero no fue hasta después de que Dana saliera corriendo de casa —probablemente para dirigirse a la de Sharon—, cuando se dio cuenta de la irracional y mezquina estupidez que había cometido.

Había advertido a muchos pacientes acerca de los peligros de revelar a un cónyuge un lío amoroso por venganza. Les decía que al principio podría hacer que se sintieran bien, pero que a la postre sólo podía aumentar el dolor de todas las personas involucradas. Incluso les sugería que, si llegaban a sentir el deseo de desquitarse, debían marcharse, alejarse durante unas horas para tranquilizarse y no actuar de manera impulsiva. Pero en ese momento, al igual que antes, había hecho todo lo que siempre le decía a sus pacientes que no hicieran. Había convertido una mala situación en otra peor, no sólo dañando aún más su propio matrimonio, sino también destrozando en potencia el de Sharon.

Marissa, que seguía en la cocina con él, le preguntó:

—¿De verdad es cierto lo tuyo con Sharon? ¿En serio que tuviste un lío con ella?

Ya era hora de empezar a comportarse de nuevo como un adulto racional y tomar las riendas de la situación. Ya estaba bien de llamar la atención y de tanta rabia infantil y fuera de lugar. Tenía que ser dueño de sus sentimientos y asumir la responsabilidad de sus acciones.

—No fue realmente un lío —respondió—. Sólo fue un rollo de una noche…, de un día.

Marissa lo miró con incredulidad, y Adam se dio cuenta de hasta qué punto había lastimado también a su hija. Ya le habría resultado bastante difícil aceptar el engaño de su madre, como para que ahora averiguara que sus dos progenitores eran adúlteros. ¿Qué clase de ejemplo le estaban dando?

—Eres un hipócrita de mierda —le soltó Marissa—. Me dices cómo tengo que vivir mi vida y me impones todas esas normas, cuando tu vida es un completo desbarajuste. ¿Y cómo pudiste hacerle eso a mamá? ¿Y nada menos que con Sharon? ¿Con la madre de mi mejor amiga? ¿Qué te pasa?

Sabía que su hija tenía razón en todo. Tenía todo el derecho a estar furiosa con él, a odiarle. Después de tomarse un momento para asimilar lo que le había dicho, lo único que fue capaz de responder fue:

—Lo siento.

—Increíble —replicó ella, y se marchó de la cocina. Adam la oyó subir las escaleras antes de que la puerta de su habitación se cerrara de un portazo.

Después de todo el griterío y el dramatismo, el repentino silencio de la cocina resultó palmario, aunque también premonitorio. Por el rumbo que tomaban las cosas, el silencio se le antojó como un vistazo al futuro, cuando estuviera divorciado y viviera solo en una casa vacía.

Durante toda la escena con Dana, las heridas de la cara no le habían dolido tanto, pero ahora el dolor estaba volviendo. Se lavó en la cocina, viendo el agua teñirse de rosa mientras se arremolinaba en el desagüe, haciendo muecas de dolor cuando sus manos tocaban los cortes y magulladuras. Se notaba muy hinchado el rostro, y muy afectada la visión del ojo izquierdo. Tal vez fuera demasiado tarde para parar la inflamación, aunque de todas formas se tomó unos cuantos antiinflamatorios y envolvió algunos cubitos de hielo en un trapo de cocina, que apretó con fuerza contra las zonas más hinchadas. Tuvo miedo de mirarse en un espejo, porque tenía la sensación de que su aspecto era aún peor de lo que pensaba.

Cuando empezó a sentir la cara entumecida y la mayor parte de los cubitos se hubieron derretido, dejó el trapo en el fregadero y subió las escaleras. No se podía creer lo que había hecho durante la última media hora, de qué manera había ido tomando una decisión pésima tras otra. Odiarse y culpabilizarse le resultaba demasiado familiar. Era consciente de que lo que sentía en ese momento era lo que había sentido de niño, pero también después del tiroteo. Ignoraba por qué se comportaba de la manera en que lo hacía, la razón de que casi pareciera que cometía los mismos errores una y otra vez de forma deliberada. ¿Por qué sus conocimientos y formación lo abandonaban en los peores momentos?

Se dio cuenta de que quizá debería advertir a Sharon de que le había dicho a Dana que se habían acostado. La llamó al móvil, pero ella no atendió la llamada. Tal vez fuera demasiado tarde de todos modos. Lo más probable es que su mujer ya hubiera ido a su casa para enfrentarse a ella y hacer más grande el drama; ni siquiera quería imaginarse la escena. Sabía que Sharon no le volvería a hablar en la vida. En una ocasión él le había dicho que, pasara lo que pasase, jamás le contaría a nadie lo de su aventura. Pues había guardado el secreto de maravilla, sí, señor.

Cuando estaba a punto de dejar el teléfono, reparó en que tenía un mensaje de voz. Comprobó las llamadas entrantes y vio que se trataba de Stu, que le devolvía la llamada queriendo oír el resto de la historia. Recordó lo contento que se había puesto después de hacer aquel último *putt* en el hoyo dieciocho; le pareció que habían transcurrido años desde entonces.

Los antiinflamatorios y el hielo no sirvieron para nada, y sentía un dolor punzante en toda la cara. Sin querer, se vio en el espejo y se quedó horrorizado de lo terrible de su aspecto. Tenía tumefacto y magullado todo el lado izquierdo de la cara, y el labio superior estaba terriblemente hinchado y de un color azul violáceo.

Se disponía a coger más hielo cuando el timbre de la puerta delantera sonó, cinco, seis veces, en rápida sucesión. Lo más seguro es que fuera Dana, que había salido precipitadamente de casa sin las llaves. Confiaba en que finalmente no hubiera ido a casa de Sharon y que hubiera optado por hacer lo que él debería haber hecho antes: darse un paseo por el barrio para tranquilizarse y recobrar la compostura. No tenía ni idea de lo que le diría, si es que quedaba algo que decir.

Abrió la puerta sin mirar por la mirilla y se encontró con el marido de Sharon, Mike.

Mike parecía encolerizado —los ojos desorbitados, la mandíbula apretada— y la razón no era ningún misterio. Era un tipo grande y cuadrado —había formado parte del equipo de lucha libre de la universidad en Stony Brook— y Adam temió que fuera a recibir otra paliza.

—Por favor, no me hagas daño —dijo, recurriendo de inmediato a la súplica—. Lo siento muchísimo, de verdad. Pero, por favor, no me hagas daño, por favor.

En ese momento Mike pareció ligeramente horrorizado, como si hubiera reparado en el aspecto de la cara de Adam, y dijo:

—¿Cómo te has hecho eso en la cara? ¿Te lo ha hecho la psicópata de tu esposa?

Adam no entendió cómo Mike podía pensar que Dana pudiera haberle dado una paliza, pero no tenía ganas de ponerse a explicar la verdad.

—No, no fue ella —dijo—. Fue… Lo siento en el alma. No se me ocurre nada más que decir.

Mike le fulminó con la mirada.

—Sois patéticos, los dos. Y será mejor que le digas a la psicópata de tu esposa que se mantenga alejada de Sharon, porque la próxima vez que irrumpa en mi casa, la próxima vez que siquiera toque al timbre, llamaré a la policía.

—Oh, no, ¿qué es lo que ha hecho?

—Intentó estrangular a mi esposa, eso es lo que hizo.

—Ay, Dios mío —se lamentó Adam—. ¿Se encuentra bien?

—Sharon está bien, pero tu esposa debería estar encerrada en Bellevue. —Mike le clavó el dedo índice con fuerza en el pecho—. Y en cuanto a ti, será mejor que te mantengas bien lejos de mi esposa, hijo de puta, o te juro por Dios que te mataré.

Mike dejó que aquella amenaza no precisamente velada se prolongara unos segundos manteniendo el dedo índice justo donde estaba, hundiéndolo con más fuerza para recalcar sus palabras, y al cabo se alejó hecho una furia sin mirar atrás.

Adam se quedó allí parado con la puerta abierta durante mucho tiempo —no supo cuánto—, y al final la cerró sintiéndose completamente destrozado.

Marissa seguía arriba en su habitación, ahora con la música a todo volumen. No tenía ni idea de cómo se las iba a apañar para arreglar la relación con su hija ni la manera de recuperar su respeto y confianza alguna vez. Su relación con Dana parecía aún más desesperada. Cuando ella regresara a casa, si es que regresaba, ¿qué podrían decirse el uno al otro? Tuvo la inequívoca sensación de que su matrimonio estaba casi en las últimas. Sabía por experiencia que cuando dos personas actúan de forma tan recíprocamente dañina llegan a un punto en el que la reconciliación es imposible, y él y Dana habían sobrepasado ese punto con creces.

Entró en la cocina y vio la nota de Tony sobre la encimera. La volvió a leer, ya más tranquilo y menos nervioso que antes. Aunque la nota le siguió enfureciendo, provocando que se sintiera extremadamente manipulado y maltratado, fue capaz de leerla con más objetividad. Antes se había dado cuenta de que parecía casi idéntica a la nota amenazante que habían dejado en la casa —era la misma clase de papel blanco corriente y estaba escrita de la misma manera— y había pensado que Tony sólo había dejado la primera nota para asustarlo. Pero ¿y si había algo más? ¿Y si Tony hubiera sido realmente el segundo intruso que había entrado en casa aquella noche? Tal vez hubiera alguna relación entre el monitor y Carlos Sánchez. O a lo mejor Tony se había pasado por la casa en alguna ocasión, conocido a Gabriela y conspirado para efectuar el robo con Carlos.

La idea de que el monitor de gimnasia conociera a Gabriela y a Carlos se le antojó disparatada, pero el hecho era que le habían dejado una nota amenazante en su casa, y que posiblemente había sido la persona que había participado en el robo, y ahora Tony había dejado una nota con un tipo de letra muy parecido.

Entonces hizo lo que debería haber hecho inmediatamente, antes de haberse enfrentado a Tony y de comportarse de forma tan egoísta y desconsiderada con Dana. Llamó al detective Clements para comunicarle la posible pista.

¿Su padre y Sharon Wasserman se acostaban?

Marissa estaba sentada a la mesa de su habitación con la mirada perdida en la pantalla de su ordenador, desplazando mecánicamente el cursor por la lista de reproducción de iTunes mientras trataba de imaginarse a su padre y a Sharon montándoselo. La idea de que su padre se acostara con alguien ya le resultaba difícil de creer, y no sólo por el asco que sienten todos los hijos ante la idea de que sus padres tengan relaciones sexuales. Era que de su padre resultaba realmente difícil creerlo. Era una persona tan seria, tan analítica, que no se lo imaginaba soltándose la melena y teniendo ese tipo de pasiones. Sobre todo en los últimos tiempos, de unos años a esa parte, su padre le había parecido completamente asexuado. Sí, era especialmente difícil imaginárselo teniendo un lío —un rollo de un día— nada menos que con Sharon Wasserman, que era una mujer tan divertida, tan extrovertida, tan guay, tan completamente diferente a su padre. Y Sharon y Mike siempre le habían parecido la perfecta pareja feliz. ¿Por qué habría ella de echar por la borda su matrimonio?

Su móvil sonó. Era Hillary.

—¿Me has llamado? —preguntó su amiga.

—Sí, recibí tu mensaje de voz, pero no dejé ninguno —contestó Marissa—. ¿Dónde estás?

—En la ciudad —respondió Hillary—, tomando unas copas en Wetbar con Brendon. ¿Qué sucede?

Brendon era un tío supuestamente muy guapo que Hillary había conocido una noche en la ciudad y a quien Marissa todavía no conocía.

—¿Te has enterado de la que está cayendo? —preguntó.

—¿A qué te refieres?

—Veo que no sabes nada aún.

—¿De qué se trata?

—Tengo que darte una mala noticia —dijo Marissa—. Bueno, mala noticia no…, extraña más bien. Jodida. Una noticia muy jodida.

—¿No me la puedes dar ya? —Hillary parecía muy preocupada.

Marissa decidió que daba lo mismo que lo largara, así que dijo:

—Mi padre y tu madre se han acostado.

Decirlo en voz alta hizo que pareciera aún más absurdo, rayano en lo ridículo.

Hubo un largo silencio antes de que Hillary hablara.

—Imposible.

—No.

—Estás de coña, ¿verdad?

—Te lo juro por Dios, me acabo de enterar. Es tan jodido. Mi padre también averiguó lo de mi madre y Tony. Mis padres parecían querer matarse uno al otro.

—No te creo —dijo Hillary, dando la impresión de estar algo nerviosa.

—¿Por qué habría de llamarte para contarte una mentira sobre...?

—No lo sé, pero no tiene ninguna gracia.

Marissa trató de sonar muy seria.

—No te estoy mintiendo.

—Tengo que colgar —replicó Hillary con frialdad.

—Hill, vamos, no...

—Adiós —dijo su amiga, y cortó la llamada.

A Marissa le cabreó que le colgara de aquella manera —para que luego hablaran de matar al mensajero—, aunque entendía su reacción. El asunto era difícil de creer, y para su amiga aún tenía que ser más difícil de aceptar, porque su vida siempre había sido un dechado de perfección. Sus padres siempre se habían llevado de maravilla, y su familia había sido una de las menos disfuncionales de todo el barrio.

—Bienvenida al club —dijo Marissa, y entonces el timbre de la puerta sonó.

Fue hasta el borde del rellano y se arrodilló para conseguir una vista diáfana de la puerta delantera, donde su padre estaba hablando con —¡madre mía!— Mike Wasserman, el padre de Hillary. El hombre parecía estar amenazando a su padre; oh, no, el día iba de mal en peor. Confió en que su padre no fuera a recibir aún más golpes; y a propósito, ¿quién le había dado la primera paliza? ¿Se la había dado su madre? Parecía lo bastante furiosa como para zurrarle, sin lugar a dudas.

Marissa regresó a su habitación y pinchó una canción al azar en iTunes, irónicamente y para su cabreo empezó a sonar «Labios de un Ángel», de Hinder, una canción sobre un tío que engañaba a su novia.

Bajó la música y llamó a Xan.

—Hola —respondió el asesino.

Era tan maravilloso oír su voz, la voz de una persona racional.

—Sé que estás ocupado pintando, y siento molestarte, pero esto aquí es una locura.

Le contó que su padre se había enterado de la aventura de su madre con Tony el monitor y que luego había confesado su propia aventura.

—Los dos están histéricos —concluyó ella.

—Lo siento mucho. Tía, es una verdadera putada.

—Jamás he visto a mi madre tan dolida, y deberías haber visto la expresión de mi padre. Parecía que estuviera disfrutando de lo lindo. Fue de lo más asqueroso.

—Vaya, mierda. De verdad que lo siento, Rissa.

—Sé que ahora estás muy ocupado —dijo Marissa—, y de verdad que no quiero agobiarte, pero es que en este momento no quiero estar sola. ¿Pasaría algo si…?

—Sí, por supuesto, pásate. A menos que quieras que vaya yo allí.

—No, no, créeme, éste es un lugar en el que no quieres estar. Pero ¿estás seguro de que no te importa? Porque…

—Sí, estoy seguro —insistió él—. Tienes que alejarte de toda esa locura, y deseo estar contigo en este momento.

—Gracias. Eres tan maravilloso.

Mientras preparaba una bolsa para pasar la noche fuera, no pudo evitar pensar en su novio, en lo considerado que era y lo afortunada que había sido al encontrarlo. Si aquella noche Lucas no se hubiera tirado a esa otra chica en Kenny's Castaways, puede que no le hubiera conocido nunca, y no quería imaginarse siquiera cómo habrían sido las cosas entonces. En ese momento Xan era lo mejor de su vida, lo único, en realidad.

El cariño que sentía por él era sumamente raro, porque por lo general no se enamoraba de los tíos con tanta rapidez. Tiempo atrás, cuando empezaba a intimar con un chico, era ella la que decía: «Necesito un poco de espacio», o «Quiero ir más despacio», o «No quiero ser la única», lo que fuera con tal de evitar meterse en una relación seria. Pero con Xan no se sentía atrapada ni presionada en absoluto. Pasar el tiempo con él se le antojaba de lo más normal, de lo más natural, lo que tenía que ser. Aparte de ser extremadamente guapo, era un tío de buen trato, atento, amable, generoso y divertido, y que ella tuviera tantas cosas en común con él era una locura. Le encantaba que fuera artista y que le gustara hablar de arte. A veces, cuando estaba con él, tenía la impresión de que Xan sabía de antemano lo que estaba pensando, como si sus cerebros estuvieran conectados de la misma manera. Pero lo más asombroso de él era que se habían conocido hacía poco más de una semana y que todavía no había aparecido ninguna señal de alarma; Marissa no había tenido ninguno de aquellos momentos que ella llamaba «momentos uyuyuy». En todas las demás relaciones en las que había estado inmersa, el chico siempre parecía fantástico al principio, puede que durante la primera o la segunda cita, pero entonces se producía un «momento uyuyuy», y él dejaba caer alguna bomba, como que era un fanático del hockey, un jugador compulsivo, un drogadicto o un republicano; algo horrible, vamos.

A la mañana siguiente de conocerse, Marissa había hecho lo que todas las chicas del mundo hacían después de conocer a un nuevo chico: buscarlo en Google. Había esperado encontrar algún antiguo cuadro de él o información sobre su obra y hasta un *blog*. Le había dicho que su apellido era Ivonov, pero una búsqueda por «Xan Ivonov» no arrojó ninguna información, ni tampoco otra por «Alexander Ivonov». Tal vez hubiera escrito mal Ivonov o, puesto que sólo era un artista en ciernes, no hubiera aún ninguna información sobre él en la Red. Había estado probando a escribir el apellido de otras maneras —Ivonof, Ivonoff, Evonof—, cuando él le había enviado un mensaje de texto preguntándole si quería pasar el día en el Met. Si ésa no era la primera cita perfecta, ¿qué lo era? Se lo había pasado de película, llevándole de aquí para allí, mostrándole todos sus cuadros favoritos. Cuando Xan se puso a hablar sin parar de lo mucho que le gustaba *La tormenta*, ella supo que sólo lo estaba diciendo para impresionarla, pero era eso exactamente lo que le encantaba de él, lo que le hacía destacar sobre los demás tíos. Que hiciera aquel esfuerzo extra; que realmente se preocupara de hacerlo.

A lo largo de esa semana, Xan quiso que se vieran prácticamente todas las noches, algo que por regla general habría hecho que se sintiera atrapada, pero Marissa deseaba pasar cada segundo con él. Cuando no estaban juntos, sentía un vacío increíble y no podía dejar de pensar en él, y luego, cuando estaba con él, era tal la intensidad de sus sentimientos que no quería que las citas se acabaran. El momento en que se conocieron había sido de lo más oportuno, porque necesitaba alejarse de sus padres, distanciarse de toda aquella horrible situación que estaban viviendo en su casa, y él era la distracción perfecta.

Pero Marissa no había querido acostarse con él demasiado deprisa. Quería que primero llegaran a conocerse a fondo, esperar al menos a salir unas cuantas veces. Cuando le había invitado por primera vez a su casa, ya estaba preparada para que ocurriera algo, y había llevado una caja de condones en el bolso, por si las moscas.

Sabía que Xan se sentía inseguro y le preocupaba que ella viera su obra —era tan divino verle ponerse de esa manera—, así que no había parado de tranquilizarle, diciéndole que su obra sería probablemente asombrosa. Y lo cierto es que había esperado que su trabajo fuera increíble.

Había estado fantaseando con que Xan fuera ese importante talento por descubrir, el siguiente gran bombazo, y que algún día sería muy famoso, así que cuando entró en su piso y vio los cuadros no pudo evitar llevarse un chasco tremendo.

Su obra era extremadamente variada. Una parte era muy poco profesional y bordeaba lo puramente espantoso. El principal problema de Xan era que su trabajo estaba poco definido y que él carecía de un enfoque personal. Aunque le había dicho que trabajaba con una diversidad de estilos, se quedó sorprendida de lo tremendamente diferentes que eran sus cuadros. Su estilo discurría desde el realismo al arte moderno y de ahí al abstracto, pasando por el posmodernismo, y su utilización del óleo y el acrílico parecía casi fruto del azar. El cuadro en el que estaba trabajando en ese momento era un absoluto batiburrillo; parecía como si hubiera salpicado la pintura sobre la tela sin ningún sentido, como un niño que imitara a Jackson Pollock. Los cuadros parecían tan diferentes unos de otros, por el estilo y los temas, que su mayor talento como pintor parecía ser su capacidad para imitar las técnicas de otros artistas, y eso ni siquiera lo hacía muy bien. No era de extrañar que no hubiera encontrado ninguna información sobre él en Internet.

Por supuesto, tuvo buen cuidado de guardarse todas sus opiniones para sí. Sabía que expresar lo que opinaba realmente —sobre todo, y para empezar, teniendo en cuenta la inseguridad de Xan acerca de su obra— supondría cargarse la relación al instante. Así que se había mostrado muy positiva y animada, hablando sin parar, exagerando los pocos aspectos positivos de su obra e ignorando los muchos negativos. Sabía que estaba yendo demasiado lejos —comparar su obra con Picasso y Johns era una absoluta exageración—, pero al menos Xan no pareció percatarse de que pensaba que su trabajo era una mediocridad. Suponiendo que las cosas entre ellos funcionaran y siguieran saliendo, al final tendría que decirle lo que le parecían realmente sus cuadros, aunque confió en que para entonces el propio Xan se diera cuenta de que no tenía demasiado futuro como artista. Además, lo que importaba —y de entrada una de las cosas que a ella le resultaba más atractivas de él— era que era un apasionado de su arte. Había tanta gente que no sentía ninguna pasión por nada en estos días; se limitaban a seguir con sus vidas mezquinas y egoístas, sin que realmente les importara algo. Pero Xan era diferente. Marissa sabía que, si él trasladaba la pasión que tenía por el arte a otra cosa, conseguiría un éxito rotundo.

Cuando habían empezado a besarse en el sofá, a ella le entraron ganas de hacer amor con él, pero Xan quiso esperar hasta que conociera a sus padres. Marissa lo consideró todo un detalle, aunque también sintió pavor, temía que sus padres lo estropearan todo. Su madre llevaba algún tiempo deprimida y taciturna, y su padre se había ido poniendo cada vez más pesado con todas aquellas normas. Le había dicho que era el momento de aplicar el «quien bien te quiere te hará llorar», aunque a ella le parecía que sólo lo hacía para ca-

brearla y hacerle la vida en casa tan insoportable que se viera obligada a irse a vivir por su cuenta y encontrar un empleo. Su padre era
un redomado hipócrita, siempre con aquellos aires de distinción,
diciéndole que era una «pasota» y señalando «su mal comportamiento» y —lo más ridículo de todo— «sus ganas de llamar la atención». Y, mientras tanto, él iba por ahí pegando tiros a la gente, erigiéndose en el nuevo Bernie Goetz, comportándose como un idiota
en aquella entrevista para *Daily Intel*.

Marissa había esperado que la cena fuera un desastre absoluto.
Sabía que su padre interrogaría a Xan, y tenía miedo de que su madre estuviera en una de sus fases depresivas y se limitará a sentarse
allí y no decir ni mu. Pero, gracias a Xan y a su encanto, la cena discurrió increíblemente bien. Su chico manejó a su padre a la perfección —tomándole en serio y sin ponerse demasiado a la defensiva—,
y cuando terminó la cena estaban hablando como si fueran viejos
amigos. Su madre estuvo sorprendentemente familiar, y al mismo
tiempo pareció gustarle Xan. En realidad, pareció gustarle un poco
demasiado, llegando a coquetear con él algo más de la cuenta; Marissa la sorprendió mirándolo con ojos de besugo al menos varias
veces. Entonces no sabía lo que pasaba esos días con su madre y los
jóvenes. ¿No se suponía que eran los hombres los de la crisis de
los cuarenta? ¿Y qué era lo próximo que iba a hacer?, ¿comprarse
coches deportivos?

Después de la cena, había sido fantástico poder estar por fin a
solas con Xan en la cama. Mientras se desnudaban mutuamente y
durante los preliminares, a ella le pareció diferente a lo que había
pasado con sus anteriores novios. Aquello no era sólo echar un polvo con un chico conocido por casualidad; era el principio de algo
especial.

Pero por desgracia, al igual que cuando había visto la obra de
Xan, el sexo en sí fue una rotunda decepción. No se debió a la falta
de pasión, porque sin duda él le puso buena voluntad. Si cabe, hasta
demasiada, a juzgar por todo el ruido que hizo. Marissa estaba avergonzada por la proximidad de sus padres, y le resultó difícil relajarse

y concentrarse. En varias ocasiones le chistó en voz baja y le dijo: «Tenemos que ser silenciosos», pero era como si Xan no pudiera controlarse y, claro, había un límite a lo que podía decirle. Intuía que —al igual que con su arte— el sexo era algo que se tomaba muy en serio y que cualquier sugerencia que hiciera sería malinterpretada como una crítica. Y a buen seguro que ella no quería ofenderle la primera vez que lo hacían. Además, Xan parecía muy inexperto —sólo había mencionado un par de novias serias en el pasado—, y no quería cohibirle, como si estuviera haciendo algo mal y necesitara asesoramiento. Supuso que en cuanto llegaran a conocer mejor el cuerpo del otro, y el nerviosismo y la torpeza de Xan desaparecieran en parte, el sexo mejoraría. Mientras, la relación en todo lo demás parecía perfecta.

Se marchó de casa sin molestarse en decirle a su padre adónde iba, y cogió el metro hasta la casa de Xan, en Brooklyn. Mientras caminaba hacia allí, fantaseó con que estaba viviendo con él. Sabía que se estaba precipitando, pero ¿y qué? Era divertido fantasear. La casa de Xan era pequeña, pero para empezar sería un buen piso, y decorándolo un poco y utilizando mejor el espacio, tenía mucho potencial. Vivir con un tío estaría muy bien, y tenía la sensación de que Xan era un persona tranquila con la que sería fácil llevarse bien. Ella tenía dinero suficiente para ayudar con el alquiler durante varios meses por lo menos, y al final encontraría algún trabajo, o volvería a la universidad, o haría algo. Y cuando considerase que era el momento oportuno, persuadiría a Xan para que se buscara un futuro fuera del arte. Realmente le traía sin cuidado lo que hiciera para ganarse la vida, porque para ella era más importante el quién que el qué. Nunca había sido materialista. No quería casarse con ningún médico y ser desdichada el resto de su vida; ya había visto a su madre cometer ese error.

Xan le abrió la puerta del portal para que subiera. Aunque sólo habían transcurrido unas cuantas horas desde la última vez que se habían visto, a Marissa se le antojaron días; era fantástico estar con él, abrazarle y sentirse cerca de alguien.

Se metieron directamente en la cama y se tumbaron uno enfrente del otro, besándose, riéndose como tontos, rozándose las narices.

—Bueno, parece que todo anda bastante patas arriba en tu casa, ¿no? —dijo Xan.

—No te lo puedes ni imaginar —confesó Marissa—. Entré en la cocina y parecía como si quisieran matarse uno al otro. Mi padre tenía toda la cara ensangrentada, debía de haberle golpeado mi madre o yo qué sé, y entonces va y le dice que también ha estado engañándola. Cuando mi madre regrese a casa, el desastre va a ser absoluto.

Y así siguió, desahogándose, volviendo una y otra vez sobre lo que había ocurrido en su casa. Xan no habló mucho. De vez en cuando decía cosas como: «Parece duro», y «Lo siento muchísimo», y «Tía, menuda mierda». Pero el mero hecho de tener a alguien con quien hablar, alguien a quien de verdad le importara ella, la hizo sentir mucho mejor.

—Soy tan afortunada por tenerte ahora en mi vida —dijo cuando se volvieron a frotar las narices—. Me parece que debo de ser la chica más afortunada del mundo.

18

Dana estaba en el Staburcks de Austin Street, en Forest Hills, tomándose su segundo café con leche y considerando el lóbrego futuro que se abría ante ella. No era la primera vez que trataba de imaginarse la vida sin Adam, pero en esta ocasión la idea de acabar divorciada parecía más seria, más inminente, y las alternativas eran tan aterradoras y carentes de atractivo como siempre.

No tenía ningún pariente cercano en la zona de Nueva York, y no quería ser una carga para ninguna de sus amigas, así que si se marchaba de casa tendría que irse a un hotel. Podría permanecer en un hotel durante algún tiempo, quizás un par de meses, y luego ¿qué? Sabía que Adam iría a degüello y contrataría a Neil Berman, un viejo amigo de la universidad y un cotizado y despiadado abogado matrimonial. Berman no podía ser más baboso. Ella tendría que contraatacar con su propio perro de presa, y entre los dos acabarían gastándose decenas de miles de dólares en una asquerosa batalla jurídica. Sabía que Adam lucharía a muerte para conservar la casa, y que probablemente lo conseguiría, dado que había pertenecido a su familia desde antes de que se casaran. Por su parte, quizá pudiera conseguir la mitad de la cuenta común de valores y de los ahorros, sólo unos cuantos cientos de miles de dólares en total, porque todavía no habían recuperado el dinero que él había perdido durante el descalabro de las punto.com. Los dos tenían planes de pensiones, y Adam otro privado o público, pero no estaba segura de cuánto dinero exactamente tenía allí metido ni si ella tendría derecho a una parte. Tal vez pudiera conseguir algún tipo de pensión alimenticia, aunque Neil Berman era un capullo tan sanguinario que sabía que no sacaría gran cosa. Y aun en el supuesto de que pudiera conseguir como fuera un acuerdo decente, no sería suficiente para hacer frente a un alquiler en Nueva York y a todos sus gastos. Necesitaría alguna clase de trabajo, y dudaba que las empresas se fueran a equivocar contratando a una mujer de cuarenta siete años de experiencia limitada y que llevaba fuera del mercado laboral desde hacía más de dos décadas. Sí, claro, intentaría conocer a otro hombre, pero ¿sería eso posible? En pocos años, sería una cincuentona desparejada que se las vería y se las desearía para pagar el alquiler de un modesto y diminuto piso.

El futuro nunca le había parecido tan descorazonador. No sólo estaba a punto de quedarse sola, puede que para el resto de su vida, sino que también había perdido a su mejor amiga. Sabía que jamás podría perdonar a Sharon. Era una mujer en la que había confiado; sin ir más lejos, el otro día se había pasado por su casa para pedirle consejo sobre la manera de acabar su aventura con Tony. ¡Le había estado pidiendo consejo! ¿Y qué había hecho la muy puta adúltera? Se había puesto a machacarla en plan santurrona y le había dicho que las «aventuras estaban mal» y que tenía que «pensar en los sentimientos de Adam». Y mientras, la muy desgraciada se había metido la polla de Adam en la boca. Dana jamás se había sentido tan furiosa como cuando le había rodeado el cuello con las manos; por primera vez en su vida había tenido la sensación de que podía matar realmente a alguien, de que podía traspasar esa línea. Era una línea fácil de cruzar; no requería mucho esfuerzo. No tenías que estar loco para matar; bastaba con que estuvieras un poco fuera de tus casillas.

Se estaba terminando de un largo trago su café con leche cuando su móvil sonó. Era el idiota de Tony.

—Hijo de puta, déjame en paz —le dijo, lo bastante alto como para que la camarera, una joven negra, lo oyera desde la otra punta del local y la mirara.

Dana no se podía creer que tuviera las narices de llamarla en ese momento, después de haber dejado aquella nota y de intentar destrozar su vida. Iba a dejar que saltara el buzón de voz; pero entonces pensó: *A la mierda*, cogió el teléfono y dijo:

—¿Qué pasa contigo? ¿Por qué no puedes dejarme tranquila de una puñetera vez? —Tony empezó a decir algo, pero ella le interrumpió—: Mantente alejado de mí. —Y colgó. Pasados unos segundos, la volvió a llamar, y ella dijo—: ¿Eres idiota o qué? ¿Es que eres un demente?

—No tengo ni idea de qué... —empezó a decir él.

—Y una mierda —dijo Dana.

—No ten...

—Que te jodan, y lo digo en serio —y colgó.

Como era de esperar, la llamó una vez más, y en esta ocasión Dana no respondió. Como un minuto más tarde el teléfono dio un pitido, indicando que había un nuevo mensaje de voz. Iba a borrarlo, pero entonces pensó en lo que Tony acababa de decir: «No tengo ni idea de qué...», y por alguna razón se sintió impulsada a reproducir el mensaje, con el pulgar puesto en el botón de TERMINAR, lista para borrarlo en cualquier momento.

Mira, no tengo ni idea de qué cojones está pasando, ¿vale? Lo único que sé es que tu marido apareció e intentó agredirme en la ducha. No quise hacerle daño, ¿vale?, pero me escupió en la cara, ¿y qué querías que hiciera?, ¿que aguantara esa mierda? No sé que es lo que os está pasando a los dos, si le contaste lo nuestro o qué, pero sólo llamaba para asegurarme de que te encontrabas bien. Te echo de menos, ¿vale? Pégame un tiro si quieres por decirlo, pero es la verdad. Sabes lo mucho que te quiero, Dana. Haz lo que quieras, pero hazme un favor: llama a tu marido y dile que se mantenga alejado de mí. No quiero tener que hacerle daño de nuevo.

Dana borró el mensaje tras decidir que Tony estaba oficialmente loco, y que ella también tenía que estarlo por haberse enrollado con él, eso de entrada. A toro pasado, se dio cuenta de que se había mostrado inestable, obsesivo y proclive a la violencia desde el principio. La brusquedad con que se comportaba en la cama; la manera en que había empezado a decirle que estaba enamorado de ella, cuando desde el principio le había dejado bien claro que por lo que a ella concernía él no era más que un juguete sexual; el modo en que le había llamado y enviado mensajes de texto a horas improcedentes; la manera en que le había enviado flores a casa…; todo eso debería haber hecho saltar las alarmas. Tony le había hablado de las peleas en las que había participado, de la gente a la que había dado una paliza en bares y clubes, y aunque Dana no le había dicho nada, había pensado: *¿Los esteroides lo hacen violento?* Y luego, ese día, había dejado una nota en su casa y le había dado una paliza a Adam, y se comportaba como si nada de aquello fuera culpa suya. Aún peor, seguía diciéndole que estaba enamorado de ella cuando Dana le había dejado meridianamente claro que ni siquiera quería volver a hablar con él.

—¡Joder! —exclamó, y la camarera volvió a mirarla. Ella le devolvió la mirada, que proclamaba a voces: *Sí, estoy hablando sola. ¿Tienes algún problema con eso?*

Como si no tuviera ya bastantes problemas, si Tony continuaba acosándola, tendría que considerar pedir una orden de alejamiento. Y que ahora Adam tuviera algún motivo de loca venganza contra el monitor no ayudaba en nada. ¿De verdad había ido allí y le había «agredido» en la ducha? Eso explicaba la paliza que había recibido; era tan propio de Adam que se hubiera acercado hecho una furia al gimnasio y cometido una locura semejante. ¿Qué era lo que había pensado: *Caramba, creo que voy a ir a darle una paliza a un culturista?* Sí, eso era. Igual que cuando había cogido la pistola aquella noche. El hombre no escarmentaba.

Alterada por el chute de cafeína, sintió la necesidad de ir en busca de aire.

Camino de la salida, vio que la camarera la volvía a mirar.

—¿Qué estás mirando, estúpida? —dijo, sin llegar realmente a ser consciente de lo que había dicho hasta que llevaba recorrida media manzana.

Cuando entró, Dana se armó de valor esperando que Adam arremetiera de nuevo contra ella, pero la casa estaba en silencio. Subió las escaleras, y en el pasillo, fuera de su dormitorio, de pronto se dio cuenta de lo mucho que había perdido. Su vida había sido tan buena, había tenido tanto, y había renunciado a todo. ¿Por qué? ¿Por qué estaba aburrida? ¿Por qué se sentía ignorada?

Empezó a llorar, y las lágrimas corrieron por sus mejillas. Al principio tenía la cabeza apoyada contra la pared, pero luego se sentó en el suelo con la cabeza entre las piernas. Hacía años que no lloraba de aquella manera, y jamás se había sentido tan despreciable, tan impotente.

Al cabo de quizá media hora de intenso llanto, se sintió entumecida y atontada. No quería que su matrimonio se acabara. Sabía que las cosas se habían jodido, más que jodido, pero no creía que la situación fuera irremediable. Las cosas habían estado mejorando hasta ese día, y no se trataba de que uno u otro se hubiera enamorado o incluso tuviera un asunto amoroso en marcha. Había roto con Tony y —según parecía— Adam y Sharon sólo habían estado juntos una única vez. En cierto sentido, su aventura —y, sí, estaba dispuesta a admitir que había sido una aventura y no una simple cana al aire— había sido peor, porque, aunque él la había engañado con su mejor amiga, ella había estado con Tony docenas de veces. Adam era capaz de racionalizar lo que había hecho —*Nos dejamos llevar por el momento; ocurrió, y punto*—, pero lo que ella había hecho fue calculado y premeditado. Si él pudiera perdonarla, entonces no veía la razón para que ella no debiera hacerlo también. Sí, se habían hecho daño mutuamente, pero muchas parejas se lastimaban uno al otro y solucionaban sus asuntos; no salían corriendo.

Sedienta y agotada de tanto llorar, bajó a la cocina. Estaba a punto de abrir el frigorífico cuando oyó el ruido de la televisión procedente del salón. Se acercó cautelosamente y vio a Adam tumbado en el sofá. Estaba detrás de él, y su marido estaba mirando hacia el otro lado, así que probablemente no supiera que ella estaba allí. Supo que no estaba mirando realmente la televisión, porque Rachael Ray estaba en pantalla, y él no la soportaba.

Se iba a marchar, a dejarle un poco de espacio, pero le pareció mal quedarse allí de pie sin decir nada.

—¿Cómo está tu cara? —preguntó.

Adam no respondió. Supuso que la estaba ignorando.

Esperó un par de minutos, viendo a Rachael Ray explicar la manera de hacer una «salsa picante», y entonces dijo:

—Sólo quiero que sepas que Tony no significa nada para mí. Fue una idiotez, y no tengo ni idea de por qué lo hice. Creo que quizá debería volver a la terapia.

Pensó que al jugar la carta de la terapia al menos obtendría una respuesta, al demostrarle que estaba dispuesta a asumir la responsabilidad de lo que había hecho, pero Adam no tuvo ninguna reacción.

Dana continuó:

—Sigo queriéndote muchísimo. Deseo que estemos juntos si tú lo quieres. Caray, llevamos casados veintitrés años. Es una locura tirar nuestro matrimonio por la borda sin intentar siquiera arreglar las cosas.

Él siguió sin responder. Dana se preguntó si no estaría dormido, y dio dos pasos dentro del salón para conseguir verle mejor la cara. De pronto tuvo un pensamiento horrible: *No está dormido, está muerto.* Durante unos instantes aterradores se imaginó los momentos inmediatos: tocarle el cuerpo, sentir la piel fría, su histeria. Tal vez se hubiera tomado una sobredosis o se hubiese cortado las venas de las muñecas. Esperó ver un charco de sangre en el suelo. Entonces le vio los ojos, que estaban abiertos como platos, pero sin vida.

—Adam. —No lo dijo gritando, pero sí inopinadamente, como si dijera: «Buuu», intentando asustarlo.

Él giró la cabeza hacia ella, y Dana dijo:

—Gracias a Dios. —El pulso le martilleaba—. Lo siento, pensé que estabas… No importa.

Él se volvió de nuevo hacia el televisor y siguió con la mirada perdida.

Dana permaneció allí hasta que su pulso cardíaco recuperó la normalidad, y entonces se dispuso a marcharse.

—Hablé con Clements —anunció Adam.

Dana se detuvo.

—¿De qué?

Él siguió sin volverse hacia ella, y continuó mirando a Rachael Ray.

—Le conté lo de la nota que… —se interrumpió, como si se estuviera esforzando por encontrar las palabras correctas, y entonces dijo con asco—: que dejó Tony.

Dana se dio cuenta una vez más del tremendo daño que le había hecho.

—¿Qué pasa con ella? —preguntó débilmente.

—¿Qué quieres decir con que qué pasa con ella? —le espetó él, dando la sensación de odiarla—. Que era prácticamente exacta a la otra nota, aquella en la que me amenazaban.

Ella no había pensado en eso antes —ni en nada, vaya— porque había tenido la cabeza llena de muchas otras cosas. ¿Por qué habría dejado Tony una nota amenazando de muerte a Adam y declarando estar involucrado en el robo? Tal vez podría haber intentado acosar a Dana y a su familia, pero dejar una nota no parecía algo que cuadrara con él.

—¿Estás seguro de que las notas parecen iguales? —preguntó.

—Sí, estoy seguro. Era el mismo papel, la misma caligrafía. Todo era igual.

—Me parece raro —objetó ella.

—¿Qué? —preguntó Adam, aunque Dana sabía que la había oído a la perfección y que estaba intentando tratarla con dureza para molestarla.

—No entiendo por qué iba a hacer algo así.

—Clements me preguntó si Tony había estado alguna vez en casa —dijo Adam—. ¿Ha estado aquí alguna vez?

Dana se acordó inmediatamente del ramo de flores. No quería contárselo, temiendo que eso llevaría a más preguntas sobre el pasado y que la acusaría de acostarse con Tony en la casa de ambos, en la cama de ambos, y no quería enzarzarse en otra gran pelotera.

—No —mintió.

—¿Nunca? —insistió Adam.

—Que yo sepa, no, nunca.

—¿Conocía a Gabriela?

—¿Cómo iba a conocerla?

—¿La conocía o no?

—No tengo ni idea. No veo cómo podría haber…

—¿Crees que pudo haber entrado a robar en casa o no?

—No.

—¿Por qué no?

—No me parece que sea algo que haría.

—¿Por qué no?

—Porque no me lo parece.

Adam guardó silencio durante varios segundos, y luego anunció:

—Llamaré a Clements y se lo diré. Dijo que iba a enviar a alguien más tarde a recoger la nota.

Pasaron varios segundos más, y entonces Dana, todavía a espaldas de él, preguntó:

—Bueno, ¿qué es lo que quieres hacer?

—¿Sobre qué?

Volvió a tener la sensación de que lo sabía muy bien y de que intentaba ponerla nerviosa.

—¿A ti qué te parece? —replicó—. Estoy dispuesta a esforzarme si tú lo estás. Todo esto me hace sentir fatal, y sé que tenemos mucho que arreglar, pero me parece que podemos superarlo. Bueno, tú no paras de ver pacientes en estas situaciones, les prestas tu ayuda y acaban arreglando sus matrimonios. Las personas cometen errores, pero no tiene por qué ser el fin.

—A veces es el fin —sentenció Adam.

La frialdad de su voz transmitió el mensaje de que por lo que a él concernía aquella conversación había terminado; de que no había lugar a más discusión.

Ella permaneció allí un rato más, aturdida, y se marchó antes de empezar a llorar de nuevo.

Adam no fue a la cama. Aunque solían dormir con mucho espacio entre los dos, sin tocarse apenas, la cama seguía pareciendo muy vacía sin él. Dana se despertó varias veces durante la noche, y en cada ocasión se echó a llorar contra la almohada hasta que se volvió a dormir.

Por la mañana se despertó cuando Adam estaba cerrando uno de los cajones de la cómoda. Él salió de la habitación enseguida, probablemente para ir a ducharse al baño de invitados. Más tarde, cuando Dana oyó cerrarse la puerta delantera de un portazo, se levantó de la cama.

Bajó las escaleras. Adam no le había dejado café hecho, pero en esta ocasión no le pareció que fuera una actitud pasiva-agresiva; era directamente una agresión.

También había dejado migas de pan sobre la encimera y no se había tomado la molestia de colocar sus platos en el fregadero. Entonces reparó en que había escrito algo en la pizarra de la cocina donde a veces se dejaban mutuamente notas. Se acercó y leyó: «Quiero que te vayas de casa».

Estuvo llorando mucho tiempo, sabiendo que no había nada que pudiera hacer o decir para que su marido cambiara de idea. Trataría de hablar con él de nuevo, aunque sabía que no serviría de nada. *A veces es el fin.*

Lo peor era que iba a tener que pasar por todo aquello completamente sola. En circunstancias normales, Sharon habría sido la única amiga con la que se habría sentido cómoda hablando de algo tan personal y traumático. Consideró la posibilidad de llamar a otras amigas, a Deborah, con la que había crecido en Dix Hills,

Long Island, o a Geri, de la asociación de padres de alumnos, pero la verdad es que la vergüenza y la culpa no la dejaban decir: «Me voy a divorciar». Le parecía que pronunciar esas palabras lo haría real, que ya no habría vuelta atrás, y que en cuanto se lo dijera a alguien, el chisme recorrería todo el barrio y el drama no haría más que aumentar. Todos hablarían de ella, hasta la gente que apenas la conocía. *¿Te has enterado de que Dana Bloom se va a divorciar? Ay, no, qué horror, pobrecilla.* Y todos hablarían de ella como si fuera la pobrecita indefensa, una víctima. Ser divorciada se convertiría en su nueva identidad, porque, después de todo, ¿qué otra identidad tenía? No tenía profesión, ni hijos pequeños. Su vida no tenía sentido.

Volvió a meterse en la cama y no quiso levantarse. Estaba más asustada que deprimida, aunque era consciente de que la depresión estaba empezando y tenía la sensación de que no haría más que empeorar. No había manera de que pudiera superar el estrés de mudarse, encontrar un nuevo piso y toda la pesadilla legal y financiera completamente sola. Tenía que recuperar el Prozac. Hablar con alguien, con un profesional, tal vez eso fuera una buena idea. Se dijo a sí misma que llamaría a su psiquiatra, el doctor Feldman, a quien no había visto desde hacía al menos tres años. Consiguió la primera hora que tenía libre Feldman, que era al siguiente miércoles por la tarde.

En algún momento de la tarde oyó a Marissa subir las escaleras y meterse en su cuarto. Dana no había considerado realmente el efecto que el divorcio tendría sobre su hija. De acuerdo, ya tenía veintidós años, así que no era exactamente como tener que explicarle la situación a una niña pequeña, pero aun así iba a ser un drama en su vida. De pronto se sintió terriblemente culpable: por abandonar a Marissa y por ser una mala madre, sobre todo en los últimos tiempos. Desde que su hija había vuelto a casa, ¿en algún momento había estado pendiente de sus necesidades? No, había estado fuera, en su mundo de fantasía con Tony, pensando en sí misma, como siempre. No se podía creer que hubiera estado envuelta en semejante niebla, que no hubiera calculado el efecto que la aventura había estado teniendo, y no sólo sobre Adam y su matrimonio, sino sobre toda su familia.

Se levantó de la cama perezosamente. Llamó con los nudillos a la puerta de Marissa, y oyó:

—¿Qué pasa?

—Tengo que hablar contigo.

Después de un prolongado silencio, su hija dijo:

—Entra.

Entró y vio a Marissa tumbada de espaldas en la cama escribiendo algo en su iPhone. De pronto le vino a la memoria la fugaz imagen de su hija a los cinco o seis años en la misma cama, víctima de alguna pesadilla en mitad de la noche y gritando: «¡Mamá!» Dana siempre se levantaba —Adam tenía un sueño muy profundo, y por él la niña podía haber estado gritando toda la noche—, se metía en la cama con ella y la abrazaba con fuerza, asegurándole que todo iba a ir bien. A veces Marissa se volvía a quedar dormida de inmediato, pero en otras ocasiones tenía que contarle cuentos inventados sobre las aventuras de Marissel y los padres de Marissel, Arthur y Diana. Los personajes eran un trasunto apenas disimulado de Dana, Adam y Marissa, y al final de cada cuento, Marissel siempre acababa feliz y contenta, acostada en su cama, con sus padres en la habitación contigua.

—¿Qué quieres? —preguntó Marissa, que parecía irritada como solía ocurrir en los últimos tiempos.

—¿Me puedo sentar?

—Si quieres. No tienes buen aspecto.

Dana se sentó en el borde de la cama.

—Lo primero de todo, lo siento.

—¿Sientes el qué?

—Que tuvieras que presenciar todo eso ayer. Sé lo… inquietante que debe de ser para ti.

—¿Inquietante? —Marissa se rió sarcásticamente—. Lo único que no sé es cómo habéis tardado tanto.

—¿Lo sabes?

—Papá me llamó antes y me lo contó.

—¿Qué te contó? —Dana tenía miedo de que Adam ya estuviera poniéndola a parir.

—Que os vais a divorciar, y me parece bien, si he de ser sincera. Lleváis años haciéndoos desgraciados el uno al otro.

—No llevamos años.

—Lleváis años —insistió su hija—. Así que ¿por qué seguís juntos si no podéis ser felices? Los dos deberíais salir a buscar, no sé, a alguien que sea más compatible con vosotros.

—No es tan fácil —respondió Dana, sin saber si se refería a pasar por un divorcio, encontrar a otro hombre o a ambas cosas.

—Oh, vamos —dijo Marissa—. Si estás muy buena. Hasta Xan me lo ha dicho.

—¿De verdad? —Dana necesitaba que le levantaran la autoestima.

—Sí, de verdad. Sus palabras exactas fueron: «Tu madre está muy buena».

—Bueno, eso es muy amable por su parte, es un chico muy cariñoso, pero no estoy tan segura al respecto. Creo que la mayoría de los hombres de mi edad buscan mujeres jóvenes como tú.

—No tuviste ningún problema en ligarte a ese tío, Tony, y es veinte años más joven que tú, ¿no?

—Para empezar, lo que ocurrió entre Tony y yo nunca fue serio, es importante que lo sepas. Sé que papá te lo va a explicar como si hubiera tenido una relación seria con otro hombre y que ésa es la razón de que nos divorciemos, pero eso no es así ni por asomo. Yo no le voy a dejar. Lo que ocurre entre nosotros es recíproco; no es culpa sólo de uno. Y quiero que sepas cuánto lamento que tuvieras que averiguarlo de la manera que lo hiciste. Sé lo perturbador que debió de haber sido para ti.

—Oh, por favor —le espetó Marissa—. Que os vayáis a divorciar no es precisamente una sorpresa. Además, yo ya sabía lo tuyo con Tony.

—¿Qué lo sabías? ¿Cómo?

—Hillary os oyó a ti y Sharon hablando de ello el otro día. Aunque todavía no me puedo creer lo de papá y Sharon. Ésa sí que fue una verdadera sorpresa. Nunca me lo hubiera imaginado.

A Dana se le estaban llenando los ojos de lágrimas, pero no quería empezar a llorar otra vez, sobre todo delante de Marissa. Tuvo que desviar la mirada.

—No te preocupes, mamá, todo va a ir bien. Le dije a papá que me parecía que había estado muy mal que se liara con Sharon. Joder, es tu amiga, pero Hillary es la mía, y no estuvo nada bien que hiciera eso.

Dana rodeó a su hija con un brazo y dijo:

—Sólo quería asegurarme de que todo esto no te afectara. No quiero que nos guardes resentimiento, ni a mí ni a tu padre.

—Deja de pensar en mí. Haz lo que tengas que hacer, y yo estaré bien.

Dana ya no pudo contener las lágrimas, así que apoyó la cabeza en el hombro de su hija y se echó a llorar.

Regresó a su dormitorio y se volvió a meter en la cama. Al final se quedó dormida. Cuando se despertó, le sorprendió que fueran más de las seis y cuarto y que hubiera estado durmiendo casi tres horas, puesto que no sentía que hubiera recobrado las fuerzas.

Aunque no tenía hambre ni le apetecía salir de la cama, sabía que comer algo tal vez fuera una buena idea. Padecía una hipoglucemia leve, y cuando dejaba que el azúcar de su sangre bajase demasiado, se angustiaba mucho, se volvía irritable y se deprimía.

Al dirigirse abajo, reparó en que el dormitorio de su hija estaba vacío. Al pie de la escalera, en el vestíbulo, gritó: «¡Marissa!», pero no hubo respuesta. Lo más probable es que hubiera quedado con alguna amiga o lo que fuera.

En la casa de al lado, *Blackie*, el pastor alemán de los Miller, estaba ladrando a todo meter. A veces se ponía a ladrarle al cartero o a algún otro repartidor.

Fue a la cocina y se preparó un bocadillo: pechuga de pavo con lechuga, tomate y pan integral. La verdad es que no estaba de humor para comer. Consiguió dar unos bocados y metió el resto en el frigorífico. Estaba cargando el lavavajillas cuando sonó el timbre de la puerta de servicio.

Eso no era normal. Ella, Adam y Marissa utilizaban esa puerta de vez en cuando, principalmente cuando aparcaban en el camino de acceso, pero casi siempre entraban con una llave. Lo primero que se le ocurrió es que quizá fuera un repartidor, o el tipo de la compañía eléctrica para leer el contador. Eso explicaría que *Blackie* siguiera ladrando de forma tan desaforada. Aunque no estaba esperando ningún reparto y el de la compañía eléctrica siempre llamaba a la puerta delantera.

Estaba demasiado rendida para ahondar más en el tema. Apartó la cortina que cubría el cristal de la puerta y vio a Xan. Llevaba puestas unas gafas de sol oscuras, y cuando la vio escudriñando por el cristal, sonrió y le hizo un leve saludo con la mano.

Dana soltó inmediatamente la cortina y pensó: *Mierda*. No podía dejar que la viera entrar otra vez vestida con esas pintas. Llevaba una camiseta raída, un chándal holgado y ni una pizca de maquillaje.

—Esto… ¡un segundo! —dijo, y echó a correr escaleras arriba.

Lo más deprisa que pudo se puso unos vaqueros, un sujetador más favorable y un ceñido top negro de manga larga; luego se aplicó carmín, un poco de colorete y se recogió el pelo en una coleta. Se examinó en el espejo del vestidor. Seguía hecha un asco, pero algo era mejor que nada. Entonces dijo: «Los zapatos, joder», y buscó algo con un poco de tacón —unas botas negras de piel— y bajó las escaleras.

Abrió la puerta trasera, y Xan mostró una amplia sonrisa.

—Hola —dijo.

Dana había olvidado lo guapo que era. El chico se levantó las gafas de sol y las dejó en lo alto de la cabeza, y ella se sobresaltó momentáneamente por el azul de sus ojos.

—Hola —respondió ella—. Lo siento. Estaba…, bueno, acabando de hacer algo importante…

Blackie seguía ladrando como un loco.

—No pasa nada —la tranquilizó—. No me ha importado esperar.

—Marissa no está aquí ahora —dijo Dana—. ¿Quieres entrar?

—Si no tiene inconveniente.

—Pues claro que no.

Dejó que Xan pasara por su lado, cerró la puerta y echó la llave.

—No sé cuándo se ha marchado Marissa —dijo Dana—, ni cuándo va a volver. ¿Se suponía que tenías que reunirte con ella pronto?

—Sí, ahora mismo, en realidad.

—Ah, bueno, ¿por qué no te sientas? ¿Quieres beber algo?

Xan seguía de pie, no lejos de la mesa, y preguntó:

—¿Qué tiene?

—Lo que quieras —respondió—. Coca-Cola, Diet Coke, zumo de naranja, agua, té helado…

—Un té helado me vendría de maravilla.

Mientras Dana abría el frigorífico tuvo la misma sensación que la otra noche, la de que la estaba observando, repasándola de pies a cabeza. Sacó la jarra de té helado, y mientras reparaba en que Xan seguía de pie y no se había sentado, alargó la mano para coger un vaso del armario, diciendo:

—En el futuro, que sepas que solemos utilizar la puerta delantera.

—Ah, lo siento —se disculpó.

—No, no, no tiene la menor importancia —le tranquilizó—. Es sólo que a veces es difícil oír el timbre de la puerta trasera… Ojalá ese maldito perro dejara de ladrar.

—Llamé a la puerta delantera, pero no respondió nadie —dijo Xan.

—Oh —replicó Dana—, qué raro.

Se preguntó si sería posible que hubiera llamado al timbre mientras estaba dormida. No, desde que se despertó hasta que sonó el timbre de la puerta trasera habían pasado por lo menos dos minutos.

Mientras servía el té helado en el vaso, dijo:

—En el fondo tanto da llamar a un sitio que a otro.

Cuando le entregó el vaso, Xan dijo:

—Gracias. —Le dio un sorbo, y preguntó—: ¿Y está el señor Bloom en casa?

A Dana no le quedó muy claro el motivo de semejante pregunta, pero aun así respondió:

—Puedes llamarle Adam, pero no, tampoco está.

—¿Me dijo que podía llamarla Dana, verdad? —Estaba sonriendo, mirándole directamente a los ojos.

—Sí —dijo ella—. Dana está bien.

—No tiene que hacer todo esto por mí, Dana.

Ella se había distraído momentáneamente por la manera penetrante de mirarla.

—¿A qué te refieres?

—Cambiarse, ponerse maquillaje —explicó Xan—. No tiene que hacerlo por mí.

Se sintió avergonzada en el acto.

—En realidad me estaba vistiendo cuando llamaste y…

—Es sólo mi opinión —dijo Xan—. Es usted la clase de mujer que no tiene que hacer nada. Está guapa de todas las maneras.

Dana tuvo claro que el chico estaba coqueteando de manera improcedente, pero en el estado en que estaba —al borde del divorcio, con la autoestima en el retrete— era difícil no sentirse halagada.

—Gracias —dijo.

—¿Puedo hacerle una pregunta personal? —preguntó Xan.

¿Se había acercado un paso o dos sin que ella se diera cuenta? Parecía que sí.

—Esto…, claro —consintió Dana.

—¿Le atraigo?

—¿Cómo dices? —lo dijo en un tono cortante, queriendo dejarle claro que había ido muy lejos.

—No intento ofenderla —se explicó Xan—. Sólo hago una observación. Soy artista, y eso es lo que hago: observar. Veo la manera en que me mira, la manera en que me estuvo mirando la otra noche, y la manera en que me está mirando ahora mismo. Sé lo que le está pasando por la cabeza.

Dana se sintió tremendamente incómoda y algo más que un poco asustada. Aquél no era el mismo Xan adorable de la otra noche; había algo espeluznante en él, incluso amenazador.

—Creo que deberías esperar a Marissa en el salón —dijo.

—No pretendo ofenderla, Dana. —Dio otro paso hacia ella, aunque seguía estando a unos pasos de distancia. Y añadió—: Es sólo que me parece... excitante.

—Quiero que esperes en el salón —dijo ella con firmeza.

—¿Por qué está tan nerviosa?

—No estoy nerviosa —replicó, aunque estaba temblando.

Xan se acercó otro paso.

—Tranquilícese.

Dana se dio cuenta de que no le veía una de las manos. La tenía detrás de la espalda; ¿estaba sujetando algo?

Un instante más tarde la estaba agarrando con fuerza, la obligó a darse la vuelta y la empujó de espaldas contra el fregadero. Dana no se podía creer lo que le estaba sucediendo. Sintió que le agarraba la coleta y le tiraba de ella con fuerza. Es posible que dijera: «Para»; no estuvo segura. Estaba aturdida, conmocionada, demasiado aterrorizada para pensar realmente en la palabra «violación», pero sabía que eso era lo que estaba ocurriendo, lo que estaba a punto de suceder. Estaba esperando a que le bajara los vaqueros cuando Xan soltó un sonoro gruñido y ella sintió un tremendo y sorprendente dolor en mitad de la espalda, entonces le pareció como si las piernas le desaparecieran y se encontró tirada en el suelo, y apareció aquel charco rojo, ¡Dios mío!, aquello debía de ser su sangre. El dolor en el pecho, la espalda y el cuello fue espantoso al principio, y quiso gritar, aunque no pudo porque algo le obstruyó de pronto la garganta. Vio a Xan de pie muy, muy lejos, o eso le pareció, observándola, mientras decía:

—No pasa nada, querida, no le des más vueltas... No lo pienses más, cariño... No le des más vueltas.

19

Éste tenía que ser una especie de momento culminante en la vida de Johnny Long. Tal vez le ocurrieran otras cosas fantásticas —eh, todavía era joven, ¿no?—, aunque era difícil imaginar vivir hasta los ochenta, los noventa o los que fueran y echar la vista atrás y tener un recuerdo mejor que el de la época en que había jodido por completo al doctor Adam Bloom y su engreída familia.

Todo había estado saliendo a la perfección, aún mejor de lo que Johnny había planeado. El sábado Marissa se pasó por su casa, y se habían tirado el día y la noche jodiendo y «estrechando lazos». También habían hablado mucho. Había procurado no mostrar mucho interés, aunque había hecho acopio de alguna información importante acerca de ella y sus padres y sus costumbres, que confiaba en poder utilizar más adelante. Por ejemplo, cuando Marissa le estuvo hablando de su padre, Johnny dejó deslizar algunas preguntas como: «¿Tu padre va a trabajar todos los días?», y «¿A qué hora suele volver del trabajo?» Sin mostrarse interesado, sólo como si sintiera cierta curiosidad, por el simple placer de charlar. Ella le dijo que su padre solía marcharse a trabajar «alrededor de las ocho de la mañana» y que regresaba «a eso de las siete o las ocho». Y resultó que necesitaría esa información mucho antes de lo que había imaginado.

Marissa se fue de su casa alrededor de las once y media del domingo por la mañana. Después de dos noches seguidas juntos, tenían previsto pasar el día y la noche separados para darle a él «tiempo para pintar». Johnny ya sabía que Adam tenía previsto jugar al golf por la mañana —la otra noche, durante la cena, había comentado que tenía hora en el *tee* a las siete y media—, y Marissa le había dicho que su madre pensaba ir de compras al supermercado, como hacía todos los domingos. Así que Johnny decidió que ese día podía ser la oportunidad perfecta para hacer su primer movimiento.

Como unos veinte minutos después de que Marissa se fuera, se marchó de su casa. A las 12.52 salió de la estación de metro de Forest Hills y se encaminó a casa de los Bloom. Sabía que estaba corriendo un riesgo. Estaba especulando con que Dana ya se hubiera marchado a Costco y no hubiera llegado aún a casa, con que Adam no hubiera terminado de jugar al golf y que Marissa no hubiera llegado antes que él. Si alguno de ellos lo veía, tendría que inventarse una excusa para justificar su presencia allí. Si todos le creían, podría seguir con el plan B, pero si empezaban a sospechar, todo su plan correría peligro.

Ni el Mercedes ni el todoterreno de los Bloom estaban en el camino de acceso; buena señal. Johnny ya había escrito una nota de «Tony el del gimnasio» y la deslizó por debajo de la puerta delantera de los Bloom. Se estaba alejando cuando vio acercarse por la manzana el Mercedes de Adam Bloom, que se dirigía directamente hacia él.

Estuvo bien que estuviera atento, porque si hubiera dado un paso o dos más, probablemente le habría visto. Pero Johnny se dio la vuelta enseguida y se dirigió al patio trasero por el camino de acceso.

Joder, ¿y ahora qué hacía? El patio trasero estaba cerrado por todos lados por una alta cerca de madera que no ofrecía ningún lugar para esconderse, y Bloom iba a aparcar el coche en el camino de acceso en unos cinco segundos.

Cuando era niño, Johnny había aprendido a huir de los polis y de los chicos que querían pegarle. Siempre había sido un fantástico trepador; vallas, árboles, podía trepar a cualquier sitio. Saltó apoyándose en la verja y se dio impulso. Si hubiera dispuesto de más tiempo, podría haber pasado por encima fácilmente, pero no pudo encontrar ningún buen punto de apoyo para los pies y los maderos de la verja terminaban en unas agudas puntas. Oyó al coche acercarse, probablemente ya a punto de meterse en el camino de acceso.

Utilizando todas sus fuerzas, se impulsó hacia arriba y con el mismo movimiento consiguió levantar las piernas y pasarlas por encima de la valla. Luego soltó las manos, pero no había acabado todavía. Su cazadora de cuero se enganchó en lo alto de la verja. Levantó la mano, la soltó y cayó de culo al suelo con todas sus fuerzas en el momento preciso en que el coche de Bloom empezaba a subir por el camino.

Sintió un dolor matador en el trasero y la región lumbar, aunque estaba bien. Y lo más importante: había conseguido saltar por encima de la verja justo a tiempo para que Bloom no le viera.

Lo que sí vio él fue a un pastor alemán en la casa de al lado de la de los Bloom. El estúpido chucho estaba levantado sobre los cuartos traseros, arañando la ventana. Johnny se iba a quedar donde estaba —el perro estaba dentro de la casa; no podía echársele encima—, pero, joder, ¿y si había alguien en la casa y se acercaba a ver el motivo de los ladridos del perro? Seguro que vería a Johnny en el patio trasero, acurrucado en el suelo, con toda claridad.

Se levantó, echó a correr hacia el camino de acceso de la casa con perro y se quedó lo más cerca que pudo de la vivienda sin hacer el menor movimiento, aunque el perro, el muy hijo de puta, había ido hasta el lateral de la casa y estaba ladrando y arañando la ventana.

Entonces oyó hablar a una mujer dentro de la casa (debía de haber una mosquitera en la ventana).

—¿Qué sucede, *Blackie*? —dijo.

Johnny no creía que la mujer pudiera verlo, aunque no estaba seguro. Sin duda lo vería si abría la mosquitera y miraba fuera. No podía salir corriendo, porque no sabía si Bloom había entrado en su casa todavía, así que tenía que quedarse donde estaba y esperar lo mejor.

—¿Qué? ¿Dónde? No veo nada —dijo la mujer, aunque el perro seguía ladrando como un poseso. Entonces la mujer dijo—: Vamos, déjalo ya… He dicho que pares ahora mismo.

El perro, por supuesto, no dejó de ladrar, aunque ahora los ladridos parecían alejarse, como si la mujer estuviera arrastrando al animal lejos de la ventana.

Johnny permaneció allí un par de minutos más, sólo para asegurarse de que Bloom había entrado en la casa, luego fue hasta el camino de acceso, giró a la izquierda para alejarse de la casa del psicólogo y regresó hacia la zona comercial de Forest Hills.

En términos generales, estaba satisfecho de la forma en que las cosas habían discurrido. De todos modos, había conseguido hacer lo que se había propuesto, y en ese momento ya sólo restaba volver a casa y ver qué resultados daba.

Y dio unos resultados óptimos.

A eso de las dos, cuando estaba saliendo del metro en Brooklyn, Marissa lo llamó, aparentemente desquiciada, para decirle que sus padres estaban teniendo una pelotera impresionante. Johnny fingió confusión, y preguntó: «¿Una pelotera? ¿Por qué motivo?» Marissa le contó que su padre había averiguado que su madre se había estado tirando a su monitor, y —no te lo pierdas— resultaba que su padre también había tenido una aventura con la mejor amiga de su madre. Johnny pensó: *Jo, tío, menuda familia de mierda.* Los padres se engañaban mutuamente, y la hija era una mocosa malcriada e infeliz. Era como si todos estuvieran suplicando que alguien fuera y los librara de tanto sufrimiento.

Él insistió en que Marissa volviera a su casa para «alejarse de toda esa locura». Ah, ¿era o no estupendo? La chica dependía ya tanto de él, y eso que sólo se conocían desde hacía una semana. Johnny había perpetrado algunos engaños fantásticos, pero esta vez se estaba superando.

Cuando Marissa llegó, se abrazó a él con fuerza, como si no quisiera soltarse nunca, y dijo:

—Soy tan feliz cuando estoy contigo.

Más tarde, después de echar un par de polvos, la chica se quedó dormida con la cabeza apoyada en su pecho. Pero él estaba sobreexcitado, completamente despierto, dándole vueltas a su plan e intentando calcular hasta el último detalle. Lo de Dana y Adam era fantástico; ahora sólo tenía que hacer su gran movimiento lo más pronto que pudiera.

Por la mañana —era lunes— sugirió a Marissa que se encontraran más tarde en Manhattan.

Se dio cuenta de que a ella le encantó la idea, aunque dijo:

—¿Estás seguro? Mira, no quiero que acabes harto de mí.

—¿Cómo sería posible que acabara harto de ti? —preguntó él.

Ella se puso como un tomate.

—En serio, puede que no sea una idea tan fantástica —dijo.

—Quiero verte otra vez —insistió él—, y creo que es una buena idea darle a tus padres un poco de espacio, ¿sabes?

Esto último había sido pura improvisación, pero le había salido perfecto.

—Sí, puede que tengas razón —admitió ella—, y además no tengo ganas de estar cerca de ellos en estos momentos, pero es que no quiero abusar de ti.

—¿Estás de coña? —replicó Johnny—. Quiero estar contigo el mayor tiempo posible. Pasaría contigo cada segundo si pudiera.

A ella le encantó aquello. Después de besarse durante un rato, Marissa dijo:

—Pero primero tengo que ir a casa a ducharme, cambiarme y ocuparme de algunas cosas. Me puedo reunir contigo de nuevo aquí a eso de las cinco.

Sabía que ella querría ir a casa primero, así que dijo:

—Tengo una idea. Quedemos en la ciudad a las seis y media. Podemos comer cualquier cosa y luego ir al cine.

Ella dijo que le parecía fantástico, y acordaron encontrarse en el exterior de la estación del metro de la Cincuenta y nueve con Lexington Avenue.

Marissa se fue de casa de Johnny poco antes de la una. Él quería hacer su jugada ese día, aunque tenía que averiguar los horarios de los padres de ella. No quería hacer aquello a tontas y a locas; quería pulir hasta el último detalle.

Se dirigió a una cabina telefónica situada a unas diez manzanas

—no quería hacer las llamadas demasiado cerca de su piso—, llamó a información y consiguió el teléfono del doctor Adam Bloom en Manhattan. Llamó y le preguntó a la mujer que le atendió si podía hablar con el doctor Bloom. La mujer le dijo que el doctor no podía ponerse al teléfono, que estaba con una paciente. Por supuesto Johnny colgaría en el caso de que Adam estuviera disponible; entonces dijo:

—No pasa nada, le llamaré más tarde. ¿Hasta qué hora estará en su consulta hoy?

—Tiene el último paciente a las cinco.

Joder, eso era demasiado tarde; significaba que Bloom podría marcharse a las seis y estar en casa a las siete.

—Muy bien, gracias —dijo Johnny.

La mujer estaba diciendo: «Si quiere dejarme un número, le…» cuando colgó.

Más tarde, de vuelta en su piso, llamó a Marissa y le preguntó si podían quedar a las siete y media en vez de a las seis y media.

—A mí me va mucho mejor —dijo Marissa—. Estaba a punto de llamarte. Mi amiga Hillary quiere que quedemos para tomar una copa a las cinco y media, y me parecía que iba a ir muy justa de tiempo para las seis y media donde habíamos quedado.

Era perfecto. Marissa estaba impulsando los planes.

—¡Colosal! —exclamó Johnny—. Hay una peli a las ocho y media, así que no hay ningún problema.

La verdad es que no tenía ni idea del horario de la película, pero decidió que podría buscar una excusa para eso después, si es que tenía que hacerlo.

—Fantástico —dijo ella—. Ay, Dios, estoy impaciente por verte. Aquí hay otro día de pesadilla.

Le contó que se había enterado de que sus padres se iban a divorciar; más noticias fantásticas por lo que concernía a Johnny.

—¿Está tu madre en casa ahora? —preguntó.

—Sí —respondió Marissa—. Acaba de estar aquí dentro preguntándome si llevaba bien lo del divorcio y si no me iba a traumatizar por ello. —Se echó a reír, y preguntó—: ¿Por qué me lo preguntas?

Johnny no creyó que sospechara nada, tan sólo preguntaba.

—Por curiosidad —respondió, pero necesitaba darle una explicación, así que añadió—: Bueno, ¿crees que ella y el monitor siguen… juntos?

—No lo sé. No parece que vaya a ir a ninguna parte hoy. La verdad es que tiene un aspecto horrible.

—¿Así que crees que se quedará en casa todo el día?

—Sí, ¿por qué?

En esa ocasión sí que hubo algo de suspicacia, y Johnny tuvo que ser cuidadoso. No quería que aquello fuera algo que Marissa pudiera recordar más tarde y preguntarse por ello.

—Hablaba por hablar —dijo—. Sería grave que tu padre la pillara a ella y al monitor juntos.

—Sí, grave para mi padre —comentó Marissa—. Pero en serio, no veo cómo podrían empeorar más las cosas entre ellos. Ahora mismo, no podrían ser más malas.

Sí, muy bien, pensó él, aunque dijo:

—Has manejado todo esto fantásticamente hasta el momento. Me siento orgulloso de ti.

Johnny se marchó de su piso alrededor de las cuatro. Tenía todo lo que necesitaba en la mochila. Estuvo buscando un rato hasta que por fin encontró un viejo Saturn sin localizador ni alarma. Forzó la puerta, le hizo el puente y se puso en camino.

El trayecto hasta Forest Hills le llevó más de lo esperado a causa del tráfico de la hora punta, aunque igualmente tenía tiempo de sobra. Aparcó lo más cerca que pudo, como a media manzana de casa de los Bloom. Desde el coche llamó a Marissa para confirmar que estaba realmente en la ciudad con su amiga Hillary, aunque le dijo que llamaba porque la echaba de menos y sólo quería oír su voz. Miró a un lado y a otro con detenimiento, y cuando estuvo lo bastante seguro de que no había nadie mirando, salió del coche y se dirigió a la casa de los Bloom.

Eran las 18.22, y probablemente Adam se estuviera dirigiendo en metro hacia su casa. Sumando quince minutos por la hora punta y suponiendo que no se parase en ninguna parte, debería llegar a la casa de Forest Hills alrededor de las siete. Johnny quería que Adam llegara a casa después de que él matara a Dana. Si por alguna razón llegaba mucho antes, podría ser un problema.

Llevaba unos guantes de piel negros y una gorra de lana negra. No hacía precisamente tiempo para llevar guantes ni gorra —hacía más de diez grados—, pero quería ocultar su aspecto todo lo posible. Además, sabía que Dana se distraería demasiado con lo guapo y encantador que era como para reparar en otra cosa.

Al acercarse a la casa, tuvo especial cuidado de asegurarse de que nadie reparase en él. Un hombre al final de la manzana había salido de su coche y se dirigía a su casa, pero no estaba mirando hacia donde estaba él. Sin embargo, Johnny titubeó, aminorando el paso hasta que el tipo entró en su casa; luego siguió hacia la casa de los Bloom.

El todoterreno y el Mercedes estaban en el camino de acceso; confió en que eso significara que Dana estaba en casa. No quería tocar el timbre de la puerta principal y arriesgarse a que alguien la viera dejándole entrar en la casa, así que echó a andar por el camino en dirección al patio trasero. No habría hecho eso si se hubiera acordado del perro. El chucho chalado debió de oírlo u olfatearlo o lo que fuera, porque cuando llevaba recorrido la mitad del camino, los ladridos empezaron. Johnny no le vio sentido a darse la vuelta y llamar a la puerta delantera, y tampoco estaba preocupado por los ladridos en sí; le preocupaba que alguien de la casa de al lado mirase por la ventana y lo viera, recordara eso más tarde y se lo contara a la policía.

Caminando lo más deprisa que pudo, fue hasta el patio trasero de los Bloom y subió al pequeño porche. Desde su posición estaba fuera de la vista de la casa de al lado, y no creyó que le hubieran visto.

Llamó al timbre, y al cabo de unos segundos vio a Dana mirando afuera. *Muñeca*, pensó, mientras sonreía de oreja a oreja y le hacía un pequeño gesto con la mano. Pero la mujer levantó un dedo, como queriendo dar a entender que volvía enseguida, y antes de que él tuviera tiempo de decir algo, había desaparecido.

Joder, ésa era una complicación innecesaria. El perro estaba ladrando aún con más fuerza, y aunque no le podían ver desde la casa del can, estaba a plena vista desde el patio trasero de la casa del otro vecino de los Bloom. Si alguien de aquella casa oyera el alboroto que estaba montando el perro y saliera al porche trasero, vería a Johnny allí parado.

¿Por qué estaba tardando tanto Dana? Sabía que probablemente se estaría cambiando y maquillándose. Se le antojó que había estado ausente diez minutos, aunque probablemente no fuera tanto ni de lejos.

Le dijo que tenía que reunirse con Marissa en la casa. Como era de esperar, ella le informó de que su hija no estaba, pero Johnny no sabía si Marissa le habría contado a su madre sus planes de ir a la ciudad. Si lo había hecho, iba a tener que decir que habían cambiado de idea, aunque Dana parecía estar completamente en la inopia y le invitó a que esperase dentro.

Agradeció estar dentro de la casa, y por fin los malditos ladridos del perro se fueron apagando. Johnny desplegó todo su encanto para que ella no reparase en los guantes ni en que pareciera, bueno, alguien que fuera a matarla. Por la manera en que lo estaba mirando, con toda la coquetería del mundo, supo que lo deseaba y que podría seducirla. Le habría encantado haberla añadido a su larga lista de conquistas. Tío, ¿no habría sido un flipe tirarse a la mujer de Adam Bloom antes de matarla? Pero no era idiota. Sabía que follársela no haría más que ocasionarle todo tipo de problemas con el ADN, y quería hacer aquello impecablemente.

Sin embargo, sí que quería divertirse un poco con la infeliz aquélla; si no podía tirársela, al menos podía hacer que creyera que iba a hacerlo. Entretanto, mientras Dana iba a buscarle un poco de té helado, agarró un cuchillo de cocina —uno con una hoja de casi veinte centímetros— del soporte de los cuchillos que había sobre la encimera. Aquello formaba parte de su plan, porque había visto los cuchillos cuando estuvo en la cocina la otra noche. Cuando ella le pidió que se sentara, no lo hizo, aunque la mujer no pareció darse cuenta de que tenía el cuchillo detrás de la espalda. Entonces, ¡qué carajo!, le soltó que ella le gustaba mucho. Johnny comprendió que ella lo deseaba desesperadamente, aunque fingiera que no. Pero no quería que se pusiera como una loca y empezara a gritar, así que decidió acabar con aquello sin más preámbulos.

Nunca había matado con un cuchillo, pero sí con una navaja, y en una ocasión, aquella vez en Rikers, con un pincho casero. Sabía que el truco para matar con cualquier tipo de arma blanca era no ser un chapucero. Cualquiera podía clavar un cuchillo en un cuerpo unos cuantos centímetros; joder, hasta una vieja endeble podría hacerte una bonita herida. Pero para hacer daño de verdad tenías que meterlo hasta el fondo. Tenías que abrirte paso a través de aquellos tres o cinco centímetros de músculo y quizá de hueso para poder cortar las arterias y órganos vitales. Así, cuando la acuchilló en mitad de la espalda, se aseguró de hacerlo con fuerza suficiente para introducirle la mayor parte de la hoja; luego empujó aún con más fuerza, sintiendo que el cuchillo había atravesado algo, y entonces entró con más facilidad. Cuando consiguió introducir quince o diecisiete centímetros de la hoja, y no hubo manera de que entrara más, soltó a la mujer.

Retrocedió, viendo cómo se retorcía por el suelo de la cocina. Detestaba verla sufrir. Le habría gustado arrancarle el cuchillo de la espalda y rebanarle el cuello o acuchillarla directamente en el corazón, acabar de una vez con aquello, pero no quería que la sangre lo salpicara todo, sobre todo a él. Por lo que sabía, sólo tenía un poco de sangre en los guantes y en el puño de la manga izquierda de la sudadera, y no quería mancharse más.

Lo importante era que, aunque Dana siguiera viva, gimiendo e intentando alejarse a rastras, no estaba gritando realmente de dolor, quizá porque estaba demasiado débil y no podía respirar. Tal vez el cuchillo le hubiera perforado uno de los pulmones, o puede que le estuviera saliendo demasiada sangre por la boca. Así que Johnny se limitó a mantenerse a distancia, esperando a que la mujer se desangrara, intentando hacer que se sintiera mejor diciéndole cosas como: «Déjalo ya» y «No te esfuerces más».

La verdad es que fue una putada que tardara tanto en morir. Al final dejó de gemir, aunque siguió retorciéndose. Era duro ver aquel sufrimiento, pero la sangre tenía algo que a Johnny se le antojó, bueno, hermoso. Quizás estuviera empezando a tomarse aquel rollo patatero del arte demasiado en serio, pero el... ¿cuál era la palabra?, ¿traste? No, contraste. Sí, le encantó el contraste de la brillante sangre roja sobre el suelo blanco de baldosas. También le gustó la forma que tenía la sangre de extenderse desde el cuerpo, los charcos que se expandían despacio, pero sin perder su forma perfectamente redondeada. Cuando llegara a casa luego, intentaría recrear esa escena, trataría de conseguir ese mismo tono de rojo. Tal vez tuviera que mezclar un poco de blanco con el rojo, y utilizaría el óleo, no el acrílico. Puede que hiciera una serie entera de cuadros, a los que llamaría sus *Análisis de sangre*. Vaya, tío, ¿es que era un genio o qué? Podía imaginarse sus cuadros colgados en el Met —¿o cuál era ese que estaba al otro lado de la calle, el Polla*?— y a todos los engreídos amantes del arte hablando sin parar de lo genial que era. Sí, todos dirían cosas profundísimas sobre el «mensaje» de los cuadros. Podía oírles decir que eran una reflexión sobre la sociedad, sobre «nuestros tiempos». Casi seguro que le invitarían a sus fiestas, toda aquella gente rica tropezándose unos con otros, queriendo hablar con el hombre que había pintado los *Análisis de sangre*.

Dana dejó por fin de moverse. Se acercó a ella todo lo que pudo

---

* En el original inglés aparece Prick, que en su acepción vulgar significa «polla» o «pito». Cabe suponer que el personaje trabuca, adrede o sin querer, el nombre del museo Frick, situado a menos de un kilómetro del Metropolitan. *(N. del T.)*

sin pisar el charco de sangre, le miró a la cara y vio sus ojos completamente abiertos, y pensó: *Sí, está muerta. Por fin.*

Dejó el cuchillo donde estaba, en la espalda de Dana, y cogió otro del soporte. Éste tenía una hoja más grande —puede que más cerca de los veinticinco centímetros—, y se apartó, esperando a que Adam apareciera.

Eran las 18.52 según el reloj del horno. Con un poco de suerte Adam habría salido del trabajo a las seis, después de su último paciente. Si se dirigía directamente a casa en metro, llegaría allí en un minuto. Cuando le oyera entrar por la puerta delantera, se mantendría a un lado, metiéndose en el rincón que había entre la mesa y la entrada al comedor. Adam vería a su esposa en el suelo y eso lo distraería, y entonces Johnny le atacaría. Trataría de apuñalarlo las menos veces posibles, aunque sabía que sería más difícil con Adam, porque él repelería el ataque y podría resultar complicado hundirle la hoja lo suficiente para llegar al corazón o los pulmones. La clave estaría en matarlo lo más deprisa posible, antes de que tuviera oportunidad de gritar demasiado. Si Johnny tenía que apuñalarlo tres, cuatro, cinco o más veces para matarlo, pues lo haría. En resumidas cuentas, necesitaba que Dana y Adam fueran encontrados muertos a cuchilladas en el suelo de su cocina. Entonces la policía dirigiría sus miradas hacia el sospechoso evidente: «Tony el del gimnasio». Le dio lástima joderle la vida al pobre capullo, pero ¿qué podía hacer?

Aunque no creía que se hubiera manchado de sangre los zapatos, no quería arriesgarse a caminar por la casa. Examinó el cuerpo un momento, todavía encantado con el tono de rojo; entonces miró hacia la pizarra, donde alguien —probablemente Adam— había escrito: «Quiero que te vayas de casa».

Era casi perfecto; como si los Bloom estuvieran cooperando en su plan, no sólo para dejarse matar, sino para proporcionarle la coartada perfecta. Su matrimonio era una mierda tal que la pasma iría derecha a por aquel tal Tony y lo trincaría. Deseaba mantener la calma y no perder el control, aunque era difícil no entusiasmarse. Estaba tan cerca del gran premio, de conseguir todo lo que había deseado siempre, que ya no le parecía que estuviera en casa de los Bloom. Ésa era «su» casa, y se moría de ganas de deshacerse de todas las cosas de los Bloom y salir a gastar dinero a lo loco, gastar cincuenta mil —joder, ¿y por qué no cien o doscientos mil?— y llenarla con todo lo que siempre había querido.

El único problema era que necesitaba que Adam estuviera muerto, y Adam no aparecía. Imaginaba que debía de haber salido de su consulta alrededor de la seis, y aunque fuera hasta el metro a paso de tortuga, el trayecto hasta Forest Hills no le llevaría más de una hora. Esperaba que no pasara nada con el metro ni que Adam tuviera otros planes para esa noche. Había hecho todo lo posible para que aquel plan marchara sobre ruedas dentro de lo posible, pero algunas cosas se escapaban de su control.

A las siete, unos quince minutos después de que Dana hubiera muerto, seguía sin haber señales de Adam. Para mantener su coartada, Johnny tenía que reunirse con Marissa a las siete y media. Podría llegar unos minutos tarde, pero no quería hacerlo después de las ocho menos veinte, como muy tarde a las ocho menos cuarto. Si llegaba demasiado tarde, Marissa le preguntaría por qué se había retrasado, y él no quería ninguna complicación.

Estaba mirando fijamente su reloj, diciéndose que se daría otros diez minutos, hasta las siete y diez, y que entonces se marcharía, cuando el teléfono sonó. El ruido le sobresaltó, y durante un segundo incluso creyó que la alarma de la casa se había disparado. Al cabo de cuatro timbrazos o el que llamaba colgó o saltó el contestador. Johnny esperó hasta las siete y diez y se concedió otros cinco minutos, pero ya no podía esperar más. Decidió ver la parte buena: el día no había sido un desperdicio completo; al menos se había deshecho de uno de los Bloom. Una fuera, quedaban dos.

Johnny se había llevado una muda completa en la mochila, incluidos otro par de zapatos, su cazadora de cuero y otros guantes de piel. Pero puesto que le pareció que no se había manchado de sangre en ninguna parte, salvo en la sudadera, lo único que necesitaba era la cazadora.

Puso el cuchillo no utilizado en el soporte. Mientras se quitaba la sudadera, sacándosela por la cabeza, pensó en los pelos y fibras de su gorra y en las pruebas de ADN. Intentó ser lo más cuidadoso posible, pero aunque cayera algún pelo al suelo no vio que eso fuera a ser un gran problema. Otro cantar sería si no hubiera estado antes en la casa. ¿Por qué no se le podía haber caído un pelo el otro día?

Por si acaso, cuando se hubo quitado la sudadera, se acuclilló y miró por todas partes. Nada, ningún pelo.

Se puso la cazadora y los guantes de piel y guardó la sudadera en la mochila. Rodeando el cuerpo y la sangre, salió de la cocina y cruzó la casa hacia la entrada principal. Era una putada que no pudiera salir por la trasera, donde sería mucho menos probable que alguien reparase en él, pero no quería arriesgarse a que el perro volviera a montar un alboroto.

Fuera era totalmente de noche. Abrió la puerta delantera cautelosamente. Si Bloom estuviera allí, Johnny tendría que hacer algo para deshacerse de él. Tendría que estrangularlo o abrirle la cabeza. Llevaba la pistola encima, pero no quería dispararle. Si los polis encontraban a Dana acuchillada y a Adam con una bala en la cabeza, podrían no concentrarse en Tony como sospechoso. Necesitaba que la policía creyera que el monitor había cogido el cuchillo y apuñalado impulsivamente a Dana. Pero si encontraban impactos de bala en Adam, podrían pensar: «¿Por qué Tony no utilizó la pistola con Dana?» *¿Lo ves?* Johnny siempre estaba pensando, siempre iba un paso por delante.

Cuando miró hacia la calle, no vio ni rastro de Adam. Aparentemente, no había moros en la costa en ninguna de las dos direcciones, y no oyó acercarse a ningún vehículo, así que salió tranquilamente de la casa, dobló a la derecha y echó a andar por la manzana hasta donde había aparcado el coche robado. Arrancó, tomó la calle principal y, *¡no se lo podía creer!*, allí estaba Adam, caminando por la acera, sujetando dos bolsas de comestibles.

Johnny confió en que el gilipollas supiera la suerte que tenía.

20

Camino del trabajo Adam concertó una cita de emergencia con Carol. Se puso en contacto con ella a través del móvil —su colega estaba en un convoy del Metro North que la traía desde su casa de New Rochelle— y le dijo que estaba sumido en una «grave crisis», que tenía que verla inmediatamente.

—Hoy tengo la agenda llena —dijo ella.

—Tengo que verte —insistió Adam desesperado—. Mi vida se esta desmoronando.

Carol le volvió a llamar unos minutos más tarde para decirle que había aplazado su cita de las diez para poder verlo.

Fue la sesión más difícil de Adam en años. Mientras describía a Carol todo lo sucedido la víspera después de regresar del campo de golf, rompió a llorar varias veces, sobre todo cuando describió lo «rabioso» y «descontrolado» que se había sentido. Como era natural, ella se mostró muy objetiva y compasiva. Cuando los pacientes estaban en plena crisis, era importante dejar que se expresaran, y no era el momento de que el terapeuta interviniera con «soluciones». Básicamente se limitó a escuchar, manteniendo la expresión de suma preocupación en la que todos los psicoterapeutas son maestros mientras Adam hablaba sin parar, salvo en los momentos de mayor alteración, en que le dio muestras de apoyo de carácter general, diciéndole cosas como que era «natural» comportarse como lo había hecho y que no tenía que «disculparse por sus sentimientos». Cuando él terminó de desfogarse, entonces le provocó un poquito más, aunque manteniéndose todavía muy comprensiva, diciéndole que se había sentido herido y traicionado y asegurándole que su comportamiento había sido el mejor posible dadas las circunstancias.

A medida que la sesión fue avanzando, Adam empezó a inquietarse y a enfadarse cada vez más, a sentirse paulatinamente más frustrado. Era aquélla una de esas situaciones en las que era plenamente consciente del proceso terapéutico, hasta el punto de parecerle imposible que pudieran hacer ningún verdadero avance. No quería que su terapeuta lo mimara y manipulara; no quería tragarse la idea de que su comportamiento había estado justificado, de que había hecho lo correcto. Sabía que el día anterior se había comportado como un completo gilipollas. Había perdido el control, no había controlado su reacción y había expresado su furia con suma torpeza. Ir a pegar a Tony ya había sido bastante malo, pero a continuación había tomado otra decisión sumamente torpe al revelar su lío con Sharon. No había existido ninguna razón para meterla en todo aquello, perjudicando su matrimonio e hiriendo profundamente a Dana, e incluso hasta a Marissa.

—Esto no está funcionando —proclamó.

Carol, sin inmutarse lo más mínimo y dando a su paciente la oportunidad de expresarse, preguntó:

—¿Qué es lo que no funciona?

—Esto —respondió Adam—. Lo que estás haciendo ahora mismo. Sé lo que estás haciendo, porque yo haría exactamente lo mismo. Estás tratando de bailarme el agua, y no quiero que nadie me baile el agua.

—¿Y qué es lo que quieres?

—Quiero soluciones, quiero respuestas, pero jamás las voy a conseguir de esta manera.

—¿Y cómo puedes conseguirlas?

—¿Lo ves? No puedes dejar de analizarme, ni siquiera un segundo. El análisis no funcionará conmigo. Puedo ayudar a las demás personas, sé que he ayudado a otras personas, pero necesito que se me diga qué tengo que hacer, necesito que alguien me ponga en mi sitio. En este momento estoy jodiendo toda mi vida, y tengo la sensación de no poder impedirlo. Me parece que soy adicto a un comportamiento muy negativo.

—Sabes que no te puedo decir lo que tienes que hacer, Adam.

—¿Es que no puedes hablarme como a un ser humano normal?

—Si quisieras hablar con un ser humano normal, no me habrías llamado esta mañana.

Se hizo un largo silencio; luego los dos se echaron a reír, una buena manera de romper el hielo.

—Muy bien, tú quieres que te ayude. Tú no necesitas mi ayuda. ¿Qué te parece esa ayuda?

—No soy ninguna víctima, ¿estamos? Controlo mi vida, no me controla ella a mí.

—¿Te das cuenta? Tienes todas las respuestas.

—Pero saber esto no me ayuda.

—Ésa es una decisión que tomas tú. ¿De verdad quieres que se acabe tu matrimonio?

—No —replicó sin vacilación, y en ese momento sintió que había dado un paso adelante. Los verdaderos avances eran raros en los procesos terapéuticos, pero en su experiencia con los pacientes los había visto producirse en los momentos más inesperados. En su caso, al atreverse a decirle a Carol que no hacía avances, irónicamente había conseguido avanzar más que en años.

Necesitaba desesperadamente un día libre para asimilar sus sentimientos, pero no podía irse a casa. Aunque había tenido más cancelaciones y plantones, seguía teniendo varios pacientes que ver. En su actual estado de ánimo, era difícil asumir el papel de terapeuta y asesor de otras personas, aunque se esforzó al máximo por estar atento, y consiguió sacar adelante el día.

Después de su último paciente, resolvió cierto papeleo relacionado con los seguros de asistencia médica y luego se marchó de la consulta alrededor de las seis y cuarto. Cuando salía de la estación de metro de Forest Hills llamó a casa. Quería disculparse con Dana por desairarla con el silencio y por dejar aquella nota en la pizarra, pero saltó el contestador. Se preguntó si estaría en casa, pero comprobando quién llamaba. Iba a dejar un mensaje o decir algo como: «Si estás ahí, cógelo, tengo que hablar contigo», pero cortó la llamada, decidiendo que de todos modos la iba a ver al cabo de unos minutos.

Se paró en una tienda de alimentación e hizo algunas compras para la casa. Había una larga cola en la caja, y entonces la mujer que tenía delante se puso a discutir el precio de un bote de café, así que la cajera —que parecía nueva— tuvo que comprobar el precio. Llamó por el altavoz al encargado, pero éste tardó varios minutos en aparecer, y luego varios minutos más en encontrar el precio correcto, tras lo cual la cajera tuvo que devolver a la clienta lo cobrado de más. Adam pudo pagar por fin y se dirigió a casa.

Estaba impaciente por ver a Dana y hablar con ella otra vez. Ya había tenido suficiente dosis de infantilismo durante los dos últimos días, y era hora de que se comportara como un adulto y planteara la situación frontalmente. Sabía que no sería fácil. Pensaba disculparse con ella por su comportamiento inadecuado —y al mismo tiempo no le afearía a su mujer el suyo— y le sugeriría que acudieran a un consejero matrimonial. Seguía enfadado, seguía sintiéndose traicionado, pero le parecía que estaba preparado para tenderle la mano a Dana y reafirmarse en su matrimonio. Si resultaba que no eran capaces de resolver sus diferencias, que así fuera, pero le parecía que era importante que al menos hicieran un intento serio.

Entró en casa, reparando en que las luces de arriba y de la cocina estaban encendidas, pero que el resto de la casa estaba a oscuras.

—¡Dana!

No hubo respuesta.

Gritó «¡Dana!», pero siguió sin haber respuesta. Supuso que probablemente le habría oído alto y claro y que sólo le estaba devolviendo el desaire de no contestarle por la manera en que la había tratado la noche anterior y esa mañana. Su mujer solía recurrir a venganzas infantiles, aunque dada la situación no podía recriminárselo. Pero entonces, mientras colgaba el abrigo en el armario empotrado del vestíbulo, pensó: *¿Y si está con Tony?* Sin duda entraba dentro de lo posible que hubiera decidido seguir con su aventura. Las personas que tenían una aventura amorosa en toda regla solían encontrar sumamente difícil romper con sus amantes. En una ocasión, un paciente le contó que tener que acabar con una amante había sido una de las experiencias más dolorosas de su vida, sólo comparable con la muerte de sus padres.

—¡Dana! —llamó en el piso de arriba—. Dana, ¿estás ahí?

La casa estaba casi en silencio; el único ruido eran las ventanas del salón que el viento hacía repiquetear.

Trató de no alterarse demasiado. Después de todo, no había ocurrido absolutamente nada; sencillamente había imaginado una situación y estaba reaccionando en consecuencia. Tenía que ser consciente de su enfado y controlar sus efectos. Como a menudo le recordaba a sus pacientes, los sentimientos eran fugaces. Nadie permanece enfadado eternamente y nadie está contento eternamente, así que si te dejas dominar demasiado por tus emociones te estás allanando el camino hacia la decepción.

Sintiendo que controlaba la situación y que se encontraba en un estado al que solía referirse como «estado de equilibrio», entró en la cocina.

Al principio, no supo lo que estaba viendo. Sólo supo que era algo extraño, algo que no había visto antes. Cayó en la cuenta del brillante líquido rojo y el cuerpo —un cuerpo de mujer— y del cuchillo en la espalda de ésta.

Tardó al menos otros diez segundos en caer en la cuenta de que estaba mirando a su esposa muerta.

Ni siquiera supo cómo había llegado la policía. No recordaba haberlos llamado; apenas era capaz de recordar nada desde que encontrara el cuerpo de Dana. Era como si intentara recordar un sueño que casi hubiera olvidado.

—¿Señor Bloom?

Adam se concentró en la cara del detective Clements. El policía estaba de pie, y él sentado en el sofá del salón al lado de un sujeto con un uniforme de paramédico azul marino.

—Tengo que hablar con usted, serán sólo unos minutos —dijo Clements—. ¿Le parece bien? —Entonces le dijo al tipo que estaba sentado al lado de Adam—: ¿Puedo hablar con él ya?

—Sigue teniendo la presión alta, pero aparte de eso su estado es normal —respondió el paramédico, levantándose, y se marchó en dirección al vestíbulo.

Como la noche del robo, la casa estaba llena de policías uniformados, detectives y técnicos de la policía científica. En ese momento Adam recordó haber llamado al 911, y gritar por el teléfono, frustrado porque la mujer del otro lado de la línea no parecía entenderle.

—Le agradezco que me dedique unos minutos —dijo Clements—. Sé lo difícil que es esto para usted en este momento, pero tenemos que movernos deprisa en este asunto, y lo que me diga ahora podría ser crucial para nuestra investigación. Así que sólo le voy a hacer unas pocas preguntas muy breves, ¿de acuerdo?

Adam asintió con la cabeza. Tenía la sensación de no estar allí.

Clements le hizo una pregunta, y de hecho Adam fue incapaz de asimilar lo que le estaba diciendo. Le vio mover los labios y oyó las palabras, pero las únicas que realmente entendió fueron «tiempo» y «descubrir».

—¿Que qué? —preguntó.

—He dicho que a qué hora descubrió el cadáver de su esposa.

—Ah. —Adam seguía confuso—. No lo sé.

—Tiene que concentrarse, doctor Bloom… Sé lo difícil que es esto.

—Sabe lo difícil que es esto —repitió inexpresivamente.

—¿Cómo dice?

—He dicho que sabe lo difícil que es esto. —Se echó a reír, pero no con regocijo—. Lo siento, pero dudo que sepa lo difícil que es esto, detective.

—Tiene razón —admitió Clements—. No tengo ni idea de lo difícil que es, pero ahora tiene que esforzarse al máximo, concentrarse todo lo que pueda durante unos minutos y contarme lo que tengo que saber. ¿Cree que puede hacer eso para mí, doctor Bloom?

Adam detestaba el tono condescendiente con que Clements le estaba hablando.

—Ayer le hablé de él —dijo Adam—. Le dije que Tony había dejado las notas, le dije que podría haber sido uno de los ladrones que entró en nuestra casa. ¿Se molestaron siquiera en investigarlo?

—Sí, nos molestamos, doctor.

—Podrían haber evitado que matara a mi mujer. Podrían haberlo detenido, haber hecho algo.

—Comprendo su frustración, pero no podemos arrestar sin más a alguien porque «creamos» que ha hecho algo.

—Le conté lo de las notas, y mire lo que me hizo. ¿Cómo cree que me hice estos cardenales en la cara?

—Iba a preguntarle por su cara.

—Tony me hizo esto ayer en el gimnasio. Me enfurecí cuando vi la nota, así que fui allí para… para hablar con él, y esto es lo que me hizo.

—Anoche, cuando me llamó, no mencionó que le hubiera pegado.

—¿No lo hice? —Adam pensaba que sí, pero quizá no lo hubiera hecho. En ese momento era difícil pensar en algo con claridad.

—Quizá, si lo hubiera mencionado, podríamos haberlo detenido por lesiones o al menos habríamos tenido un motivo para interrogarle durante más tiempo del que lo hicimos. Pero ayer sí que hable con él, de hecho fui a su casa. Le pregunté dónde había estado el jueves pasado, el día que recibió usted la primera nota, y me aseguró que había pasado todo el día en Long Island, ayudando a su cuñado a pintar la casa. Lo comprobamos, y no me pareció que hubiera ninguna razón para creer que estuviera mintiendo. También afirmó que ayer no había dejado ninguna nota en su casa.

—Vamos, eso es una patraña. —Lo dijo casi gritando—. Dejó la nota, dejó las dos notas, y luego vino aquí y mató a mi esposa.

—Procure calmarse, señor Bloom. Vamos un paso por delante de usted, ¿vale? En este momento estamos buscando a Tony Ferretti, y vamos a investigarlo a fondo, ¿de acuerdo? Si es nuestro hombre, no vamos a dejar que se escape, ¿vale?

—Es el hombre. Sé que lo es.

—Lo que necesitamos que nos diga —dijo Clements— es si tiene alguna prueba de que Tony estuvo hoy en casa. En fin, ¿su esposa le dijo que le estaba esperando? ¿Sabe si él la llamó en algún momento o se pasó para hablar con ella?

Adam se sintió repentinamente mareado y desorientado.

—¿Se encuentra bien, doctor?

—Sí, muy bien. ¿Cuál era la pregunta?

Clements la repitió.

—No lo sé, no tengo ni idea —respondió.

—Examinaremos los registros de llamadas, etcétera —dijo Clements—. Sólo pensé que quizá se hubiera enterado de algo, oído algo de pasada…

—No oí nada —dijo Adam—, pero sé que lo hizo él. ¿Es que podría ser más evidente?

Clements no parecía convencido.

—¿Dónde está la nota que piensa que Tony dejó ayer? —preguntó.

—Arriba, en el cajón superior de mi cómoda.

Clements llamó a otro detective para que se acercara y le dijo que subiera a coger la nota.

—Trátala como prueba —añadió.

—Estoy muy angustiado —dijo Adam—. Necesito tomar más Valium.

—Se pondrá bien —le animó Clements.

—Necesito una dosis más alta —dijo Adam—. Se lo digo en serio, antes no me dieron la dosis suficiente.

El paramédico oyó por casualidad a Adam y se dispuso a acercarse, pero el detective levantó la mano haciendo un gesto para que se detuviera, y le dijo a Adam:

—Se va a poner bien, ¿de acuerdo? Tranquilícese y procure concentrarse, ¿vale? ¿Cuándo fue la última vez que vio a su esposa?

—Esta mañana —dijo Adam—, cuando me fui a trabajar. Seguía durmiendo.

—¿Y no habló con ella durante el…?

—No —le cortó Adam—, pero había pensando hacerlo. —De pronto le invadió una culpa increíble por haber tratado a Dana con tanta desconsideración el día anterior. Sabía muy bien el motivo de que la hubiera tratado como lo había hecho, pero eso no lo hacía parecer mejor. Tardó un instante en recobrarse antes de decir—: Tenía previsto intentar hablar con ella y… Ayer cometí un error enfrentándome a Tony, y a ella le dije algunas cosas muy hirientes y… ¿Puede hacer el favor de conseguirme más Valium? Se lo digo en serio, la dosis que me dieron era demasiado baja.

—¿A qué hora llegó a casa esta noche? —preguntó el detective, haciendo caso omiso a su petición.

—No estoy seguro.

—Llamó al novecientos once a las siete treinta y cinco —dijo Clements—. ¿Descubrió el cuerpo en cuanto llegó a casa?

Adam recordó la impresión al entrar en la cocina de ver el cuerpo tirado en el suelo y de no saber al principio qué es lo que era.

—Descubrí el cuerpo inmediatamente. ¿Puede conseguirme algo más …?

—¿Fue en coche hoy al trabajo?

—No… Nunca voy en coche. Cogí el metro.

—¿Advirtió algo sospechoso en el trayecto del metro a casa? ¿Algo que pareciera fuera de lugar?

Adam pensó en ello, o lo intentó de todas formas, y dijo:

—No, nada.

—Bueno, a ver si lo entiendo bien —dijo Clements—. Usted llegó a casa, descubrió el cadáver y entonces llamó al novecientos once.

—Exacto —reconoció Adam, consciente de que el corazón le iba a cien. Necesitaba más Valium… ya.

—Bueno, ¿y cuándo se acercó y tocó el cuerpo?

Adam se sintió confundido.

—¿Lo toqué?

—Le dijo a la operadora del novecientos once que examinó el cuerpo para ver si su esposa estaba muerta. Fue así como se manchó de sangre las mangas, ¿verdad?

Adam se miró las mangas de la camisa, sorprendido de ver las manchas de sangre, de la sangre de Dana. Se sintió mareado y pensó que incluso podría perder el conocimiento.

—De verdad que necesito más Valíum —insistió—. Estoy teniendo un ataque de ansiedad.

El detective hizo un gesto con la mano hacia el paramédico, que le dio a Adam otro par de miligramos de Valium.

Apenas había terminado de tragar la pastilla, sintiéndose todavía muy mareado, cuando Clements dijo:

—Bueno, acerca de la sangre…

La absoluta falta de empatía del policía lo dejó asombrado. Dejó que pasaran unos segundos antes de contestar.

—Creo que fue justo después de verla. Estaba conmocionado, como es natural, y me acerqué sólo para… no sé, para ver si podía hacer algo.

Se dio cuenta de que no había llorado desde que había descubierto el cuerpo, y de que debería estar llorando, liberando la tensión.

—Sé que es terrible —dijo Clements—. Pero cuanto antes podamos terminar con esto, antes podré dejarlo en paz para que pueda superar su dolor, ¿estamos?

Superar su dolor, como si el dolor fuera algo que uno pudiera superar sin más, tacharlo en tu lista y ¡ta-chán!, ya puedes seguir adelante. ¿Les enseñaban a ser crueles en la Academia de Policía? Adam no se molestó en responder. Le dolía la cabeza y seguía mareado; ¿cuánto tiempo tardaría el maldito Valium en hacer efecto?

—Hay un mensaje en la pizarra de la cocina —comentó Clements—. Dice: «QUIERO QUE TE VAYAS DE CASA». ¿Quién lo escribió?

—Yo —reconoció.

—¿Así que usted y su esposa estaban pensando en separarse?

De nuevo Adam se sintió profundamente culpable por la forma de tratar a Dana durante los dos últimos días, por manejar toda la situación con tanta torpeza. Si no se hubiera enfrentado a Tony, quizás éste no habría ido allí esa tarde y a lo mejor Dana seguiría viva.

—Esta mañana estaba muy alterado por la aventura de mi mujer —confesó Adam—, pero tenía pensado… —Se aclaró la garganta, respiró dos veces y prosiguió—: Tenía previsto tratar de arreglar las cosas con ella. No quería dejarla. Quería seguir con mi matrimonio.

—¿Esta tarde vino directamente a casa desde el trabajo, doctor Bloom?

¿Se lo estaba imaginando o había habido un cambio en el tono de Clements? ¿No parecía más duro, incluso vagamente acusatorio?

—Sí, vine directamente. ¿Por qué?

—¿A qué hora salió de la consulta?

—Después de atender al último paciente.

—¿Cuándo fue eso?

—Sobre las seis. No, más tarde, las seis y cuarto.

—Así que salió a las seis y cuarto y llamó al novecientos once a las siete y treinta y cinco, poco después de descubrir el cuerpo. ¿Es eso correcto?

—Sí, me detuve a hacer unas compras en el supermercado camino de casa.

—Creía que había venido directamente a casa.

Ahora no había ninguna vaguedad en el tono.

—¿Cómo dice? —preguntó Adam.

—Sólo intento reunir todos los hechos, doctor Bloom.

—¿Qué importancia tiene si me paré a hacer unas compras o no me paré a hacer unas compras?

—Por favor, responda a mis preguntas.

—Esto es absurdo —soltó Adam—. Ya es bastante grave que no hayan resuelto lo del robo y quitaran a los policías encargados de la vigilancia o de la protección o lo que fuera, y ahora entran aquí, sabiendo lo que me ha ocurrido hoy, y tienen los cojones de acusarme de… —No fue capaz de decirlo, así que añadió—: ¿Es que está usted loco? ¿Es que es un jodido demente?

Le sentó de maravilla gritar, descargar, maldecir. No era necesariamente la manera más productiva de expresar la ira, pero a veces era necesario.

—Va a tener que tranquilizarse, doctor Bloom.

—¿Tranquilizarme? ¿Cómo puedo tranquilizarme cuando ni siquiera me han dado suficiente Valium?

—Si se tranquilizara…

—¿Sabe?, en lugar de perder el tiempo hablando conmigo, debería estar hablando con Tony, el tipo que mató a mi esposa. Aquí yo soy la víctima…

—Y yo dirijo esta investigación —dijo Clements, alzando la voz de manera autoritaria. Hizo una pausa, dando tiempo a que Adam asimilara lo que había dicho, a todas luces disfrutando de dárselas de jefazo, y prosiguió—: Yo decidiré qué preguntas hago y a quién se las hago, ¿estamos? Bueno, se lo volveré a preguntar: ¿cuánto tiempo estuvo en el supermercado, doctor Bloom?

Adam respondió al resto de las molestas preguntas de Clements. Le dijo que había estado en el supermercado unos quince minutos y que no había hablado con nadie mientras compraba, y que después de terminar las compras se había ido directamente a casa.

—Bueno, sólo quiero asegurarme de que lo entiendo todo. Salió del trabajo a las seis y cuarto y, teniendo en cuenta la distancia del trayecto en metro y el tiempo que estuvo comprando, ¿diría que tardó alrededor de una hora en ir desde el trabajo a casa?

—Eso parece más o menos correcto.

—Así pues, hay un vacío de veinte minutos entre la hora que llegó a casa y la hora en que llamó al novecientos once.

Adam recordó que después de haber descubierto el cuerpo se había sentado fuera de la cocina, en el suelo del pasillo, con la mirada perdida en el vacío, aturdido. No tenía ni idea de cuánto tiempo había estado allí.

—Puede que tardara más de una hora en llegar a casa —dijo.

—Pero antes dijo que no llamó al novecientos once inmediatamente —le recordó el policía.

—Estaba conmocionado —observó Adam—. No pude reaccionar inmediatamente.

—¿Estuvo conmocionado veinte minutos? —Clements parecía incrédulo.

Adam tardó varios segundos más en asimilar la pregunta del inspector. Quizás el Valium estuviera haciendo efecto por fin.

—Tal vez no estuve veinte minutos —reconsideró—. Puede que sólo fueran cinco… o diez.

—Bien, gracias por su paciencia —dijo Clements—. Le llamaré un poco más tarde, y de verdad que siento su pérdida.

Adam se quedó sentado solo en el sofá, observando la actividad que tenía lugar en la casa. Clements estaba hablando con otro policía, y había uno de la científica cerca que parecía estar buscando huellas u otras pruebas por todas partes. Durante un rato, se sintió como un observador, completamente distante, como si estuviera viendo una película. *Esto no tiene nada que ver conmigo. Esto ni siquiera está ocurriendo*, pensó.

Luego, transcurridos cinco minutos, se dio cuenta de que, aunque la escena era surrealista, él formaba parte de ella en gran medida. Dana estaba muerta, y, lo que era aún peor, él era sospechoso. Puede que no el sospechoso principal, pero aun así sospechoso. No podía culpar a Clements por centrarse en él, puesto que había multitud de pruebas circunstanciales. Su matrimonio había estado a punto de hacerse añicos, él se había estado comportando erráticamente, por decirlo de una manera suave, en los últimos tiempos, y, ay, no había que olvidar la sangre que tenía en la camisa; eso realmente le confería un aspecto sospechoso. Por lo que a la policía concernía, Adam ya había dado muestras de inclinaciones homicidas al disparar y matar a Carlos Sánchez la otra noche, así que ¿por qué no profundizar en la idea de que había asesinado a su esposa? Además, cuando una mujer era asesinada, el marido siempre tenía que ser considerado sospechoso, así que era perfectamente comprensible que Clements le estuviera interrogando.

Pero lo que le asombraba era que su vida hubiera tocado fondo de aquella manera. ¿Cómo había sucedido? No hacía más de dos semanas atrás las cosas le estaban yendo estupendamente. De acuerdo, a él y a Dana les quedaban algunas cuestiones conyugales por resolver, pero igual que a prácticamente todas las demás parejas del mundo, sobre todo a aquellas que llevaban más de veinte años de matrimonio. Y, sí, Marissa estaba pasando por los problemas propios de su edad, pero durante la mayor parte del tiempo habían sido una familia unida y feliz, hasta la noche en que su hija los despertó y les dijo que alguien había entrado en la casa. Echando la vista atrás, ése había sido el gran punto de inflexión, el momento en que todo había empezado a irse a la mierda.

Marissa, pensó. Tenía que llamarla.

Sacó su móvil, aunque no fue capaz de hacer la llamada. ¿Cómo le dices a tu hija que su madre ha sido asesinada? ¡Asesinada violentamente! La vida de Marissa no volvería a ser la misma nunca más; tendría que pasar por años de psicoterapia sólo para empezar a superarlo. Se sintió fatal por aumentar el dolor, por habérselo hecho pasar tan mal con todo aquel rollo del «quien bien te quiere te hará llorar». En ese momento le quedó claro lo inapropiado que había sido su comportamiento hacia ella de un tiempo a esa parte. Adam había estado desviando sus emociones, castigándola a ella, en lugar de castigarse a sí mismo. ¿Por qué le había molestado tanto que tuviera una pipa de agua en casa cuando Marissa apenas fumaba? ¿De verdad era un problema tan monumental? Lamentó sinceramente haber tirado la pipa de agua el otro día; ahora a él podría haberle venido bien darle unas cuantas caladas.

No estaba seguro de que pudiera soportar hacer la llamada telefónica y estuvo a punto de pedirle a un poli que la hiciera por él, pero entonces se obligó a hacerla solo. Su hija merecía recibir la noticia de su padre y no de un completo extraño.

No pudo ponerse en contacto con ella y no quiso dejar un mensaje, así que colgó y decidió que lo intentaría de nuevo al cabo de un rato. Lo más probable es que estuviera por ahí con Xan. Se alegró de que ahora tuviera novio, un chico bueno y cabal. Marissa necesitaría ayuda para superar aquello.

Se puso a caminar lentamente por la casa, mientras por algún motivo oía en su cabeza el coro de «Comfortably Numb» de Pink Floyd. Quizás había escogido esa canción porque la letra le recordaba su actual estado mental, o tal vez porque le recordaba su adolescencia, cuando vivía en esa misma casa, en una época de su vida mucho más reconfortante y segura. ¡Joder! ¿no podía dejar de ser psicólogo ni un minuto? ¿Por qué todo tenía que significar algo? ¿Por qué no podía aceptar las cosas sencillamente como eran?

Echó un vistazo al interior de la cocina, mirando desde el otro lado de la cinta que delimitaba el escenario del crimen, y vio trabajar a los detectives. El cadáver de Dana seguía allí, en el suelo, y un fotógrafo estaba ocupado tomando fotos. Adam apenas sentía algo, y cuando se alejó casi sin rumbo fijo para volver a la parte delantera de la casa, se dio cuenta de que seguía conmocionado. Había tratado a muchos pacientes durante sus duelos y era un defensor de las cinco etapas del duelo de Kubler-Ross. Sin embargo, ni siquiera había empezado a asumir que Dana había sido asesinada, a asumirlo en serio. Ahora su muerte era sencillamente un concepto, algo que podía verbalizar y racionalizar, pero que realmente era incapaz de sentir ni de comprender en todas sus consecuencias.

En el salón, levantó una persiana veneciana y atisbó fuera. Esperaba ver periodistas, pero se quedó asombrado de los muchos que había. Ni que el presidente de la nación fuera a dar una rueda de prensa. Un periodista le divisó y gritó: «¡Ahí está!», y de pronto se produjo un frenesí de periodistas que hablaban al mismo tiempo, algunos le pidieron a gritos que saliera. Horrorizado, dejó caer la persiana y se alejó de la ventana. Al contrario que después del robo, no tenía ningún interés en la atención de los medios de comunicación. No tenía ningún deseo de fama; confió en no tener que ver nunca más su nombre impreso en una publicación. Pero sabía que

JASON STARR

no le dejarían en paz, y daba igual que hiciera o no una declaración. Probablemente sus artículos ya estaban escritos. La esposa de Adam Bloom, el justiciero loco, había sido hallada muerta con un cuchillo en la espalda, tirada en el suelo de su cocina. ¿Qué más necesitaban saber?

Volvió a sentirse mareado de pronto. Mientras cruzaba de nuevo la casa, un policía le preguntó: «¿Se encuentra bien?», pero Adam lo ignoró y se fue a sentar a la mesa del comedor. El Valium no le estaba haciendo efecto; necesitaba Xanax o Klonopin. Se había estado creyendo un superhombre, convencido de que podía manejar las crisis mejor que el común de los mortales. Pero ser psicólogo, ser consciente de sus procesos mentales, no le volvía inmune a las emociones. Esas dos últimas semanas le habían bajado los humos y enseñado que no era mejor que la mayoría de sus pacientes con problemas. Era un hombre débil y confundido, y no iba a conseguir superar esa pesadilla sin la ayuda de algún medicamento potente.

21

Marissa estaba con Xan en el cine de la Tercera con la Cincuenta y nueve, viendo la nueva comedia de Matthew McConaughey, cuando su teléfono vibró. Vio: «Papá» en la pantalla, puso los ojos en blanco y desconectó el móvil. Supuso que sólo estaría haciendo averiguaciones, de nuevo el señor Controlador que intentaba amargarle la vida todo lo posible. Se acurrucó más contra Xan y siguió dándose el lote con él.

Al terminar la película, él fue al baño. Mientras lo esperaba en el vestíbulo, Marissa consultó el teléfono y vio que su padre le había dejado dos mensajes. Estaba empezando a leer los mensajes de texto que le habían enviado sus amigas cuando él volvió a llamar. Descolgó y dijo:

—Estaba a punto de llamarte.

—Tengo una noticia terrible —le anunció su padre.

Marissa pensó, *¿Y ahora qué? ¿Más sobre su estrafalario divorcio?* No entendía por qué tenía que ser partícipe permanentemente de los problemas conyugales de sus padres, ni la razón de que tuviera que ser puesta al día de cada uno de los acontecimientos.

—Mira, en serio, no quiero saber nada —respondió—. Haced los dos lo que os dé la gana.

Ya estaba a punto de colgar cuando su padre dijo:

—Se trata de mamá.

Casi seguro que le estaba llamando para decirle que su madre se iba a ir de casa o que ya se había ido. Y por supuesto tenía que hablar con aquel tono serio y grave para tratar de asustarla, comportándose como si se tratara de una situación de vida o muerte. Y puestos a pensar, aquello venía de un hombre que no paraba de repetirle que a ella le gustaba dramatizar.

—Sí, ya sé que se trata de mamá, y francamente, no es asunto mío, papá. ¿Y para esto tienes que llamarme tres veces en mitad de una película? ¿Porque mamá se va a ir de casa? ¿No podrías haber esperado a decírmelo en casa o a no decírmelo nunca?

—Mamá ha muerto —dijo su padre.

—¿Qué? —Marisa creyó que había oído mal.

—Ha muerto —repitió él—. Tienes que venir a casa inmediatamente, la policía sigue aquí. ¿Está Xan contigo?

—¿De qué estás hablando? —En serio que no lo entendía. ¿Muerta? ¿Qué significaba eso? ¿Se refería a que su matrimonio había muerto?

—Tienes que venir a casa, Marissa. Ahora mismo.

Xan había regresado del baño.

La chica gritó al teléfono:

—¡Dime qué está pasando! ¡Dímelo!

La gente la estaba mirando. Un guardia de seguridad con un chaleco rojo le dio un golpecito en el hombro.

—Va a tener que hablar más bajo, señora —la conminó.

—La han apuñalado —dijo su padre—. Tienes que venir a casa. Haz que Xan te traiga. No quiero que estés sola.

En el taxi a Forest Hills, Marissa lloró y gritó sin control. Todavía no se creía que hubiera sucedido realmente. Tenía que tratarse de un malentendido; ¿de verdad su padre había dicho «muerta»? Tal vez hubiera dicho alguna otra palabra que sonara como «muerta». Su móvil siempre tenía una recepción de señal muy mala; sí, tenía que ser algo así.

Gracias a Dios que Xan estaba con ella. No paraba de tranquilizarla, diciéndole: «Todo va a ir bien», y «Pase lo que pase, lo superarás, te lo prometo». Estaba tan tranquilo, se mostraba tan dueño de sí mismo, tan compasivo; sin él, habría perdido los nervios por completo.

Cuando el taxi se aproximaba a la casa y Marissa vio los coches de la policía, la ambulancia, las furgonetas de los noticiarios, el enjambre de periodistas, la realidad le supuso un buen palo. Se puso a llorar desconsoladamente, e incluso rodeada por el brazo de Xan perdió el equilibrio y tropezó varias veces mientras se dirigía a su casa. Cuando los periodistas los divisaron, se acercaron corriendo, los rodearon y empezaron a hacerles preguntas a voz en cuello. Marissa, incapaz de hablar, mantuvo la cabeza baja, mientras Xan seguía guiándola hacia su casa, pidiéndole a los periodistas que «se apartaran» y «que hicieran el favor de respetar la intimidad de la chica».

Por fin lograron entrar. Marissa pensó que sentiría algún alivio, pero, joder, fue como si la noche del robo se repitiera de nuevo. Polis y extraños por doquier. Entonces se acercó su padre, y lo primero que pensó fue: *Es como un crío.* Había algo en él que le recordó a Marissa una foto que había visto de cuando era niño; una en la que estaba en la playa, quizás en Fire Island, sacada poco después de que hubiera estado llorando por algo y en la que parecía sumamente débil, triste y vulnerable.

Su padre la abrazó con fuerza y estuvieron llorando abrazados durante mucho tiempo. Marissa estaba pensando en lo mucho que extrañaba a su madre, en que no podía creerse que realmente había muerto; en que jamás la volvería a ver y que su padre era lo único que tenía ahora. La familia de su madre estaba desperdigaba por el país, y jamás había representado gran cosa en su vida, y por parte de su padre el pariente más cercano era la abuela Ann, una octogenaria con graves problemas cardíacos. Así que su padre era todo lo que tenía. En ese momento estaba abrazando a toda su familia.

—Lo superaremos —le dijo su padre—. Saldremos de ésta.

Marissa se dio cuenta de lo afectado que parecía su padre, como exigían las circunstancias; no quedaba nada del extraño autoengaño, de su negación a aceptar la realidad. Su reacción ahora era la natural.

Lloraron uno en el hombro del otro; él dijo:

—Te quiero, Marissa. Te quiero muchísimo.

Pasado un rato, ella miró y vio que Xan estaba a unos cuantos pasos de ellos, y que también estaba llorando. Se acercó a él y lo abrazó, y luego el joven se acercó al padre de Marissa y le dio un gran abrazo lleno de fuerza.

—Lo siento mucho, Adam —dijo—. Lo siento muchísimo.

Marissa estaba mirando a su padre y a Xan consolándose mutuamente cuando uno de los policías salió de la cocina. Cuando la puerta se abrió, alcanzó a ver sangre en el suelo y parte de una pierna de su madre, y se echó a llorar desconsoladamente.

—¡No, mamá, no, no! ¡No, no, no, no, no!

Pasó mucho tiempo antes de que su padre, Xan y un paramédico pudieran tranquilizarla. La llevaron al salón, y estaba sentada con su novio en el sofá cuando aquel gilipollas del detective Clements se acercó y le dijo que tenía que hablar con ella. Eso era lo último que le apetecía hacer, pero sabía que no tenía elección.

—¿Puede quedarse mi novio conmigo? —preguntó.

—Sí, no pasa nada —contestó Clements. Entonces se volvió hacia Adam, que estaba de pie cerca—. Aunque preferiría que usted esperase en la otra habitación, doctor Bloom.

El interpelado pareció cabrearse, y Marissa no entendió el motivo de que Clements lo echara de allí. Quizá fuera una forma de darse humos; era tan gilipollas ese tío.

Su padre se marchó, y con Xan sujetándole la mano, Marissa respondió a las preguntas del detective. Al principio, la cosa fue bastante distendida, porque ella no tenía gran cosa que contarle. Le explicó que la última vez que vio a su madre había sido a eso de las tres de la tarde, antes de que ésta se fuera a echar una siesta, y que cuando se marchó, seguía durmiendo. No, no la había oído hablar por teléfono con nadie, y no, no había nadie en la casa cuando se fue.

Pero entonces le preguntó por sus padres, si se habían estado peleando mucho últimamente. Marissa le dijo que habían tenido muchas de sus habituales disputas hasta que habían sacado a la luz sus aventuras.

—¿Aventuras? —preguntó el detective—. ¿En plural?

—Sí, los dos se engañaron mutuamente.

—¿En serio?

Marissa no entendía el interés de Clements en ese asunto ni qué tenía que ver con la investigación del asesinato de su madre.

—Sabe lo de mi madre y Tony, ¿no es así?

—Sí, tu padre me lo contó, aunque no sabía que él también hubiera tenido un lío.

—Sí, con Sharon, la madre de mi amiga Hillary.

—¿Sharon qué? —Clements tenía una libreta abierta.

—Wasserman.

—¿Sabes cómo puedo ponerme en contacto con ella?

Marissa le dio el número de teléfono, y preguntó:

—Pero ¿por qué se preocupa de mi padre y de Sharon?

—Es importante que sepamos todo lo que estaba sucediendo en la vida de tu madre —respondió Clements.

Ella no se lo tragó y le pareció que lo que realmente intentaba era encontrar un motivo por el que su padre hubiera matado a su madre. Estaba asustada y miró a Xan, y se dio cuenta de que él era de su misma opinión. Era fantástico la manera que tenían de comunicarse sin hablar; eran ya como una pareja que llevaran años casados.

El detective le preguntó si su madre parecía preocupada o si alguna vez había hecho algún comentario acerca de que su vida corriera peligro.

—No, seguro que no. Parecía normal. Bueno, deprimida y alterada por lo del divorcio, pero normal —respondió ella.

—¿Y hoy no te contó que tuviera previsto ver a Tony Ferretti? ¿Te dijo si le daba miedo verlo?

Marissa meneó la cabeza.

—No, para nada.

—Volviendo a tu padre —prosiguió Clements—. Durante sus discusiones, ¿tuviste la sensación en algún momento de que tu madre… bueno, de que tuviera miedo de tu padre? ¿O alguna vez te contó que le tuviera miedo, o que la hubiera amenazado de alguna manera o que se sintiera amenazada?

—No me lo puedo creer —replicó Marissa—. No me está preguntando esto en serio, ¿verdad?

—¿Te lo contó o no? —insistió Clements.

Miró boquiabierta a Xan, se volvió de nuevo hacia el detective y dijo:

—No, no me contó nada.

—¿Alguna vez has visto a tu padre pegar a tu madre o amenazarla con hacerlo?

—No, nunca —respondió Marissa con firmeza. Entonces se acordó de una ocasión en que había habido cierta violencia entre sus padres.

Clements debió de advertir su cambio de expresión, porque preguntó:

—¿Lo hizo o no lo hizo?

—No, de verdad que no. Bueno, creo que una vez la empujó.

El policía abrió los ojos de par en par.

—¿De verdad? ¿Cuándo fue eso?

¿Por qué se le había ocurrido sacar aquello a colación cuando no significaba absolutamente nada? ¿Qué le pasaba?

—No fue nada —dijo Marissa—. Ocurrió estando yo en el instituto. En una ocasión estaban discutiendo, mi padre la empujó y mi madre se cayó. Pero fue un accidente. No tuvo intención de hacerle daño ni nada parecido.

—¿Y qué hay de los últimos tiempos? —preguntó Clements.

—Nada, y esto es una locura. Mi padre no mató a mi madre, ¿vale? Él la amaba. Bueno, sé que se iban a divorciar, pero seguía queriéndola. Ella le importaba, mucho, muchísimo.

La voz de Marissa se fue apagando cuando empezó a llorar de nuevo. Xan la rodeó rápidamente con el brazo y la abrazó con fuerza. Después de unas cuantas preguntas más, el policía le dijo que se podía ir.

Luego, en el vestíbulo, cuando Clements estaba en otra habitación, su padre se acercó a ella y le preguntó cómo le había ido el interrogatorio.

—Muy bien —respondió. Le costó mirarle a los ojos—. Joder, no tenía nada que contarle, la verdad. Quería saber si sabía si mamá había hablado con Tony hoy, y le dije que creía que no.

—Bien, acabo de oír que la policía ha detenido a Tony para interrogarle, así que, con un poco de suerte, pronto tendremos una confesión.

—Sí, con un poco de suerte.

Abrazó a su padre, pero no se sintió tan unida a él como antes.

—Deberías ir a descansar; intenta descansar un poco —le aconsejó Adam.

—No me puedo quedar aquí esta noche —dijo ella.

—Yo también estaba pensando en ir a un hotel —admitió su padre—, pero ¿de verdad queremos enfrentarnos a todos los periodistas que hay ahí fuera? Además, Clements me dijo que los policías estarán aquí toda la noche. Así que hasta que sepamos qué va a pasar, la casa es el lugar más seguro donde podemos estar.

—Lo que tú digas, supongo que me quedaré —dijo Marissa. Y luego se dirigió a Xan—: Si tienes que irte a casa, lo entiendo.

—¿Estás de broma? —replicó él—. Bajo ningún concepto te voy a dejar sola esta noche.

Marissa consiguió sonreír.

—No sé qué habría hecho si no llegas a estar aquí.

—Yo también te quiero dar las gracias —le dijo Adam a Xan— por cuidar tan bien de mi hija.

—No es necesario dar las gracias —replicó el chico—. Es lo menos que podía hacer.

Como era de esperar, Marissa no pegó ojo. Xan la tuvo abrazada toda la noche mientras ella se agitaba, lloraba y ocasionalmente gemía. El mundo nunca le había parecido a Marissa tan arbitrario ni absurdo, y no paró de repetirse mentalmente: *Mi madre está muerta, mi madre está muerta*, confiando en que esto la ayudaría a aceptar lo ocurrido, aunque sólo le sirvió para que reviviera una y otra vez la conmoción, como si siguiera en el vestíbulo del cine y oyera la noticia por primera vez.

Cuando estaba amaneciendo, Marissa seguía despierta y sintiéndose desdichada. Xan tampoco había dormido nada. Mirándolo a sus hermosos y amables ojos azules, le dijo:

—Soy tan afortunada de tenerte.

—Yo estaba pensando exactamente lo mismo —repuso él.

Marissa se moría de ganas de sentirlo dentro de ella, de estar unida a él, todo lo unida que fuera posible.

—Hazme el amor —le imploró—. ¡Hazme el amor, por favor!

Y él accedió, y aunque ella no paró de llorar en todo el rato, aun así estuvo muy bien.

Después, cuando estaban tumbados de costado, mirándose el uno al otro, ella preguntó:

—Bueno, ¿tú crees que lo hizo Tony?

—Tiene que haber sido él, ¿no? —respondió Xan en voz baja.

—No lo sé. Ese gilipollas de detective no paró de hacerme preguntas sobre mi padre.

—Así son los polis —la tranquilizó—. Vaya, que me imagino que en un caso de asesinato tienen que investigar desde todos los puntos de vista, ¿sabes?

—Lo sé, pero eso me da miedo. Bueno, es un poli, y sabe lo que está haciendo. ¿Por qué habría de estar dando la tabarra con eso sin parar si, no sé, no hubiera base alguna para hacerlo? ¿Por qué habría de perder el tiempo de esa manera? ¿Sabes lo que quiero decir?

—Tú padre es un tío fantástico —dijo Xan—. Jamás le haría algo así a tu madre. —Le estaba subiendo y bajando los dedos por la cara interior de uno de los brazos. Era tan agradable—. Bueno, ¿o sí?

—¿Qué quieres decir?

—No digo que sea lo que pienso ni nada parecido, así que no me malinterpretes…, pero es verdad que tus padres tenían problemas serios últimamente, ¿no es cierto?

—Lo es —admitió Marissa, acordándose de su padre en el momento de decirle con regocijo a su madre que se había acostado con Sharon Wasserman.

—Sólo digo que desde mi posición, la de un simple…, bueno, un simple observador ajeno a todo esto, me parece un poco, no sé, una coincidencia.

—Lo sé.

—Bueno, piensa en ello —dijo Xan—. Tus padres te comunican que se van a divorciar, ¿y ese mismo día matan a tu madre? Da que pensar, ¿sabes? No es algo que quieras pensar, pero aun así lo piensas.

Aquella palabra, «matar», hizo que Marissa diera un respingo. Se apartó de él y se incorporó.

—Sí, pero ésa es la razón de que piense que probablemente lo hiciera Tony. Puede que mi madre le dijera que se iba a separar de mi padre, pero que no quería estar con él, así que Tony se cabreó, vino aquí y perdió los nervios. Ese tipo está loco, es un psicópata. ¿Viste lo que le hizo a mi padre, verdad?

Xan le besó suavemente en los labios; Dios, Marissa se moría por sentirlo dentro otra vez.

—Lo sé, y puede que tengas razón, pero dijiste que tu padre fue al gimnasio el otro día y empezó la pelea con Tony. Y también me dijiste que había tenido una pelotera enorme con tu madre…

—Pero a mi padre le oí decir algo sobre que la nota que Tony había dejado, la que iba sobre él y mi madre, se parecía a la nota que encontró la semana pasada, en la que le amenazaban por lo del robo.

—Sólo porque Tony dejara las notas no significa que matara a tu madre.

—Pero demuestra que está loco, que podría haber entrado a robar en casa, por Dios bendito. Quizás estuviera furioso porque mi padre disparó al otro tipo, ¿cómo se llamaba?, Sánchez, así que volvió y mató a mi madre para desquitarse. O puede que fuera como he dicho antes, porque mi madre fuera a romper con él.

—Como ya te he dicho, creo que tienes razón, que probablemente fuera Tony —dijo Xan—, pero…, y sólo estoy especulando, así que no te enfades, ¿y si fue tu padre el que dejó las notas?

—¿Y por qué haría algo así?

—Para tenderle una trampa a Tony. Quizás averiguó que tu madre le estaba engañando, dejó las notas y luego fue a provocar una pelea con el monitor, sabiendo que le daría una paliza y que eso haría quedar a Tony como un mal tipo. ¿Entiendes lo que quiero decir?

—Pero ¿y de verdad iba mi padre a planear todo eso? ¿De verdad planearía las cosas hasta ese punto?

—No tengo ni idea —dijo Xan—, pero ya mató a alguien antes, ¿no es así? Y si mató antes, supongo que eso significa que podría volver a hacerlo.

Marissa no podía seguir negándolo más; lo que Xan estaba diciendo tenía mucha lógica, demasiada. Podía imaginarse fácilmente a su padre, en especial debido a la manera que se había venido comportando en los últimos tiempos, perdiendo el control y explotando. Podría haber estado discutiendo con su madre, y agarrado impulsivamente el cuchillo, igual que, también impulsivamente, aquella otra noche había cogido la pistola del armario.

—Ay, ¡Dios mío! —exclamó Marissa—. Él la asesinó.

—Jo, venga, no digas eso.

—Es como si hubiera estado negándome tozudamente a aceptar la realidad. Ay, ¡Dios mío!, no me puedo creer que esté ocurriendo esto.

Xan se colocó encima de ella, apoyado en las rodillas y los codos, mirándola directamente a los ojos.

—No está ocurriendo nada. No sabes nada, la policía no sabe nada.

—No podré superarlo. Desde ahora te aviso que no podré superar esto.

—No te preocupes, estoy a tu lado. Y pase lo que pase, estarás bien. Me encargaré de que estés bien. Pero si resulta que Tony no lo hizo, quiero decir que si tiene una coartada, quiero que estés preparada para que la policía empiece a investigar a tu padre, ¿entiendes? No quiero que te lleves una sorpresa.

Marissa se imaginó a su padre cogiendo el cuchillo y clavándoselo a su madre en la espalda.

—Ay, ¡Dios mío!, no, no, no —dijo mientras rodeaba con los brazos y las piernas el cuerpo caliente de Xan con todas sus fuerzas.

Más tarde, no quiso que Xan se marchara. Tenía miedo de quedarse en casa sola con su padre.

—Me quedaré contigo todo el tiempo que quieras —dijo él.

—Pero no tienes nada de ropa ni…

—Me trae sin cuidado. Tú eres lo único que me preocupa en este momento.

La tenía deslumbrada. Era todo él tan perfecto.

Fueron al baño por turnos, y cuando le tocó a Marissa, oyó a su padre hablando abajo por teléfono.

—Tal vez deberías bajar —le sugirió Xan.

—No quiero —replicó ella—. Sólo quiero quedarme aquí en la cama contigo todo el día.

—Bajaría contigo, pero es un asunto familiar, y en este momento deberíais estar los dos a solas, disponer de algún tiempo para estar juntos.

—No quiero estar con él.

—No me moveré de aquí. Si me necesitas, me das un grito y bajo enseguida, ¿vale? No tienes que preocuparte por nada.

Decidiendo que tarde o temprano tendría que enfrentarse a su padre, Marissa decidió bajar.

Desde la escalera oyó que su padre estaba hablando por el teléfono del comedor. No sabía cómo iban a volver a utilizar la cocina de nuevo, porque estaba completamente segura de que por el momento no iba a entrar allí para nada. Si era preciso, encargaría comida china para todas las comidas.

Cuando entró en el comedor, su padre, sentado a la mesa, la

miró a los ojos mientras terminaba una llamada. Por el tono, Marissa supo que estaba hablando con su amigo Stan.

Le observó mientras hablaba, buscando alguna señal que le indicara si era culpable o inocente. Parecía estar todo lo afligido que requería la ocasión, pero ¿eso significaba algo? ¿No estaría fingiendo la aflicción? O estaba afligido porque la madre de Marissa había sido asesinada o estaba fingiendo estarlo para seguir con la actuación. Y si realmente era un loco, si de verdad era un psicópata, se le daría muy bien simular el dolor.

Transcurrido un minuto su padre terminó la llamada y le dijo:

—Era Stan. Esto es tan difícil.

Durante un momento a Marissa no se le ocurrió nada que decir; era extraño, pero se sentía realmente atemorizada estando cerca de su padre. Al final, dijo:

—Si quieres, yo también puedo hacer algunas llamadas.

—No, no, no es necesario. En realidad, ya casi he llamado a todos lo que tenía que llamar. Algunos amigos van a llamar a otros amigos, y me he puesto en contacto con la mayoría de nuestros parientes. La abuela llegará esta noche. Tenía miedo de decírselo, por lo de su enfermedad cardíaca, pero ¿qué le vas a hacer? Ah, a propósito, el funeral es mañana por la mañana a las diez.

A Marissa no le pilló por sorpresa que el funeral fuera a ser tan pronto. Aunque apenas eran una familia religiosa, seguían algunas tradiciones judías, como la de enterrar a los muertos lo antes posible. Su abuelo también había sido enterrado sólo un par de días después de que muriera.

Su padre siguió contándole que su madre sería enterrada en la tumba familiar de Long Island y le habló de los preparativos que había hecho con el rabino y la funeraria.

—Al único pariente que no voy a invitar es al hermano de mamá —dijo—. No creo que ella quisiera que viniera.

—Sí, yo tampoco lo creo —corroboró Marissa.

Sólo había visto a su tío Mark unas cuantas veces, y llevaba años sin verlo, pero según parecía había maltratado a su madre cuando eran niños, y ésta prácticamente había cortado todo contacto con él.

—Esto es tan surrealista —comentó su padre—. Sigo esperando verla entrar aquí en cualquier momento. Cuando antes oí tus pisadas en la escalera, al principio pensé que era ella.

Parecía como si estuviera a punto de echarse a llorar y se esforzara en mantener la compostura. Marissa seguía sin ver ninguna señal de que aquello fuera fingido, y empezó a sentirse culpable por sospechar de él, por perder la confianza en él. Entonces el doctor Bloom dijo:

—Ah, bueno, Clements llamó antes, y por desgracia todavía no han hecho ninguna detención.

—¿Y qué pasa con Tony? —preguntó Marissa.

—Tiene una coartada, y según parece es sólida. No conozco todos los detalles, pero Clements me dijo que estaba con un amigo en el momento en que tu madre fue… De todos modos, el detective dijo que eso lo descartaba, aunque yo no me lo creo. Si se trata de un amigo, ¿cómo sabemos que el amigo no le está echando un capote? Pero Clements me dijo que están investigando otras posibilidades, ¿y a ti qué te parece que significa eso? No me puedo creer que tenga que soportar esto mientras estoy en plenos preparativos del funeral de tu madre. Te diré una cosa, no voy a hablar más con él a solas. No le voy a decir ni una palabra más sin que mi abogado esté sentado a mi lado. Si anoche hubiera pensando con claridad, habría contratado a un abogado inmediatamente y puesto fin a este absurdo.

Marissa lo estaba mirando detenidamente, concentrándose en los ojos, tratando de resolver si estaba mintiendo.

—Y ahora voy a tener que enfrentarme a toda esa mierda de la prensa otra vez —prosiguió su padre— y a todos los artículos sensacionalistas que van a escribir.

—¿Sale en los periódicos? —preguntó ella. Ni siquiera había pensado en eso todavía.

—Sólo he mirado la edición digital del *Post*, y sí, la noticia está en primera plana, y estoy seguro de que también en la primera plana de todos los demás periódicos. En el artículo del *Post*, Clements deja

entrever que soy sospechoso. Comprendo que tenga que investigar-
me, pero es tan terrible perder a tu esposa y encima tener que leer
algo así. ¿Tienes idea del efecto que esto va a tener en mi actividad
profesional, en mi carrera? Ni siquiera deseo pensar en ello todavía
ni en si no me derrumbaré en el funeral. Los periodistas siguen ahí
fuera, y por mí pueden quedarse ahí todo el día que no les voy a
decir ni una palabra, y creo que tú tampoco deberías hacerlo. Esto
es un acoso en toda regla, y también voy a hablar con mi abogado de
esto, a ver si puedo emprender algún tipo de acción. Estamos acos-
tumbrados a ver cómo los medios de comunicación explotan a la
gente, a los famosos, y te vuelves inmune a ello, como si formara
parte de nuestra cultura, porque no crees que te pueda ocurrir a ti.
Te parece que sólo es algo que le ocurre a los demás, que estás a
salvo, pero no es así. La cosa es que le puede ocurrir a cualquiera...
¿Por qué me miras de esa manera?

—¿De qué manera?

—No sé, me estás mirando... de una manera extraña.

—Sólo estaba pensando.

—¿En qué?

—En lo espantoso que es todo esto.

Su padre puso cara de incredulidad, como si no se tragara la
explicación, aunque comentó:

—Ah, Clements habló con los Miller, los de la casa de al lado, y
JoAnne le dijo que su perro estuvo ladrando como un loco ayer alrededor de las seis y media.

—¿Y qué?

—Bueno —dijo su padre, repentinamente inquieto—, el otro
día, antes de que encontrara la nota de Tony, cuando entré en casa el
perro también estaba ladrando. Pensé que era un poco raro dada la
hora. En fin, ese animal nos conoce, ¿no es cierto? Jamás nos ladra.

Distraída, Marissa apenas le prestó atención.

—No lo pillo.

—Eso significa que Tony estuvo aquí otra vez. —Ahora su padre
casi estaba gritando, y Marissa, asustada, retrocedió unos pasos—.

El perro ladró las dos veces, y sabemos que Tony estuvo aquí una, ¿no? Clements dijo que eso le parecía interesante, pero no creo que lo entendiera realmente. Aunque ésa es otra cosa de la que voy a hablarle a mi abogado. Tuvo que haber otros testigos; alguien debe de haber visto a Tony llegar o irse. ¿Qué pasa? ¿Por qué te apartas de mí?

—No me estoy apartando de ti —contestó ella.

Su padre la fulminó con la mirada, y algo en sus ojos le recordó a Marissa su expresión cuando les había revelado alegremente, a ella y a su madre, lo de su aventura. Entonces él le preguntó:

—Me crees, ¿verdad?

—Pues claro que te creo —mintió ella.

—No me lo creo —replicó él—. No me crees, ¿verdad?

—Hola —dijo Xan.

Marissa no le había visto entrar en el comedor por detrás de ella, y se pegó tal susto que podría haberse puesto a gritar.

—Lo siento —se disculpó el chico—. Sólo quería ver cómo os iba.

Ella le cogió de la mano, aliviada por su presencia.

—Sólo estábamos… hablando del funeral —le dijo—. Es mañana por la mañana.

—Adam, si puedo hacer algo para ayudar, dímelo.

—Gracias, Xan, pero creo que no necesitamos nada —repuso Adam, mirando a Marissa—. Al menos, eso espero.

Los dos jóvenes se dirigieron al dormitorio de ella. Ya en su habitación, ella le susurró al oído:

—Ay, ¡Dios mío!, él la asesinó. Estoy segura de que lo hizo.

22

Johnny vio a la pareja salir del tren F con destino a Coney Island y los siguió por la larga escalera mecánica hasta la calle. La pareja pasó junto a la papelería de la esquina y dobló a la derecha. Él se mantuvo a una manzana o dos, hasta que la pareja llegó a una zona que estaba más oscura y desierta, y entonces entró en acción.

Se puso su pasamontañas negro y empezó a caminar más deprisa, hasta que se situó a unos veinte metros detrás de ellos; luego, justo en el momento en que el tipo miraba por encima del hombro, Johnny echó a correr a toda velocidad hacia ellos empuñando su revólver del 38. Antes de que la pareja pudiera salir corriendo, o gritara pidiendo ayuda, o reaccionara de alguna otra manera, estaba apuntando a la cara del tipo con el arma.

—Dame el puto anillo —conminó a la mujer.

Se había fijado en él en el metro. Era un reluciente anillo de pedida de diamantes, aparentemente de al menos un quilate. La mujer era rubia, de ojos azules, y, como la mayor parte de las personas de esa parte de Brooklyn en esos días, probablemente no fuera una neoyorquina nativa. Quizá fuera del Medio Oeste, de Kansas o de alguna mierda parecida. Ninguna chica criada en la ciudad llevaría su anillo de pedida en el metro a las once de la noche con los diamantes a la vista de todo el mundo.

—Por favor, no le dispare —suplicó la mujer.

Sí, era evidente que no era neoyorquina.

—Dame el jodido anillo, puta —le ordenó Johnny. Detestaba tener que ser grosero, no poder hablar como el encantador seductor que acostumbraba ser, pero sabía que en un robo era una buena idea comportarse lo menos posible como uno mismo.

—Tranquilo —dijo el tipo. Era alto y delgado y tenía el mismo acento de palurdo que la chica—. Vamos, tío, no queremos ningún problema.

Vamos, tío. ¿Es que pensaba que hablar así le salvaría o qué?

Johnny le apretó el arma contra la mejilla y dijo:

—Dile a la puta que me dé el jodido anillo.

—Dale el anillo —le dijo el tipo a la mujer.

—No puedo. Es de mi abuela.

—Dáselo, joder.

—Por favor —le suplicó la mujer a Johnny—, llévate el dinero. Tengo doscientos dólares en el bolso, y mi prometido también tiene dinero. Te lo puedes quedar todo, pero, por favor, no te puedo dar el…

Johnny golpeó al tipo en la sien utilizando el revólver como una fusta. El hombre cayó de rodillas, y entonces le volvió a golpear con el arma en pleno rostro y oyó crujir algo. La mujer empezó a gritar. Joder, ¿qué cojones pasaba con esa gente? ¿Es que querían morir?

Le agarró la mano izquierda y empezó a tirar del anillo para sacárselo. ¿Te puedes creer que seguía tratando de resistirse? Estaba gritándole en el oído, mientras intentaba desasirse. Johnny ya había tomado la decisión de pegarle un tiro en la cabeza y cerrarle la boca, pero entonces el anillo se deslizó fuera del dedo.

—Gracias, chicos —dijo.

Tenía lo que quería; no había razón para no ser educado, ¿verdad?

Se alejó de allí rápidamente. Después de doblar la esquina recorrió algunos bloques al trote, y luego continuó hasta casa a paso normal.

Ojalá pudiera vender el anillo enseguida. Sabía que podría conseguir unos mil por él, puede que más, en cualquier casa de empeños, y no le gustaba conservar las cosas que robaba, sobre todo las joyas. Las joyas, y especialmente los anillos, eran la clase de objetos que la gente quería recuperar. A veces había malbaratado joyas robadas por una parte muy pequeña de lo que valían sólo por deshacerse de ellas. Después de todo, no era idiota. Ésa era la diferencia entre él y todos los demás delincuentes del mundo.

Pero necesitaba el anillo para dárselo a Marissa en el momento oportuno. Luego, cuando estuviera muerta, igual que sus padres, podría empeñarlo y conseguir sus mil pavos. Y no es que mil pavos fueran a significar algo para él entonces.

Sí, habría estado bien que Adam Bloom hubiera llegado a casa a tiempo y Johnny le hubiera matado como tenía planeado hacer, pero todo lo demás había ido tan bien desde entonces que no podía quejarse precisamente. Tras marcharse de la casa el lunes por la tarde, había abandonado el coche robado en el aparcamiento de un supermercado de Flushing y se había deshecho de la mochila y la sudadera manchada de sangre. Después de lavarse en el baño de una gasolinera y tomar un taxi, hizo que el conductor lo dejara a la vuelta de la esquina del cine de la Cincuenta y nueve alrededor de las ocho. Sólo llegó una media hora tarde, y le dijo a Marissa que el metro iba lento y que no había podido llamarla bajo tierra. No estaba enfadada, porque ella también se había retrasado y acababa de llegar. La película estaba a punto de empezar, así que decidieron entrar e ir a comer algo después. No es que ella pareciera realmente interesada en ver la película. Mientras estaban en la última fila del cine pegándose el lote, Johnny se dedicó a repasar mentalmente el asesinato. ¿Había quedado algún cabo suelto? No se le ocurrió ninguno. Se había deshecho de todas las pruebas, y probablemente la policía ya habría arrestado a Tony. Como era de esperar, éste iría a la cárcel para el resto de su vida o sería condenado a muerte. En el caso de que el monitor tuviera una coartada, los polis podrían tratar de cargarle el asesinato a Adam. Ése también sería un desenlace muy bueno para Johnny. Tenía que deshacerse de Adam para que el resto de su plan funcionara, y la verdad es que le era indiferente que el tipo se pudriera en la celda de una cárcel que a dos metros bajo tierra, siempre que desapareciera para siempre.

Al terminar la película, fue a echar una meada, y cuando se reunió de nuevo con Marissa en el vestíbulo y la vio tan alterada, hablando con alguien por el móvil, supo que se había enterado de la noticia. Johnny vivía para momentos como ése. Tenía que interpretar un papel, ser otra persona y, lo que era aún mejor, ser aquel tipo fantástico al que todo el mundo adoraba.

Sabía que Marissa necesitaba que tomara las riendas y lo hizo a la perfección, encargándose de meterla en un taxi y de decirle todas las cosas adecuadas. Ya en la casa, Adam también se tragó toda su mierda, y Johnny hizo una interpretación perfecta, abrazándolo, ofreciéndole literalmente un hombro sobre el que llorar unas tres horas después de cargarse a su esposa. En serio, ¿era posible hacerlo mejor?

Mientras Adam y Marissa se abrazaban y babeaban como bebés, Johnny estuvo escuchando una conversación entre un detective canoso —más tarde se enteraría que se llamaba Clements— y otro poli. Aunque sólo pilló un cacho aquí y otro allá, parecía que no estaban convencidos de la idea de que Tony hubiera asesinado a Dana Bloom. Johnny ignoraba el motivo de que fuera así, pero no perdió ni un segundo y empezó a trabajar en su plan B. ¿Te das cuenta?, eso era lo que le distinguía de los delincuentes del tres al cuarto que abarrotaban las cárceles de todo el país: que nunca era autocomplaciente; su mente siempre estaba trabajando, adelantándose a los acontecimientos.

Como era de esperar, Marissa le pidió que se sentara a su lado mientras Clements la interrogaba. Lo necesitaba tan desesperadamente ahora que no podía soportar estar sin él ni siquiera unos minutos. Johnny disfrutó de lo lindo cuando el detective le pidió a Adam que, si no le importaba, «esperase en la otra habitación»; la expresión en la cara de Bloom fue impagable, como si supiera que estaba ya a punto de hundirse, que estaba bien jodido y que no podía hacer nada para impedirlo. Luego el detective le preguntó a Marissa por su padre, si alguna vez lo había visto amenazar a Dana, y fue magnífico que ella mencionara que en una ocasión la había tirado al suelo de un empujón. Fue en ese momento cuando Clements empezó a creer de verdad que Adam era su hombre.

Cuando por fin se quedó a solas con Marissa en su habitación, y ella le habló de lo afortunada que era por tenerlo, diciéndole que quería sentirlo dentro, supo que oficialmente era suya. La había enganchado tan bien que ya era imposible que se escapara. Le hizo el amor, lenta y apasionadamente, cómo sólo Johnny Long sabía hacerlo, y luego reanudó la conversación donde Clements la había dejado, tratando de hacerle creer que su padre había matado a su madre. Sabía que tenía que manejar esto con tacto y no comenzar demasiado fuerte, culpando a su padre. Tenía que dejar que pensara que la idea era suya, que se le había ocurrido a ella solita. La cosa funcionó, y fue increíble; a Johnny le pareció que la tenía totalmente dominada, como si pudiera lograr que hiciera o pensara todo lo que él quisiera. Y si la propia hija de Adam creía que éste era culpable, ¿a quién tendría Bloom para defenderlo?

Cuando Adam desapareciera, Johnny le pediría a Marissa que se casara con él, y, vamos, a esas alturas, ¿cómo podría no decir que sí? Ya dependía de él, y cuando sus dos padres hubieran desaparecido, estaría desesperada por fundar una nueva familia. Cuando estuvieran casados —y tal como iban las cosas, eso podría ser sólo cuestión de pocos meses—, Johnny se aseguraría de aparecer en el testamento de Marissa como único beneficiario, porque ¿quién más le quedaría en su vida? Con toda seguridad ella no querría que su padre, ese asesino, recibiera nada. Luego ella moriría en algún «desafortunado accidente» —pobres Bloom, su vida había estado tan llena de tragedias— y Johnny tendría todo lo que siempre había querido.

Marissa estaba tan convencida de que su padre era culpable que hasta tenía miedo de quedarse a solas en casa con él. Johnny le dijo que se quedaría con ella todo el tiempo que quisiera —«para siempre, si es necesario»—, pero entonces la abuela de Marissa, la madre de Adam, llegó, y Johnny quiso irse. La vieja le dio mala espina desde el primer momento, y supo que no sería tan fácil de camelar como el resto de la familia.

—Creo que me odia —le comentó Johnny a Marissa.

—No, siempre ha sido así con todos mis novios —replicó ella—. Es porque eres un *shagetz*.

—¿Un qué?

—Porque no eres judío. Mi abuela siempre ha tenido esa estupidez metida en la cabeza de que algún día me casaré con un judío, aunque no seamos nada religiosos.

—¿Y cómo sabe que no soy judío?

—Lo sabe y punto —dijo Marissa, y eso fue exactamente lo que le preocupaba a Johnny. Si la vieja podía saber que no era judío, ¿qué más podía intuir? Así que no quiso correr ningún riesgo, sobre todo cuando todo marchaba sobre ruedas.

Con la abuela instalada en el cuarto de invitados de la puerta de al lado, Marissa no pareció tan preocupada por estar en la misma casa con su padre, así que Johnny se inventó una buena excusa para volver a su piso: tenía que recoger su traje para el funeral. Ella quiso ir con él, aunque decidió que quizá debía quedarse y estar con su familia.

Al salir de la casa, los periodistas, que habían estado acampados allí fuera todo el día, se amontonaron a su alrededor, haciéndole preguntas a gritos. Johnny les dijo que sólo «era una amigo de la familia» y no se paró a hablar con ellos. En la estación del metro, compró el *Post* y el *News*. Marissa ya le había dicho que Tony tenía una coartada para el asesinato y que tal vez se librara y que Adam era ahora el principal sospechoso, pero incluso los periódicos más madrugadores de esa mañana atizaban a Adam. Todos dedicaban unas dos o tres páginas a la historia, y se concentraban en que Adam Bloom, el justiciero loco que había disparado y matado a un intruso en su casa hacía menos de dos semanas, era ahora sospechoso del asesinato de su esposa. Aunque los artículos se centraban en Tony como sospechoso, el *Post* llamaba a los Bloom «la pareja alegre de cascos», decía que el matrimonio llevaba en «crisis» desde lo del robo y que Adam Bloom podría haber «perdido el control otra vez» y asesinado a su esposa. Y a Johnny le encantó que Clements hubiera dejado entrever con un eufemismo que el loquero era sospechoso en la investigación. Mientras leía esto en el metro hacia Brooklyn, no pudo evitar partirse de risa. Llevaba huyendo de los polis desde hacía años, y ahora, de la forma más extraña, un poli le estaba ayudando a conseguir el mayor botín de su vida. Casi le parecía que Clements se merecía un trozo del pastel.

En el mismo trayecto en metro, algo más tarde, se fijó en la pareja del anillo de compromiso. No necesitaría el anillo de inmediato, pero hacía mucho que había aprendido que cuando surge una oportunidad de conseguir lo que quieres hay que aprovecharla, porque nunca se sabe cuándo volverá a surgir otra.

Ya en su piso, mientras examinaba el anillo —no tenía ninguna imperfección aparente; hasta podría ser que valiera más de lo que pensaba—, recibió un mensaje de texto de Marissa:

¡Te extraño muchísimo!

Johnny estaba encantado de la vida.

Por la mañana, se encontró con Marissa en el exterior de la funeraria de Forest Hills. Estaba hecha un asco —tenía ojeras, los ojos inyectados en sangre y manchones de rímel en las mejillas—, así que tuvo que ponerse inmediatamente el chip de novio contrito. Algo que a otros tíos podría haberles sido difícil lograr, pero no a Johnny. Si hasta consiguió derramar unas lagrimas.

El funeral pareció durar una eternidad, y el rabino estuvo dándole a la sin hueso sin parar hablando de lo maravillosa y generosa que había sido Dana y de lo mucho que se la iba a echar de menos. En un momento dado la llamó «esposa afectuosa». Y Johnny —como probablemente el resto de los presentes en la capilla— pensó: *Sí, pero ¿afectuosa con quién?*

Todos lloraban, en especial Marissa y Adam, y él casi de forma exagerada. A Johnny le pareció que buena parte de su llanto era de cara a la galería, no porque estuviera fingiendo —probablemente su aflicción fuera real—, sino porque sabía que las demás personas, incluida Marissa y algunos periodistas que se habían colado en la capilla, le estarían observando para asegurarse de que estaba llorando todo lo que debía llorar un marido afligido. En un par de ocasiones Johnny vio que Marissa miraba hacia su padre, y que de inmediato éste empezaba a llorar o a sonarse la nariz de forma exageradamente ruidosa o que hacía algo para demostrar lo afligido que estaba.

Fue en coche con Adam, Marissa y la abuela de ésta —la abuela Ann— al cementerio. Bordó todo el numerito de la condolencia, aunque, tío, le costó Dios y ayuda. En la parte trasera de la limusina, la vieja urraca no le quitó ojo de encima, mirándole con odio a través de sus gafas de culo de botella, fulminándole con la mirada. Él sabía que no era sólo porque no fuera judío; había algo más.

Ante la tumba, se sintió realmente triste por primera vez en todo el día. Era una pena que Dana hubiera muerto antes de tener la oportunidad de follársela, antes de que ella hubiera tenido la oportunidad de experimentar los orgasmos que una mujer sólo podía experimentar con Johnny Long. Para que luego hablaran de tragedias.

Tuvo que seguir consolando a Marissa, y llegó un momento en que vio que se le acababan todas las chorradas que podía decir para consolarla. ¿Cuántas veces le dijo: «Lo sé», y «Está en un lugar mejor», y «Todo ira bien»? Mientras tanto, Adam siguió exagerando la nota. Cuando bajaron el féretro a la fosa se desplomó, llorando, aunque acto seguido empezó a dar puñetazos en la tierra, como un niño pequeño con una rabieta. Johny pensó: *¿Puñetazos? Vamos, no me agobies.* En un momento dado, vio que Marissa miraba hacia su padre y que ponía ligeramente los ojos en blanco.

Durante el trayecto de vuelta a casa de los Bloom, la chica miró para otro lado todo el rato, la ojos fijos en la ventanilla con aire ausente. Johnny la dejó en paz para no agobiarla.

Marissa no dijo nada hasta que llegaron a la casa. Entonces lo hizo subir a su habitación, cerró la puerta y dijo:

—Creo que tenías razón…, no hay duda de que la asesinó.

—Nunca dije que creyera realmente que lo hiciera —le corrigió él.

—Pero era lo que pensabas, fue tu primera intuición, y las primeras intuiciones suelen ser las correctas.

Johnny no le iba a discutir esto. Parpadeó una vez, muy lentamente, para que se diera cuenta de lo preocupado que estaba, y entonces le apretó la mano con fuerza.

Ella continuó:

—Todo en él era hoy tan falso, joder. ¿Te fijaste como aporreó el suelo? Cree que se va a ir de rositas, pero no será así, porque no se lo voy a permitir. Si lo hizo, pagará por ello. No va a seguir adelante con su vida, mientras mi madre se pudre bajo tierra.

Para Johnny fue una gozada que estuviera dispuesta a volverse contra su padre, dispuesta a, bueno, enterrarlo.

Los Bloom iban a celebrar un rito judío llamado «el asiento tembloroso»* o algo así. La cosa iba de que todos los amigos y parientes se pasaban a visitarlos con comida y bebida y se sentaban a su alrededor y lloraban la pérdida con toda la familia. Aquello tenía una pinta fatal; y lo peor de todo es que iba a durar una semana entera. Bueno, pero ¿qué les pasaba a los judíos? ¿Es que les gustaba prolongar el sufrimiento todo lo que podían?

Quizá la gente se lo pensara dos veces a causa de los «rumores» sobre Adam aparecidos en las noticias, porque a lo largo del día sólo aparecieron diez personas, aunque en el funeral había habido al menos un centenar. El loquero parecía desquiciado, y no paraba de entrar y salir del salón, comprobando ocasionalmente su BlackBerry, sacudiendo la cabeza y mascullando para sí. La abuela Ann siguió

---

* Johnny confunde la palabra judía *shivah* con *shiver* («estremecimiento», «temblor»). El rito al que hace referencia es el periodo de siete días que comienza justo después del entierro de un ser amado, y en el que se permanece en casa sentado en los asientos más bajos, recibiendo las condolencias y elaborando el duelo. *(N. del T.)*

lanzando miradas asesinas a Johnny. En dos ocasiones él intentó entablar conversación con ella, pero la vieja ni siquiera le miró a los ojos. Más tarde, la vio acercarse a Adam y susurrarle algo; entonces su hijo miró hacia Johnny, procurando que pareciera que lo miraba de pasada. Marissa ya podía decir misa; él sabía que la vieja no sólo le trataba así porque no fuera judío.

La chica quiso que se quedara a pasar la noche con ella, y él no podía rechazarla, ¿verdad? Ya en la cama, le dijo que lo amaba, y Johnny que él también a ella, «más que a nada en el mundo». Sabía que era demasiado pronto para pedirle que se casara con él, aunque consideró que era una buena oportunidad para tantear el terreno y ver si la chica estaba tan en sazón como pensaba que estaba, así que le preguntó:

—¿Te gustaría tener hijos algún día?

—Algún día —respondió ella—. Sin duda. ¿Y a ti?

—Sí —admitió él. Y añadió—: Y me parece que tú y yo podríamos tener unos niños preciosos.

Si pareciera que esto la hacía flipar, Johnny retrocedería, cambiaría de tema y le diría que era sólo una broma.

Pero lejos de eso, ella replicó:

—Lo sé, en realidad me he pasado todo el día pensando en eso.

—¿De verdad?

—Sí, lo digo en serio, sé que es pronto, pero es muy fuerte lo que siento por ti, estoy segura.

Carajo, Johnny estaba impresionado consigo mismo. Sabía que Marissa estaba especialmente vulnerable ese día, el día del funeral de su madre, pero estaba dispuesta a atarse a él todo lo humanamente posible.

—Quiero enseñarte algo —dijo él.

Se acercó a su americana, que la había colocado sobre la silla de la mesa, y sacó el anillo de diamantes del bolsillo interior.

—Sé que no es el momento adecuado para hacer esto —continuó—. Y no estoy seguro de que quieras siquiera que lo haga, pero si lo quieres…, algún día… Mira lo que tengo.

Abrió la mano y la sorpresa mayúscula fue patente en los ojos de ella. Era asombrosa la manera en que las mujeres se cagaban en las bragas por los diamantes.

—Caray, es precioso.

—Me lo dio mi abuela cuando se estaba muriendo de cáncer. Me dijo que lo utilizara para declararme a la chica que amara.

Marissa estaba sonriendo, y él sabía lo que estaba pensando: *Por favor, deja que sea yo esa chica. Por favor, deja que sea la señora de Xan Evonov.*

Entonces ella mudó la expresión y le preguntó:

—¿Y era el anillo de tu abuela?

—Sí —confirmó Johnny.

—Ah, es extraño. No parece un engarce muy antiguo.

—Eso es porque lo hice restaurar. Sí, quería que pareciera más moderno, y lo que realmente me importa es la piedra.

Estaba bien que fuera tan rápido pensando.

—Es tan mono —dijo Marissa—, y la piedra es preciosa.

Johnny se dio cuenta de que quería probárselo, pero lo apartó, pensando: *Deja siempre que quieran más.*

La estaba besando con ternura cuando alguien llamó a la puerta.

—¿Sí? —respondió Marissa.

—La cena está servida. —Era la abuela Ann.

—De acuerdo, ya vamos.

—Se está enfriando.

—Bajamos enseguida.

Johnny no oyó los pasos de la abuela Ann; se la imaginó junto a la puerta, tratando de escuchar algo.

—Quizá debería irme —dijo Johnny en voz baja, casi en un susurro.

—¿Por qué? —preguntó Marissa, preocupada, hablando en voz muy baja, al igual que Johnny.

—Creo que tu familia necesita pasar algún tiempo en la intimidad.

—Por favor, no te vayas. Necesito que estés aquí esta noche.

Johnny decidió que la electrocutaría. Dejaría pasar bastante tiempo, varios meses, y tendría que pulir los detalles, pero cuando llegara el momento oportuno, así es como la haría desaparecer de su vida.

Apartándole unos pelos de los ojos, dijo:

—La verdad es que creo que tu abuela no me quiere aquí.

—Es que ella es así, nada más, te lo aseguro.

En ese momento Johnny oyó a la abuela Ann alejándose por el pasillo; le lanzó una mirada a Marissa que significaba: *¿Ves a qué me refiero?*

—Es completamente inofensiva, te lo digo en serio.

Él no la creyó, aunque decidió centrarse en los aspectos positivos. Dana estaba muerta, y Marissa estaba enamorada de él y, lo que aún era mejor, prácticamente decidida a casarse. Todo iba encajando en su sitio. Era hora de pasar a la siguiente fase del plan, y ésta sería la fase más agradable, la que le proporcionaría el mayor alegrón.

Sí, era hora de matar a Adam Bloom

23

*Hola, doctor Bloom, soy Lisa DiStefano. Lamento mucho comuni-
cárselo, pero... pero voy a tener que interrumpir mi tratamiento...
Lo lamento de veras, doctor, pero me parece que no tengo elección.
Le agradezco todo lo que ha hecho por mí y...*

Adam no pudo seguir escuchando más. Borró el mensaje, y también
los otros que todavía no había escuchado, y apagó su BlackBerry.

No sabía cuántos pacientes había perdido hasta el momento...,
¿diez, quince? Y aquéllos eran sólo los que se habían molestado en
llamar, los que llevaba viendo desde hacía años y se sentían en deuda
con él. Los demás, probablemente, no se molestarían en aparecer el
día concertado.

Y tampoco era una situación que fuera a mejorar en algún momento. Aunque la policía anunciara que habían hecho una detención en relación al caso, aunque Adam fuera liberado de toda sospe-
cha, el daño ya había sido hecho. Su nombre había quedado marcado
para siempre, y la gente siempre creería que en todo aquello habría
tenido que haber algo de verdad. Quizás hubiera matado realmente
a su esposa y la policía no había interpretado correctamente las
pruebas. Y si no había matado a su esposa, sí que había disparado a
aquel tipo en su casa, ¿no era así? Seguía siendo inestable, seguía
siendo un loco. Puede que de haber sido fontanero o carpintero
hubiera podido seguir ejerciendo su profesión en algún momento,
pero como psicólogo que era, las personas tenían que confiarle su
salud mental; y necesitaban saber que la persona que los trataba no
estaba potencialmente más loco que ellos.

Todos los funerales eran como pesadillas, pero el funeral de

Dana le resultó especialmente terrorífico. No sólo fue terrible tener que enterrar a su esposa, una mujer cuya vida había sido trágicamente segada —sólo tenía cuarenta y siete años, por amor de Dios—, sino que además tuvo que pasar por la humillación de que cada uno de sus actos fuera visto con lupa y juzgado por los medios de comunicación y la opinión pública, y por su propia familia. Ni siquiera Marissa creía que fuera inocente. Cuando pensaba en ello, le acometían unas náuseas terribles, y no estaba seguro de que la relación con su hija pudiera recuperarse alguna vez de aquello. En la capilla y en el cementerio, la gente no paró de lanzarle miradas, y en líneas generales se comportaron con suspicacia. Incluso cuando se acercaron a presentarle sus condolencias, supo que no estaban siendo sinceros. Estaban apenados por Dana, pero no sentían ninguna compasión por él; y eran las personas que supuestamente más le valoraban. Ésas eran las personas que habían crecido con él, ido al colegio con él, trabajado con él. Siempre había estado a su disposición en los momentos difíciles de sus vidas, cuando sus seres queridos estaban enfermos o habían muerto, pero ahora, cuando más los necesitaba, le daban la espalda. Sintió amargura por tanta traición. Y se sintió completamente solo en el mundo.

Bueno, casi completamente solo. Le alegraba que su madre estuviera allí. Como todo el mundo, Adam tenía conflictos con su madre. A pesar de sus denodados e inveterados intentos por solucionarlos y elaborarlos, seguía guardando algunos insignificantes e irresolutos motivos de resentimiento que le hacían sentir un permanente rencor hacia ella. Aunque siempre trataba de enfrentarse a sus sentimientos y expresarse sin ambages, por lo general le resultaba difícil no irritarse cuando estaba cerca de ella durante un periodo de tiempo prolongado; bueno, durante más de un día o dos. Pero ese día necesitaba el apoyo y el amor incondicional de su madre, y había agradecido que, poco después de que llegara de Florida, ella le hubiera llevado a un aparte y le dijera:

—Sé que mi hijo no es un asesino.

Eso era exactamente lo que había necesitado escuchar. Por fin tenía un aliado.

—Gracias, mamá —había dicho—. No sabes cuánto significa para mi oírte decir eso.

Cuando su madre lo abrazó, se sintió como si de nuevo fuera un niño y se acabara de arañar la rodilla en la acera y corriera a casa en busca de su consuelo.

—No te preocupes, todo va a salir bien —le había dicho ella.

Durante unos instante creyó realmente lo que le decía.

Luego, quizá porque estaba con su madre y se sentía a salvo y protegido, había sentido el impulso repentino de purificar su alma.

—La otra noche cometí un error, mamá. No tenía que haber disparado a aquel tipo —dijo.

Adam había hablado por teléfono con su madre unas cuantas veces desde lo del tiroteo, pero sólo le había explicado los detalles en general, temiendo que se alterara demasiado.

—Ah, déjalo ya, hiciste lo que tenías que hacer —le tranquilizó—. Alguien entró en tu casa en mitad de la noche. ¿Qué se suponía que tenías que hacer?, ¿dejarle que disparara primero?

—Pero no tenía que haberle disparado tantas veces.

—Bueno, ¿y a quién le importa? —soltó la anciana—. Deja de sentirte culpable por todo. Cuando uno se siente culpable por todo, acaba loco. No te agobies.

No era mal consejo. Perdonarse siempre era una buena idea, aunque fuera difícil sentirse inocente rodeado de personas que estaban convencidas de que era culpable. Tampoco era fácil no permitir que le afectara lo que los medios de comunicación estaban diciendo, sobre todo aquella insinuación de mierda de que era «sospechoso». Ni siquiera quería pensar en la posibilidad más que real de que la policía pudiera, de una u otra manera, reunir pruebas para su procesamiento, que lo acusaran en serio del asesinato de su esposa. Sabía que si dejaba volar su imaginación en esa dirección no sería capaz de funcionar en absoluto. De hecho —quizá porque no había tomado suficiente Valium—, durante todo el funeral se había sentido sumamente desorientado. No estaba muy seguro de quién había estado allí ni de lo que había dicho él ni de cómo se había comportado. Se acordaba de que Carol se había acercado a darle el pésame, de haber sujetado la mano de Marissa mientras lloraba y de desplomarse en el suelo delante de la tumba, pero eso era todo.

Cuando regresó a casa, los síntomas de la angustia eran graves: pulso acelerado, vértigo severo y un dolor de cabeza palpitante. Llamó a un psiquiatra que había visitado una vez, el doctor Klein, quien a su vez llamó a una farmacia local para recetarle por teléfono Klonopin. Adam pensó que tendría que hacer que le llevaran la medicina a casa —teniendo en cuenta todos los periodistas apostados en el exterior, estaría prisionero en su propia casa durante días—, pero Xan se ofreció para ir a recogerla.

Tras la primera dosis, empezó a sentirse mejor. Bueno, seguía hecho un asco, pero al menos ya no le parecía que fuera a tener un ataque al corazón. Se reunió con los amigos y familiares que se habían pasado para el *shivah*, consciente de algunas ausencias notables, como Sharon y Mike. Aunque la verdad es que no le importó. Prefería estar solo que rodeado de un montón de gente que le estuviera juzgando.

Y cuando fue a buscar un vaso de agua, su madre se le acercó y le susurró:

—Ése no me gusta nada.

—¿Quién? —preguntó Adam.

—¿Tú que crees? Su novio.

Adam miró hacia Xan, que le estaba mirando fijamente. Desvió de nuevo la mirada hacia su madre, puso los ojos ligeramente en blanco y se alejó, sacudiendo la cabeza. Su madre siempre había criticado a los novios de Marissa, sobre todo a aquellos que no eran judíos.

Pero su madre no iba a dejar correr el asunto así como así. Más tarde, cuando Marissa y Xan habían subido a la habitación, volvió a la carga y, como si no hubieran zanjado la conversación, dijo:

—No me importa, no me gusta.

—Vamos, es un buen chico —replicó Adam.

—¿Dónde se conocieron? —preguntó su madre.

—En la ciudad. Creo que en un bar o en un club, no estoy muy seguro.

Ella le lanzó una mirada.

—Mucha gente se conoce en los bares, mamá, y Marissa parece feliz con él. Se ha portado fantásticamente, y ha sido un gran apoyo en toda esta situación. Vale, al principio yo también tenía mis dudas, pero es un buen tipo.

—¿Qué clase de dudas tuviste? —Su madre lo estaba mirando seriamente con los ojos entrecerrados.

—No fueron exactamente dudas. Me refiero a que era un poco escéptico sobre él, sobre su carrera principalmente. Es artista, pintor, y no quería que Marissa se liara con ningún excéntrico. Pero ése no parece ser el caso ni por asomo. Parece estar muy entregado y sentir pasión por lo que hace.

—Me recuerda a Howard Gutman.

—Ah, vamos.

Su madre le había contado la historia de Howard Gutman docenas de veces, pero eso no era óbice para que se la siguiera contando una y otra vez.

—Se sentó en nuestra mesa en la boda de la prima de papá, Sheila —empezó—. Todos hablaron con él y pensaron que era un tipo fantástico y maravilloso, aunque yo supe que tenía mala pinta. Era por la forma que tenía de mirar a la gente. Era como si realmente no los mirase. Un par de meses más tarde, nos enteramos de que había matado a su esposa. Cogió un martillo y la mató a martillazos mientras dormía.

—¿Y eso qué tiene que ver con Xan? —preguntó Adam.

—No me gusta la forma que tiene de mirar a la gente —dijo su madre—. No puedo decir exactamente qué es, pero ese muchacho tiene mala pinta.

—Hagas lo que hagas, por favor, no le digas nada de esto a Marissa —le suplicó Adam—. Procura no atosigarla, ¿de acuerdo? Va a pasarlas canutas, como es natural, y parece muy feliz con Xan.

—Xan —repitió su madre, desdeñosamente.

—Hoy en día hay muchos jóvenes que se acortan el nombre.

—No es su nombre lo que me preocupa —insistió la anciana.

Como una hora después de que tomara la primera dosis de Klonopin, a Adam le pareció que se le estaban pasando los efectos, así que se tomó otra pastilla y también un par de Valium. No se molestó en comprobar lo que decían las instrucciones acerca de la incompatibilidad entre medicamentos, pero en ese momento su salud no era precisamente su principal prioridad.

Por la mañana, cuando bajó a la cocina, su madre ya se estaba preparando para el segundo día del *shivah*. Era difícil estar en la cocina y no pensar en lo ocurrido allí —y el hecho de que hubiera una ligera mancha rosácea en el suelo donde había estado tirado el cadáver no ayudaba en nada—, y aún era más difícil estar en la escalera principal y no pensar en el tiroteo y en toda aquella sangre.

—¿Qué tal has dormido? —le preguntó su madre.

—No he dormido.

—Ay, pobrecito, ¿por qué no echas una cabezadita?

—Si pudiera dormir, lo habría hecho esta noche.

—Al menos túmbate en el sofá. Tienes que descansar.

Lo que necesitaba era más Klonopin.

—Me tomaré un café. ¿Me haces el favor de llevármelo al comedor? Me resulta difícil estar aquí con el suelo como está.

Al cabo de dos minutos, cuando le llevó el café, su madre le dijo:

—Bueno, no me fui a la cama hasta pasada la medianoche, y Xan seguía aquí.

—Ya lo sé, se quedó a dormir —dijo él.

—¿Ya se queda a dormir? ¿Hace cuánto que la conoce?

Adam le dio un sorbo al café e hizo una mueca; su madre siempre hacía el café demasiado fuerte.

—¿Necesitas más azúcar? —preguntó ella—. Le puse dos terrones, pero…

—Está bien, no pasa nada.

—¿Estás seguro? Porque…

—He dicho que está bien. —Consiguió darle otro sorbo, y dijo—: Dana y yo lo estuvimos hablando. No nos sentíamos cómodos con que trajera novios que no hubiéramos conocido, pero conocimos a Xan y nos pareció bien.

—Os pareció bien —repitió su madre.

Por Dios, ya estaba empezando a cabrearlo, emperrada en decir todo lo que era posible decir para exasperarlo. No era de extrañar; estaban en el límite de los dos días. Cuando su madre adoptaba aquella actitud, resultaba difícil creer que no lo hiciera a propósito. El hecho era que en este caso Adam estaba realmente de su lado —tampoco le gustaba la idea de que Marissa llevara chicos a dormir—, pero su madre tenía la extraña habilidad de obligarle a uno a adoptar un punto de vista contrario.

—¿Realmente es necesario que hablemos de esto? —preguntó Adam—. Lo siento, pero la verdad es que no creo que la situación del novio de Marissa sea ahora mismo la cosa más importante del mundo.

Permanecieron sentados uno enfrente del otro en silencio durante varios minutos, aunque Adam sabía que su madre no iba a dejar correr el tema. Se dio cuenta de que su cerebro seguía maquinando, e incluso la vio mover los labios mientras mascullaba silenciosamente para sus adentros.

—¿Qué te puedo decir? —dijo la mujer por fin—. Pienso lo que pienso.

—Nunca tuvisteis problemas con que trajera chicas a dormir a casa —replicó Adam.

—¿De qué estás hablando?

—Tú y papá —continuó él—. Traía chicas a mi habitación a todas horas y nunca tuvisteis problemas con eso.

—¿Cuándo trajiste chicas a dormir?

—Siempre. Vamos, ¿no te acuerdas de mis novias? ¿De Stacy Silverman? ¿De Julie Litsky?

Su madre parecía no entender de qué le hablaba. Lo había vuelto a hacer, dar en el blanco de otro de los conflictos de Adam, lo ignorado y emocionalmente desatendido que se había sentido de niño. Siempre había tenido la sensación de que sus padres estaban demasiado enfrascados en sus problemas y de que no prestaban suficiente atención a lo que sucedía en la vida de su hijo. ¿Sería posible que él hubiera reproducido esa dinámica en su relación con Marissa?

—¿En serio que no te acuerdas de Julie Litsky? —preguntó, sintiéndose repentinamente muy nervioso.

—¿Tenía el pelo rojo?

—Lo tenía castaño.

—Ah, vale, ahora creo que la recuerdo —dijo su madre, aunque era evidente que seguía sin tener ni idea de quién era Julie Litsky.

—¿Y no te acuerdas de que cuando estaba en la universidad tú y papá dejabais que las chicas se quedaran a dormir en casa? No paraba de traer a mis novias a dormir en verano, en las vacaciones de primavera, en las vacaciones...

—Eso era diferente —le interrumpió su madre—. Eran chicas que conocías, con las que ibas al colegio, y que eran de buena familia. ¿Quién es este Xan? ¿Algún extranjero de la calle?

—No sabes nada de su familia.

—Ni tú tampoco.

—De acuerdo, ahora lo digo en serio, no quiero seguir hablando de este asunto.

Adam abandonó el comedor. Entró en la cocina, sólo para alejarse de su madre, pero entonces reparó en la mancha rosácea del suelo y salió para dirigirse de nuevo a la parte delantera de la casa, evitando mirar hacia la escalera. Joder, ¿se podía estar más atrapado? Entonces echó un vistazo al exterior, vio un par de furgonetas de los informativos y pensó: *Sí, se podía.* Había menos periodistas que la víspera, aunque todavía era temprano. Probablemente después habría más, y empezarían a llamar al timbre para tratar de hacerle salir y que hablara. Una cosa era segura: aquella historia no se iba a acabar por sí sola. Hasta que la policía detuviera a Tony o a otro por el asesinato, Adam sabía que la especulación sobre su posible implicación sería permanente. Habría artículos en los periódicos y en las revistas, documentales en la televisión. En realidad, el verdadero panorama de pesadilla sería que la policía no hiciera ninguna detención y el caso acabara sin resolverse. Si eso ocurría, a nadie le importaría las pruebas ni los hechos del caso: Adam sería considerado culpable durante el resto de su vida.

Subió y cogió un Klonopin y dos Advil. Al cabo de unos minutos sintió náuseas, y no estuvo seguro de si era por la angustia o algún efecto secundario de la medicación. Se tumbó en la cama durante un rato, aunque decidió que eso estaba haciendo que se sintiera aún peor, y volvió a bajar.

Su madre estaba sola en el salón, y las bandejas con los panecillos y las rosquillas estaban intactas.

—Esto me parece asqueroso —dijo ella.

Adam sabía que se refería a la ausencia de amigos y familiares para celebrar la *shivah*. Menos de diez personas el día anterior y ni una ese día, hasta el momento.

—Eh, era de esperar —dijo—. La gente lee los periódicos y ve la televisión. —Se dio cuenta de que la televisión estaba encendida, así que cogió el mando y la apagó—. Lo siento, pero preferiría vivir en una burbuja de plástico durante algún tiempo, si es que sabes a qué me refiero.

—Pero no se trata de ti, se trata de Dana —dijo su madre—. Son personas que la querían, a las que supuestamente ella les importaba, ¿y ahora no pueden estar aquí por ella?

Su madre había puesto el dedo en otra llaga más, porque Adam sintió una punzada de culpabilidad por su manera de tratar a Dana antes de que fuera asesinada. Por si no fuera suficiente que se hubieran dejado de hablar y hubieran estado a punto de divorciarse, aun antes de eso, en los últimos meses no la había tratado muy bien. A todas luces su mujer había estado sufriendo, padeciendo conflictos internos que la habían empujado a engañarlo, y Dana había intentado hablar con él muchas veces, pero Adam había hecho caso omiso. Él era el psicólogo; debería haber reconocido los síntomas del fracaso conyugal e insistido en que acudieran a un asesor matrimonial. No tenía ninguna excusa para su comportamiento, ninguna en absoluto.

—No puedes controlar lo que hacen los demás —comentó Adam, partiendo sin pensar un panecillo por la mitad y dándole un mordisco a una de las partes. En realidad, no le importaba que no hubiera aparecido nadie ese día. No estaba de humor para conversaciones hipócritas, sobre todo con personas que le odiaban.

Le dio otro mordisco al panecillo, se dio cuenta de que no tenía apetito y puso el resto en la bandeja. Empezó a caminar de un lado a otro por el salón, y entonces Marissa y Xan entraron. Todos se dieron los buenos días, pero cuando su madre habló, Adam se percató de que estaba mirando a su nieta, pero no al chico.

—¿Puedo hablar contigo un segundo? —le preguntó Marissa a su padre.

—Por supuesto.

—En privado —añadió su hija.

—Esperaré en el pasillo —dijo Xan. Era evidente que no quería quedarse a solas con la madre de Adam.

Adam y Marissa entraron en el comedor, y ella dijo:

—Lo siento, pero tengo que salir de aquí hoy.

—¿Adónde vas?

—A casa de Xan. Necesito un poco de espacio, necesito respirar. No puedo quedarme aquí.

—Lo entiendo —dijo Adam, preguntándose si «aquí» no querría significar realmente «contigo».

—Puede que vuelva a dormir esta noche, o puede que me quede en casa de Xan y regrese mañana por la mañana —dijo ella—. ¿Te has enterado de alguna noticia?

—No, todavía no —respondió él.

Marissa no le miró a los ojos ni una sola vez, y Adam se dio cuenta de que seguía pensando que era culpable. No pudo ocultar su frustración y soltó un profundo suspiro, como dando a entender que la conversación se había acabado. Ella siguió su ejemplo y se le adelantó para regresar al salón. Mientras se despedía de su abuela, Xan se acercó y le dio un fuerte abrazo a Adam.

—Te tendré presente, amigo.

—Gracias. Te lo agradezco.

Cuando Marissa y Xan se disponían a irse, la madre de Adam dijo:

—Llama más tarde.

—Lo haré —replicó la chica.

Su madre siguió sentada en el sofá, y Adam cogió el otro trozo de panecillo, le dio un mordisco y masticó con más fuerza de la necesaria. Seguía disgustado por cómo le trataba Marissa. Se preguntó si sabría lo mucho que le había herido.

Entonces se percató de que había un perro ladrando. Parecía *Blackie*, el perro de los Miller, y el ruido parecía proceder de la calle, delante de su casa. El animal estaba ladrando como un verdadero poseso, igual que aquel otro día, cuando había regresado de jugar al golf y descubierto la nota de Tony bajo la puerta.

—¿Oyes eso? —le preguntó a su madre, aunque en realidad estaba hablando consigo mismo y pensando en voz alta.

—¿Oír qué? —preguntó la anciana.

Adam fue hasta la parte delantera de la casa, hasta una de las ventanas que daban a la calle, y separó las lamas de las persianas. Vio que JoAnne Miller sujetaba la tensa correa tratando de contener a *Blackie*, que parecía casi rabioso mientras intentaba soltarse para atacar a Xan.

24

A primera hora de la tarde, cuando quedó claro que no iba a aparecer ningún invitado, la madre de Adam pulsó el botón de pausa del mando a distancia del DVD y detuvo la película que estaba viendo, *Notting Hill*. Retiró los panecillos, la crema de queso y el resto de la comida. Aunque sentado a su lado todo el rato, Adam había estado muy distraído, sin prestar ninguna atención a la película, y levantándose cada pocos minutos para caminar de un lado a otro.

Al regresar de la cocina, su madre dijo:

—Vale, ya puedes ponerla en marcha otra vez.

—Tú misma, yo no la estoy viendo.

—¿Te encuentras bien? ¿Quieres acostarte?

—Estoy bien, mira la película.

—Me he dado cuenta de que desde que Marissa y Xan se fueron pareces muy alterado por algo.

Adam no había querido contárselo a su madre, en parte porque estaba confundido y nada seguro de que hubiera algo de qué hablar, y en parte porque sabía que si se lo contaba se pondría como loca y montaría una escena en toda regla.

Pero lo cierto es que necesitaba hablar con «alguien», y quizás ella tuviera algún consejo u opinión racional que darle. En su estado actual no confiaba en su capacidad para tomar decisiones.

—Hay algo que me preocupa —dijo.

—¿De qué se trata?

—¿Oíste antes la manera de ladrar del perro de nuestros vecinos?

—Sabía que tenía que ver con ese perro. ¿Qué pasa con él?

Adam le contó que había oído ladrar a *Blackie* cuando había encontrado la nota de Tony, y que JoAnne Miller había informado de que el perro se había puesto a ladrar como un loco la tarde que Dana había sido asesinada.

—Bueno, ¿y eso qué tiene que ver que con que el perro ladrara antes?

—El perro le estaba ladrando a Xan y a Marissa, pero ese animal conoce a mi hija desde hace años; lo sacaba a pasear cuando los Miller se iban de vacaciones.

—¿Así que piensas que el perro le estaba ladrando a Xan?

—No tengo ni idea de lo que estoy diciendo.

—¿No te advertí ya sobre él?

Adam ya sabía que su madre iba a aprovechar aquello para lanzar su pulla del «ya te lo decía yo».

—Sólo me parece que fue raro que el perro se pusiera así de loco, eso es todo —dijo—. Hace años que conozco a ese perro, y nunca le había visto ladrar de esa manera a alguien que pasara por la acera y sin ningún motivo. Vamos, que los periodistas llevan ahí fuera los dos último días, ¿y verdad que no has oído que les ladrara?

—Así que al perro no le gusta Xan —dijo su madre—. Perro listo. A mí tampoco me gusta.

—Me parece que no estás entendiendo lo que digo.

Su madre se lo quedó mirando de hito en hito, y entonces dijo:

—Lo que crees es que el perro le estaba ladrando a Xan las otras veces.

—Estoy seguro de que me estoy comportando ridículamente, pero…

—Pero dijiste que la nota era de Tony.

—Y era de Tony. Era la misma letra y estaba escrita en un papel parecido al de la otra nota que recibí, creo que de Tony, en la que se me amenazaba o una cosa parecida.

Le contó lo de la otra nota a su madre.

—¿Así que lo que estás diciendo es que crees que Xan pudo haber dejado las dos notas, y no Tony?

—No creo que… Sencillamente no estoy seguro, eso es todo.

—¿Y por qué haría eso? ¿Y cómo iba a saber que Tony y Dana tenían una aventura?

—No lo sé. Por eso no tiene ninguna lógica.

—Te dije que no me gustaba Xan, pero no dije que creyera que mató a Dana.

—Yo tampoco lo creo.

—Pues claro que lo crees. Ésa es la razón de que hayas sacado a colación todo esto.

Adam, de pronto hecho un manojo de nervios y lleno de energía, dijo:

—Xan no es un asesino. Tony mató a Dana. Su coartada se vendrá abajo, ya lo verás. Lo más seguro es que todo esto no sea más que una ridícula pérdida de tiempo.

—No creo que sea una pérdida de tiempo tan grande. De todos modos, me parece que deberías llamar a la policía para comunicárselo.

—¿Para comunicarles qué? ¿Que un perro empezó a ladrarle al novio de mi hija? Pensarán que estoy más loco de lo que ya piensan que estoy.

—Estoy preocupada por Marissa.

—No hay ningún motivo para preocuparse.

—¿Y si tienes razón y Xan es un asesino?

—¿Puedes dejarlo ya? No es ningún asesino, ¿vale? Ni siquiera habría empezado a pensar en ello, si no me llegas a meter la idea en la cabeza.

—¿Así que ahora me culpas a mí?

—No, sólo digo que no hay ninguna base para pensar que sea un asesino. Él no tenía ningún motivo para querer hacerle daño a Dana. Se llevaban de maravilla, y él le gustaba…

Entonces, en un momento de repentina claridad, cayó en la cuenta, y su madre advirtió el cambio en su expresión.

—¿Qué sucede? —preguntó ella.

—Que él le gustaba mucho.

—¿Y qué? ¿De qué estás hablando?

—El otro día, después de que Xan viniera a cenar y nos conociéramos por primera vez, Dana y yo tuvimos una discusión. Bueno, no exactamente una discusión, sólo una pequeña pelea, ¿sabes? Ahora se me antoja ridículo, pero me dijo que creía que Xan era un chico guapo, y me puse celoso. Pero la verdadera razón de mis celos fue la manera en que se estuvo comportando la noche anterior durante la cena. Ya sabes que Xan es un tipo zalamero, ¿no?, un hombre encantador, al que le gusta halagar a todo el mundo, darle coba a la gente; ése es su estilo. Pero sé lo mucho que a Dana le gustaron sus atenciones.

—Oh, ¡Dios mío! —exclamó su madre—. ¿Así que crees que tuvieron un lío?

—No, eso es imposible.

—¿Por qué es tan imposible? Estaba teniendo una aventura con aquel otro tipo.

Ése era un buen argumento… y Xan era un chico joven, como Tony.

Sintiendo náuseas al darse cuenta de que no podía descartarlo del todo, Adam prosiguió:

—No creo que ella tuviera una aventura con Xan, siendo el novio de Marissa. No le hubiera hecho eso a Marissa.

—Uno nunca sabe lo que hará otro —sentenció su madre, dejando que la insinuación flotara en el aire.

Adam sacudió la cabeza.

—No, Dana no era capaz de algo así, estoy seguro. —No estaba seguro en absoluto, la verdad, pero decirlo le hizo sentir mejor. Entonces añadió—: Aunque supongo que eso no significa que él no intentara seducirla…

—¿Quieres decir que crees que él…?

—Lo que digo es: ¿qué pasaría si Xan hubiera estado interesado en ella? En fin, más interesado en ella de lo que ella estaba en él.

—¿Y por qué habría de matarla, pues?

—Tal vez viniera aquí con la esperanza de encontrarla sola. Puede que por eso JoAnne, la vecina, oyera ladrar a su perro como un loco, probablemente en torno a la hora en que Dana fue asesinada.

—Llama a la policía —le instó su madre, presa del pánico.

—No, espera, esto no tiene ninguna lógica —rectificó Adam—. Esa noche Xan estaba en el cine con Marissa. Y sólo porque él y Dana coquetearan un poco, si es que a aquello se le podía llamar siquiera coqueteo, no quiere decir que viniera aquí para intentar agredirla sexualmente. Estoy yendo demasiado lejos. No había ninguna señal de agresión sexual; la policía habría dirigido la investigación en esa dirección inmediatamente. La verdad, si piensas en los hechos, todo esto es absurdo. No tiene ningún fundamento.

—Llama a la policía de todos modos —insistió su madre—. Deja que sean ellos los que decidan si es absurdo o no.

—Puede, tendré que pensarlo —dijo él—. Ahora mismo, todo me parece muy confuso.

Adam subió al piso de arriba, aún más estresado que antes. Se dio una ducha caliente mientras consideraba todos los extremos desde todos los puntos de vista. Aunque algunas partes parecían encajar, seguía sin ocurrírsele un motivo lógico para que Xan hubiera ido a su casa para matar a Dana, una mujer a la que apenas conocía. Sólo un psicópata redomado haría algo así, y ese chico no era un psicópata. Si fuera un desequilibrado mental o tuviera inclinaciones psicopáticas, a buen seguro que él se habría dado cuenta de inmediato; a fin de cuentas, detectar los comportamientos anormales era su profesión. Y Adam no estaba seguro de si era posible que Xan pudiera haber cometido el asesinato. ¿Habría tenido tiempo de matar a Dana y luego reunirse con Marissa en el cine? Lo más seguro era que no. Trató de olvidarse de todo y pensar en otra cosa, pero los desaforados ladridos del perro a Xan seguían inquietándole, y tampoco paraba de repetirse mentalmente lo que su madre había dicho antes acerca de que ese chico era esencialmente un completo extraño.

Cuando salió de la ducha, y sólo para tranquilizarse, se conectó a Internet para ver qué podía averiguar sobre Xan Evonov. Esperaba encontrar un montón de información, incluso la página web de Xan

—era un artista, después de todo—, pero la búsqueda en Google por la frase «Xan Evonov» arrojó cero resultados. Le pareció bastante extraño. ¿Por qué, siendo un artista, no había información sobre él en Internet? Había dicho que todavía no había exhibido su obra, pero en los tiempos que corrían parecía que todo el mundo se promocionaba en la Red, sobre todo la gente metida en el arte. ¿Y no había dicho que tenía una mecenas? Había cientos de resultados para «Alexander Evonov», aunque la mayoría estaban en ruso, y los pocos en inglés no tenían nada que ver con Xan.

Adam se disponía a probar con otro buscador cuando sonó el timbre de la calle. Supuso que serían otra vez los periodistas en su afán de acosarlo, y varios segundos después, cuando su madre gritó: «¡Adam!», masculló una maldición. Le había dicho que no le abriera la puerta a los periodistas bajo ninguna circunstancia; ¿qué es lo que estaba haciendo? Se dirigió a la planta de abajo, preparado para explotar.

Aunque no era ningún periodista. El detective Clements estaba allí, y Adam tuvo una sensación que iba más allá del *déjà vu*.

—¿Qué sucede? —preguntó, esperando que hubiera buenas noticias. Tal vez hubiera habido alguna novedad en el caso, que Tony o algún otro tipo hubiera sido detenido.

Pero Clements, con expresión fría y grave, dijo:

—Tengo que hablar con usted, doctor Bloom.

Adam pensó: *Joder, otra vez no.*

—Si tiene alguna noticia, le agradecería que me la dijera sin más. Estoy pasando por un momento muy difícil, como debe suponer —dijo.

—Lo entiendo, y le prometo que no tardaremos mucho.

—Si me va a interrogar, no quiero hacerlo sin que esté presente mi abogado.

—Eso es cosa suya —dijo Clements—, pero no se trata de un interrogatorio formal. Sólo estoy recopilando más información. Si quiere llamar a su abogado, puede hacerlo, pero no me voy a quedar aquí esperando a que aparezca. Tendrá que venir a la comisaría conmigo.

Pues lo único que le faltaba; si los periodistas veían a un detective que se lo llevaba para interrogarlo, ¿qué artículos no escribirían entonces? Adam decidió que vería a ver qué pasaba; si se trataba sólo de preguntas básicas, las respondería, si no, llamaría a su abogado.

Entraron en el comedor y ocuparon los mismos sitios en los que se habían sentado en los otros interrogatorios de Clements, en el centro de la mesa, uno enfrente del otro

—Se va a convertir en un profesional en esto, ¿eh? —bromeó el detective.

—Supongo que es lo que cabe esperar, siendo como soy un sospechoso.

El tono de Adam rezumó sarcasmo, aunque o bien Clements no lo captó, o no le hizo gracia; ni siquiera esbozó una sonrisa.

—No se preocupe —dijo el policía—, usted no es sospechoso en este caso.

Adam no le creyó.

—¿De verdad me lo dice? —replicó—. ¿Y lo saben los periodistas que están ahí fuera?

—Como ya le dije, no nos llevará mucho tiempo. Sólo tengo que repasar qué hizo el lunes por la tarde, desde que salió de su despacho hasta que llamó al novecientos once.

—¿Está de coña? —dijo Adam—. ¿Cuántas veces hemos repasado eso?

—Le comprendo, pero lo estamos haciendo con todas las personas involucradas en el caso. Sólo tenemos que asegurarnos de que no hay discrepancias.

—¿Y qué pasa con el paradero de Tony? ¿Están comprobando su coartada por duplicado y triplicado?

—Sí, seguimos hablando con Tony, y estamos hablando con muchas otras personas. Bueno, usted dijo que salió de su consulta alrededor de las seis y cuarto, ¿es eso correcto?

Adam le repitió bastante al pie de la letra lo que le había dicho el otro día: que salió de su consulta, cogió el metro hasta Forest Hills, entró a comprar al supermercado, descubrió el cadáver y, pasados unos minutos, llamó al 911. Le dio a Clements las misma horas aproximadas que en el interrogatorio anterior.

—¿Es posible que tardara menos de diez minutos en hacer sus compras? —preguntó Clements.

—No —negó Adam—. Fueron por lo menos diez minutos, y puede que se acercara más a los quince o a los veinte. Había una mujer reclamando en la caja.

—¿Así que está diciendo que llegó a casa no más tarde de las siete y veinticinco o siete y media?

—Ésa es una hora aproximada, pero sí, eso parece acercarse bastante a la verdad.

Clements escribió en su libreta.

—¿Puedo preguntarle por qué es tan importante mi paradero si no soy sospechoso? —preguntó Bloom.

—Todo es importante en una investigación de asesinato —dijo el detective, sin responder a la pregunta. Entonces añadió—: Hemos elaborado una secuencia cronológica precisa de lo ocurrido el lunes por la tarde. El forense nos ha proporcionado una hora probable de la muerte entre las seis y media y las siete y media, así que creemos que su esposa llevaba muerta al menos una hora antes del momento en que dice que descubrió su cadáver. Se nos ha informado de que el pastor alemán de sus vecinos se puso a ladrar con gran alboroto a eso de las seis y media, lo cual concuerda con la hora en que su esposa fue asesinada. Estamos hablando con sus vecinos y otras personas del barrio para ver si alguien vio...

—Tengo que hablar con usted de eso —dijo Adam con gran excitación.

—¿Sobre sus vecinos?

—No, sobre el perro —aclaró—. Creo que tengo cierta información que tal vez encuentre bastante..., bueno, bastante interesante.

Le contó a Clements que ese día el perro había ladrado a Xan, y también cuando había encontrado la nota de Tony, y que Xan había coqueteado con Dana unas noches antes de que fuera asesinada, y que extrañamente no había ninguna información sobre Xan en Internet. Mientras hablaba, pensó que el panorama en conjunto parecía tan descabellado y tan circunstancial que estaba convencido de que Clements se iba a tomar a risa todo el asunto.

Así que se sorprendió cuando, al terminar, el policía le preguntó con mucha seriedad:

—Bueno, ¿por qué piensa que Xan falsificaría las notas fingiendo ser Tony?

—Ésa es la parte que no soy capaz de explicarme —respondió—. Admito que hay cosas que no cuadran, pero de todos modos quería contárselo, porque hay otras cosas que parecen… No sé, sencillamente apenas conozco a ese muchacho. Mi hija apenas lleva saliendo con él una semana.

—Si hubiera sabido esto el otro día, le habría interrogado. Era el tipo de pelo largo que estaba aquí cuando hablé con su hija, ¿verdad?

Adam asintió con la cabeza.

—Si entonces hubiera sospechado de él, por supuesto que se lo habría contado —dijo.

—¿Cuándo empezó su hija a salir con él, antes o después de que recibiera la primera nota?

Adam pensó en ello uno segundos.

—Después, creo.

—Bien, no hay duda de que parece algo que deberíamos investigar. Puede que no nos lleve a ninguna parte, pero a lo largo de mi carrera, a veces los perros me han dado las mejores pistas. De hecho, trabajé en la unidad canina.

—¿No me diga? —A Adam no podía traerle más sin cuidado la carrera del detective Clements, pero se alegró de gozar de sus simpatías y no ser tratado como sospechoso, al menos por el momento.

—Sí, durante cinco años —dijo el policía—. La verdad es que llegas a encariñarte con los perros, y es fantástico trabajar con ellos, mucho más fácil que con los compañeros humanos que he tenido, se lo digo completamente en serio. Hasta es más fácil llevarse bien con ellos que con un par de mis ex esposas.

Adam se obligó a sonreír.

Clements prosiguió:

—Lo interesante es que Tony sigue negando haber escrito esas dos notas, así que, sí, merece la pena investigar a ese chico. ¿Dónde está Xan ahora?

—Con mi hija. Ya deberían de haber llegado a su piso de Brooklyn.

—¿Tiene un teléfono o una dirección de Xan?

—No, lo siento, no los tengo. Pero Marissa me dijo que vive en Red Hook.

—Está bien, conseguiremos sus datos. ¿Me puede deletrear su nombre?

Adam deletreó el nombre completo de Xan y le dijo que también mirase por el nombre de pila, Alexander. Mientras Clements lo escribía, añadió:

—Bueno, si ambas notas las escribió la misma persona, y esa persona no fue Tony, es posible que la misma persona que escribió las notas fuera la que entró en mi casa.

—Todo es posible —comentó el policía.

—Bueno, quizá deberían ver si existe alguna relación entre Xan y Carlos Sánchez. Creo que es una posibilidad bastante remota, pero…

—No se preocupe, lo investigaremos todo —le tranquilizó Clements, que se levantó y guardó la libreta—. A propósito, doctor Bloom, ¿es usted diestro o zurdo?

—Diestro.

—Muchas gracias, doctor. Me volveré a poner en contacto con usted pronto.

Clements se marchó, pero su última pregunta quedó flotando en el aire. Adam supuso que estaría relacionada con la investigación forense; puede que hubieran resuelto, o estuvieran tratando de resolver, si el asesino era diestro o zurdo. Bueno, no había pasado demasiado tiempo no sintiéndose como un sospechoso. ¿Cuánto había durado?, ¿un minuto?

Su madre, que había estado escuchando la conversación a escondidas desde la otra habitación —¿por qué Adam no estaba sorprendido?—, le dijo:

—¿Lo ves?, no cree que investigar a Xan sea ninguna locura. Te lo dije, te dije que ese chico me daba mala espina.

—¿Qué puedo decir? —replicó Adam—. Tal vez deberías hacerte poli.

—Tal vez sí —respondió ella con seriedad—. Pero ¿y qué pasa con Marissa?

—¿Qué pasa con ella?

—No me gusta que esté a solas con Xan.

—Ya, ni a mí tampoco, pero en cuanto la policía averigüe su dirección, estoy seguro de que no perderán el tiempo. Enviarán a alguien allí inmediatamente.

—Me parece que al menos deberías llamarla y contarle lo que está pasando. Mejor aún, decirle que vuelva a casa. Dile que queremos que esté aquí.

—¿Y cómo se supone que voy a hacer eso?

—Por favor, hazlo. De verdad que quiero que esté aquí con nosotros ahora mismo.

Aunque sabía que su madre estaba exagerando, le preocupaba que se alterara demasiado, teniendo en cuenta su enfermedad cardíaca. Además, él también prefería que Marissa estuviera en casa con ellos en ese momento.

La llamó al móvil desde su BlackBerry.

—Hola —dijo Marissa.

—¿Dónde estás? —preguntó Adam.

—En casa de Xan, ¿qué sucede?

—¿Está él ahí en este momento?

—Sí, ¿por qué?

—¿Puedes irte a otra habitación un segundo, por favor?

—¿Por qué? ¿Qué pasa? —Su voz dejó traslucir pánico.

—Nada malo —la tranquilizó—. Es sólo que tengo que hablar contigo en privado un segundo.

Marissa respiró hondo una vez, y luego otra.

—¿De qué se trata?

—¿Estás en otra habitación?

—Sí. —Estaba enfadada.

—Queremos que vengas a casa.

—¿Por qué?

—Porque la abuela y yo queremos que estés aquí, por eso.

—¿Y para qué?

—Queremos que estés con nosotros y punto, ¿de acuerdo?

—Mira, te lo digo en serio, necesito algún espacio…

—Por favor, no discutas conmigo por esto, Marissa. Quiero que vengas a casa… sin Xan.

—¿Por qué no puedo llevar a Xan?

—¿Te puede oír?

—No, pero ¿por qué di…?

—Por favor, procura no levantar la voz. Quiero que estés aquí, ¿de acuerdo? Quiero que estemos juntos toda la familia. Sólo la familia. —Sabía que era una explicación incoherente, pero fue lo mejor que se le ocurrió.

—No voy a ir a casa… Eres increíble. Me has asustado. Creí que había una emergencia o algo parecido.

Adam sacudió la cabeza y miró a su madre, que le susurró de forma audible:

—Cuéntaselo.

—Mira, no le puedes contar esto a Xan, pero es algo relacionado con la policía, ¿de acuerdo?

—¿Y por qué no puedo contárselo?

—No levantes la voz.

—¿Por qué estás siendo tan misterioso?

—Quieren hablar con él, ¿vale?

—¿Con Xan?

—Sí.

Tras un breve silencio, Marissa preguntó:

—¿Por qué?

—Estoy seguro de que será mera rutina, pero preferiríamos que estuvieras aquí, así que, por favor, deja de discutir conmigo.

—Ven a casa, Marissa —dijo su abuela lo bastante alto, probablemente como para que pudiera oírla.

—No entiendo qué está pasando —dijo Marissa—. ¿Qué tiene que ver Xan con nada, y por qué estáis delirando tanto los dos?

—No estamos delirando —replicó Adam—. Sólo hay algunas cosas que me han estado preocupando, y…

—Espera, ¿esto es una idea tuya?

—No, no lo es…

—¿Qué le contaste a la policía de Xan?

—¿Te puede oír?

—Dirás lo que sea, ¿verdad? Bueno, ¿qué es lo que intentas hacer, decir que Xan mató a mamá?

—Te he dicho que no levantes la voz —insistió Adam, levantándola él a su vez.

—Eres patético, ¿lo sabes? No me puedo creer que estés haciendo esto.

—Hay cosas que no sabes, ¿de acuerdo? Cosas que parecen muy extrañas.

—Extrañas, ésa sí que es buena. ¿Sabes lo que me parece extraño a mí? Tú. Sí, tú. La forma en que te has comportado la última semana, con tu gran egolatría, y luego todo lo que ocurrió con mamá, y ahora tratas de culpar a mi novio, de quien estoy enamorada. Tú eres el único que debería mantenerse lejos de mí.

—Marissa, por fa…

—Déjame en paz de una puñetera vez.

—Marissa… ¿Marissa? ¿Marissa? —Comprendió que su hija no seguía allí—. Maldita sea.

—¿Qué pasa? —preguntó su madre.

—Me ha colgado.

—Vuelve a llamarla.

Adam lo intentó, pero le salió el buzón de voz.

—Mierda.

—¿Qué pasa?

—Me parece que ha apagado el teléfono.

—Ay, ¡Dios mío!, entonces, ¿cómo nos vamos a poner en contacto con ella?

—Tratemos de ser razonables. Te estás dejando llevar por los nervios, ¿vale? No hay ningún motivo para aterrorizarse. No se trata de que Marissa esté en peligro

—¿Y eso cómo lo sabes?

—Esperemos, ¿de acuerdo? Lo más probable es que Clements esté camino de la casa de Xan. La policía tiene formas de…

El teléfono fijo sonó. En la pantalla apareció: «PRIVADO».

—¿Quién es? —preguntó la anciana.

—No lo sé —respondió. Adam cogió el teléfono y dijo—: ¿Diga?

—Doctor Bloom.

—Hola, detective Clements —dijo Adam, para que su madre supiera quién llamaba.

—¿Es posible que Xan tenga un compañero de piso o utilice otro nombre aparte del que nos facilitó? —preguntó el detective.

—No que yo sepa —respondió—. ¿Por qué?

—No encontramos a nadie registrado con ese nombre en toda la ciudad. Hay un Alexander Evonov en Brighton Beach, pero usted me dijo que vivía en Red Hook, ¿no es así?

—Eso es lo que tenía entendido.

—Lo más seguro es que sea otro tipo, pero lo investigaremos. Mientras, ¿le importa llamar a su hija?

—Estoy intentando ponerme en contacto con ella.

—Cuando lo haga, ¿puede conseguir la dirección de Xan y comunicármelo de inmediato?

Adam dijo que así lo haría.

Con su madre encima, llamó a Marissa varias veces y siguió saliéndole el buzón de voz antes de la primera señal. No había duda de que tenía el móvil desconectado.

—De acuerdo, que no cunda el pánico —dijo—. No me dio la impresión de que Clements estuviera aterrorizado. Puede que sepa que toda esta idea de que Xan haya tenido algo que ver con el asesinato no tiene fundamento.

—¿Y si se equivoca? ¿Y si Xan mató a Dana? ¿Y si es un maníaco?

—No te preocupes, mamá, Marissa estará bien. Estoy completamente seguro.

25

—Oh, Dios mío, este tío es de lo más cabreante —le dijo Marissa a Xan—. ¿Te puedes creer que le ha dicho a la policía que hablen contigo? Pero ¿qué le pasa?

Estaban en el sofá de Xan, y era media tarde. Él le tenía cogida la mano mientras le acariciaba la cara interna de la muñeca con las yemas de los dedos.

—¿Y por qué le diría a la policía que hablaran conmigo? Yo estaba contigo cuando hablaste con aquel poli, y si éste hubiera querido preguntarme algo, lo habría hecho entonces.

—Lo sé —reconoció Marissa—. Pero tengo que admitir que esto me asusta.

—¿En qué sentido?

—Creo que mi padre está desesperado. ¿Por qué, si no, te iba a meter nada menos que a ti en este fregado? Lo siguiente será decirle a la policía que hable con el bicho raro de mi abuela.

—Entonces, ¿crees que intenta alejar las sospechas de él?

—Exacto. No sé cómo voy a poder soportar esto…, si es que mi padre mató realmente a mi madre.

—Chist, no te preocupes, lo superarás —dijo Xan, apretándole la mano.

—No quiero volver a verlo. Ya sólo el sonido de su voz… me da asco.

—¿Sabe dónde vivo? —preguntó Xan.

—¿Mi padre? No estoy segura. ¿Por qué?

—Sólo me preguntaba si le habría dado mi dirección a la policía, eso es todo.

—Yo no se la he dicho, aunque supongo que la policía te encontrará de todos modos. Oye, siento muchísimo que mi padre te meta en todo esto, después de todo lo que has hecho por mí, de estar tan atento a mis necesidades. Has estado genial.

—No te preocupes por mí, tú eres lo único que me preocupa. ¿Tienes el teléfono desconectado?

Marissa asintió con la cabeza.

—Bien. Mantenlo así. No necesitas recibir más llamadas inquietantes por hoy. —La besó suavemente en la mejilla y dijo—: ¿Te apetece beber algo? ¿Agua, Diet Coke?

—Una Diet Coke me vendría fenomenal.

La volvió a besar en la mejilla y se fue a la zona de la cocina. Marissa permaneció en el sofá, rumiando sobre la llamada telefónica de su padre, y entonces dejó vagar la mirada hacia el caballete y uno de los últimos cuadros de Xan. Era una gran obra abstracta, y sólo había utilizado pintura roja. Había hecho algunos más de similar factura y los había colgado de la pared. Tal vez fuera porque había colocado los cuadros agrupados, pero en realidad parecían decir algo. Por primera vez pensó que realmente Xan tenía un gran potencial como artista.

—Me encantan tus nuevos cuadros.

—¿En serio? —respondió él, mientras vertía el refresco en un vaso.

—Sí, sobre todo en el que estás trabajando ahora. Tiene tanta pasión y sentimiento. ¿Cuándo los pintaste?

—Hace un par de noches, antes del funeral de tu madre. Sí, yo también estoy bastante contento con ellos. Supongo que estuve inspirado.

—¿Inspirado por qué?

—Supongo que por lo que le ocurrió a tu madre. Ha sido algo muy fuerte.

Marissa estaba mirando el cuadro colocado en el caballete, fijándose en el intenso tono de rojo.

—Es extraño, ¿no te parece? —dijo—. Bueno, cómo algo terrible puede sacar a relucir el arte, la manera en que el arte sale de una tragedia… No sé lo que estoy diciendo. En este momento estoy hecha un completo lío.

—Aquí tienes —Xan le entregó el refresco y se volvió a sentar a su lado.

Marissa le dio un largo trago antes de hablar.

—No sé por qué todos la toman contigo cuando eres un tío sensacional.

—¿Quiénes son todos? —preguntó él.

—Bueno, fuiste tú quien me dijo que la abuela te miraba mal, ¿no?

—Sí, pero no diría que la tomó conmigo. Dijiste que se debía al hecho de que no fuera judío, ¿no?

—Sí, pero aun así… Y luego está lo que Darren dijo en el funeral.

—¿Y qué es lo que dijo?

—¿No te lo conté?

Xan negó con la cabeza.

—Oh, fue un día tan asqueroso que me pasé la mitad del tiempo sin saber dónde estaba. Pero, sí, resulta que se me acercó, creo que en la capilla, antes de que empezara el servicio, y me presentó sus respetos, ya sabes, me dijo cuánto lo sentía. Me parece que no estabas allí. Creo que estabas con mi padre.

—¿Y entonces dijo algo? —preguntó Xan.

—Sí, pero no te enfades ni nada. Es que Darren es así. A veces puede ser muy irritante. Bueno, el caso es que va y me dice algo así como: «¿Así que sigues con ese tío chalado, eh?» O no, creo que dijo: «¿Así que sigues con ese lunático, verdad?» Si no hubiera estado tan afectada ya, tan triste, menudo cabreo me hubiera agarrado. Pero bueno, para empezar estaba en un funeral, en el funeral de mi madre, así que ¿por qué tenía que decir nada sobre ti? Es tan irrespetuoso. Sé que sólo lo dijo porque está celoso, porque llevo días sin hablar con él, pero ha leído en mi *blog*, y se lo han dicho otras personas, lo colada que estoy por ti.

—Bueno, ¿y tú qué le dijiste?

—No me acuerdo, la verdad —dijo Marissa—. Algo como: «¿De qué estás hablando?» Y va y me suelta: «¿Quieres saber lo que me dijo la otra noche?» Se refería a ti. Así que me cuenta que fue cuando me estaba molestando en el bar y te acercaste a hablar con él, ya sabes, la noche que nos conocimos. Me dijo que le dijiste que si no me dejaba en paz, le ibas a cortar la polla y se la ibas a hacer comer.

Marissa sonrió, tratando de demostrar lo ridículo que le parecía todo el asunto, pero Xan se mantuvo impávido y dijo:

—¿No le creíste, verdad?

—Por supuesto que no. Sabía que lo estaba diciendo sólo para molestarme, pero eso lo hace aún más inquietante, porque estaba intentando molestarme en el funeral de mi madre.

—Lo que le dije fue que estaba montando una escena y que debía marcharse del club antes de que el gorila lo sacara a patadas.

—Sí, lo sé, ya supuse que le habrías dicho algo inofensivo. Pero ¿te puedes creer lo patético que es para que realmente se invente algo así…? ¿No hace calor aquí dentro?

—No me lo parece —contestó Xan—. Bebe un poco más de refresco.

Marissa bebió un poco más, y dijo:

—Estoy un poco mareada.

—¿Quieres que abra una ventana?

—Sí, ¿te importa? Puede que sea por hablar de Darren, me pone enferma.

Xan abrió una de las ventanas. La brisa era agradable.

—Perdona si te he molestado —dijo Marissa—. Sabía que era una ridiculez, pero es que quería contártelo.

—No me ha molestado en absoluto. —Se volvió a sentar a su lado—. ¿Te sientes algo mejor?

—No, la verdad es que no. Hoy todavía no he comido nada, puede que sea eso.

—Bebe más refresco, te sentará bien.

Marissa dio algunos sorbos más.

—Es tan raro —dijo.

—¿El qué?

—No sé. —Se sentía muy desorientada—. La manera en que mi padre y Darren la han tomado contigo, y precisamente ellos. Ahora mismo eres lo mejor que hay en mi vida. Lo digo de verdad… No sé qué haría sin ti… Buf, estoy muy mareada.

—Ven aquí —dijo él—. Apóyate en mí.

A Marissa le costaba ver con claridad. No estaba segura de en dónde estaba.

Estaba mirando un cuadro. Era muy rojo.

Todo le había ido de maravilla hasta que aquel condenado perro empezó a ladrarle. No se lo podía creer cuando salió de la casa con Marissa y vio a la mujer que paseaba con el chucho. ¿Tenía que estar paseando justo en ese momento? ¿Cuáles eran las probabilidades? Confió en que el perro no reparase en él, pero no hubo suerte. En cuanto le vio, se fue a por él como si quisiera arrancarle la cabeza de un mordisco.

La mujer forcejeó con el animal, tirando de la correa con ambas manos como si intentara ganar una competición de tiro de cuerda. Mientras se alejaban por la acera, Marissa le dijo:

—Qué cosa tan rara. Hace años que conozco a *Blackie* y jamás lo había visto ponerse así antes.

—Lo sé, siempre me ha pasado esto con los perros —dijo Johnny, tratando de convertirlo en una broma—. Para mí que les huelo a gato o algo parecido. —Confió en que Marissa se olvidara completamente del jodido incidente con el perro y que nadie más sacara conclusiones al respecto.

Pero ¿cómo era aquel viejo dicho?, ¿que las desgracias nunca vienen solas, no? Pues bien, la siguiente fue cuando Marissa recibió la llamada telefónica de su padre. Se metió en la zona de la cocina para hablar, pero Johnny, que estaba sentado en el sofá, oyó toda la conversación, bueno, una parte al menos, y fue suficiente para indicarle que alguna otra cosa había salido mal. Su padre no habría empezado a sospechar de él sin ningún motivo, y parecía que la policía le creía, lo que era aún peor. Johnny se preguntó si se le habría pasado algo por alto, si habría dejado alguna pista o lo que fuera.

No estaba dispuesto a correr ningún riesgo. No se iba a quedar sin más en su piso y confiar en que los maderos no aparecieran a trincarlo. No, Johnny no era un hombre que corriera riesgos innecesarios, sobre todo en lo tocante a la seguridad de su culo. Sabía que si la cagaba lo detendrían, y que era lo bastante listo para saber que a veces hay cagadas que uno no puede controlar, razón por la cual siempre tenía un plan B, y no sólo un plan B. Tenía planes C, D, E y también un plan F.

Que Marissa no le hubiera dicho a su padre dónde vivía era una buena señal. El nombre de Xan Evonov no les ayudaría en nada a los polis, y probablemente tardarían días en averiguar que su verdadero nombre era Johnny Long; pero para entonces se habría ido lejos y estaría viviendo bajo otra identidad en algún lugar alejado de Nueva York. Aunque tendría que renunciar a la fantasía de vivir en la casa de los Bloom, aun así podría conseguir todo el dinero y todavía podría ver a Adam Bloom morir retorciéndose de dolor. Eh, como dice Meatloaf: «Dos de tres no está mal».

Cuando Marissa acabó de hablar con su padre, Johnny se aseguró de que desconectara el teléfono. Era un iPhone, y sabía que esos cacharros tenían GPS. Ignoraba las ganas que tenían los polis de hablar con él, pero no quería correr ningún riesgo, no fuera a ser el demonio que tratara de localizarlo rastreando el teléfono de Marissa. Lo siguiente que tenía que hacer era someter a la chica, así que cuando le sirvió un vaso de Coca-Cola, disimuladamente le echó un hipnótico en la bebida. De vez en cuando se veía obligado a drogar a las mujeres que saqueaba, así que siempre tenía Rohypnol y cloroformo de sobra. Sólo utilizaba las drogas para robar a las mujeres, nunca para violarlas. Todas las mujeres que había seducido en su vida se habían acostado con él de buena gana. Sabía que la violación era posiblemente lo peor que se le podía hacer a una persona; el asesinato era un favor comparado con la violación. Cuando matabas a alguien, desaparecía, terminaba de sentir dolor. Pero cuando violabas, el dolor continuaba sin cesar. Además, no quería mancillar su historial como casanova. Algún día, cuando alguien escribiera un libro sobre él, o hicieran una película, o varias películas, cuando Johnny Long se convirtiera ¡en leyenda!, no querría ser como aquellos atletas que eran sorprendidos utilizando esteroides. No quería que hubiera la menor sombra de duda sobre sus logros.

Cuando Marissa perdió el conocimiento, la llevó a su cama, la ató y la amordazó con cinta adhesiva. Sí, tenía la cuerda y la cinta preparadas; siempre tenías que estar preparado. Se aseguró de que la cinta no le tapara la nariz y de que estaba respirando. Tenía que mantenerla viva, al menos durante algún tiempecito.

Se marchó de casa, robó un Toyota y lo aparcó delante de su edificio. Había estado fuera menos de una hora, y Marissa seguía inconsciente. Recorrió su piso y preparó una mochila con ropa, objetos de aseo y todo lo que pudo meter. Le entristeció tener que abandonar sus *Análisis de sangre*. Esperaba que cuando el casero limpiara el piso fuera lo bastante inteligente para salvar los cuadros, o al menos dárselos a alguna galería o marchante de arte. Cuando Johnny Long se convirtiera en el casanova más famoso del mundo, ¿cuánto podrían valer esos cuadros? ¿Unos cuantos cientos de miles cada uno? ¿Más? Sí, lo más probable.

Cuando oscureció, desató a Marissa y le quitó la cinta adhesiva de la boca; ella se quejó cuando lo hizo, pero siguió inconsciente. Luego la sacó del piso caminando —bueno, en realidad, la llevaba a cuestas— y bajaron las escaleras hasta la calle. Era perfecto, porque si alguien reparaba en ellos, parecería que Marissa estaba borracha y que la estaba ayudando a llegar a su casa.

La tenía en el coche, listos para irse, pero no pudo soportar abandonar los cuadros. Volvió a subir corriendo y cogió los seis *Análisis de sangre*. No cabían en el maletero de ninguna manera, aunque, gracias a Dios, entraron por los pelos en el asiento trasero. No se le ocurrió que pudiera necesitar nada más y, con Marissa inconsciente a su lado, enfiló alegremente hacia la salida de la ciudad.

26

Adam debía de haber intentado hablar con Marissa unas cincuenta veces, y seguía sin poder conseguirlo. Había dejado algunos mensajes, pero en las demás ocasiones acabó las llamadas en cuanto oyó el saludo del buzón de voz.

—Algo terrible está pasando —comentó su madre—. Lo sé.

Adam estaba harto de su madre y sus presentimientos de vidente. Sabía que si hubiera estado solo no estaría ni de lejos tan aterrorizado, pero con ella acechándole por doquier y al borde de la histeria, era imposible mantener la calma.

—Vuelve a llamar a Clements —le dijo.

—Le he dejado un mensaje hace diez minutos.

—Puede que no lo haya recibido.

—Lo ha recibido.

—¿Cómo lo sabes?

—Porque lo ha recibido, ¿vale?

—Puede que haya averiguado dónde vive Xan. A lo mejor sabe algo.

—Si lo supiera, nos habría llamado.

—No estoy tan segura. Puede que…

—Basta —soltó Adam—. Tratemos de calmarnos. —De manera inconsciente volvió a llamar a Marissa, le salió el buzón de voz y apagó el teléfono, y entonces dijo—: El problema es que nos estamos obsesionando demasiado, ¿vale? Es imposible que el asesinato de Dana tenga que ver con Xan, y nos estamos poniendo histéricos por…

Su móvil empezó a sonar, y casi pega un brinco. Comprobó la pantalla y le anunció a su madre:

—Clements. —Y luego dijo—: ¿Hola?

JASON STARR

—¿Cuántas veces me ha llamado? —preguntó el policía.

—Unas cuantas —reconoció Adam—. ¿Han averiguado…?

—No hay motivo para que me llame más de una vez —le recriminó el detective—. No tiene más que dejar un mensaje y le devolveré la llamada. Dejarme más de un mensaje sólo consigue que pierda el tiempo y que lo pierda usted.

A Adam no le gustó nada el sermón.

—¿Han averiguado dónde vive Xan o no?

—No parece estar registrado en ninguna parte de Brooklyn —respondió Clements—. Investigamos al Alexander Evonov de Brighton Beach, pero murió hace tres semanas. ¿Y usted qué? ¿Consiguió hablar con su hija.

—Lo he estado intentando. Estoy bastante seguro de que su teléfono está desconectado.

—¿Y por qué?

A Adam no le apeteció explicarle toda la historia, así que dijo:

—No lo sé, puede que se haya quedado sin batería o lo que sea.

La madre de Adam estaba diciendo:

—Dale su número. Dale su número.

—¿Quiere su número? —le preguntó Adam al policía.

—Sí —dijo Clements. Se lo dio, y luego el detective añadió—: Pero usted siga intentándolo también, y cuando contacte con ella, llámeme. Pero no me llame para dejar mensajes, porque eso sólo me hace perder tiempo, ¿de acuerdo?

Durante las horas siguientes, Adam trató de ver la televisión con su madre, pero cada cinco minutos llamaba a Marissa. Siguió saliéndole el buzón de voz, y la agitación nerviosa de su madre le estaba volviendo loco. Tenía que alejarse de ella, así que subió a la planta superior, a utilizar el ordenador de su despacho, e hizo alguna búsqueda más, intentando encontrar la dirección de Xan o cualquier información sobre él, pero no pudo encontrar nada. Entonces su teléfono empezó a vibrar, y vio que había recibido un mensaje de texto desde MÓVIL MARISSA.

—¡Gracias a Dios! —exclamó.

Y entonces leyó el mensaje:

Si quieres volver a ver a la putita llámame en un minuto.
El tiempo corre

Sumido en el desconcierto durante varios segundos, no logró entender el significado de las palabras. Luego se le hizo evidente que Marissa no había enviado el mensaje, y que éste se refería a su hija. Lo leyó unas cuantas veces más, pero sin poder concentrarse. Al final cayó en la cuenta de que alguien estaba amenazando con matar a su hija, aunque, todavía disperso, no comprendía cómo tenía que devolver la llamada cuando no había ningún número al que llamar. ¿Se suponía que tenía que llamar al teléfono de Marissa? Pulsó frenéticamente la tecla de ENVIAR, sabiendo que probablemente el minuto ya hubiera pasado.

—Por los pelos —dijo Xan.

¡Joder!, habían estado en lo cierto respecto a él.

—¿Dónde está mi hija? —preguntó Adam, casi gritando.

—Eh, tranqui, Doc. No querrás que haga nada de lo que luego me arrepienta, ¿verdad?

—Quiero hablar con ella.

—Me parece que tenemos que hablar de lo que yo quiero.

—Que se ponga al teléfono.

—¿Está ahí la poli?

—Te he dicho que se ponga al teléfono.

—Eh, ¿quieres volver a ver a tu putita viva? ¿Lo quieres? ¿Eh? ¿Lo quieres?

Adam fue repentinamente consciente de lo aterrorizado que estaba. Estaba temblando.

—Por favor, no le hagas daño —dijo—. Por favor, no le hagas daño, te lo suplico.

—Ahora mismo todo depende de ti, Doc. Si haces lo que te diga y dejas de interrumpirme, la volverás a ver. Si no…

—Eres un maldito hijo de puta —le espetó Adam.

No se podía creer lo que estaba sucediendo, que Xan le hubiera hecho aquello a él, a ellos.

—¿Lo ves? —dijo Xan—. No dejas de interrumpirme y no podemos entendernos.

—Te escucho, ¿de acuerdo? —dijo Adam—. Te estoy escuchando, joder.

—Eso está bien, pero si los polis están escuchando, o estás grabando esta conversación, o si les cuentas que has hablado conmigo siquiera, entonces no volverás a ver a tu hija nunca más. Lo siento, pero así están las cosas. Si veo a un poli en el punto de encuentro, jamás encontrarán el cuerpo de tu hija. Te lo garantizo.

—¿Punto de encuentro? ¿Qué punto de encuentro?

—Eh, ¿no te he dicho que soy yo quien va a hacer las preguntas?

Adam oyó las pisadas de su madre en el pasillo.

—Dime lo que tengo que hacer y lo haré —dijo. Entonces fue hasta el vano de la puerta y se asomó al pasillo para susurrarle a su madre:

—Es sólo un amigo de la facultad.

—¿Qué amigo?

Se dio cuenta de que no le creía.

—Acabaré enseguida —dijo él, y cerró la puerta.

—¿Era la vieja urraca? —preguntó Xan.

A Adam le entraron ganas de gritarle, pero con toda la tranquilidad de la que era capaz, y casi susurrando por si su madre estaba intentando escuchar, respondió:

—Haré lo que me digas.

—Sí, harás lo que te diga porque esto es lo que se me da de vicio, y aquí el que manda soy yo. No estás acostumbrado, ¿verdad, Doc? Estás acostumbrado a ser el tío importante, el que está al mando. Seguro que a tus pacientes no les dejas hablar mucho. Me apuesto lo que sea a que te gusta llevar la voz cantante. ¿Sabes?, una vez visité a un loquero. Sí, cuando estaba en el orfanato pensaron que era un chico «conflictivo», así que me obligaron a hablar con aquel viejo loquero; bueno, al menos entonces me pareció viejo, aunque probablemente tuviera tu edad. Amigo mío, qué tío más detestable, todo el rato comportándose como si fuera superior a mí, como si por estar él en el sillón y yo en el diván tuviera todo el poder, y me di cuenta de que disfrutaba con ello. Pero ahora las tornas han cambiado, ahora soy yo el que está en el sillón, y tú en el diván. ¿Qué, qué tal sienta estar en el diván, doctor Bloom?

—No es agradable —dijo Adam, intentando apaciguarlo como haría con un paciente. Recordó algo que Carol le había dicho en una ocasión: *Si el paciente quiere sentirse poderoso, deja que se sienta poderoso.*

—Ya puedes jurar que no es agradable. Se siente uno como una mierda, y es así como quiero que te sientas, como el pedazo de mierda que eres.

—Te comprendo —dijo Adam.

—¿Que me comprendes? ¿Qué quieres decir con que me comprendes? ¿Qué hostias quiere decir eso?

—Significa que comprendo cómo te sientes.

—Tú no comprendes cómo me siento. Nadie comprende cómo me siento.

Xan estaba levantando la voz. Parecía inestable, desquiciado. Adam no se podía creer que fuera el mismo tipo que había ido a cenar a su casa, el mismo chico que le había gustado y a quien había dado el visto bueno.

—Estoy dispuesto a darte lo que quieras —dijo—. No tienes más que decirme qué es lo que quieres y es tuyo.

—¿Ah, sí? ¿Y si te digo que lo que quiero es ver la cabeza de tu hija en una bandeja? ¿Podría tener eso?

Adam estaba apretando el teléfono con tanta fuerza que oyó que empezaba a romperse.

—No le hagas daño a mi hija —suplicó con toda la calma de la que fue capaz, aunque sabía que probablemente aquello había sonado a amenaza.

—Ahí lo tienes, hablándome otra vez con ese tono condescendiente, diciéndome lo que tengo que hacer. ¿Es ésa la manera de hablarle a un hombre que sostiene una pistola contra la cabeza de tu hija?

—¿Cómo quieres que te hable? —preguntó Adam, temblando otra vez y empezando a llorar.

—Quiero que cierres la boca y me escuches mientras te digo lo que tienes que hacer. ¿Crees que puedes hacer eso?

Adam sabía que Xan no quería ninguna respuesta, así que no respondió.

—Bien —dijo—. Vas aprendiendo. A las doce del mediodía, mañana, quiero un millón de dólares en metálico, billetes de cincuenta y cien sin marcar. Los vas a llevar al aparcamiento del ShopRite de Miron Lane, en Kingston, Nueva York. Si los billetes están marcados o veo a algún poli, tan sólo a uno, o a un detective, o a cualquiera que no me gusta, no apareceré y la putita morirá.

—No tengo un millón de dólares —dijo Adam.

—Entonces, consíguelos.

—¿Y cómo lo voy a hacer de aquí a mañana al mediodía?

—Es tu problema, no el mío.

—Necesito más tiempo.

—Ése es todo el tiempo que vas a conseguir.

—Por favor, sólo…

—Cierra la bocaza. ¿Sabes?, tienes suerte de que te esté dando la oportunidad de volver a ver a tu hija. Mataste a Carlos, que era parte de mi familia. Por eso tenía que matar a tu esposa y a la pequeña mocosa.

Adam había estado tan absorto en las amenazas de Xan contra Marissa que no había caído en la cuenta de que estaba hablando con el hombre que había asesinado a su esposa. ¿Por qué lo había hecho? ¿Sólo por venganza? ¿Por diversión? ¿Y por qué había empezado a salir con Marissa? ¿Cómo la había conocido? Nada de aquello tenía lógica.

—Te lo suplico —dijo—. Concédeme más tiempo, un día más, sólo uno más… ¿Hola, estás ahí?… ¿Estás ahí?

La llamada se había cortado. Llamó de nuevo, y le salió el buzón de voz: «Hola, éste es el móvil de Marissa. Lo siento, pero ahora no puedo atender tu llamada. Deja un...»

Pulsó TERMINAR. Se sentó a su mesa, sujetando el teléfono, temblando mucho más que antes. No tenía ni idea de qué hacer a continuación. Nunca se había sentido tan aterrorizado y solo.

—¿Adam?

Su madre entró en la habitación, y él le dio la espalda inmediatamente para que no pudiera verle la cara.

—Por favor, déjame solo, mamá.

—¿Quién estaba al teléfono?

—Ya te lo dije; no era más que un viejo amigo.

—¿Por qué estás...?

—Estoy llorando por Dana, ¿de acuerdo? Por favor, concédeme sólo un minuto, te lo ruego.

Su madre siguió allí varios segundos; luego dijo con recelo:

—Vale —y salió de la habitación.

Adam sabía que si le contaba a su madre lo que estaba sucediendo, ella insistiría en que llamara a la policía, y no estaba seguro de que eso fuera lo que había que hacer. Era evidente que Xan era un psicótico, y con toda seguridad sumamente paranoico, y estaba convencido de que hablaba en serio, y de que si veía a un policía, o tan sólo creía que había avisado a la policía, mataría a Marissa sin titubear. Ya había matado a Dana, así que ¿qué le impediría matar a alguien más?

Pero Adam quería asegurarse de que estaba tomando la decisión correcta; después de todo, no sería la primera vez que había actuado de manera impulsiva. Aunque seguía teniendo dificultades para concentrarse debidamente, se imaginó llamando a la policía. Le contaría a Clements exactamente lo que Xan le había dicho, pero ¿y si el detective se equivocaba al juzgar a Xan y aparecía en Kingston con un equipo completo de operaciones especiales? ¿Y si Xan mataba entonces a Marissa como había dicho que haría? ¿Cómo viviría Adam consigo mismo?

No había ninguna duda al respecto: llamar a la policía podría ser un tremendo error. Su mejor expectativa para salvar a Marissa consistía en apaciguar a Xan, en darle exactamente lo que quería, pero ¿cómo conseguiría un millón de dólares para el día siguiente a mediodía? Había mentido; tenía el dinero; bueno, al menos podía reunirlo. El problema es que sólo podía disponer de unos cuantos miles de dólares en metálico y de los fondos en activos monetarios a corto, pero si vendía las acciones, los fondos de inversión que cotizaban en Bolsa y liquidaba parte de su plan de pensiones privado, podía conseguir el millón. Pero hacer eso llevaría tiempo; y estaba completamente seguro de que no podría tener hechas todas las gestiones necesarias antes del mediodía del día siguiente para llegar a Kingston a tiempo.

Entonces se le ocurrió algo que lo aterrorizó. ¿Y si le daba el dinero a Xan y éste mataba a Marissa de todos modos? ¿Por qué no habría de hacerlo? ¿Qué se lo impediría?

Estaba completamente desesperado cuando tuvo otra idea. Era arriesgada, mucho, pero parecía tener más posibilidades de funcionar que cualquier otro plan. La consideró detenidamente, y decidió que no tenía más alternativa que tirar para adelante con ella.

27

Johnny se dirigía al norte de Nueva York a través de Nueva Jersey. En Tuxedo se paró en el arcén de la carretera y conectó el móvil de Marissa. En el registro de llamadas realizadas encontró MÓVIL PAPÁ y pulsó la tecla de MENSAJE. Envió a Adam Bloom un mensaje de texto, diciéndole que mataría a la putita si no le devolvía la llamada en menos de un minuto. La verdad es que no la habría matado —¿por qué hacerlo antes de recibir el dinero?—, pero, tío, menudo subidón era putear a Adam de esa manera y ser el que cortara el bacalao.

Como era natural, el tipo llamó, aparentemente desesperado. Sí, Johnny detectó el terror en su voz, y supo que lo tenía cogido por los huevos. Jo, tío, qué sensación tan fantástica la de tener todo el poder, la de ser el puto amo. Saber lo mucho que Bloom lo detestaba lo hacía aún mejor. Johnny era la última persona del mundo con quien deseaba hablar, pero no le quedaba más remedio que permanecer al teléfono y escuchar, y hacer lo que Johnny le dijera que hiciese.

Después de darle las instrucciones, cortó la llamada mientras el psicólogo seguía hablando y desconectó el móvil. Luego limpió todas las huellas y lo arrojó al bosque lo más lejos que pudo.

Condujo durante otra hora más o menos, hasta que llegó a una pequeña ciudad llamada Accord. Durante sus años en Saint John, el padre Hennessy llevaba cada verano a Johnny y a otros niños a una antigua colonia de chalés conocida como la Colonia de Max a pasar un fin de semana. Aunque los chalés se estaban cayendo a cachos y todo estaba cubierto de vegetación, los chicos disfrutaban de lo lindo el salir de la calurosa ciudad y pasarse todo el día corriendo de aquí para allá, respirando aire fresco. Johnny también lo disfrutaba, excepto cuando Hennessy le llevaba a dar largas caminatas por el bosque y lo violaba. Le decía que si no guardaba el secreto, Dios le castigaría. Johnny nunca se lo había dicho a nadie, pero no porque temiera a Dios; sencillamente no quería que los demás chicos se burlaran de él y le llamaran maricón.

Johnny resolvió que uno de aquellos chalés sería el lugar perfecto para ocultarse con Marissa. Recordó que Hennessy le había dicho que el lugar siempre estaba vacío fuera de temporada y que no había nadie en kilómetros a la redonda.

Condujo por la estrecha y tortuosa carretera comarcal. Había tanta maleza y colgaban tantas ramas de árboles delante del cartel de MAX, que se pasó el desvío y tuvo que cambiar de sentido y retroceder. En otro tiempo, la carretera que ascendía por la colina hasta los chalés era de grava, pero había acabado casi completamente cubierta de maleza, y hasta era difícil distinguir que fuera una carretera. Johnny había pensado que el orfanato seguiría utilizando la Colonia de Max, aunque parecía que toda la colonia de chalés había sido abandonada, como si llevara años sin que nadie hubiera estado allí.

Dejó el coche donde solía aparcar el padre Hennessy el microbus escolar, al pie de la colina, cerca del viejo granero. Ya entonces la construcción estaba destartalada y poblada por murciélagos, pero era allí donde Johnny y Carlos y los chicos solían pasar el rato por las noches, viendo la televisión y jugando al póquer y al *blackjack*.

Cuando apagó las luces, todo se quedó como boca de lobo; no podía ver a Marissa, ni el salpicadero, ni nada. Entonces encendió la linterna que había llevado consigo, y quizás asustada por la luz, o porque dio la casualidad de que se acababa de despertar en ese momento, Marissa empezó a gemir.

—¿Dónde… dónde estoy? ¿Dónde estoy?

—En un lugar seguro, vuélvete a dormir —contestó Johnny.

Entonces ella dijo:

—¿Por qué estamos…?

—Cierra la puta boca y duérmete —soltó él, lo que probablemente fuera un error, porque ella se puso a gritar de repente.

A Johnny no le preocupó mucho, estaban en mitad de la nada, y lo más seguro era que nadie hubiera estado en Max desde hace años, pero Marissa estaba gritando a voz en cuello, taladrándole los oídos, y quería que se callara.

—¡Cierra la puta boca! —aulló, pero Marissa se puso a forcejear, intentando arañarle en la cara, y le tiró la linterna de la mano. Esto le cabreó muchísimo. Buscó a tientas por el suelo mientras ella seguía pidiendo socorro a gritos en su oído; entonces Johnny agarró la linterna y le golpeó violentamente con ella en la cara. Le pegó con más fuerza de la que pretendía (oyó que un hueso, probablemente la nariz, se rompía), y eso no consiguió callarla en absoluto; por el contrario, sus gritos se hicieron aún más escandalosos.

Johnny encontró en el suelo un trapo que había llevado, vertió un poco más de cloroformo en él y se lo apretujó bien contra la cara. Estaba apretando con fuerza, justo por encima de la nariz acaso rota, lo que tenía que ser dolorosísimo, pero al cabo de unos diez segundos ella dejó de forcejear y perdió el conocimiento de nuevo.

Johnny esperó unos segundos, disfrutando del repentino silencio, luego se puso la mochila y sacó a Marissa del coche a rastras. Hacía como unos diez grados menos allí arriba que en la ciudad; parecía como si hubiera una temperatura de cinco o seis grados, quizá ni llegara a los cuatro. Debería haber llevado una chaqueta o un jersey más abrigados y mantas y, ah, sí, comida y agua. Pero, vaya, no podía pensar en todo, ¿verdad? Además, sólo iban a pasar la noche allí.

La subió a rastras por los desvencijados escalones del porche de uno de los chalés; era en el que acostumbraba a quedarse con Carlos y otro par de chicos. Algunos de los tablones del suelo estaban tan sueltos, probablemente podridos y carcomidos por las termitas, que pensó que todo el suelo podía venirse abajo. Cuando tiró del picaporte, al principio la puerta delantera se atascó, pero al tirar de ella desde la parte superior, la desgoznó.

Dentro, el chalé estaba helado; parecía hacer más frío que fuera. También olía a moho, como si en aquel lugar el aire llevara años sin circular. Tosiendo, dirigió la linterna por delante de él mientras arrastraba a Marissa hacia el dormitorio, situado en la parte de atrás. Sus pies hacían crujir algo; había pensado que sería grava o arena, pero entonces apuntó la linterna al suelo y vio que estaba cubierto de cagadas de ratón.

El colchón de la vieja cama individual, el que solía utilizar él para dormir, también estaba cubierto de excrementos de ratón, pero ¿qué le iba a hacer? Tumbó a Marissa en la cama, sacó la cuerda de la mochila y la ató con tanta fuerza que quizá la cuerda le estuviera cortando la piel de los brazos, pero no quería correr ningún riesgo. En el momento de volver a taparle la boca con cinta adhesiva, se dio cuenta de que tenía tanta sangre en la nariz rota que tuvo miedo de que muriese asfixiada o atragantada. Lo que realmente quería hacer era pegarle un tiro en ese momento. Sí, no era más que una mocosa malcriada que había intentado arañarle los ojos hacía unos minutos, aunque en realidad no tenía nada contra ella. El rencor lo sentía contra su padre, así que lo mejor que podía hacer era meterle una bala en la cabeza.

Pero sabía que tenía que actuar con inteligencia y dejarse de compasiones. Además, la chica no tardaría en dejar de sufrir. Si todo salía como estaba planeado, le quedaban catorce horas de vida. Quince a lo sumo.

Se despertó pensando: *Nota para mí: la próxima vez que secuestres a alguien, no te ocultes en un chalé gélido y cubierto de mierda de ratón.* Apenas había pegado ojo. Había tenido que levantarse varias veces durante la noche para aplicarle cloroformo a Marissa, aunque, de todas formas, lo más seguro es que tampoco hubiera podido dormir mucho por culpa del frío y la excitación de pensar en el millón de dólares que conseguiría y la forma de gastarlo. Con toda certeza se marcharía a algún lugar cálido, algún sitio donde hubiera playas; a ese respecto no tenía ninguna duda. Si no podía salir del país, se haría con una nueva identidad y se escondería en California o Florida, probablemente en Florida. Era de piel oscura, así que podría pasar por cubano, y haría el agosto con todas las chicas que hubiera allí abajo, en Fort Lauderdale o South Beach. Sólo tenían que poner a Johnny Long en una playa del sur de Florida, y los problemas estaban garantizados.

Hacía un día nublado. No parecía que fuera a llover, aunque tampoco que fuera a salir el sol. Estaba en el porche delantero del chalé, respirando aire fresco e intentando sacar todo aquel aire cargado de mierda de ratón de sus pulmones cuando Marissa empezó a hacer ruidos de nuevo.

—Menudo grano en el culo —dijo mientras se dirigía adentro.

Marissa estaba gritando, con la cara roja, intentando soltarse aunque sin lograr ningún avance. Se le había hinchado la nariz hasta alcanzar el doble de su tamaño normal, tenía mucha sangre, una parte ya seca y marrón, alrededor de las fosas nasales y el labio superior.

—Eh, ¿es que no te puedes callar? —dijo Johnny—. ¡He dicho que cierres la puta boca!

Ella hizo caso omiso, claro, y Johnny agarró el trapo del cloroformo.

—Tienes dos opciones: o cierras la boca o te vuelvo a poner cloroformo. ¿Qué escoges?

—Por… por favor —suplicó ella, sollozando—. Por… favor…

—Así está mejor —dijo Johnny—. La hostia, ¿por qué malgastas tu voz gritando? No te va a oír nadie, y sólo vas a conseguir que nos duela la cabeza a los dos.

—¿Dónde… estamos? —preguntó Marissa.

—Da igual dónde estemos —respondió. Y añadió—: En algún lugar seguro.

—¿Por qué? —preguntó Marissa, llorando—. ¿Por qué?… ¿Por qué?

—Es complicado, querida —dijo él—. Pero no te preocupes, si estás tranquila y haces todo lo que te diga, no te haré daño.

Le había estado mintiendo desde el mismo instante de conocerla, ¿por qué parar ahora?

Marissa empezó a llorar con más fuerza, y entonces a Johnny le llegó un olor horrible. Al principio pensó que era algo podrido, algo que quizás estuviera debajo de la cama, y entonces cayó en la cuenta de que la chica se había cagado en las bragas durante la noche. A lo mejor ésa era la causa de todo aquel griterío.

—Ah, has tenido un accidente, ¿eh? —dijo—. Cuánto lo siento. Tía, eso sí que es una putada. Ojalá pudiera dejar que te lavaras, pero ahora estás muy mona así, atadita, y no quiero correr el riesgo de que intentes huir. Uy, sé que no llegarías a ninguna parte, porque no hay ningún sitio al que llegar, pero aun así.

—¡Cabrón de mierda! —gritó ella—. ¡Eres un hijo de puta lunático!

—¡No vuelvas a gritar! —le ordenó, balanceando el trapo sobre su cara para demostrarle que hablaba en serio. Marissa desvió la mirada hacia la pared, y empezó a llorar de nuevo.

—Lamento que estés tan llena de mierda —dijo Johnny.

Luego se pasó la mañana riéndose de su gracia. De verdad, tenía que empezar a escribir aquellas cosas para poderlas incluir en su libro de casanova. Siempre estaba bien meter un poco de humor en un relato; no podía ponerse a hablar sin parar de sus conquistas sexuales durante quinientas páginas. Bueno, poder podía, pero incluso así.

A eso de las once le aplicó el cloroformo a Marissa por última vez. Ella forcejeó, gritó e intento morderle la mano; y pensar que sólo un par de días antes se había mostrado tan modosita. Al final, se dio por vencida y perdió el conocimiento. Johnny confiaba en que estuviera inconsciente un par de horas; para entonces él ya tendría el dinero y podría volver y pegarle un tiro. Si las cosas salían bien, jamás volvería a despertarse.

Salió del chalé y bajó por la colina hasta el coche. Al mirar hacia el granero, tuvo un recuerdo recurrente de una noche en la que un par de tipos se estaban metiendo con él, tomándole el pelo con sus navajas, y Carlos se acercó con una pistola y les ordenó que se largaran. Eso le recordó el motivo de que estuviera pasando por todo aquello. No se trataba realmente del dinero; se trataba de una venganza, de desquitarse.

Alrededor de las once y media detuvo el coche en el exterior del aparcamiento del ShopRite de Kingston. No vio el todoterreno ni el Mercedes de Adam Bloom en el aparcamiento, aunque lo que buscaba principalmente eran policías. Sabía que si estaban allí, actuarían de forma encubierta y serían difíciles de localizar, pero ésa era la razón de que hubiera llegado media hora antes. Había bastantes posibilidades de que cualquiera que estuviera pasando el rato en el aparcamiento fuera un poli. Hasta ese momento la única persona que parecía sospechosa era la anciana de pelo blanco que estaba en un Lexus aparcado en doble fila. No tenía pinta de policía, lo cual la hacía aún más sospechosa. Entonces un anciano, probablemente su marido, se metió en el coche con ella y se alejaron.

Johnny no creía que Bloom fuera a meter a la policía en aquel asunto. No querría correr el riesgo de que su hija acabara muerta, y además, ése no era su estilo. No, Bloom ya había mostrado sus cartas antes, la noche del robo. Era la clase de sujeto que se las arreglaba por sí mismo. Quería ser el puto amo, el héroe, y Johnny sabía que ir en coche hasta el norte del estado para rescatar a su hija del «maníaco» que la tenía como rehén sería una oportunidad demasiado grande para que pudiera resistirla.

A mediodía, no vio ni rastro de ningún policía, pero ¿dónde coño estaba Bloom? Diez minutos más tarde, seguía sin aparecer. Johnny no creía que fuera a retrasarse y poner en peligro la vida de su hija, pero ¿qué otra explicación había?

Localizó una cabina telefónica junto a un restaurante italiano en la otra punta del centro comercial. Condujo hasta allí, dejó el coche en marcha y llamó al móvil de Bloom, cuyo número había memorizado antes de deshacerse del teléfono de Marissa la noche anterior.

El buzón de voz de Bloom saltó antes del primer tono. ¿De verdad había desconectado su teléfono?

Regresó al coche y esperó unos diez minutos más, hasta que resultó evidente que Bloom no iba a aparecer. Eso sí que no se lo había esperado. Había pensado que podría aparecer con menos dinero, que intentaría regatear para rebajar el precio, pero en ningún momento que fuera a oponer resistencia. Y a todo eso, ¿quién cojones pensaba Bloom que estaba al mando en todo aquello? ¿Quién pensaba que era el puto amo?

Furioso de repente, Johnny salió del aparcamiento. Era el momento del plan C, del D o de la puta letra que quisiera él. Volvería a Max y le pegaría un tiro a Marissa. Matar a la esposa y a la hija de ese tipo era una venganza bastante buena. Sí, el millón de dólares habría sido fantástico, pero sabía que el dinero no tendría importancia una vez que su libro de casanova saliera a la venta, y que algún día ganaría cientos de miles de dólares, tal vez millones, por los *Análisis de sangre*. Sí, tendría que dejar vivo a Adam, aunque eso quizá fuera bueno. Vivir era mucho peor que morir. ¿Por qué darle un respiro a ese tío?

Luego, unos minutos después, miró por el retrovisor y vio un coche rojo de tamaño mediano a unos cien metros detrás de él. Había otro coche en medio, y no era fácil ver al conductor del rojo, pero entonces, cuando tomaron la curva, alcanzó a ver al tío, y no se lo pudo creer. ¿A quién cojones creía que le estaba tomando el pelo?

Adam abandonó Forest Hills aproximadamente al amanecer. Los periodistas se habían ido por fin, pero tuvo la sensación de que, ocurriera lo que ocurriese en el norte, no tardarían en regresar.

Le había dejado una nota a su madre en la mesa de la cocina: «HE IDO A HACER ALGUNOS RECADOS». Sabía que ella se preocuparía cuando no llegara a casa y estuviera ilocalizable, pero no le quedaba más remedio. Si le decía que se iba en coche a los Catskills para intentar rescatar a Marissa por su cuenta y riesgo, su madre habría llamado a la policía, consiguiendo así muy posiblemente que su hija acabara muerta.

Condujo hasta el aeropuerto de La Guardia, aparcó en el aparcamiento de estacionamiento prolongado, y alquiló un Taurus en Budget. Sabía que Xan estaría buscando el todoterreno o el Mercedes, y quería mantener el mayor incógnito posible.

En varias ocasiones estuvo a punto de parar y darse la vuelta. Sabía que estaba asumiendo un riesgo tremendo yendo solo, pero no veía otra alternativa. Si llamaba a la policía, se arriesgaba a que detuvieran a Xan cuando éste ya hubiera tenido ocasión de matar a Marissa; no creía que Xan le hubiera mentido acerca de que la mataría si la policía intervenía. Había juzgado erróneamente a Xan desde el principio —todos se habían equivocado al juzgarle— y no iba a hacerlo de nuevo.

Salió de la autopista estatal de Nueva York en Kingston y, utilizando las indicaciones de un mapa que había impreso, encontró el ShopRite. Era temprano, antes de las diez, pero estaba contento de estar allí, aliviado por haber evitado el escenario de pesadilla de quedar atrapado en un atasco en la carretera y no llegar a tiempo a la cita del mediodía. Aunque no quería permanecer quieto en un sitio y arriesgarse a ser localizado por Xan, así que dio una vuelta por la zona y aparcó un rato en el aparcamiento de un centro comercial cercano. A las once y media volvió a dirigirse hacia el ShopRite. Cuando entró en el aparcamiento divisó a Xan dentro de su coche, estacionado en el exterior. Estaba bastante seguro de que no le había visto, pero había faltado muy poco, demasiado poco. Si le hubiera visto, ahí se habría acabado todo; el plan entero se habría ido al garete. Debería haber esperado en la acera de enfrente, observando con unos prismáticos o lo que fuera. Se enfureció consigo mismo por aquel desliz, y se dio cuenta de que el pulso le iba a cien. En sus prisas por salir de casa se había olvidado de coger el Klonopin, y no había tomado ninguna pastilla desde la noche anterior. Se suponía que el Klonopin tardaba en eliminarse del organismo, pero quizá debido a que la víspera había doblado las dosis, empezó a darse cuenta ya de posibles síntomas de abstinencia: angustia aguda, irritabilidad, pánico. En una ocasión atendió a un paciente que había tenido un ataque por dejar el Klonopin demasiado deprisa. Pues era lo que necesitaba en ese momento, un maldito ataque.

Se metió en una plaza libre entre una camioneta y un todoterreno. Era un escondite perfecto, porque, aunque la mayor parte de su coche quedaba oculta a la vista desde donde estaba Xan, él seguía pudiendo ver un tercio de la parte trasera del coche de éste, y cuando se fuera lo sabría.

Adam no apartó la vista del coche de Xan ni un instante, ni siquiera para mirar el reloj. Trataba de pestañear lo menos posible, hasta el punto de que al cabo de un rato se le empezaron a irritar los ojos.

No tenía ni idea de qué hora era, pero tenían que ser más de las doce. Igual Xan estaba empezando a impacientarse, al percatarse poco a poco de que Adam se estaba rebelando.

Entonces Xan arrancó de pronto y se marchó. Adam había dejado el motor al ralentí, pero una mujer estaba pasando por delante de él empujando un gran carro lleno de provisiones y sujetando a una niña de la mano. Llevaba a otro niño en una mochila portabebés.

—¡Muévase! —gritó Adam—. ¡Vamos, muévase de una vez!

Habría sido mejor que no hubiera dicho nada. Su berrinche provocó que la mujer se parase y se lo quedara mirando fijamente unos instantes, como si estuviera observando a un loco.

—¡Vamos, vamos! —aulló de nuevo, agitando los brazos como un poseso, hasta que por fin la mujer se quitó de en medio y Adam salió pitando del aparcamiento, lo que provocó que estuviera a punto de colisionar con un coche que estaba saliendo marcha atrás de una plaza cerca de la salida.

Localizó el coche de Xan un poco más adelante y lo siguió a cierta distancia mientras Evonov cambiaba de dirección varias veces. Luego, cuando entró en la US-209, aceleró. Adam también se metió en la carretera, pero ya no vio el coche de Xan, y la velocidad a la que podía ir era limitada porque tenía varios vehículos delante de él en la carretera de dos carriles. Se metió y salió del carril opuesto, pero venía demasiado tráfico de frente para que se arriesgara a intentar adelantar a los demás coches. Más preocupante aún era que no viera el coche de Xan. Si éste hubiera salido de la carretera, ahí se acabaría todo; Marissa podía ser asesinada.

—Por favor, Dios mío, no —suplicó Adam—. No, no, no...

Sin Klonopin en el organismo, tuvo que respirar hondo varias veces para intentar controlarse.

Al producirse una pausa en el tráfico que venía de frente, aceleró y adelantó tres coches, aunque a duras penas consiguió volver al carril derecho y evitar una colisión frontal con una furgoneta. El corazón le latió desenfrenadamente cuando localizó el coche de Xan como a unos cien metros delante de él.

Le costó sentir algún verdadero alivio, puesto que sabía que ésa era quizá la parte más arriesgada de todo su plan. Tenía que permanecer lo bastante rezagado para que Xan no se diera cuenta de que lo estaba siguiendo, pero al mismo tiempo no podía volver a perderlo. Que la US-209 fuera una carretera sinuosa y que el coche de Xan pareciera desaparecer a cada curva no contribuía a mejorar las cosas. Al cabo de unos treinta minutos, Evonov dobló a la derecha para meterse en una carretera más estrecha llena de baches y aún con más curvas. Adam perdió de vista el coche de Xan al pasar junto a lo que parecía ser una vieja colonia de chalés. Dejó atrás una pista de tenis destartalada y cruzó un viejo puente de madera muy pequeño, pero no vio el vehículo por ninguna parte. Tuvo el pálpito de que Xan había salido de la carretera, así que dio la vuelta rápidamente para cambiar de sentido y volvió a pasar junto a la pista de tenis. Sabía que si su intuición no era cierta, todo podría desembocar en un error fatal, porque podía haber perdido a Xan definitivamente; aunque entonces, un poco más adelante a la derecha, en lo alto de la colina y cerca de varios chalés en ruinas, localizó el coche.

De pronto sintió renacer la confianza en sí mismo. Seguir a Xan, en lugar de pagar el rescate o llamar a la policía había sido, a la postre, el movimiento correcto. Todo iba a salir como lo había planeado la noche anterior y esa mañana temprano. Iba a salvar a Marissa y llevarla de vuelta a la ciudad. Esa noche su hija estaría en casa, a salvo en su cama.

Aparcó en el arcén al pie de la colina. Examinó su Glock para asegurarse de que estuviera cargada y comprobó que llevaba más munición, tres cargadores más en el bolsillo de la chaqueta, salió del coche y cerró la puerta con toda la suavidad de la que fue capaz.

No quería subir la colina a plena vista por el polvoriento camino, así que se metió entre los arbustos que lo bordeaban, agachándose para no sobresalir. Sabía que el tiempo era ahora un factor fundamental. No había aparecido en el punto de reunión y, por lo que sabía, Xan iba a hacer exactamente lo que había dicho que haría e iba a matar a Marissa. Se lo imaginó con un cuchillo, como el que había utilizado para asesinar a Dana, y empezó a moverse deprisa, trotando primero y luego corriendo colina arriba mientras seguía agachado, procurando mantenerse fuera de la vista.

Llegó al borde de los matorrales; las espinas le habían hecho cortes en los brazos, pero apenas los notaba. Echó una rápida mirada alrededor y no vio a Xan junto al coche ni en ninguna otra parte, así que, con la mano derecha dentro del bolsillo sujetando la empuñadura de la Glock, cruzó al trote el césped y las hierbas crecidas en dirección al chalé próximo a donde estaba el coche. Avanzó por el lateral de la vivienda y esperó un momento. No oyó nada —no era mala señal, porque cualquier cosa era mejor que oír gritar a Marissa—, aunque confió en estar en el lugar indicado, y en que Xan y su hija no estuvieran en algún otro chalé o en cualquier otra parte. También existía la posibilidad de que Marissa ni siquiera estuviera allí y de que Xan hubiera ido a aquella decrépita colonia de chalés por algún otro motivo. Eso sería terrible, porque si regresaba en ese momento a su coche solo y se marchaba, Adam no podría conseguir bajar la colina hasta el suyo a tiempo para seguirle.

Dio algunos pasos hacia la parte posterior del chalé y a través de la sucia ventana llena de telarañas atisbó al interior de una vieja cocina, aunque no vio a nadie. Entonces oyó un ruido —lo que le pareció el crujido de una tabla de suelo dentro del chalé— y se apartó de la ventana.

Sabía que había alguien dentro, y no quiso perder ni un segundo más. Regresó a la parte delantera sujetando la pistola delante de él. No había disparado la Glock, ni ninguna otra arma, desde la noche que había matado a Carlos Sánchez. En un destello, una imagen de la escena acudió a su cabeza —el ruido de los disparos en la oscuridad, la sensación del retroceso del arma—, pero la rechazó de inmediato.

La puerta delantera estaba entreabierta. La abrió un poco más, lo suficiente para entrar. Estaba haciendo ruido, haciendo crujir las tablas del suelo, pero ya no importaba. Tenía el dedo índice sobre el gatillo, listo para disparar.

—Estamos aquí atrás, Doc.

Era la voz de Xan. Al menos estaba allí, en el chalé, y había dicho «estamos», lo que también parecía una buena señal. Pero su tono era de suma despreocupación, casi como si hubiera estado esperándole. Ésa no era una buena señal.

—¿Marissa, estás ahí? —preguntó Adam—. ¿Marissa?

Después de un breve silencio, oyó decir débilmente a su hija:

—Sí, papá.

Su voz era muy débil. Parecía aterrorizada.

—No te preocupes, cariño. No te pasará nada, te lo prometo.

Se acercó a la habitación trasera lentamente, sabiendo que quizá se tratase de una trampa. Sabía que Xan no le habría dicho dónde estaban si no tuviera algo planeado. Fuera lo que fuese, Adam estaba preparado para ello. Bajo ningún concepto iba a dejar que ese hijo de puta hiciera daño a su hija.

Xan apareció repentinamente ante él. Adam estuvo en un tris de abrir fuego, pero cuando su dedo se disponía ya a apretar el gatillo, se dio cuenta de que no estaba solo. Sujetaba a Marissa por delante de él, a modo de escudo, sosteniendo una pistola contra su cabeza.

—Eh, tranqui con eso, Doc —dijo Xan—. No es el momento de ponerse en plan gatillo fácil, no sé si sabes lo que quiero decir.

Marissa parecía totalmente aterrorizada. Tenía los ojos enrojecidos, la nariz ensangrentada, el labio le temblaba.

—Suéltala —le ordenó Adam.

—Ya estamos otra vez —dijo Evonov—, de nuevo diciéndome lo que tengo que hacer. ¿Cuándo vas a aprender que no es así como funciona esto? Soy yo el que te dice lo que tienes que hacer.

Adam le estaba apuntando a la cabeza, o al menos eso era lo que intentaba. Le costaba mantener firme la mano.

—No te preocupes —le dijo a su hija—. Todo está bien. No te pasará nada.

—¿Dónde está mi dinero? —preguntó Xan.

—Primero suéltala, y luego te lo daré.

Xan apretó con más fuerza el cañón de su arma contra la mejilla de Marissa. Ésta empezó a gritar, y luego pareció controlarse.

El asesino le dijo a Adam:

—No me hagas pedírtelo otra vez.

—Está en mi motel —dijo Adam—, en la carretera. Si la sueltas, podemos ir juntos, tú y yo, en tu coche si quieres. Pero suéltala. Es lo único que me importa.

—Debes de pensar que soy idiota de remate, ¿verdad? —dijo Xan—. Que soy una especie de tarado, ¿no? Sólo porque pongas esas letras delante de tu nombre, te crees mejor que yo, ¿verdad?

—¡Dale el dinero! —gritó Marissa. Y luego, en voz más baja y tranquila, añadió—: Por favor, papá…, dale el dinero. Por favor, por favor, dáselo y ya está.

—No puede dármelo —dijo Xan—. ¿Y sabes por qué? Porque no lo ha traído, por eso. ¿Por qué no le dices la verdad, Doc? No has traído el dinero, ¿a que no?

Tratando de apuntar a Xan entre los ojos, Adam dijo:

—Ya te lo he dicho, el dinero está en mi habitación.

—Eres un mentiroso hijo de puta —le espetó Xan—. No has traído el dinero porque querías manejar esto a tu manera, ¿verdad?

Pensaste que podrías ahorrarte un dinerito, salvar a tu hija malcriada y ser el gran héroe. Bueno, pues ahora dame un motivo para que no deba matarla inmediatamente. Dame una sola razón.

—Dale el dinero, papá —insistió Marissa, llorando—. Dáselo de una vez... Por favor, dáselo de una vez... Por favor... Por favor.

Una parte de la cabeza de Xan estaba en ese momento detrás de la de Marissa. Adam no estaba seguro de tener ya un tiro claro.

—La policía sabe que estoy aquí —dijo; estaba desesperado y no se le ocurrió nada más.

—Bueno, eso sí que lo dudo de verdad —replicó Xan—. Si hubieras llamado a la poli, hace un buen rato que estarían aquí, y sin duda no te habrían hecho seguirme en un coche de alquiler rojo brillante. ¿De verdad creíste que no me fijaría en ti, eh? Sólo te faltaba haber llevado un gran cartel encima del coche que pusiera: «SOY YO. ESTOY AQUÍ».

Marissa lloraba.

—La poli —continuó Xan, sonriendo—. Vamos ya, sabía que jamás llamarías a la policía. No es tu estilo, ¿verdad, Doc? Tú eres de los que se las arreglan solos, ¿no es así? ¿Quién necesita a la bofia? Coge tu pistola, haz que tu nombre salga en los periódicos: el doctor Bloom salva su pellejo. Salvo que eso no siempre resulta como uno quiere, ¿verdad? No, no va a pasar lo mismo que la otra noche en tu casa, cuando mataste a mi hermano, Carlos. No era realmente mi hermano, pero era parte de mi familia. ¿Sabes lo que se siente al perder a parte de tu familia, Doc? Bueno, puede que sí.

Adam deseaba dispararle, hacer una serie completa de disparos como cuando había matado a Sánchez, pero, conservando la calma todo lo que pudo, dijo:

—No puedes huir. La policía llegará de un momento a otro. Suéltala; esto es entre tú y yo. Ella no tiene nada que ver.

—Ya te he escuchado bastantes putas mentiras —dijo Xan—. Tira el arma o le pego un tiro en la cabeza a la putita.

Se había movido un poco. Adam tenía un tiro franco en su ojo derecho.

—Suéltala —repitió Adam.

—Escúchate, sigues pensando que me puedes decir lo que tengo que hacer —replicó Xan—. No te importa que tu hija esté a punto de morir. Siempre has de tener razón, ¿no es así?

—¡Tira el arma, papá! —gritó Marissa—. ¡Tírala, joder!

Adam sabía que no podía tirar el arma. Si lo hacía, Xan le dispararía, y luego mataría a Marissa. Estaba convencido de ello.

—Si le disparas a ella, yo te dispararé a ti —dijo Adam

—Ésta sí que es buena, ¿de verdad piensas que eso me importa una mierda? —le desafió Xan—. Pero ¿qué clase de loquero eres? Realmente no tienes ni idea de quién soy, ¿verdad?

Adam pensó en todas las veces que había dado en el blanco en el campo de tiro, y eso que las dianas estaban mucho más lejos de lo que Xan estaba en ese momento. Todo lo que tenía que hacer era dar en aquel blanco una vez...

—¿Crees que estoy jugando contigo? —preguntó Xan—. Como ya sabes, no tuve ningún problema en matar a tu esposa, quien, a propósito, me tenía unas ganas locas. Tío, se ponía tan cachonda conmigo. Ojalá hubiera tenido ocasión de...

Adam disparó. Durante la milésima de segundo que transcurrió desde que su dedo apretó el gatillo hasta que la bala salió del arma, se dio cuenta de que su mano se había desplazado ligeramente a la derecha y abajo. Pero era demasiado tarde para hacer algo al respecto, y tuvo que ver impotente cómo la bala penetraba en el pecho de Marissa.

El resto pareció ocurrir como en cámara lenta: la caída de Marissa, toda aquella sangre, la conciencia de que había disparado a su hija. Quizás había empezado a gritar: «¡No!», o tal vez sólo estaba pensando en gritarlo, cuando oyó el segundo disparo.

Marissa sólo había estado pensando en una cosa desde el principio: *Sigue viva.* De camino adonde estaba ahora, la mayor parte del tiempo no supo si estaba dormida o despierta; todo era borroso, todo formaba parte de la misma pesadilla. Unas cuantas veces la confusión desapareció y se dio cuenta de lo que estaba sucediendo, que por algún motivo, Xan, su Xan, la había drogado y la estaba llevando a algún lugar. *¿Qué coño pasa?* También supo que probablemente él había matado a su madre, aunque esta idea le resultó incomprensible. No tenía ni idea de qué le pasaba a Xan ni cómo era posible que estuviera sucediendo todo aquello, pero sí supo que tenía que hacer lo que fuera para seguir viva.

En el coche trató de suplicarle que la soltara, pero él le puso aquel trapo sobre la cara, y cuando se volvió a despertar, atada a una cama, gritó, y Xan la golpeó y la volvió a drogar. Necesitaba ir al baño desesperadamente, apenas podía respirar y casi seguro que tenía la nariz rota, y aun así no hubo manera de que la soltara. Sabía que ya no tenía sentido tratar de resistirse. Xan era demasiado fuerte, y ella se encontraba demasiado débil; era imposible que pudiera vencerle. Su única opción era seguir viva y esperar. O la mataría o alguien acudiría a salvarla, pero nada de lo que ella hiciera cambiaría la situación.

Se despertó sola, mareada, atada a la cama y con un dolor terrible en la nariz, tumbada encima de sus propias heces y con las cuerdas cortándole la piel de los brazos, y tuvo miedo de que Xan se hubiera ido para siempre y fuera a dejarla morir de aquella manera. Ya tenía la garganta completamente seca de tanto gritar y llorar, pero se puso a pedir ayuda a gritos hasta que apenas pudo articular un sonido.

Entonces, al final, Xan regresó. Por extraño que pareciera, se alegró de verlo, de verdad. Al menos no la había abandonado.

Entonces vio que tenía una pistola, y gritó, o intentó gritar:

—¡No me dispares!

—No te voy a disparar, querida. Tranquilízate.

Era un verdadero loco, con aquella aparente tranquilidad, tan distante. ¿Cómo era posible que fuera el mismo tío de quien había pensado que era tan fantástico, a quien le había dicho —¡joder!— «te quiero»?

Él empezó a desatarla mientras decía:

—Si quieres vivir, haz sólo lo que te diga, ¿crees que podrás hacer eso? No creo que sea tan difícil, basta con que mantengas tu linda boquita cerrada. —Entonces hizo una mueca, y añadió—: Tía, apestas. Si hubiera una ducha te dejaría que te lavaras. Lo siento muchísimo. Sé lo incómoda que te debes de sentir.

Tenía la cara cerca de la de ella mientras le soltaba la cuerda que le oprimía el pecho, y a Marissa le entraron ganas de morderle en la mejilla, de oírle gritar. Pero se contuvo, pensando: *Sigue viva. Sigue viva, nada más.*

Cuando terminó de desatarla, ella preguntó:

—¿Adónde vamos?

—A ninguna parte —respondió él.

Lo dijo en un tono ominoso, amenazador. La levantó para sacarla de la cama y le puso la pistola en la cabeza. ¿Le iba a disparar ahora? ¿Por qué desatarla para dispararle?

Entonces Marissa oyó un ruido, el producido por una puerta al abrirse.

—Estamos aquí atrás, Doc —dijo Xan.

¿De verdad era su padre? Entonces Marissa le vio, apuntando el arma. Supuso que habría llamado a la policía. Probablemente el edificio estuviera completamente rodeado, y en pocos minutos, incluso segundos, aquella pesadilla habría terminado.

Pero ¿por qué Xan parecía seguir tan gallito? ¿Y por qué la policía habría enviado allí dentro a su padre solo y con una pistola?

Empezó a entender que su padre lo había vuelto a hacer. No había ningún policía.

Xan le dijo a su padre que tirara el arma o que la mataría. Marissa sabía que lo decía en serio, y empezó a gritarle con todas sus fuerzas a su padre que tirase el arma.

Como era de esperar, no hizo ni caso. Su padre nunca hacía caso.

Entonces le disparó. Ocurrió todo muy deprisa. En un momento ella estaba de pie, y al siguiente estaba tirada en el suelo, desangrándose, con un dolor desgarrador que le atravesaba el pecho.

Luego oyó otro disparo, y con la vista borrosa vio a su padre, a quien le faltaba una parte de la cabeza, tirado en el suelo.

¿De verdad está ocurriendo esto?

El dolor empeoraba y se sentía cada vez más débil, pero seguía pensando: *Sigue viva. Sigue viva, nada más.*

Sabía que si se movía o gritaba o decía algo Xan la mataría. Le vio alejarse, pasar junto a su padre. Probablemente pensaba que estaba muerta. Con el dolor que sentía por dentro, necesitó de todas sus fuerzas para mantenerse inmóvil, para no gemir siquiera. Estaba temblando, y la sangre, ¡su sangre!, se extendía acercándose a donde su cara se apretaba contra el suelo.

Sigue viva. Sólo sigue viva.

Oyó que se abría la puerta delantera, luego la oyó cerrarse. Localizó la pistola de su padre a unos metros de ella, todavía parcialmente en la mano de él.

Marissa se arrastró sobre su sangre, sobre la sangre de su padre, hacia el arma. Cada instante, cada aliento, era un completo martirio.

Oyó un ruido procedente del exterior, unas pisadas en el porche, y luego que alguien abría la puerta. Agarró la pistola. Tenía sangre en la culata, lo que dificultaba su sujeción. La dejó caer una vez, cuando oyó que los pasos se acercaban, y entonces la agarró de nuevo.

Levantó la vista y vio a Xan, que la miraba desde lo alto. La estaba apuntando a la cara con la pistola.

—¿Vas a alguna parte?

Johnny avanzó un par de pasos hacia ella y se detuvo en el borde del charco de sangre.

—Jo, tía, mírate —dijo, sonriendo—. Estás tan guapa en este momento. De verdad que detesto hacer esto.

Aquello iba a ser perfecto: liquidar por completo a la familia. Sería como lo había planeado. Bueno, casi.

—Esta noche te voy a pintar —se burló—, con el aspecto que tienes ahora. Te quiero recordar siempre así.

Seguía sonriendo cuando Marissa apretó el gatillo y una bala le alcanzó en el hombro derecho. ¡Qué cojones! Dejó caer el arma, y Marissa siguió disparando. Luego le alcanzó en la parte superior del muslo, cerca de la entrepierna. Cuando Johnny empezaba a desplomarse, ella sujetó firmemente el arma con las dos manos y le disparó en mitad del pecho. Xan cayó de rodillas frente a ella, y por la boca todavía sonriente empezó a sangrar, al principio eran gotas, luego borbotones.

—Vamos, monada, sé que me quieres. —Marissa intentó disparar de nuevo, pero se había quedado sin balas. Aunque dio lo mismo. Johnny se desplomó de bruces contra el suelo.

28

Marissa estaba harta de que todo el mundo le dijera lo afortunada que era. Todos los médicos y enfermeras del hospital Monte Sinaí de Manhattan se lo habían estado repitiendo incansablemente durante semanas, haciendo comentarios del tipo de: «Si la bala llega a entrar un par de centímetros más a la izquierda, te habría matado en el acto», y «Si no hubieras cogido el móvil de tu padre y llamado pidiendo una ambulancia, y si la ambulancia no hubiera llegado tan deprisa, ahora no estarías viva». ¿Y eso la convertía en afortunada? Si fuera afortunada, sus padres nunca habrían cogido a Gabriela de asistenta. Si fuera afortunada, aquella tormenta tropical no se habría dirigido a Florida y ellos no habrían estado en casa la noche del robo. Si fuera afortunada, jamás habría ido aquella noche con sus amigas a ver a Tone Def y conocido a Xan, alias Johnny Long. Tumbada en la cama del hospital, repasaba todo lo que había ido mal en su vida y la había conducido a la pesadilla de la cabaña de los Catskills, y siempre llegaba a la misma conclusión: había sido de todo menos afortunada.

Aunque había procurado evitar leer los periódicos y ver las noticias de la televisión, sabía que los medios de comunicación la estaban tratando de heroína, exaltando hasta la exageración lo que había hecho. Sólo había procurado seguir con vida; ¿cómo la convertía eso en heroína?

Al mismo tiempo que los medios de comunicación la elogiaban, arremetían contra su padre, al que llamaban «Adam Bloom, el psicoterapeuta psicópata de Forest Hills». Lo describían como a un justiciero loco, que había conducido hasta los Catskills para tratar de rescatar a su hija, emperrado en vengar el asesinato de su esposa y

restablecer su mancillada reputación. Los medios también critica-
ban a la policía, en especial al detective Clements, por no haber pre-
sionado para que se le hiciera una evaluación mental completa al
doctor Bloom ni haberle retirado la licencia de armas, y por darle la
ocasión de haber ido al norte del estado solo. Marissa disfrutaba al
ver que atacaban a Clements, y también estaba de acuerdo con lo
que los medios de comunicación decían de su padre.

Un día, un par de semanas después del tiroteo, la abuela Ann fue
a visitarla al hospital.

—No puedes acusar a tu padre eternamente. No puedes ir por
la vida con esa rabia —dijo la anciana.

Su abuela parecía consumida y frágil; a Marissa le preocupó.

—De verdad, abuela, no quiero hablar de eso nunca más.

Había sufrido dos intervenciones para extraerle la bala y reparar
los daños sufridos en los tejidos profundos y varias costillas rotas; a
pesar de todos los analgésicos que le daban, seguía con grandes dolores.

—Tu padre te quería —le dijo su abuela, casi en un tono de desesperación—. Sólo quiso hacer lo correcto.

—¿Lo correcto? —dijo Marissa—. Si me pegó un tiro, joder.

—Intentaba salvarte la vida.

—Sí, pues hizo un trabajo fantástico.

—Estás viva, ¿no?

—No gracias a él.

—Estaba asustado, aterrorizado. Y si no hubiera ido allí, aquel
Xan, quiero decir Johnny, podría haberte matado.

En las noticias habían dicho que Xan era en realidad un delincuente profesional llamado Johnny Long. Se había criado en el
mismo orfanato que Carlos Sánchez, y la policía creía que había
sido el otro ladrón que había participado en el robo y el asesino de
Gabriela y la madre de Marissa. Ésta sabía que era culpa suya haber dejado que Xan entrara en sus vidas. Pero todo lo demás había
sido culpa de su padre.

—Sé qué tu padre se equivocó —prosiguió su abuela—, pero

imagina, sólo imagínatelo, cómo serían los últimos segundos de su vida, lo terrible que debieron ser para él. Tuvo que morir pensando que te había matado, pensando que había matado a su hija. Eso fue lo último que pensó, lo último que vio...

Su abuela estaba llorando. Marissa le concedió un par de minutos para que se recuperara antes de hablar.

—Mira, sé que te resulta difícil de aceptar, abuela, pero mi padre cometió un tremendo error, ¿de acuerdo? Ojalá hubiera sido un hombre mejor, de verdad que sí. Desearía poder defenderlo, desearía poder justificar lo que hizo, pero no puedo. Era un capullo egoísta que iba por ahí como si llevara una capa roja y al que no le importaba nadie, ni yo ni mi madre ni nadie, salvo él mismo. Si hubiera llamado a la policía, podrían haberme salvado y quizá no me hubieran disparado, y si hubiera llamado a la policía cuando entraron a robar en nuestra casa, puede que mi madre siguiera viva y yo no me hubiera acostado con ese hijo de puta de Johnny Long. ¿No te das cuenta? Mi padre fue el causante de todo, y me trae sin cuidado lo que digas, porque nunca se lo perdonaré, jamás.

El día que le dieron el alta a Marissa, la abuela Ann volvió al hospital. Tenía un aspecto sumamente frágil, como si hubiera perdido entre cinco y siete kilos desde la muerte de su hijo.

—¿Te encuentras bien, abuela? Realmente me tienes preocupada.

—Estoy muy bien —respondió la mujer inexpresivamente—. ¿Preparada para marcharte?

El plan era que fueran en una limusina hasta el hotel Mansfield, cerca del centro, donde Marissa había reservado una suite. Tenía la intención de no volver a poner un pie en la casa de Forest Hills. La casa ya estaba a la venta, y en algún momento había concertado con alguien la venta de todos los muebles y la ropa y el traslado de todo lo demás a un guardamuebles. Los seguros de vida de sus padres, el producto de la venta de la casa y los demás activos de sus progenitores la convertirían en multimillonaria. No sabía qué iba a hacer con su vida, aunque estaba totalmente convencida de que no la iba a desperdiciar trabajando. Tenía pensado irse a vivir a Praga una vez que estuvieran resueltas todas las cuestiones económicas. Viviría allí una temporada, y luego quizá se trasladara a París o a Barcelona o a cualquier otra ciudad. Sólo quería alejarse: de Nueva York, de Estados Unidos, de todos los que hubieran oído hablar alguna vez de Adam Bloom. La idea de tener que vivir el resto de su vida como la hija de Adam Bloom le daba tanto asco que ya había empezado a hacer el papeleo para cambiar legalmente su apellido al de Stern. Éste era el apellido de soltera de su madre, y consideró que sería un bonito homenaje.

Se levantó de la cama para sentarse en una silla de ruedas. Podía caminar bien, pero era política del hospital que todos los pacientes, con independencia de cuáles fueran sus dolencias, tenían que ser sacados del centro en silla de ruedas al recibir el alta. El celador empujó la silla muy despacio para que la abuela Ann, que iba al lado de ellos, pudiera seguir su paso.

En las puertas del hospital, Marissa se levantó y se dirigió con su abuela hacia la limusina que les esperaba en la acera.

Los periodistas se abalanzaron sobre ella. Uno de los más vocingleros gritó:

—Señorita Bloom, ¿qué tal sienta ser una heroína?

Marissa se detuvo un instante, fulminó al tipo con la mirada, que era algo mayor que ella, y dijo:

—No soy ninguna heroína, y mi apellido no es Bloom, sino Stern. Me llamo Marissa Stern. ¿Lo han entendido?

Siguieron caminando hacia el coche. Ahora los periodistas gritaban:

—¡Señorita Stern! ¡Señorita Stern! ¡Señorita Stern!

Marissa ayudó a su abuela a entrar en el coche y la siguió al interior. Mientras se alejaban por la Quinta Avenida, seguía oyendo los gritos de los periodistas.

—Te lo juro por Dios —dijo Marissa—. Más vale que mañana

por la mañana no vea el nombre de Marissa Bloom en los periódicos.

Su abuela, desviando la mirada, no dijo nada. En ese momento
los periodistas corrían junto a la limusina, golpeando los cristales.

—Hablo en serio —dijo Marissa—. De todos modos, ¿qué le
pasa a la gente?

Agradecimientos

Por su tremenda influencia en esta novela y en mi carrera, me gustaría expresar mi agradecimiento a Ken Bruen, Bret Easton Ellis, Lee Child, Kristian Moliere, Shane McNeil, Charles Ardai, John David Coles, Sandy Starr, Brian DeFiore, Nick Harris, Diogenes Verlag, Ion Mills, Steven Kelly, Marc Resnick, Sarah Lumnah, Andy Martin, Matthew Shear, Matthew Baldacci y a todo el personal de Minotaur Books.